FEDERHERZ
VERLAG

DARK ROMANCE

CHRISTINA RAIN

KINGS of VENOM

ZWISCHEN
UNS GEFANGEN

Enthält sensible Themen, die triggern könnten!
KINGS OF VENOM
Zwischen uns gefangen
Band 1 einer Reihe

Copyright: Christina Rain, 2021, Deutschland
Bildmaterial: Shutterstock, Freepik
Korrektorat: Hannah Koinig (Lektorat Butterblume)

ISBN: 978-3-98595-690-6

Druckerei Smilkov Print Ltd
Pokrovnishko shose
2700, Blagoevgrad

Federherz Verlag
Bergmannsweg 7
31867 Lauenau
www.federherzshopde
Instagram: @federherz.verlag

*A caged bird will always
strive for freedom.*

PLAYLIST

Gods & Monsters – Lana Del Rey
Blood // Water – grandson
Look Back to Remember This Crime – For BDK
Play with Fire – Sam Tinnesz, Yacht Money
I wanna be your slave – Maneskin
Scars – Boy Epic
Beautiful Crime – Tamer
Beggin' – Maneskin
Kings – Tribe Society
Devil Side – Foxes
Darkside – Oshins, Hael
Falling Apart – Michael Schulte
Start a War – Klergy, Valerie Broussard

WARNUNG

Schon im Alten Testament ist die Schlange das Sinnbild der Versuchung und Verführung ...

Die Männer in diesem Roman werden sich nicht immer an das Gesetz oder an moralische Grenzen halten. Wenn dich klassische Themen in Dark Romance-Geschichten wie (sexuelle) Gewalt, Schattenseiten der menschlichen Psyche und nicht immer klar einvernehmliche sexuelle Handlungen triggern, solltest du dieses Buch lieber beiseitelegen. Bitte lies nur weiter, wenn du bereit bist, dich fallen zu lassen und deiner Moral eine kleine Auszeit zu gönnen.

PROLOG

Vielleicht habe ich es verdient. Gefesselt hier zu sitzen, im Keller eines Mannes, dessen Gewalt ich ausgeliefert bin.

Dafür, dass ich so naiv war, zu einem Fremden aufs Motorrad zu steigen.

Dafür, dass ich Sexfantasien mit ihm hatte, obwohl ich wusste, dass er gefährlich ist. *Ein Mörder*. Ich brauche es nicht zu beschönigen. Vielleicht habe ich es verdient, auf diesem Stuhl festgebunden zu sein, weil ich ihm *vertraut* habe.

Oder weil ich eine Sekunde lang geglaubt habe, ihm überlegen zu sein.

Das ist die Strafe für meine Naivität.

Was wird *er* mit mir tun, wenn er wieder zurückkommt?

Der hämmernde Schmerz in meinem Kopf ist unerträglich, aber schlimmer ist die dumpfe Vorahnung von dem, was mir noch bevorsteht. Ich bin nicht so töricht zu glauben, dass er schon fertig mit mir ist. Nein, er hat gerade erst angefangen.

Und wenn er alles von dir hat, was er braucht, wird er dich entsorgen. Wie eine nutzlose, kaputte Puppe.

EINS

Ich starre an den Menschen in der Mall vorbei. Mich juckt es in den Fingern, das Latte Macchiato-Glas loszulassen, einfach aufzustehen und zu gehen. Etwas durch die Geschäfte zu bummeln, mich in der Masse der Fremden zu verlieren, mir vorzustellen, ich wäre eine von ihnen. Denn irgendwie beneide ich sie. Den meisten von ihnen steht es frei zu gehen, wohin auch immer sie wollen.

Freiheit bedeutet Abenteuer.

Nicht bewacht zu werden, bedeutet Fehler machen zu dürfen.

Doch ich bin ein braves Mädchen. *Leider.* Ich will weder Zane noch meinem Dad Ärger machen, indem ich heimlich abhaue. Also spanne ich die Oberschenkel an, bleibe sitzen und trinke meinen Hazelnut Latte, während ich warte. Vor mir auf dem Tisch liegt mein aufgeklapptes Bullet Journal mit einem frischen Polaroidbild, das noch ganz milchig ist.

Seit einigen Jahren schieße ich von neuen Orten immer ein Foto, um es in mein Notizbuch zu kleben. Ein Überbleibsel der Tipps von Dr. Brook. Angeblich soll es mir helfen, mich auf die Welt da draußen zu konzentrieren, weg von den trüben Erinnerungen, die mich in die Tiefe zerren. Mittlerweile ist es zu einem Ritual, wenn nicht gar zu einem Faible geworden.

Wenn Zane von der Toilette zurückkommt, kann ich ihn vielleicht fragen, ob wir gemeinsam durch die Läden schlendern, solange Dad seinen Geschäftstermin hat. Er ist eine Art Bodyguard, den Vater für mich eingestellt hat, auch wenn er es nie direkt ausgesprochen hat. Seit über zwei Jahren arbeitet er schon für uns, verfolgt mich wie ein zweiter Schatten und holt mich vom College ab, was nebenbei bemerkt vollkommen unnötig ist. Er passt auf mich auf, als wäre ich die verdammte Tochter des Präsidenten persönlich oder irgendein Promi-Girl. Dabei ist Dad seit Moms Tod einfach nur ... genauso zerbrochen wie ich.

Mein Blick erstarrt. Ich friere mitten in meiner Bewegung ein. Das Glas noch an meinen Lippen, die Finger so fest darum geklammert, dass es mich nicht wundern würde, wenn es jeden Moment zerspringt.

Mein Herzschlag dröhnt unnatürlich laut durch meinen Körper, während ich die zwei Männer in Schwarz beobachte. Sie quetschen sich durch die Menschenmasse und kommen direkt auf mich zu. Mein Blick bleibt an ihren Händen kleben: der eine hat seine rechte Hand hinter dem Oberkörper, als würde er jeden Moment eine Waffe aus dem Hosenbund ziehen, während der andere seinen Arm verdächtig in der offenen Lederjacke hält. Ganz so, als würde er ebenfalls eine Pistole griffbereit haben.

Du fantasierst, Rachel, mischt sich mein Verstand ein, *sie triggern lediglich deine Paranoia, weil du gerade an* sie *gedacht hast.*

Sobald die Männer merken, wie ich sie anstarre, weichen sie meinem Blick aus, als hätten sie nicht mich als Ziel auserkoren. Doch mir entgeht nicht, wie sie ihre Schritte beschleunigen und ihre Gesichter sich anspannen. *Fuck.* Mein Fluchtreflex springt an, noch bevor ich darüber nachdenken kann.

Ich lasse alles liegen: meine Tasche, mein Notizbuch, meine Kamera. Als ich vom Stuhl aufspringe und hinter dem kleinen runden Tisch hervorhechte, sehe ich noch, wie einer der beiden tatsächlich eine Waffe zieht. Dann renne ich los.

Sie werden in der überfüllten Mall nicht auf mich schießen!

Verdammt. Warum sollten sie überhaupt auf mich schießen?!

Die Gangster, die Mom abgeknallt haben, hatten auch keinen Grund. Sie war unschuldig, unschuldig, unschuldig.

Meine Beine werden schwach, weil ich am ganzen Körper zu zittern beginne, doch ich darf mir diese Schwäche nicht erlauben. Nicht hier. Nicht jetzt. Ich muss schnell sein.

Meine Flucht hat ein kleines Chaos hinter mir ausgelöst. Der Kellner des Cafés schreit mir irgendetwas auf Spanisch hinterher, aber ich achte nicht auf ihn, schiebe mich an Passanten vorbei, ramme ein kleines Mädchen, das ein Eis in den Händen hält, und realisiere erst durch ihr Aufheulen, dass es wegen mir auf dem spiegelglatten Boden gelandet sein muss. Ich kann mich nicht einmal mies deswegen fühlen. Das Einzige, was ich wahrnehme, ist der hämmernde Puls in meinen Ohren. Das Adrenalin, das durch meinen Körper jagt.

Ich laufe in eines der Geschäfte, in der Hoffnung, die beiden Männer abwimmeln zu können. Im Zickzack schlängele ich mich an den Kleiderständern vorbei, manövriere mich tiefer ins Innere des Ladens, während ich immer wieder über die Schulter zum Eingang blicke.

Da sind sie.

Sie müssen gesehen haben, wie ich hier reingerannt bin. *Scheiße!*

Meine Verfolger sprechen sich kurz ab und teilen sich dann auf. Es war eine blöde Idee, sich hier verstecken zu wollen. Das Geschäft ist zwar groß, doch sie werden mich finden.

Ich will gerade wieder Richtung Ausgang schleichen, da dreht einer von ihnen den Kopf und sieht mich. Er brüllt seinem Kameraden etwas zu und rennt los.

Ich ebenfalls.

Um aus meinem Fehler zu lernen, ändere ich meine Taktik. Sie dürfen mich nicht auf gerader Strecke erwischen, sonst sehen sie erneut, wohin ich fliehe, deshalb entscheide ich, direkt in den nächsten Laden abzubiegen. Dieser entpuppt sich allerdings als kleiner gehobener Friseursalon.

Für einen Wimpernschlag halte ich inne. Die moderne und gleichzeitig glanzvolle Aufmachung des Raums sagt genug über die Preise, die hier herrschen müssen, aber es hat auch etwas Gutes: Der Laden ist ziemlich leer. Das ist insofern praktisch, weil ich einen freien Stuhl erspähe, der in einer Ecke des Raumes hinter einem der Waschbecken steht.

Ohne auf die Frau an der Rezeption zu achten, stürme ich an ihr vorbei und schwinge mich auf den gepolsterten Sitz. Ich lege meinen Kopf nach hinten in das Waschbecken und starre ein paar schnelle Herzschläge lang nach oben in das grelle Licht der Deckenbeleuchtung.

Habe ich sie abgehängt?

Sie werden nie auf die Idee kommen, dass ich hier reingerannt bin. Sie werden an dem Friseursalon vorbeilaufen, ganz sicher.

»Was darf's sein?«, fragt mich eine männliche, desinteressierte Stimme und kurz darauf schiebt sich ein Kopf in mein Blickfeld. Der tätowierte Mann mit den schwarzen Haaren und dem markanten Gesicht passt überhaupt nicht in einen Laden wie diesen. Sein Blick ist finster und alles andere als einladend, seine Größe und sportliche Statur einschüchternd.

»Einmal waschen und färben bitte.« Vor Aufregung ist meine Stimme ganz dünn. Am liebsten würde ich mit dem kühlen Leder des Stuhls verschmelzen, doch ich zwinge mich, dem intensiven Blick aus den kaffeebraunen Augen standzuhalten.

»Hast du einen Termin?« Der Typ hebt eine seiner

schwarzen Augenbrauen und starrt weiter von oben auf mich herab. »Du musst vorne warten, bis du ...«

»Bitte!«, flehe ich voller Nachdruck. Normalerweise hätte ich meinen Kopf gehoben, um ihn zumindest ansatzweise auf Augenhöhe anzubetteln, doch ein Teil von mir hat Angst, dass die Männer mit den Waffen noch irgendwo in der Nähe sind. Wenn ich meinen Kopf hebe, könnten sie mich zufällig entdecken, obwohl die Nische, in der ich sitze, ziemlich blickgeschützt ist.

Der Friseur – nun, zumindest nehme ich an, dass er einer ist; er könnte auch als Leadsänger einer Rockband oder grimmiger Tätowierer durchgehen – mustert mich eindringlich. Dann öffnet er den Wasserhahn und beginnt ohne ein weiteres Wort, meine Haare zu befeuchten.

Gott sei Dank!

An jedem anderen Tag hätte ich es genossen: dieses Gefühl, wenn jemand dein Haar wäscht, mit den Fingern hindurchkämmt und dir die Kopfhaut massiert. Vor allem wenn es ein durchaus attraktiver Mann mit großen kraftvollen Händen tut. Jetzt gerade verspüre ich allerdings nur unendliche Erleichterung darüber, dass er mich nicht direkt wieder weggeschickt hat.

Ich atme tief aus und versuche mein noch immer rasendes Herz zu beruhigen.

Zumindest haben die beiden Männer mit den Knarren dich daran erinnert, dass du überhaupt noch ein schlagendes Herz besitzt.

Es strömten schon lange nicht mehr so viele Gefühle durch meinen Körper wie gerade eben. Meine Gedanken fahren Achterbahn.

Warum sind die hinter mir her? Hat es was mit Dads Geschäftstermin zu tun? Wo zur Hölle ist Zane, wenn man ihn einmal braucht?

»... schwebt dir denn vor?«

»Was?« Aufgeschreckt starre ich nach oben in das Gesicht des Mannes, der mir, ohne es zu wissen, vielleicht das Leben gerettet hat.

Das ist Irrsinn. Wieso sollten die mich umbringen wollen?

»Ich habe gefragt, welche Farbe dir vorschwebt«, wiederholt er. Der Blick aus seinen dunkelbraunen Augen wirkt plötzlich irgendwie belustigt und zugleich intensiv. Moment, checkt er mich gerade ab? Oder macht er sich über mich lustig? Also *professionell* sieht er mich definitiv nicht an.

»Blond. Oder nein, schwarz. Überraschen Sie mich. Und können Sie sie mir auch noch kurz schneiden? Irgendetwas Drastisches. Und etwas, das länger dauert«, erkläre ich. So langsam beginne ich mich hier sicher zu fühlen. Je länger ich hier bin und je größer die optische Veränderung, mit der ich herausspaziere, desto höher die Chance, die beiden Männer abzuwimmeln. Zumindest in der Theorie.

Unter normalen Umständen würde ich diesen tätowierten Latino – man sieht ihm seine mexikanischen oder spanischen Wurzeln deutlich an – nie mit einer Schere an meine Haare lassen, geschweige denn mit Ammoniak, doch meine Nerven liegen blank. Meine Beine zittern noch immer und meine erhitzten Wangen müssen den sportlichen Sprint widerspiegeln, den ich soeben durch die Mall hingelegt habe. Dass ich meine natürlich roten Haare zum ersten Mal im Leben verschandele, ist dabei nur Nebensache. Wahrscheinlich werde ich es erst Tage später bereuen, wenn sich das alles hier als Missverständnis entpuppt hat. *Und das wird es hoffentlich.*

Da ich nicht hoch bis in das Gesicht des Friseurs blicken kann, ohne meine Augäpfel Richtung Schädeldecke zu verdrehen, weiß ich nicht, wie er meinen Frisurwunsch aufnimmt. Meine Finger spielen nervös mit den Fransen der kurzen Jeansshorts. Sollten gute Friseure ihre Kunden nicht auch beraten oder vor schlimmen Fehlern bewahren? Wie einer spontanen Typveränderung, weil man sich verfolgt und bedroht fühlt?

Scheiße, vielleicht sollte ich nichts überstürzen und erst einmal in Ruhe nachdenken. Meinen Vater anrufen und ihn bitten, mich abzuholen. Ich weiß, dass er nicht weit sein kann. Er wollte sich mit einem neuen Geschäftspartner irgendwo in der Mall treffen, aber er würde sofort kommen, wenn ich ihn brauche. Oder Zane. Er müsste mich bereits suchen!

»Ka ... kann ich kurz telefonieren?«, frage ich, als der Friseur meine Haare in ein Handtuch wickelt und mich auffordert, vor einem der Spiegel Platz zu nehmen.

Erst jetzt wird mir die leise Popmusik im Hintergrund bewusst.

Das alles wirkt so friedlich und surreal ... als wäre ich in einen falschen Film gestolpert.

»Klar. Ich misch dir schon mal die Farbe zusammen.« Mit den Worten lässt er mich allein und ich ziehe schnell mein Handy aus der kurzen Shorts.

Dabei fällt mir auf, dass ich meine Handtasche mit all meinen Sachen – unter anderem meiner Geldbörse – im Café gelassen habe. *Shit.* Ein Grund mehr, dass Zane schnell herkommt.

Noch während ich nach seiner Nummer suche und durch mein Handy scrolle, sehe ich aus dem Augenwinkel eine dunkle Gestalt im Spiegel. Mein Blick schießt hoch und gleichzeitig ertönt ein Knall.

Mein Herz bleibt stehen. Der Spiegel vor mir zerbirst in einem Scherbenmeer, während ich mich mit einem spitzen Aufschrei hinunterducke und die Hände über dem Kopf zusammenschlage.

Der Schuss und das Klirren betäuben mich. Katapultieren mich in einen Strudel aus Erinnerungen. In meinen Ohren klingelt es. Ich sehe Blut. *Ihr* Gesicht. *Mama, nein!*

»Komm mit, *Princesa*. Tot oder lebendig, mir ist das gleich«, dröhnt eine tiefe Männerstimme über mir und reißt mich aus der Trance. Ich werde unsanft am Arm hochgerissen, das Handtuch fliegt von meinem Kopf und die heiße, harte Mündung einer Waffe presst sich plötzlich gegen meine Schläfe.

Ich wage es nicht, auch nur einen Ton von mir zu geben.

Ich fühle mich genauso machtlos wie damals.

Nein. Ich *bin* machtlos.

Sie werden mich erschießen. Genauso wie sie.

Ich lasse mich von dem Mann vorwärts dirigieren. Die Leute im Salon starren mich an. Die Friseurin, die am Empfangstresen steht, ist zur Salzsäule erstarrt. Zwei weitere Frauen haben sich unter die Tische gehockt und sehen aus weit aufgerissenen Augen zu mir herüber. Keiner ruft die Polizei. Keiner rührt sich.

Auf einmal höre ich ein seltsames Geräusch und kurz darauf den Aufschrei des Mannes neben mir. Er lässt die Waffe los, die auf dem Boden aufschlägt, und auch mich geben seine Hände frei. Ich fahre mit ihm gemeinsam herum, um zu sehen, was passiert ist.

Der tätowierte Friseur zieht gerade eine extrem lange und spitze Schere aus dem Schulterblatt des Fremden. Ein Schwall Blut spritzt ihm entgegen, einzelne Tropfen landen auf seinem Gesicht und verwandeln ihn in einen modernen Sweeney Todd.

Mein Körper übernimmt die Kontrolle. Instinktiv bücke ich mich zu der am Boden liegenden Waffe, hebe sie auf und richte sie auf den Mann, der mich mitnehmen wollte. Er ist in eine Rangelei mit dem Friseur vertieft, bei der es aussieht, als würden sie versuchen, sich gegenseitig zu erwürgen.

Schieß, Rachel. In sein Bein oder so. Damit du nicht versehentlich deinen Retter verletzt.

Mein Finger liegt am Abzug, doch ich bin wie paralysiert. Mein Körper ist steif. Taub.

»Schieß!«, zischt auch der Latino. Seine dunkelbraunen Augen fixieren mich, während er versucht, die fremden Finger von seiner Kehle zu lösen, die ihn so fest umklammern, dass sein Gesicht rot anläuft.

Ausgerechnet jetzt beginnt meine Hand wieder zu zittern. *Willst du den tätowierten Helden wirklich sterben lassen, nur weil du Angst vor Waffen hast? Weil es dich an ihren Tod erinnert?*

Plötzlich ertönt ein weiterer Schuss, der mir das Blut in den Adern gefrieren lässt. Mein Finger um den Abzug hat sich nicht gerührt. Keinen Millimeter. Ich drehe mich um und sehe gerade noch, wie die Frau am Empfangstresen mit einem blutigen Loch in der Stirn zu Boden geht.

In mir reißt ein Abgrund auf. Eine klaffende Schlucht, die mich in die Tiefe stürzen lässt. Ich will schreien. So laut ich kann. Doch meine Lippen bewegen sich nicht. Der zweite Mann mit der Waffe dreht sich blitzschnell zu mir um, zielt auf mich und – in dem Moment werde ich umgerissen.

Wie ein gefällter Baum stürze ich zu Boden. Ein männlicher großer Körper ist über mir. Ich werde umhüllt von seinem Duft: sein Parfum, gemischt mit dem Geruch von Schweiß und starkem Kaffee.

»Bleib unten«, zischt mein Lebensretter und nimmt die Waffe aus meinen Händen. Als er sich von mir erhebt, schaffe ich es gerade einmal zu blinzeln.

Zwei schnell aufeinanderfolgende Schüsse später ist er wieder bei mir und zieht mich hoch. Sein Griff um meinen Oberarm ist fest wie ein Schraubstock, doch ich beschwere mich nicht. Ich lasse mich von ihm mitzerren.

Wer zur Hölle ist er? Rambo? Mein Schutzengel?

Als wir aus dem kleinen Salon fliehen, rennen wir nur wenige Zentimeter an der Leiche des zweiten Schützen vorbei. *Der Friseur hat ihm in den Kopf geschossen!*

Mein Retter bleibt nicht stehen und mir bleibt nichts anderes übrig, als ihm hinterher zu stolpern.

Im Umkreis von mehreren Metern ist die Shoppingmall wie ausgestorben, als hätten sich die Leute in Sicherheit gebracht. Ein paar Fuß weiter stehen einige Schaulustige und dahinter schwirrt das reinste Chaos wie ein Schwarm Moskitos. Viele sind am Handy und telefonieren, einige filmen. Sicherheitsmänner rennen in unsere Richtung, doch der Friseur, der immer noch meinen Arm umklammert hält, biegt nach rechts in einen kleinen Flur ab. Wir laufen auf einen

Notausgang zu, der uns in ein kahles weißes Treppenhaus führt.

»Wir müssen zur Polizei. Das war Notwehr!«, kommt es schließlich etwas spät über meine Lippen. Mein Verstand arbeitet gerade auf, was passiert ist, und realisiert, dass der Mann, mit dem ich weglaufe, zwei Menschen erschossen hat. Präzise und ohne zu zögern. Um mich zu schützen, das ist klar, doch jetzt zu fliehen, würde uns verdächtig aussehen lassen.

»Jeder, der dort war, kann bezeugen, dass es Notwehr war«, wiederhole ich keuchend, während wir die Treppenstufen hinunter hetzen. Meine Kondition ist deutlich schlechter als seine und als ich strauchele, ist er es, der mich hält, damit ich auf den Beinen bleibe.

Mein dunkler Schutzengel bleibt stehen und packt meine Schultern, bis ich wieder einen sicheren Stand habe. In der nächsten Sekunde jedoch drückt er mich gegen die Wand.

Ich keuche auf. Mein Herzschlag setzt aus.

»Halt endlich den Mund«, befiehlt er und sieht auf mich herab. Seine Miene ist angespannt. Finster. Die Blutspritzer in seinem Gesicht verleihen ihm eine bedrohliche Ausstrahlung, sodass jegliche weitere Worte in meiner Kehle verpuffen. »Keine Polizei, schlag dir das aus dem Kopf, *guapa*«, bestimmt er.

Dass er mich *Hübsche* nennt, sendet ein Kribbeln durch meinen Körper. Der Rest seiner Worte lässt mich allerdings stocken.

»Wa... warum?«, frage ich überfordert. Meine Atmung geht immer noch rasselnd und mein Körper dankt ihm für den kurzen Stopp.

»Du hast schon genug Aufmerksamkeit auf mich und das Geschäft gezogen.« Er tritt einen Schritt von mir zurück und sieht sich um, als überlege er, wohin wir fliehen könnten. Die Vorstellung, dass ich ihn in Schwierigkeiten gebracht habe, verknotet mir den Magen.

Das Letzte, was ich will, ist jemand anderem ein Klotz am Bein zu sein.

»Du musst mich nicht weiter beschützen. Ich muss nur Zane oder meinen Vater finden«, sage ich schnell.

Er fährt zu mir herum. »Was wollten die Männer von dir?«

»Ich ... ich weiß es nicht.«

Er verengt die Augen zu Schlitzen. »Wenn ich dich gehen lasse, bist du Haifischfutter. Die Männer hatten Jacken der Red Eyes an. Wenn zwei von ihnen hier sind, ist der Rest nicht weit. Hier.« Seine Worte ergeben in meinem Kopf ein einziges Wirrwarr. Als hätte man eine Schachtel mit tausend losen Puzzleteilen ausgekippt. Zu allem Überfluss drückt er mir noch die Knarre in die Hand und ich erstarre. »So bist du wenigstens nicht schutzlos.«

Will er mir das Ding etwa überlassen?

»Ich ... ich kann damit nicht umgehen«, stammele ich, was noch untertrieben ist. Ich brauche eine Waffe nur *anzusehen*, um in ein gelähmtes, zitterndes Häufchen Elend verwandelt zu werden.

»Dann lerne. Schnell.« Er zieht mich von der Wand weg und stellt sich hinter mich. *Was hat er vor ...?* Seine tätowierten Arme umschlingen mich von rechts und links und seine riesigen Hände legen sich um meine, die die Waffe ausgestreckt in die Höhe halten. Sie ist kalt und schwer. Doch die plötzliche Nähe des Fremden wiegt schwerer. Ich halte die Luft an.

»Beide Hände an die Waffe, Daumen nach vorne. So kompensierst du den Rückstoß«, erklärt er. »Hier entsicherst du sie.« Er drückt mit seinem Finger einen kleinen Hebel an der Seite nach oben.

Denkt er wirklich, ich kann mir in dieser Situation merken, was er mir erzählt? Seinen Körper von hinten so dicht an meinem zu spüren, lenkt mich von allem anderen ab. Vielleicht stehe ich auch noch unter Schock wegen des Angriffs. Fest steht, dass ich kaum etwas wahrnehme als seinen warmen Atem, der meine noch feuchten Haare streift. Dadurch vergesse ich fast die Pistole in meinen Händen, aber auch nur fast.

Atme, Rachel. Atme.

»Wenn du etwas breitbeinig stehst, hast du einen stabileren Stand. Außerdem kannst du leicht in die Knie gehen.«

Ich bin noch immer viel zu beschäftigt damit, meine Gefühle zu sortieren, als dass ich ihm wirklich zuhören könnte. Wann war mir ein gutaussehender Mann das letzte Mal so nah? Und wie kann ich in so einer Sekunde überhaupt an sein Aussehen denken?

Vergiss nicht, wie er ohne mit der Wimper zu zucken zwei Menschen erschossen hat!

»Du ... bist kein Friseur, oder?«, frage ich zögerlich.

Er bleibt mir eine Antwort schuldig, denn in dem Moment wird irgendwo im Treppenhaus eine Tür aufgestoßen. Mehrere Schritte werden laut, der Lärm aus der Mall hallt von den kahlen Wänden wider. Entweder ist das die Security, die Cops – oder weitere Männer, die mich aus irgendeinem Grund verfolgen und nun zusätzlich auf Rache für ihre toten Freunde aus sind.

Mein tätowierter Begleiter scheint nicht herausfinden zu wollen, wer uns auf den Fersen ist. Er nimmt mir die Pistole ab, zieht mich mit sich die letzten Treppenstufen hinunter, bis wir uns im Keller befinden. Die Waffe schiebt er sich hinten in den Hosenbund. Unten angekommen drückt er mit seiner Schulter eine schwere Eisentür auf und wir stolpern ins untere Parkdeck.

Der Geruch von Abgasen und Benzin hängt schwer in der Luft. Wir hetzen über den dunklen Betonboden ohne einen Blick zurück. Im Gegensatz zu mir scheint mein Retter genau zu wissen, wohin wir müssen. Wir steuern geradewegs eine Parkbucht an, in der eine schwarze Maschine steht. *Verdammt.* Ich habe noch nie auf einem Motorrad gesessen und verfalle schlagartig in eine ganz neue Art von Panik.

»Steig auf«, befiehlt er und schwingt sich selbst auf den Sitz. Mir reicht er den einzigen Helm.

Ich stehe neben ihm und schüttele den Kopf. Meine Füße sind plötzlich am Boden festgeklebt. »Ich ... ich kann nicht mit dir kommen! Ich kenne dich doch gar nicht!«

Das fällt dir ja früh ein, Rachel.

Ich sollte Vater und Zane suchen. Ich sollte ...

»Willst du lieber die dort drüben kennenlernen?«

Ich blicke über die Schulter und mein Herz hüpft mir fast aus der Kehle. Drei dunkelhaarige Männer in schwarzen Lederjacken rennen auf uns zu. Einer von ihnen zieht eine Pistole.

Noch bevor er seinen Arm heben kann, stülpe ich mir den übergroßen Helm über und klettere hinter meinen namenlosen Retter auf die Maschine. Ehe ich mich wirklich setzen kann, fällt der erste Schuss, gleichzeitig ertönt ein tiefes Röhren und das Motorrad schießt nach vorne. Ein Ruck geht durch meinen Körper und ich verliere fast das Gleichgewicht.

»Festhalten!«

Ich klammere mich panisch um den Oberkörper meines Begleiters, als auch schon Schuss Nummer zwei, drei und vier folgen. Beinahe meine ich zu spüren, wie eine Kugel haarscharf an uns vorbeifliegt, auch wenn es vermutlich nur Einbildung ist.

Meine Hände krallen sich haltsuchend in den dünnen Stoff seines Shirts, unter dem ich einen angespannten Waschbrettbauch ertasten kann. *Heilige Scheiße.* Eine Hitzewelle überkommt mich. Die Nähe seines trainierten Körpers, zusammen mit unserer halsbrecherischen Flucht und dem Tempo, mit dem wir aus dem Parkhaus rasen, überwältigen mich. Das Adrenalin steigt mir zu Kopf und ich fühle mich wie in einem verdammten Rausch. Nicht, dass ich schon einmal Drogen genommen hätte, doch das hier kann nur besser sein als jeder Rauschzustand, den man sich mit künstlichen Substanzen verschafft. Das hier ist keine Chemie. Es ist echt.

Echte Freiheit.

Während der Wind an meinen Klamotten zerrt und mir

ins offene Visier schneidet, meine Augen zum Tränen bringt, würde ich am liebsten die Hände in die Luft reißen. *Wir haben es geschafft! Wir haben sie abgehängt!*

Ich stoße einen Jubelschrei aus und genieße den glockenhellen Klang, der vom Fahrtwind verschluckt wird.

N.C.

Ich höre dich vor Freude und Erleichterung aufschreien. Du klingst wie ein kleines reiches Mädchen auf seiner ersten Achterbahnfahrt. Deine unschuldigen Händchen klammern sich vorne um meinen Körper, deine nackten Schenkel sind dicht an mich gepresst. Du hast dich freiwillig auf meine Maschine gesetzt und denkst, ich wäre dein Retter. Der Gute. Der Held.

Verdammt, du hast ja keine Ahnung.

Ich habe genau gespürt, wie du im Treppenhaus auf meine Nähe reagiert hast. Wie du beim Klang meiner Stimme erzitterst.

Wie hätte ich dich da einfach stehen lassen können? Ich weiß nicht, was du den Red Eyes getan hast, um sie dermaßen zu provozieren. Und ich weiß auch nicht, ob mit mir zu kommen deine cleverste Entscheidung war. Aber eins weiß ich:

Auf meiner Harley zu sitzen, ist kein verficktes Abenteuer – für ein naives, weißes Mädchen wie dich ist es ein Todesurteil.

ZWEI

N ach ein paar Meilen auf dem Highway fahren wir ab und halten auf dem Parkplatz vor einer Bar, um die ich normalerweise einen großen Bogen machen würde. Doch heute Nachmittag bin ich weit weg von meiner Normalität.

Mein namenloser Retter steigt von der Maschine und hilft mir dabei, den Helm abzunehmen. Durch mich pulsiert noch immer das Adrenalin und ich bin mir sicher, dass meine Wangen rosig glühen, als hätte ich ein Glas Wein zu viel getrunken. Oder fünf. Genauso fühle ich mich auch.

Als wäre ich beschwipst, klettere ich vom Sitz und falle prompt gegen meinen tätowierten Begleiter. Meine Beine sind weich wie Wackelpudding – das Gegenteil von seinem steinharten Oberkörper.

»Oh, entschuldige«, murmele ich und halte mich an seinen kräftigen Oberarmen fest. *Himmel, diese Arme.* Meinen Verstand müssen wir irgendwo auf dem Highway oder bereits auf der Flucht im Treppenhaus zurückgelassen haben, denn statt diesen Fremden loszulassen, würde ich mich gern enger an ihn schmiegen. Herausfinden, wie gut sich sein restlicher Körper anfühlt. Oder wie weit sich dieses Tattoo schlängelt, das sowohl an seinen Armen als auch am Hals aus dem dunklen Shirt herausschaut.

Ich sehe so etwas wie schwarze Flügel und geometrische

Wellen, die sich unter seinem Dreitagebart am Kinn über seine gesamte Kehle spannen. Beinahe hätte ich meine Hand gehoben, um mit den Fingerkuppen über die Tinte auf seiner Haut zu fahren.

Tat das nicht weh?, liegt mir auf der Zunge.

Ich reiße mich zusammen und löse mich von ihm. Mit dem Abbruch unseres Körperkontakts klärt sich auch mein Verstand wieder. Wie dunkle Wolken, die von der Sonne durchbrochen werden. Ich räuspere mich und versuche die Hitze in meinen Wangen zu verdrängen. Ein Typ wie er mag es sicherlich nicht besonders, wenn man seine Tattoos betatscht. Oder ihn. Hoffentlich hat man mir soeben nicht angesehen, dass ich nichts dagegen hätte, wenn er mich hier und jetzt auf seiner Maschine vögeln wollen würde.

Scheiße, was ist nur los mit mir? Offenbar ist meine Libido durch die 111 Meilen pro Stunde auf seinem Bike aus ihrem Tiefschlaf gerissen worden. Er müsste sich nicht einmal mit einem Vorspiel aufhalten oder mir seinen Namen verraten. Gott, ich erkenne mich selbst kaum wieder.

Normalerweise bin ich keine, die einen Mann anspringt, nur weil er überdurchschnittlich attraktiv ist. Ich weiß nicht, wann ich *überhaupt* das letzte Mal Sex hatte. Obwohl doch, eigentlich weiß ich es sogar ziemlich genau und die Antwort ist verdammt ernüchternd. Es war vor etwas mehr als einem Jahr, am zweiten Todestag meiner Mutter. Ich habe mich eines der wenigen Male in meinem Leben betrunken, Zane abgeschüttelt und in irgendeinem Club nach Ablenkung gesucht.

Super Moment, um daran zu denken, Rachel.

Hastig verdränge ich die Erinnerung und gehe einen Schritt zur Seite, um an meinem Begleiter vorbei zu spähen, der mich in den letzten Sekunden kommentarlos beobachtet hat.

»Ist das irgend so eine Motorradclub- oder Rocker-Bar?«, frage ich mit einem Blick auf das heruntergekommene flache Gebäude. Dabei versuche ich nur irgendetwas zu sagen, damit er nicht glaubt, ich hätte in den letzten Minuten einen Schlaganfall erlitten. Mit meinen Fingern bändige ich währenddessen mein zerzaustes, noch feuchtes Haar, das bestimmt in sämtliche Richtungen absteht.

»Steckst du Biker, Gangmitglieder und Rocker gerade alle in eine Schublade?«, fragt mein dunkler Schutzengel und zieht eine Braue hoch.

Wie alt er wohl sein mag? Ich schätze ihn auf Ende zwanzig, Anfang dreißig, doch der kurze Bart und seine grimmige Art könnten mich auch täuschen.

»Bist du denn Mitglied in irgend so einem Motorradclub?«, antworte ich mit einer Gegenfrage. Das würde zumindest besser zu ihm passen als der Job eines Friseurs.

»Nein, bin ich nicht.« Er hängt den schwarzen Helm an den Lenker seiner Maschine und nickt dann mit dem Kopf Richtung Eingang. »Komm, bleib an meiner Seite und tu so, als würdest du zu mir gehören. Verstanden?«

Meine Kehle wird staubtrocken. Wir wollen da rein? Und ich soll so tun, als würde ich *zu ihm gehören*? Bilde ich mir das ein oder meint er das mehr als im freundschaftlichen Sinne? Da er mir nicht die Hand reicht oder mich wieder am Arm packt und mit sich schleift, bleibt mir nichts anderes übrig, als ihm hinterherzulaufen und mit seinen großen Schritten mitzuhalten.

»Wie heißt du eigentlich?«, frage ich zögerlich, während wir den Parkplatz überqueren.

Die Sonne steht mittlerweile tief am Horizont und hat etwas von ihrer Kraft verloren. Trotzdem ist es warm und die Luft trocken. Das Wetter im Süden Kaliforniens ist auch Mitte Oktober noch höchst sommerlich. Vor der Bar stehen mehrere große Motorräder, einige von ihnen sind mit einem Aufkleber verziert, der zwei Schlangen zeigt, die sich um ein paar Blumen winden.

»Du kannst mich N.C. nennen«, antwortet er, ohne sich zu mir umzudrehen. Er fragt auch nicht nach meinem Namen, was mir unwillkürlich einen kleinen Dämpfer verpasst.

Irgendwie hatte ich mir in meiner Fantasie den Ausgang dieser adrenalingeladenen Rettungsaktion anders ausgemalt. Spürt er nicht dieses elektrisierende Kribbeln? Diesen brodelnden Vulkan im Inneren? Er verhält sich so locker und abgebrüht, als würde er tagtäglich Mädchen aus einer Schießerei retten und sie anschließend auf seiner Maschine über den Highway entführen.

Verdammt, er hat immer noch Spuren vom Blut eines anderen *Menschen* im Gesicht, und er geht seelenruhig auf eine Bar zu, als wäre ein Bier alles, woran er jetzt denkt. Nun gut, ich kann ihm nicht verübeln, wenn ihm nicht nach Sex zumute ist. Dieser perverse plötzliche Wunsch meines Körpers hat selbst mich überrascht und ich gehe davon aus, dass N.C. nicht ganz so verkorkst im Kopf ist wie ich. Vielleicht bin ich auch nicht sein Typ. Oder eine rasante lebensbedrohliche Flucht erregt ihn schlicht nicht. Alles verständlich.

Aber er könnte zumindest kurz innehalten und mir sagen, dass alles okay ist. Dass er mich gleich zurück zu meinem Vater bringt. Er könnte mich auch einfach nur mal fragen, wie es mir geht, verdammt noch mal!

Tief durchatmen, Rachel. Ich weiß selbst nicht, woher diese Wut und die Panik auf einmal kommen. Jetzt, da die Angst vor den Männern, die hinter mir her waren, nachlässt, ist es, als würde ich endlich realisieren, was passiert ist. Vielleicht bekomme ich eine Panikattacke. Woran merke ich, dass ich eine habe? Kann N.C. bitte einfach mal stehenbleiben? Und wer verdammte Kacke hat nur zwei Buchstaben als Vornamen?

In dem Moment stößt er die Tür auf und wir treten über die Schwelle. Über uns erklingt das Läuten einer Glocke. Es stinkt nach Qualm und Alkohol. Da viele der Fenster mit Aufklebern, Graffiti oder Zeitungen verdeckt sind, herrschen dämmrige Lichtverhältnisse. Ein paar Köpfe drehen sich zu uns um, als wir durch den großen Raum schreiten. Hinten links verläuft die Bar. Je näher wir ihr kommen, desto mehr Leute drehen sich zu uns um.

Na ganz toll. Meine Finger krallen sich in die Fransen meiner Shorts. Im Gegensatz zu meinen vorigen Erwartungen sind die Wenigsten hier alte bärtige Biker. Der Anteil von Frauen und Männern in dieser Bar ist gleichermaßen verteilt. Die meisten tragen trotz der warmen Temperaturen dunkle Lederjacken oder Bomberjacken, die hinten das gleiche Emblem aufgestickt haben wie die Schlangenaufkleber der Motorräder.

Also egal, was N.C. sagt, aber irgendeine Art Club scheint das hier definitiv zu sein.

An den Blicken der Gäste sehe ich, dass sie N.C. durchaus kennen – und respektieren. Mich hingegen verspeisen sie mit ihren Augen gefühlt als Appetithäppchen. Einige von ihnen tragen sogar sichtbar Waffen bei sich. Sofort rücke ich näher an N.C. heran. Er bemerkt es und legt seinen Arm überraschender Weise von hinten um meine Hüfte. Diese simple Geste reicht, um meine vorige Panik zu dämpfen und meine Angst und Wut zurückzudrängen. Stattdessen spüre ich nur seine Hand, die an meinem linken Becken ruht und geradezu ein Loch in den Jeansstoff brennt.

Er könnte sie genauso gut auf meinen nackten Hintern gelegt haben.

Einzig die bohrend neugierigen Blicke auf uns hindern mich daran, die Kontrolle über meine Gesichtszüge zu verlieren, ansonsten hätte man meiner Miene wohl abgelesen, dass ich gar nicht wirklich zu N.C. gehöre. Dass seine Berührungen absolut neu für mich sind.

Neu und verdammt aufregend.

Wieso will er den Leuten hier überhaupt weismachen, dass ich zu ihm gehöre?

Im Moment ist mir der Grund herzlich egal, denn seine Hand liegt nur wenige Zentimeter von meinem Po entfernt, und fuck, noch nie war ich mir einer Berührung so sehr bewusst.

Ich vergesse die Leute um uns herum und sehe von der Seite zu ihm hoch. Sein markantes Gesicht wird von einer dominanten Arroganz geziert, die er hier zur Schau trägt, und die mir einen Stich direkt in den Unterleib versetzt. Seine Haut ist von einem warmen südländischen Mocca-Ton, sein kurzer Drei-Tage-Bart und seine Haare sind tiefschwarz, die Lippen voll. Er hat die Ausstrahlung von purem Sex und tödlicher Gefahr – und dennoch ist er mein Retter.

Diese Kombination macht etwas mit meiner Libido. Allein ihn anzusehen und seine bestimmende Hand an meiner Hüfte zu spüren, die mich als Seins kennzeichnet, reicht, um zu wissen, dass N.C. mit Sicherheit ziemlich gut im Bett wäre. Oder auf dem Fußboden. Oder einem Möbelstück. Dass mein Blick über den Bartresen huscht, verheißt für meinen Verstand nichts Gutes. Die Schießerei in der Mall zu vergessen, indem ich Sex mit einem fremden, gefährlichen Mann habe, ist doch eine erstklassige Option, um diesen Tag ausklingen zu lassen, oder? Ein würdiger Höhepunkt meines kleinen Abenteuers. Vor einer Stunde saß ich noch gedankenverloren und allein in einem Café, verdrossen über den Kontrollzwang meines Vaters, und nun laufe ich neben einem Wildfremden, dessen tätowierte Hand mein Dad gewiss abhacken wollen würde, wenn er sie an meinem Hintern sähe.

Wer weiß, wann ich je wieder den kontrollierenden Blicken von Zane entkomme? Oder der in Watte gepackten Eintönigkeit, mit der mein goldener Käfig ausgestopft ist? Wer weiß, wann ich das nächste Mal frei bin?

Ich sollte es auskosten, verdammt. Zu verlieren habe ich nichts. Dieser N.C. hat mir mein *Leben* gerettet und ich schulde ihm ein Dankeschön. Wenn er mich hier vor all den Leuten auf dem Bartresen nehmen wollen würde, würde ich nicht Nein sagen.

Für einen Abend würde ich nicht die brave, unschuldige Rachel García Wilson sein.

Ich würde mich fallen lassen, als hätte ich mein ganzes Leben lang auf den Sprung von dieser Klippe gewartet.

Doch N.C. stellt sich lediglich an den Tresen und gibt

dem Barkeeper ein Handzeichen. Kurz darauf stehen zwei Flaschen Bier vor uns.

»Schon Feierabend? Ich dachte, du kommst um neun.« Der lange, schmächtige Kerl wirft sich ein Handtuch über die Schulter.

»Musste früher zumachen«, erwidert N.C. und nimmt einen Schluck.

»Ich sehe schon, scheint viel los gewesen zu sein.« Dabei wirft er ihm eine karierte Stoffserviette hin. Offenbar, damit er sich das Blut aus dem Gesicht wischt. »Wer ist sie?« Der Barkeeper nickt in meine Richtung.

»Sie hat ein wenig Ärger mit den Red Eyes und verbringt den Abend deshalb hier«, erklärt N.C. trocken, woraufhin sich die Augen unseres Gegenübers weiten.

»Wenn sie eine Rechnung mit denen offen hat, solltest du dich nicht einmischen. Cedric wird ...«

»Cedric braucht nichts davon zu erfahren«, unterbricht N.C. und legt die benutzte Serviette auf den Tresen. »Heute Nacht bringe ich sie zurück und sie wird auf sich selbst aufpassen.«

Okay, das ist also der Plan. Nett, auch mal davon zu erfahren. Ich stütze mich mit den Ellbogen auf dem Tresen ab und beginne nervös mit dem Anhänger meiner Kette zu spielen. Überlege, wie ich mich sinnvoll in das Gespräch einklinken kann, ohne für ein dummes Kind gehalten zu werden.

»Trinkst du kein Bier?«, wendet N.C. sich plötzlich an mich. Vermutlich, weil ich die Flasche bisher nicht angerührt habe. Er zieht seine Augenbrauen zusammen und mustert mich auf einmal skeptischer. »Du bist doch schon einundzwanzig, oder? Sag nicht, dass du noch minderjährig bist.«

»Ja, ich bin einundzwanzig«, erwidere ich etwas pikiert und nehme das Bier in die Hand. Sehe ich wirklich so jung aus? Ohne länger darüber nachzudenken, nippe ich von dem Getränk. Wie zu erwarten schmeckt es scheußlich, doch ich gebe mir Mühe, nicht das Gesicht zu verziehen.

»Willst du meinen Ausweis sehen?«, frage ich, als ich die Flasche wieder absetze. Mein Portemonnaie liegt zwar immer noch im Café in der Mall, dennoch funkele ich N.C. herausfordernd an.

Scheiße, flirte ich gerade etwa mit ihm? Auch wenn ich weiß, dass man von einem Schluck Bier nicht betrunken wird, spüre ich eine Wärme in meinem Magen, die sich rasend schnell ausbreitet.

Etwas in seinem Blick verändert sich. »Als du in meinen Salon gestürmt bist, warst du eine ängstliche verschreckte Maus. Wo kommt der plötzliche Mut her?«

Mein Herzschlag beschleunigt sich. Ich fühle mich ertappt und entblößt, obwohl N.C. gar nicht wissen kann, wie ich normalerweise ticke. Wie zurückhaltend oder offen ich bin.

»Du hast gesagt, hier bin ich in Sicherheit. Also brauche ich keine Angst mehr zu haben, oder?«

Er antwortet nicht direkt, was nicht gerade dazu beiträgt, mich hier wohlzufühlen. Warum nochmal vertraue ich diesem Mann? Er hat zwei Menschen kaltblütig und mit präzisem Schuss getötet. Ich kann also davon ausgehen, dass er so etwas öfter tut. Ich will gerade nachhaken, warum er so viel Erfahrung mit Waffen hat, als er eine meiner Haarsträhnen in die Hand nimmt und sie zwischen seinen Fingern zwirbelt.

»Ein Mädchen wie du sollte nicht auf die Idee kommen, ihre Haare färben zu wollen.«

Überrumpelt blinzele ich ihn an. Mein Blick folgt seinem auf das goldglänzende Kupfer der Strähne. Ich weiß nicht so recht, ob seine Worte ein Kompliment sein sollen, und setze gerade zu der Frage an, in welcher Farbe er sie mir eigentlich gefärbt hätte, als sich plötzlich eine Frau zu uns gesellt. Eine große dunkelhäutige Schönheit.

»N.C., bisschen früh dran heute, oder?« Sie lächelt mit vollen Lippen und nimmt ihm wie selbstverständlich das Bier aus der Hand, um selbst einen Schluck zu trinken.

Schlagartig lässt der Latino mein Haar los und dreht sich zu ihr um. »Gab ein paar Komplikationen.«

»Und eine davon hast du mitgebracht? Toll.« Sie nickt in meine Richtung. »Wer ist sie? Weiß Cedric von ihr?«

Langsam nervt es mich, dass alle ihn fragen, wer ich bin, anstatt mich selbst. N.C. weiß nicht einmal meinen Namen! Und wer ist überhaupt dieser Cedric?

Leider bin ich zu eingeschüchtert, um selbst das Wort zu ergreifen.

»Sie hat Probleme mit den Red Eyes. Ich musste sie aus der Schusslinie bringen.«

Die Frau schnaubt. »Du hättest sie ihnen auch einfach überlassen können. Seit wann mischst du dich in ihre Angelegenheiten ein? Wenn die sie suchen, hat sie auch etwas verbockt.«

Nun fühle ich mich doch gezwungen, etwas einzuwerfen. »Ich habe überhaupt nichts ...«

»Die haben eine Schießerei in *meinem* Laden angefangen, Trish«, übergeht er mich. »Also musste ich mich wohl oder übel einmischen.«

Trish schnalzt mit der Zunge. »Ich hoffe, du weißt, was du tust. Wir können Ärger im Moment nicht gebrauchen. Cedric ist froh, dass die Wogen zwischen den Vipers und den Red Eyes gerade einigermaßen geglättet sind.« Mit den Worten dreht sie sich um und geht mit N.C.s Bier in der Hand von dannen.

Selbst ich muss ihr beim Abgang flüchtig auf den Hintern schauen, der in der engen Lederleggins eine verboten gute Form macht. Die Art, wie sie mit N.C. geredet hat, gibt mir unweigerlich zu denken. Ob da mal was zwischen ihnen lief? Sie wirken ziemlich vertraut miteinander. Wenn eine Frau wie sie sein Typ ist, wundert es mich nicht, dass er bisher kein Interesse daran gezeigt hat, meine kleine Bartresen-Fantasie Wirklichkeit werden zu lassen.

N.C. knurrt etwas vor sich hin und greift dann nach meinem Bier. Ohne ihn davon abzuhalten, sehe ich nur stumm zu ihm auf. Ich hätte ihn gern ein paar Dinge gefragt. Wer die Red Eyes sind, warum er mich hierhergebracht hat, obwohl es ihm offensichtlich Ärger bereiten könnte, und ob er eine Ahnung hat, was die Männer von mir wollten. Doch ich bekomme keinen Ton mehr über die Lippen. Der Mut, von dem er vorhin noch gesprochen hat, ist in mir zusammengefallen wie ein Kartenhaus. Ich weiß nicht, ob Trishs Auftritt mich auf den Boden der Tatsachen geholt hat oder ob nun auch das restliche Adrenalin aus meinem Körper gewichen ist. Fest steht, dass jeder Höhenflug ein Ende hat, und das hier ist scheinbar meines.

»Ich ... ich will kurz auf die Toilette«, lasse ich N.C. wissen. Die Zeit, in der ich Smalltalk über meine Haare mit einem Mann führe, der zwei Leute erschossen hat, ist definitiv vorbei.

N.C. nickt in die hintere Ecke des Raumes, wo ich vermutlich die Waschräume finde. »Falls dich jemand dumm anmacht, sag, du bist mit mir hier.«

»Okay.« Ich stoße mich vom Tresen ab, zupfe meine Shorts zurecht und beeile mich durch den Raum zu huschen.

In meinem Kopf pocht es. Die Blicke der Fremden sind wie züngelnde Flammen auf meiner Haut. Selten habe ich mich so fehl am Platz gefühlt. Die ganze Aufregung, die ich vorhin empfunden habe, droht mich erneut zu übermannen. *Was tue ich hier überhaupt?* Ich gehöre nicht an einen Ort wie diesen. Oder zu Männern wie N.C.

Dad hat in den letzten Jahren alles dafür getan, um mir Sicherheit zu bieten. Er würde einen Herzinfarkt bekommen, wenn er wüsste, zu was für einem Mann ich auf die Maschine gestiegen bin.

Wo war denn dein Daddy, als du fast erschossen worden wärst?

Er hätte da sein müssen.

Er hätte dich beschützen müssen.

Ich laufe um eine Sitzecke herum in einen schmalen Gang, als mir plötzlich jemand direkt gegenübersteht. Noch rechtzeitig bleibe ich stehen, um nicht mit ihr zu kollidieren. Trish.

Die dunkle Schönheit bewegt sich keinen Millimeter und sieht abschätzig an mir herauf und herunter. »Du solltest es lassen«, sagt sie dann.

Verwirrt starre ich sie an. »Was genau?«

Auf Toilette zu gehen? Hier zu sein?

»Ich sehe, wie du ihn ansiehst. Hör einfach auf damit. N.C. wird niemals mit dir schlafen.«

Ich öffne den Mund und ein unwillkürlicher, keuchender Laut entschlüpft meiner Kehle. »Wie bitte?«

Sie verengt ihre dunklen, fast schwarzen Augen. »Du hast mich schon verstanden. Das bist du doch, oder? Ein Banger? Ein unschuldiges Mädchen, das gerne mit den gefährlichen Leuten abhängt, um einen Kick in ihrem langweiligen Leben zu spüren? Bei N.C. bist du da an der falschen Adresse. Er schläft nicht mit dir, also schlag dir das aus deinem Kopf und verschwinde.«

Hitze steigt mir in die Wangen. Ich hätte gerne etwas Geistreiches erwidert, um nicht so dumm dazustehen, doch mein Kopf ist wie leergefegt. »Hatte ich auch nicht vor«, zische ich daher bloß und gehe an ihr vorbei.

Das Herz pocht mir bis zum Hals.

Nicht umdrehen, Rachel. Nicht umdrehen.

Nach ein paar Schritten bin ich mir sicher, dass sie nicht mehr in diesem Flur steht und riskiere doch einen Blick über die Schulter. Erleichtert atme ich aus und lehne mich mit dem Rücken für einen kurzen Moment an die Wand.

Dass man mir meine schmachtenden Blicke derartig angesehen hat, ist mir mehr als peinlich. Normalerweise bin ich es gewohnt, dumme Kommentare von anderen zu ignorieren. In den letzten paar Jahren gab es viel Getuschel, egal, wo ich auftauchte. Ich bin entweder die Neue, die Außenseiterin oder die mit dem Babysitter ... *oder die, deren Mom erschossen wurde.*

An den meisten Tagen ist mir das Gerede der anderen egal, erst recht, wenn es von Fremden kommt. Doch Trishs

Worte treffen mich nicht wegen der indirekten Beleidigung, sondern weil sie ziemlich dicht an der Wahrheit gelegen haben.

Ich habe den Kick *tatsächlich* genossen. Zumindest kurz. Nun wird es Zeit für mich, in mein altes Leben zurückzukehren. Zu Zane und Dad, unserer Mietwohnung, in der wir seit zwei Jahren wohnen, und in meinen Studienalltag, in dem ich mich durchs Lernen von meinen sonstigen Problemen ablenke.

Ich streiche mir die Haare nach hinten und atme tief durch. Dann stoße ich mich von der Wand ab und begebe mich weiter auf die Suche nach den Toiletten.

Okay, danke N.C. für die Rettung, aber ab jetzt komme ich selbst klar. Ich habe meinen Vater angerufen, er wird mich gleich abholen.

Nein. Noch einmal von vorn.

Ich bin dir dankbar, dass du mich lebendig aus der Mall gebracht hast, aber ich muss jetzt gehen. Ich werde gleich abgeholt.

Während ich mir die Worte für den tätowierten Latino zurechtlege, will ich gerade nach meinem Handy angeln, als meine Hand ins Leere fasst. In den Taschen meiner Shorts ist kein Smartphone. Vor der Holztür, auf der ein weibliches Strichmännchen klebt, bleibe ich stehen und taste panisch Vorder- und Hintertaschen ab. Das kann doch nicht wahr sein!

Ich erinnere mich zurück an die Schießerei im Friseursalon und mein Herz stürzt eine Klippe hinunter. Ich hatte das Handy in der Hand, als der erste Schuss fiel! Danach habe ich mich erschrocken geduckt. Das Telefon muss mir aus der Hand gefallen sein und ich hatte nicht mehr daran gedacht, es aufzuheben und wieder einzustecken.

Verdammte Scheiße!

Ich stoße die Tür auf, weil meine Blase die Aufregung nicht mehr lange mitmacht, und erstarre. An den Klokabinen steht ein Mann, den Rücken an die dunkle Holzverkleidung gelehnt. Vor seinen Beinen hockt eine Frau auf dem schwarzen Fliesenboden und hat ganz offensichtlich seinen Penis bis zum Anschlag im Mund.

Mir entschlüpft ein leises »Oh Gott« und der Mann öffnet die Augen.

Strahlendblaue Iriden durchbohren mich. Die Frau hingegen ist so vertieft in dem, was sie tut, dass sie mich entweder nicht hört oder absichtlich ignoriert.

Ich stehe mit offenem Mund da und weiß nicht, was ich tun soll. Soll ich draußen warten, bis sie fertig sind? Soll ich aufs Männerklo? Ich sollte definitiv gehen und aufhören zu starren.

»Gabriela, warte.« Der Mann – mit seinen hellblonden Haaren ein äußerst seltener Anblick so nah an der Grenze von Mexiko – hält ihren Kopf fest. »Wir haben Zuschauer. Nicht, dass ich etwas gegen Zuschauer hätte ...« Er lächelt mich schief an. »... aber vielleicht wäre es angebrachter, ihr auch etwas hiervon anzubieten.« Seine hellblauen Augen funkeln und mein Herz gerät aus dem Rhythmus.

Er will mir etwas *wovon* anbieten? Ich bin zu erstarrt, um zu reagieren.

Die dunkelhaarige Frau rückt mit ihrem Kopf von ihm ab und lässt seine Erregung feucht glänzend aus ihrem Mund gleiten. Mein Blick heftet sich wie hypnotisiert auf seine beachtliche Länge, während in meinem Körper ein tosendes Chaos ausbricht. Meine Synapsen sind vollkommen überfordert und seit der Schießerei ist in meinem Hirn offensichtlich irgendetwas falsch verkabelt, denn ich spüre ein sehnsüchtiges Pochen zwischen meinen Schenkeln, was mir vor Scham die Röte in die Wangen schießen lässt.

Das bist du doch, oder? Ein unschuldiges Mädchen, das gerne mit den gefährlichen Leuten abhängt, um einen Kick in ihrem langweiligen Leben zu spüren?

»Ich ... ich muss nur auf Toilette«, erkläre ich unnötigerweise und versuche die Vorstellung zu verdrängen, diesen großen glänzenden Schwanz in mir zu spüren. »Ich kann auch draußen warten. Kein Problem. Macht ähm ... ruhig zu Ende.«

Der blonde Mann grinst schief und mustert mich so eindringlich, dass ich mich nackt fühle. Vielleicht stellt er sich mich auch nackt vor oder er kann mir meine verdorbenen Gedanken von der Stirn ablesen.

»Rothaarig und weiß wie Schnee. Was verschlägt ein Mädchen wie dich an einen Ort wie diesen?«

Ernsthaft? Er will jetzt mit heruntergelassener Hose und einer Frau vor ihm kniend darüber reden, warum ich hier bin?

Ich taste mit der Hand hinter meinem Rücken nach dem Türknauf. Es ist zwar unhöflich, seine offene Frage zu ignorieren, aber so langsam macht mir sein durchdringender Blick Angst.

»Tut mir leid«, murmele ich, wirbele herum und reiße die Tür auf. Beinahe rechne ich damit, dass er losstürmt und mich aufhält. Blindlings fliehe ich deshalb aus dem WC und renne prompt in einen männlichen harten Oberkörper hinein.

Erschrocken japse ich nach Luft und hebe den Blick: schwarzes Shirt, das sich um eine muskulöse Brust spannt, ein Tattoo am Hals und N.C.s finsteres Gesicht.

Gott sei Dank.

N.C.

Seit du auf die Toilette verschwunden bist, habe ich ein ungutes Gefühl. Dich aus den Augen zu lassen, geht mir gegen den Strich. Vor allem in einer Schlangengrube wie dieser. Da werden weiße scheue Mäuse schnell zum Abendessen verspeist. Die ein oder andere Schlange würde vorher noch mit dir spielen. Dich zappeln lassen.

Vielleicht hast du auch schon kapiert, in was für einer Gefahr du schwebst, und deine Pinkelpause ist nichts weiter als ein Versuch zur Flucht. Willst du aus dem Fenster steigen? Oder mit deinem Handy einen Hilferuf aussenden?

Willst du gehen, ohne dich zu verabschieden?

Vielleicht wäre es für uns beide das Beste, doch mein Drang, Dinge zu kontrollieren, bringt mich dazu, aufzustehen und nach dir sehen zu wollen.

Ich *habe dich gerettet, also entscheide* ich *auch, wann du gehen darfst.*

Das ungute Gefühl in meinem Magen verstärkt sich, je näher ich den Waschräumen komme. Ich will gerade die Hand heben, um die Tür zum Damen WC zu öffnen, als du hinausrennst und mir geradewegs in die Arme läufst. Wie du gegen meine Brust prallst und zu mir aufsiehst, schickt ein paar tiefgehende Vibrationen durch meinen Körper. Scheiße.

In deinen grün-braunen Augen steht eine Angst, die mich verwirrt, und deine Wangen brennen mit deinem Haar um die Wette. Deine zarte Pfirsichhaut ist erhitzt, als hätte jemand unanständige Dinge mit dir getan.

In meiner Brust wächst ein Grollen heran. Ohne ein Wort schiebe ich dich beiseite und trete in den schwarz gefliesten Waschraum. Rechts an den Kabinen sehe ich ihn stehen. Callum, mit einer x-beliebigen Frau vor seinem Schoß kniend. Sein Schwanz ist noch draußen und ragt vor dem Gesicht seines heutigen Spielzeugs in die Höhe. Er glänzt von ihrem Speichel benetzt.

Ich begreife und drehe mich zu dir um.

Fuck. Der bloße Anblick seines Schwanzes hat dir eine solche Röte in die Wangen getrieben? Callum kann ein Arsch sein, aber er steht viel zu weit weg, um dir ernsthaft zu nahe gekommen zu sein. Er hat dich nicht mit dem Finger angerührt – und trotzdem siehst du aus, als hätte er gerade deinen Mund gefickt und nicht ihren.

DREI

S ein Blick ist so dunkel und irgendwie wütend, dass ich mir schuldbewusst auf die Zunge beiße. »Ich ... ich kann auch aufs Männerklo gehen oder etwas warten.«

N.C. ignoriert mich und wendet sich zu dem Blonden. »Du lässt sie hier nicht pissen?«

Seine Wortwahl verwandelt die Hitze in meinen Wangen in ein Inferno.

Der Blonde hebt unschuldig die Hände. »Ich habe sie nicht davon abgehalten. Ich habe ihr lediglich angeboten, mitzumachen.«

»So ist das also«, knurrt N.C. »In Zukunft lässt du solche Angebote bleiben.«

Der Mann mit der heruntergelassenen Hose schnaubt und verengt die Augen. »Wieso? Seit wann erhebst du Anspruch auf irgendwelche weißen Gören? Sie kann ja wohl selbst für sich sprechen – im Übrigen schien ihr mein Schwanz durchaus zu gefallen.«

»Träum weiter, Cal. Für dein Miniwürstchen interessiert sich hier niemand.« Mit den Worten packt N.C. mich am Oberarm und zieht mich aus der Tür.

Das da nennt er Miniwürstchen?

»Du musst mich nicht beschützen ... oder verteidigen«, stammle ich überfordert, sobald die Tür hinter uns ins Schloss fällt. »Er hat mir nichts getan.«

»Klar, deshalb leuchtest du auch greller als jeder Feuermelder. Scheint, als wäre sein Schwanz der erste, den du je gesehen hast. Von wegen du bist einundzwanzig.« Er schnaubt. »Du hast an einem Ort wie dem hier nichts zu suchen und ich habe keinen Bock, deinen Babysitter zu spielen. Geh pinkeln und danach fahre ich dich nach Hause. Deine Probleme kannst du dann mit Daddy klären.« Er sieht mich nicht einmal an, als er die benachbarte Tür zum Männer-WC aufstößt. »Ich warte hier«, erklärt er.

Meine Beine rühren sich nicht. Seine Worte haben mich getroffen und sein Tonfall war geradezu herablassend. *Los, wehr dich, Rachel.*

Ich warte, bis er mich wieder ansieht, dann verschränke ich die Arme vor der Brust und kratze meinen restlichen Mut zusammen. »Ich habe nicht gelogen, was mein Alter betrifft. Und ob du es glaubst oder nicht, ich habe auch schon den ein oder anderen Penis gesehen. Tut mir leid, dass ich nicht so abgebrüht bin wie du. Ich habe dich weder gebeten, mich hierhin mitzunehmen, noch mich zu retten!« Ich beiße die Zähne zusammen und versuche ihn mit meinem Blick niederzustrecken. Dass er sich wie mein *Babysitter* fühlt, kratzt nicht nur an meinem Ego. Es nimmt meinen kurzzeitigen Sexfantasien mit ihm auch jeglichen Nährboden und lässt mich ernüchtert zurück.

Das Prickeln zwischen euch beiden hast du dir wohl eingebildet, Rachel.

Ich drehe mich energisch um und stolziere zu den Kabinen.

Dieser N.C. kann mich mal! Eigentlich hatte ich ihm für alles danken wollen, doch wenn er so mit mir redet, kann er lange auf ein Dankeschön warten.

Als ich mir nach der Erleichterung meiner Blase die Hände wasche, begegne ich meinem Blick in dem kleinen rechteckigen Spiegel, der aussieht, als wäre er seit Jahren nicht geputzt worden. An der unteren rechten Ecke ist er bereits zersplittert und neben ein paar milchigen Flecken, von denen ich lieber nicht wissen will, woher sie stammen, wurde mit schwarzer Farbe ein Schlangensymbol aufgesprüht.

Ich starre an dem Ganzen vorbei in meine eigenen haselnussbraunen Augen. Obwohl ich beinahe noch so aussehe wie heute früh, als ich das Haus verlassen habe, um zum Campus zu fahren, kommt es mir vor, als würde mir eine Fremde entgegenstarren. Der Blick aus meinen geweiteten Pupillen sprüht noch immer zornige Funken, meine Wangen sind leicht gerötet und die Wimperntusche verschmiert, sodass sie dunkle Spuren unter meinen Augen zeichnet, die ich schnell wegwische.

Ich zupfe mir die offenen Haare zurecht und überlege, ob ich einen weiteren Knopf im Ausschnitt meines karierten ärmellosen Hemdes öffnen soll, um N.C. zu zeigen, was er verpasst, als ich ein lautes Röhren von draußen höre.

Mein Kopf schießt herum und ich blicke zu dem kleinen Fenster, welches im oberen Drittel der Wand neben den Kabinen eingelassen und auf Kipp geöffnet ist.

Es hört sich an, als würde eine ganze Legion von Motorrädern auf dem Parkplatz auffahren. Rufe werden laut. Dann löst sich ein Schuss und das Blut in meinen Adern gefriert.

Nein.

Das muss ein schlechter Scherz sein.

Wie viel Pech kann ich haben, an einem Tag in ganze zwei Schießereien zu geraten?

Vielleicht sind es dieselben Männer.

Vielleicht sind sie wegen mir hier.

Noch während ich unsicher darüber bin, ob sich mein Magen gleich umdreht, wird die Tür aufgestoßen und N.C. stürzt in den Raum. Hilflos schaue ich in sein angespanntes Gesicht. Hoffe darin lesen zu können, dass ich mich irre und der Schuss nichts Schlimmes zu bedeuten hat.

Sein Blick wandert zu dem kleinen schmalen Fenster. »Passt du da durch?«, fragt er knapp und zerschießt damit meine Hoffnung. Ohne auf meine Antwort zu warten, packt er mich am Arm und zieht mich mit sich.

Unter dem Fenster bleibt er stehen, geht in die Knie und hält mir seine verschränkten Hände vor die Füße. »Komm, mach schon.«

Eine Räuberleiter? Ernsthaft?

Seine Stimme ist so angespannt, dass ich mich nicht traue, ihm zu widersprechen. Ich klettere auf seine Hände und halte mich an seinen Schultern fest, dann hebt er mich bereits hoch. Ich richte mich auf und öffne die Fensterluke so weit wie möglich.

»Ich ... ich weiß nicht, ob ich da durchpasse.« Es sieht nicht nur verdammt eng und ungemütlich, sondern auch lebensgefährlich aus. Auf der anderen Seite würde ich schließlich knapp zwei Meter in die Tiefe fallen. Oder ich würde den Männern geradewegs in die Arme sinken, die nach mir suchen. Auch wenn ich von hier oben bisher niemanden entdecken kann.

Als zwei weitere Schüsse ertönen, zucke ich zusammen. N.C. flucht und versucht mich eigenhändig durch das Loch in der Wand zu bugsieren. Mir bleibt keine Zeit, mich auf seine Hände zu konzentrieren, die meine Ober- und Unterschenkel berühren. Aus dem Inneren der Bar höre ich eine laute Stimme etwas brüllen, doch das Blut in meinen Ohren rauscht so laut, dass ich die Worte nicht verstehe.

»Du kommst auf der Rückseite der Bar raus. Dich wird dort niemand sehen. Warte da auf mich. Ich komme dich holen!«, weist N.C. mich an, während ich schon zur Hälfte an der frischen Luft bin.

Mein Kopf und meine Schultern haben es durch den engen Spalt geschafft und ich sehe unter mir einen großen offenen Abfallcontainer, in dem sich die Müllsäcke stapeln.

Oh nein.

Ich kneife die Augen zusammen und ziehe den Rest meines Oberkörpers durch die Luke. Ich weiß, dass ich keine andere Wahl habe. Die Chance, dass die Männer ausgerechnet nach mir suchen, ist zu groß. Lieber lande ich in stinkendem Abfall als mit einer Kugel im Kopf in meinem Grab.

N.C. gibt mir den letzten Stoß, um mich ins Freie zu befördern.

Als ich vornüberfalle, beiße ich die Zähne zusammen, um nicht zu schreien. Instinktiv schlage ich die Hände über meinem Kopf zusammen und versuche den Sturz mit meinen Armen abzufangen.

Der Schmerz kommt trotzdem zuerst. Doch der Gestank und der Ekel lassen nicht lange auf sich warten. Für einige Sekunden kann ich mich nicht rühren. Ein paar der eher unbequemeren Müllsäcke bohren sich schmerzhaft in meine Rippen, aber sonst scheine ich mich nicht großartig verletzt zu haben. Ich nehme die Hände von meinem Kopf und öffne die Augen. Während ich mich umsehe, versuche ich so wenig wie möglich zu atmen.

N.C. hatte recht. Hier hinter dem Gebäude scheint keiner auf mich zu warten, sonst hätten sie mich bestimmt schon gepackt.

Im Inneren der Bar werden plötzlich neue Schüsse laut. Viele.

Mein Herz zerspringt beinahe. Neben der ganzen Verwirrung und Angst verspüre ich auch so etwas wie Schuld. Falls sie tatsächlich hinter mir her sind, habe ich all die Leute in dem Lokal in Gefahr gebracht. N.C. könnte meinetwegen etwas passieren.

Was, wenn er stirbt?

Hör auf, Rachel. Im Gegensatz zu diesen Leuten hast du nichts mit irgendwelchen Bandenkriegen am Hut.

Um sich schuldig zu fühlen, muss man auch etwas getan haben, aber ich habe nicht die leiseste Ahnung, was ich angerichtet haben könnte.

Für einen Moment überdeckt der Gestank meine Gedanken und Galle steigt mir die Kehle hoch. Verdammt, ich muss hier erst einmal raus. Ich stemme mich etwas umständlich hoch und krabbele auf allen Vieren zum Rand des Containers. Zum Glück treffe ich dabei auf keine zerbrochenen

Glasflaschen oder Ähnliches. Rasch klettere ich über den Rand und als ich endlich wieder festen Boden unter den Füßen spüre, geben meine Beine fast nach. Ich gönne mir einen schwachen Moment und setze mich auf den warmen Asphalt.

Obwohl ich mich im Schatten des Gebäudes befinde und die Sonne sich mittlerweile verabschiedet, ist der Boden noch aufgeheizt. Hinter dem asphaltierten Grundstück der Bar befindet sich eine karge Einöde, auf die ich starre.

Plötzlich höre ich das Knallen einer aufgestoßenen Tür. »Hier ist niemand!«, ruft jemand von innen. Es hört sich so laut und nah an, dass es aus den Toiletten kommen muss. »Das Fenster ist auf! Schaut draußen nach! Los. Sie kann noch nicht weit sein.«

Das Herz bleibt mir fast stehen. Verdammt. Weit und breit ist nichts, wo ich mich verstecken könnte. Wenn ich einfach loslaufe, werden sie mich erwischen.

Ich könnte zurück in den Abfallcontainer und mich darin verbuddeln, so eklig dieser Gedanke auch ist. Ich springe auf die Füße und wäge in Sekundenschnelle ab, ob das eine gute Idee ist. Schließlich säße ich damit gleichzeitig in der Falle. Gerade als ich mich schon hochhangeln will, weil mir keine andere Wahl bleibt, höre ich wie ganz in der Nähe eine Tür auffliegt. Diesmal nicht in der Bar, sondern draußen.

Ich drehe meinen Kopf nach links und sehe gerade noch, wie ein Mann in dunkler Kleidung auf mich zu sprintet. Erst einen Herzschlag später erkenne ich, dass es N.C. ist. Er zerrt mich von dem Container weg. In der einen Hand hält er eine Waffe. Mit der anderen packt er mich am Arm und zieht mich mit sich. Statt von hier weg, läuft er jedoch wieder auf die schmale unscheinbare Hintertür des Gebäudes zu.

Was hat er vor? Er will mich doch nicht etwa ausliefern?

In dem Moment höre ich draußen mehrere Schritte.

»Findet sie!«, brüllt jemand. Einige Motoren werden laut, aber ich höre auch genug Stiefel auf dem Asphalt. Wir schlüpfen ins Innere und als N.C. die Tür hinter uns schließt, verstummen die Geräusche von draußen.

N.C. sieht mich an und legt sich einen Finger an die Lippen. Als hätte er Sorge, ich würde hier herumschreien und auf mich aufmerksam machen. Für wie blöd hält er mich? In geduckter Haltung laufen wir durch die Küche, während N.C. mich mit seiner linken Hand hinter sich hält. Die Tür der Küche steht offen. Er streckt seinen Kopf hinaus und späht nach links und rechts. In der Bar herrscht tödliche Ruhe, was den Knoten in meinem Magen verstärkt. Es ist viel zu still hier drin. Irgendetwas stimmt nicht.

N.C. geht ein paar Schritte vor und winkt mich zu sich. Ich schleiche ihm hinterher. Plötzlich hält er mich fest und deutet zur Bar. Von hier aus können wir uns hinter dem Tresen entlang schleichen. Wir befinden uns auf der Seite, zu der sonst nur die Angestellten Zugang haben. Ich nicke N.C. zu, als Zeichen, dass ich verstanden habe. Doch bevor wir loslaufen, greift er mit seiner freien Hand meinen Kopf und zieht ihn zu sich, bis sein Mund an meinem Ohr liegt.

»Du läufst bis zur Tür, egal, was passiert.« Sein warmer Atem streift meine Haut und ich erschaudere. »Verstanden? Bleib nicht stehen. Weißt du noch, wie mein Motorrad aussieht?« Verwirrt nicke ich. »Lauf darauf zu. Dort treffen wir uns.«

Er lässt meinen Kopf los und ehe ich etwas erwidern kann, nickt N.C. in Richtung der Bar und stürmt los. Ich laufe ihm wie auch schon die vorigen Meter in geduckter Haltung hinterher und will hinter dem Tresen versteckt bleiben, doch zu meiner Überraschung richtet N.C. sich zu seiner vollen Größe auf, bleibt stehen – und schießt.

Ich habe keine Ahnung, auf wen er zielt, doch derjenige kippt offensichtlich nicht direkt tot um, sondern feuert zurück. Über mir zerspringt eine Flasche. Scherben und Spiritus regnen auf mich herab, doch ich höre auf N.C. und husche einfach weiter. Anhand seiner dumpfen schnellen Schritte weiß ich, dass er dicht hinter mir ist. Ich drehe mich nicht um, sondern halte auf die Tür zu, die in mein Sichtfeld kommt. Nur, dass in dem Moment auch links neben mir der Tresen endet.

»Da ist sie!«, schreit jemand.

Ein weiterer Schuss zerreißt die Luft und beinahe auch mein Trommelfell. Ich schreie auf und stolpere.

»Nicht töten!«, brüllt der Mann seinem Kumpanen zu. »Planänderung, du weißt doch. Santiago will sie lebend!«

Ich komme an der Tür an, die bereits sperrangelweit aufsteht, und renne hindurch, als ein erneuter Schuss erklingt. Ich weiß nicht, ob N.C. ihn abgefeuert hat oder einer der anderen mir versucht ins Bein zu schießen. Fest steht, dass ich keinen Schmerz spüre und deshalb auch nicht stehenbleibe.

An der frischen Luft will mein Blick über den Parkplatz schweifen, als ich nur ein paar Meter von mir entfernt drei bullige Mexikaner sehe. Einer davon sitzt auf seiner Maschine, die anderen beiden stehen daneben, die Arme ausgestreckt und ihre Waffen auf mich gerichtet.

»Gib auf oder wir schießen!«, droht mir einer von ihnen und ich bleibe schlagartig stehen.

Scheiße! N.C. hat zwar gesagt, ich solle rennen, egal, was passiert, doch die zwei auf mich gerichteten Mündungen sind eindrucksvoller als N.C.s Befehle.

Ich ringe um Luft und will gerade die Arme heben, um mich zu ergeben, als das Aufheulen eines Motors und quietschende Reifen laut werden.

Ein riesiger Jeep nähert sich den drei Männern, nein, er schießt regelrecht auf sie zu. Die beiden Typen mit den Waffen drehen sich um und feuern, doch die Kugeln prallen an dem Blech ab. Der Mann auf dem Bike springt noch herunter, doch es ist zu spät. Der Jeep reißt das Motorrad und die beiden Männer um, die sich nicht rechtzeitig in Sicherheit bringen konnten. Das Bein des einen befindet sich unter den Rädern und ich bilde mir ein, unter seinen Schreien auch das Knacken seiner Knochen zu hören.

Ich bin zu geschockt, um wegzusehen.

Der Wagen bleibt stehen und die Fahrertür wird aufgerissen.

Der Zusammenstoß hat einiges an Aufmerksamkeit auf sich gezogen und ich sehe aus dem Augenwinkel, wie ein paar dunkelhaarige Männer – offenbar diese *Red Eyes* – in meine Richtung rennen. Mir bleibt nicht die Zeit, das Chaos um mich herum zu begreifen. Aus dem Jeep steigt Trish. Ihr Blick ist auf etwas oder jemanden hinter mich gerichtet.

»Steig ein! Schnell!«, befiehlt sie und zieht eine Waffe. Sie schießt – vermutlich auf diejenigen, die noch überlebt haben und sich uns nähern.

Noch ehe ich mich umdrehen kann, werde ich wieder von einer Hand gepackt, deren eiserner Griff mir mittlerweile vertraut ist. Die Schmerzen in meinem Oberarm, die seine Finger mit sich bringen, dringen allerdings nur dumpf in mein Bewusstsein.

Als wir an Trish vorbeilaufen, flucht sie. »Ich habe doch gesagt, sie bringt nur Ärger«, zischt sie N.C. zu. »Schaff sie fort! Fuck! War es das wert, Nero?«

Er antwortet ihr nicht, und gibt mir stattdessen einen Schubs, sodass ich fast über die Motorhaube fliege.

Nero ... Ist das sein richtiger Name?

Ich halte mich an dem Wagen fest, um nicht das Gleichgewicht zu verlieren, renne dann auf die andere Seite des Jeeps, schwinge mich auf den Beifahrersitz und entkomme nur knapp dem Kugelhagel, der wieder ausgebrochen ist.

Noch ehe ich die Tür zuziehen kann, fährt N.C. an und es reißt mich nach hinten in den Sitz. Mein Magen zieht sich zusammen, von dem Tempo, das dieses Auto aus dem Nichts aufbringt. Mit Mühe schaffe ich es noch die Tür zu schließen, als N.C. eine Kurve fährt und ich gegen die Seitenwand gedrückt werde.

Wenn die Kugeln uns nicht umgebracht haben, dann wird es N.C. gleich mit seinen Fahrkünsten tun!

»Schnall dich an!«, blafft er, was aufgrund seiner Manöver keine schlechte Idee ist. Mit zittrigen Händen greife ich nach dem Gurt und ziehe ihn über meine Brust.

Ein lauter Knall ertönt, als uns jemand gegen die Heckscheibe schießt. Instinktiv schlage ich die Hände über meinem Kopf zusammen.

N.C. gibt noch mehr Gas und ich schaue erschrocken über die Schulter. Wir lassen die Bar und die Schießerei hinter uns. Niemand von den überlebenden Gangstern ist schnell genug auf seiner Maschine, um uns zu folgen.

»Fuck!«, schreit N.C. plötzlich und reißt das Lenkrad herum. Ich werde in meinem Sitz zu ihm katapultiert und die Mittelarmkonsole drückt sich schmerzhaft gegen meinen Oberschenkel.

Ich starre aus dem Seitenfenster und sehe vor uns mehrere riesige Streifenwagen, die die Auffahrt auf den Highway blockieren. *Die Cops sind hier?* Verdammt, so wie sie uns den Weg abschneiden, scheinen sie nicht auf unserer Seite zu sein. Ich versuche N.C. diesmal nicht davon zu überzeugen, die Polizei um Hilfe zu bitten.

Stattdessen sehe ich ihn einfach nur an. Er hat bereits den Rückwärtsgang eingelegt und tritt das Gas erneut durch.

»Wohin willst du?«, kreische ich mit zu hoher Stimme. *Doch nicht etwa zurück?!*

»Hier weg.« Er wendet so energisch, dass mir beinahe schlecht wird. Ich halte mich mit der linken Hand an dem Armaturenbrett fest und rechts stütze ich mich an der Beifahrertür ab, um einigermaßen das Gleichgewicht zu halten, und nicht hin und her geschleudert zu werden.

Voller Entsetzen stelle ich fest, dass sich mittlerweile hinter uns – jetzt wieder vor uns – mehrere Motorräder aufgebaut haben, mit Fahrern, die ihre Waffen auf uns richten. N.C. gibt Gas und mir wird klar, dass er ihre Mauer von Bikern einfach durchbrechen will, ohne Rücksicht auf Verluste, doch der Kugelhagel, dem unsere Scheibe zum Opfer wird, macht mir Sorgen.

»Duck dich!«, ruft er, weil er vermutlich genauso wenig Vertrauen in die Qualität der Scheibe hat wie ich. Ohne meine Reaktion abzuwarten, greift er mit seiner Hand nach meinem Kopf und drückt ihn hinunter in seinen Schoß. Keine Sekunde zu früh. In dem Moment zerbirst das Glas. Ich presse die Augenlider zusammen und versuche das Klingeln in meinen Ohren loszuwerden. Für einen Moment fühle ich mich beinahe taub. Ich höre N.C. zwar etwas brüllen, den Wind von draußen, weitere Schüsse und Schreie, doch alles ist so weit weg, als hätte man mich in Watte gepackt.

Für ein paar Herzschläge genieße ich die Dunkelheit und die Ruhe, in die ich gehüllt bin. Der Wagen ruckelt, doch ich werde nicht mehr so wild hin und her geworfen, weil N.C. meinen Kopf noch immer festhält. Zusätzlich halte ich mich mit einer Hand unten an seinem Sitz fest und mit der anderen kralle ich mich in seinen Oberschenkel.

Verdammt.

Sein Oberschenkel.

Meine Nase presst sich genau dagegen. Blut schießt mir in die Wangen, doch ich rühre mich nicht. Wage es kaum zu atmen. So langsam kehren meine Sinne wieder zurück. Das Klingeln in meinen Ohren lässt nach, stattdessen höre ich das Rauschen des Fahrtwindes. Spüre den groben Stoff seiner schwarzen Jeans an meinem Gesicht.

N.C. hat die Hand von meinem Kopf genommen und wir scheinen mittlerweile eine ruhige Strecke zu fahren. Keine halsbrecherischen Wendemanöver. Keine Kugeln, die an uns vorbeifliegen.

Ich drehe meinen Kopf etwas nach links, damit ich besser Luft bekomme. Mit der Zunge fahre ich mir über die trockenen Lippen, schlucke, um meine brennende Kehle zu befeuchten, die sich ganz rau anfühlt von den Schreien der letzten Minuten.

Mein Blick ist auf N.C.s Ledergürtel gerichtet, der sich nur wenige Zentimeter vor meiner Nase befindet.

»Du darfst ruhig noch weiter da unten liegen bleiben, aber es wird langsam etwas eng«, reißt mich seine Stimme aus den Gedanken.

Ruckartig hebe ich den Kopf und stemme mich mit den

Händen in die Höhe. Ich muss nicht genauer hinschauen, um zu wissen, was er meint, trotzdem bleibt mein Blick unterhalb seines Gürtels hängen. Ich scanne seinen Schoß, bis ich die deutliche Ausbeulung sehe. Meine Augen werden groß.

Scheiße, scheiße, scheiße.

Wie von der Tarantel gestochen weiche ich von ihm zurück, was mir mein Körper schlagartig dankt. Erst jetzt bemerke ich, wie schmerzlich sich der Gurt in meine Seite geschnitten hat und wie unbequem ich eigentlich über die Mittelarmkonsole gebeugt lag.

Wie kann er in unserer Situation bloß an etwas Sexuelles denken?

Sei nicht so scheinheilig, Rachel. Hättest du dich nach der letzten Schießerei nicht am liebsten direkt von ihm flachlegen lassen?

Dabei hatte er seinen Kopf nicht in meinen Schoß gedrückt.

»Tut ... tut mir leid«, murmele ich und fege ein paar Scherben von meinen Oberschenkeln. Überall im Auto liegen hagelkorngroße Glassplitter.

N.C. wirft mir einen schnellen Seitenblick zu. »Wofür entschuldigst du dich?«

Gute Frage, eigentlich dafür, dass ich ihn unabsichtlich in die unangenehme Situation einer Erregung gebracht habe, die definitiv unpassend ist. Aber offensichtlich bin ich diejenige von uns beiden, die es unangenehmer findet. Also sollte ich mich vermutlich dafür entschuldigen, dass ich ihn und seine Leute in solch eine Gefahr gebracht habe. Mittlerweile ist es unbestreitbar, dass die Männer nach mir gesucht haben. Weshalb auch immer.

Damals, als Dad noch als Staatsanwalt gearbeitet hat und einer der Wenigen war, die sich nicht schmieren ließen, hatten wir ständig in Gefahr gelebt. Auch wenn ich es nie begriffen habe – bis zu dem Tag, an dem sie Mom erschossen.

Doch mittlerweile ist Dad nicht mehr als Anwalt tätig.

Er hat seine Arbeit niedergelegt, schon vor Jahren! Er hat aufgegeben, die Bösen hinter Gitter zu bringen, weil er Moms Verlust nicht ertrug. Also sind diese Kriminellen nicht wegen ihm auf mich aus.

Ich antworte N.C. nicht, sondern wende den Kopf und starre nach vorne durch die kaputte Windschutzscheibe. Wir befinden uns auf einer Landstraße mitten im Nirgendwo. Die trockene wüstenartige Umgebung sieht aus, als würden wir durch das Death Valley fahren, auch wenn ich weiß, dass wir uns viel zu weit südlich dafür befinden. Ob wir mittlerweile schon in Mexiko sind? Hat er mich vielleicht über die Grenze gefahren, während ich meine Nase in seinem Schritt hatte?

Nein. Hör auf, dir etwas zusammen zu spinnen. N.C. wird mich gleich mit Sicherheit wieder nach Hause bringen und die Erinnerungen an den heutigen Tag werden schon bald nichts weiter sein als ein paar wirre Tagebucheinträge.

Vielleicht sollte ich aufhören, mich nach Abenteuern zu sehnen.

Vielleicht kommt der Wunsch nach Freiheit einer Todessehnsucht gleich.

Doch warum habe ich es dann trotzdem nicht eilig, dass N.C. umdreht und mich nach Hause fährt?

N.C.

Deine Wangen leuchten tiefrot, was nicht hilfreich für die Enge in meiner Hose ist. Auch wenn du jetzt nachdenklich aussiehst, fällt es mir schwer, einen klaren Gedanken zu fassen, der nichts mit deinen rosigen geschwungenen Lippen zu tun hat.

Fuck, ich will nicht daran denken, wie nah dein unschuldiges Engelsgesicht gerade meinem Schwanz war. Ich bin aus der Zeit herausgewachsen, in der ich mir jedes süße Mädchen, dem ich begegnete, unter mir liegend vorgestellt habe. Es ist nicht so, dass ich keinen Spaß mehr an Sex habe, aber normalerweise überwältigt die Lust mich nicht aus heiterem Himmel. Seit ich Cedrics rechte Hand bin, vögele ich keine dahergelaufenen weißen Gören mehr – wie Callum dich genannt hat.

Mädchen wie du schaffen es nicht mehr, mir den Kopf zu verdrehen, indem sie mich mit ihren Rehaugen anklimpern oder zufällig meinen Schritt streifen. Ich bin abgestumpft, und das nicht nur, was das Töten von Menschen angeht.

Ich entscheide, wann ich wen ficke und nicht umgekehrt. Und du, mein kleiner süßer Pfirsich, stehst gewiss nicht auf der Liste.

Trish hatte recht: du bedeutest Ärger. Ich sollte dich irgendwo in dieser Einöde aussetzen und zusehen, dass ich die Wogen bei den Vipers geglättet bekomme, ohne dass Cedric Wind von dir bekommt.

Mein Schwanz pulsiert und ist anderer Meinung. Du könntest mir zur Wiedergutmachung zumindest einen blasen, für all die Scheiße, die ich für dich auf mich genommen habe. Der Gedanke schießt durch mich hindurch wie ein Blitz. Ich müsste nur meinen Gürtel öffnen, meinen Schwanz befreien und dich zurück in meinen Schoß drücken. Du würdest daran saugen, oder Peach?

Du tust so unschuldig und brav, und ich weiß noch nicht, ob es nur eine Masche ist oder ob du vielleicht tatsächlich noch Jungfrau bist, aber deine Lippen würdest du bestimmt über mich stülpen. Ein Teil von mir würde das gern herausfinden wollen. Meine Theorie auf die Probe stellen.

Hitze sammelt sich in meinem Magen und strahlt bis in meine Finger.

Reiß dich zusammen, Nero, ermahne ich mich und blinzele mehrmals, um die Straße wieder vor Augen zu sehen. Ich muss dich loswerden und Cedric die Schießerei im Venoms Riff erklären, bevor er von anderen davon hört!

Meine Lust werde ich heute Abend anderweitig los.

VIER

Wir werden langsamer und ehe ich mich versehe, drückt N.C. die Bremsen durch. Er schwenkt nach rechts, wo wir auf dem Seitenstreifen zum Stehen kommen. Der Himmel über uns färbt sich mittlerweile in ein dunkles Grau. Die letzten orangefarbenen Schlieren verblassen am Horizont. Weit und breit ist nichts zu sehen außer flacher Einöde, ein paar Sträucher und trockene Gräser. In der Ferne zeichnen sich die dunklen Umrisse einer niedrigen Gebirgskette ab.

Im ersten Moment bin ich verwirrt, weshalb wir anhalten, viel zu sehr habe ich mich in der Landschaft und meinen eigenen Gedanken verloren, aber dann wird mir bewusst, dass N.C. gar nicht weiß, wohin er mich bringen soll. Scheinbar ist der Roadtrip hier vorbei und er will mich fragen, wo ich wohne oder wo er mich absetzen kann. Stattdessen sagt er: »Steig aus.«

Ich drehe mich zu ihm um. »Wie bitte?«

»Hast du was an den Ohren? Steig aus, habe ich gesagt.«

Da mein Körper wie paralysiert ist, greift N.C. nach dem Sicherheitsgurtverschluss und schnallt mich ab.

»Du willst mich hier aussetzen?«, bringe ich heraus. Alles in mir ist wie gelähmt.

»Hast du gedacht, ich kutschiere dich durch die halbe Westküste? Ruf deinen Daddy an und lass dich abholen.«

»Ich ... habe aber kein Handy dabei«, stammele ich wie vor den Kopf gestoßen. Was ist in den letzten Minuten passiert? Habe ich etwas verpasst? Habe ich etwas falsch gemacht?

»Dann fahr mit einem Anhalter mit. Mir egal.« Er beugt sich über mich und öffnet die Beifahrertür.

Sein Wunsch, mich loszuwerden, kann nicht deutlicher sein, trotzdem begreife ich es nicht. »Du hast mich gerettet«, hauche ich. Aus irgendeinem dämlichen Grund steigen mir sogar Tränen in die Augen, doch ich blinzele sie schnell fort. »Dann kannst du mich hier draußen doch nicht sterben lassen.«

Er zieht seine schwarzen Augenbrauen zusammen und sieht mich mit einem so überheblichen Ausdruck an, dass ich am liebsten im Sitz versinken würde. »Nicht so melodramatisch, Kleine. Du wirst hier nicht draufgehen. Wir sind hier nicht in der Sahara. Irgendwo findest du schon eine Notrufsäule, eine Tankstelle oder einen netten Autofahrer, der dich mitnimmt.«

Mein Herz beginnt zu rasen, als begreife es endlich, dass er es ernst meint. »Wieso nimmst du mich nicht mit? Du wolltest mich doch nach Hause fahren.« Oder war das, was er in der Bar gesagt hat, bereits gelogen? Hatte er nie vorgehabt, mich zurückzubringen?

»Ja, das war noch, *bevor* ich wusste, wie dringend die Red Eyes dich wollen. Die haben unseren verdammten Laden verwüstet. Ich muss nach meinen Leuten sehen und das Chaos bereinigen, das du angerichtet hast. Außerdem kann ich nicht riskieren, länger mit dir herumzufahren, dir ein Versteck zu suchen und mich damit selbst zur Zielscheibe zu machen.«

Meine Hände beginnen zu zittern und ich balle sie schnell zu Fäusten. »Bitte. Dann fahr mich nur zur nächsten Tankstelle. Oder lass mich von deinem Handy aus telefonieren.«

Alles ist besser, als einfach ausgesetzt zu werden. Dabei weiß ich nicht einmal, wo ich anrufen soll. Ich kenne Zanes und Dads Handynummer nicht auswendig, habe sie nie auswendig lernen müssen. Ich weiß lediglich die Nummer unseres Festnetzanschlusses, aber wenn keiner zu Hause ist, was dann?

N.C. atmet hörbar aus und die Falten auf seiner Stirn glätten sich. »Ich bin weder dein Taxi noch dein Märchenprinz, kapiert? Aber ich bin auch kein Unmensch. Ich fahre dich zur nächsten Tanke, keine Meile weiter. Cedric wird mich killen, wenn er davon erfährt. Ab da bist du auf dich allein gestellt. Klar?«

Ich nicke und schließe die Beifahrertür, obwohl überhaupt nichts klar ist. Aber wenigstens lässt er mich nicht mehr am Straßenrand stehen. Ohne Handy. Ohne Bargeld. Ich presse die Lippen zusammen und versuche mir meine Angst und Verbitterung nicht anmerken zu lassen. Dass er nicht mein Held in strahlender Rüstung ist, hat er jetzt zumindest deutlich gemacht. Erneut. Diese kalte Dusche hat ein Teil von mir auch dringend wieder nötig gehabt.

Ich schlucke und versuche unter dem Blick aus seinen dunklen Augen nicht einzuknicken, mit dem er mich immer noch durchbohrt.

Vielleicht ist er auch ein Psychopath und ich wäre per Anhalter bei einem anderen Autofahrer doch besser aufgehoben. Wie sonst lassen sich seine Stimmungsschwankungen erklären? Vor zehn Minuten hatte die Ausbeulung in seiner Hose noch deutlich gemacht, wie sehr er von mir angetan ist, und nun will er mich aussetzen wie einen räudigen Hund?

Ich gebe zu, mir wäre es lieber, wenn er scharf auf mich wäre. Dann würde er meinen Körper vielleicht für seinen Spaß benutzen, aber mich zumindest nicht vorzeitig loswerden wollen.

Mach dir nichts vor, Rachel. Du stehst noch immer auf ihn, obwohl er dich wie ein Arsch behandelt.

Er wendet sich endlich von mir ab und fährt wieder los. Mein Blick hingegen verweilt auf seinem Profil, der großen geraden Nase und seinen Lippen, die er zu einer schmalen

Linie zusammengepresst hat. Vielleicht habe ich noch eine Chance, wenn ich versuche, meine weiblichen Reize besser einzusetzen? Er scheint nicht völlig abgeneigt zu sein.

Es gibt Frauen, die ihren Körper so gekonnt zum Einsatz bringen, dass sie wahrlich *alles* von Männern bekommen – auch ohne mit ihnen zu schlafen. Mir zum Beispiel wäre ein Hotelzimmer für den Anfang ganz recht. Wenn er mich schon nicht bis nach Hause fahren will. Dort wäre ich erst einmal in Sicherheit, ich hätte ein Telefon und eine Dusche.

Leider habe ich nie sonderlich viel an meinen Flirttechniken gefeilt. Ich habe keine Ahnung, was ich sagen oder tun kann, ohne mich lächerlich zu machen. *Denk dir etwas aus, Rachel! Du hast nur noch ein paar Meilen, um ihn umzustimmen.*

Ich blicke an mir herunter und mich durchzuckt eine Idee. Ich schnappe mir den Kragen meines karierten ärmellosen Hemdes und schnüffele daran. »Ich rieche wie ein Müllcontainer«, beschwere ich mich, was nicht einmal gelogen ist. »Ich bräuchte dringend eine Dusche. Vermutlich willst du mich deshalb loswerden«, plaudere ich etwas zu viel drauflos, weil die Nervosität mich übermannt. Ehe ich einen Rückzieher machen kann, greife ich nach dem unteren Ende des Oberteils, ziehe es mir über den Kopf und werfe es auf die Rückbank.

Der Fahrtwind streift meine nackte Haut und ich muss nicht einmal nach links sehen, um aus dem Augenwinkel zu bemerken, dass ich mein Ziel erreicht habe: N.C. starrt mich an.

Gut, dass ich mich heute Morgen für den schicken schwarzen Spitzen-BH entschieden habe und nicht für ein langweiliges hautfarbenes Teil.

»Willst du den Tankwart auf diese Art bitten, umsonst sein Telefon zu benutzen?«, fragt er mich mit Spott in der Stimme.

Ich drehe mich zu ihm und drücke dabei die Schulterblätter durch, um meine Brust in Szene zu setzen. Auch wenn ich enttäuscht feststellen muss, dass N.C. dem verlassenen Highway mehr Aufmerksamkeit schenkt als meiner mutigen Freizügigkeit.

»Eigentlich wollte ich dir den subtilen Hinweis geben, dass du mich auch in ein Motel fahren kannst. Dort würde ich mich gerne frischmachen«, versuche ich es mit sinnlichem Unterton.

Er wirft mir einen kurzen Blick zu, nur um mir seine gehobene Augenbraue zu demonstrieren. »Mit ein wenig nackter Haut kannst du mich nicht anmachen, Peach. Ich bin kein hormongesteuerter Teenager.«

Peach?

»Mein Name ist nicht Peach, ich heiße Rachel!«, fahre ich ihn an und gebe meine Flirttaktik auf. Verdammt, wie komme ich nun wieder an mein Hemd? Es wäre wohl ziemlich lächerlich, es jetzt von der Rückbank zu klauben.

»Mir egal, wie du heißt. Peach passt besser zu dir. Und zu denen da.« Nun sieht er doch noch einmal ungeniert auf meine Brüste, die zwar deutlich größer als Pfirsiche sind, aber gerade genauso rund und knackig aus den schwarzen Körbchen quillen. Außerdem spielt sein Spitzname für mich mit Sicherheit auch auf meine helle Haut an, was mich empört schnauben lässt.

Was für ein Idiot.

Ein heißer Idiot, der sich kein bisschen für meinen entblößten Körper interessiert.

Ich verschränke die Arme vor der Brust und mein Kopf arbeitet auf Hochtouren. Schließlich frage ich: »Hast du eine Freundin oder Frau? Willst du dich deshalb nicht von mir *anmachen* lassen?«

Fuck, habe ich das gerade ernsthaft gefragt? Eigentlich suche ich nach einer Möglichkeit, mich aus dem Mist herauszuziehen, doch mein Mund hat offenbar beschlossen, mich noch tiefer in die Scheiße zu reiten.

Ein wenig habe ich sogar Angst vor seiner Antwort. Auch wenn ich diesen Mann nicht kenne und vermutlich gerade die letzten Minuten mit ihm verbringe, will ich nicht, dass er eine Frau oder Freundin hat. Ich will ihn mir nicht glücklich mit irgendeiner anderen vorstellen. Dann könnte er zumindest in meiner Fantasie noch eine Weile mir gehören …

»Nein. Keine Freundin, keine Frau«, antwortet er. Zuckt da ein kleines Lächeln an seinen Lippen?

Bevor ich noch etwas sagen kann, klingelt es plötzlich. Das Geräusch kommt so unerwartet, dass ich etwas brauche, bis ich verstehe, dass es sein Handy ist.

»Ja?«, fragt er, als er es sich ans Ohr hält.

Mehrere Sekunden bleibt es still. Offenbar hat der Anrufer ihm viel zu sagen. Ich sehe, wie an N.C.s Schläfe eine Ader pocht. Seine Kiefer mahlen.

»Ich bin mit ihr auf dem South Bay Richtung Süden … Ich soll was?« Er sieht mich an und in seinen braunen dunklen Augen spiegelt sich Überraschung.

Automatisch bekomme ich Panik. Er redet mit seinem Anrufer über mich. Was verlangt sein Gesprächspartner von ihm? *Doch nicht etwa, dass er mich …*

»Sicher, dass ich sie nicht einfach an der nächsten Raststätte rausschmeißen soll?«, fragt er mit zusammengebissenen Zähnen. »Sie scheint keine Ahnung zu haben, warum sie hinter ihr her sind … Ich weiß, Ced … ja.« Er schließt kurz die Augen und sein Unwillen ist ihm in jedem Zentimeter seines Antlitzes anzusehen. Verdammt, was geht hier vor sich?

N.C. sieht wieder auf die Straße und legt auf. Das Smartphone wirft er in die Ablage der Mittelarmkonsole. Er geht in die Bremsen und kurz überlege ich, ob ich mir das Handy schnappen und aus dem Wagen springen soll. Es hat sich alles danach angehört, als würde sein Chef von ihm verlangen, sich meiner auf andere Weise zu entledigen, und verdammt, ich kann mir ausmalen, wie man ein Problem wie mich in seinen Kreisen beseitigt. Ich will gewiss nicht von diesem Mann erschossen werden, der eine solch verwirrende Wirkung auf mich hat. Ich schwanke in den letzten zwei Stunden ständig zwischen Todesangst und einem kribbelnden Verlangen, das sich jeglicher Logik entzieht. Er ist die Verkörperung von purem Nervenkitzel und entweder heizt er mich ordentlich an – oder verbrennt mich. Das ist die Gefahr eines jeden Feuers, doch ich werde nicht zulassen, dass ich bei diesem Brand umkomme.

N.C. wendet und die Reifen quietschen auf der trockenen Straße. Das ist der Moment, um herauszuspringen. Auch wenn es immer noch höllisch wehtun wird, werde ich den Sprung aus dem Wagen überleben. Wenn ich weiter hier sitzen bleibe allerdings ...

Kurz bevor er wieder aufs Gas treten kann, öffne ich die Tür und zögere nicht lange. Ich stürze mich hinaus und lande auf dem trockenen Asphalt, der mir die Haut aufschürft. Ich rolle über die Straße und unterdrücke einen Schmerzensschrei. Der Wagen fährt noch ein paar Meter weiter und ich höre N.C. fluchen trotz des Blutes, das wie ein tosender Wasserfall in meinen Ohren rauscht.

So schnell ich kann, komme ich auf die Beine und renne los. Alles an meinem Körper schmerzt, doch mein Überlebenswillen hält mich aufrecht. Ich weiß, dass ich zu Fuß nicht weit komme, doch als ich am Horizont die Scheinwerfer eines anderen Fahrzeugs sehe, das in unsere Richtung fährt, macht mein Herz vor Hoffnung einen Sprung. Ich hebe die Arme und winke um Hilfe, als mich plötzlich etwas – nein, jemand – von hinten an der Taille umschlingt und mich herumreißt.

Ich schreie und trete um mich. Doch die tätowierten Arme, die mich halten, sind stark. Er bugsiert mich zurück zum Wagen – weit bin ich nicht gekommen – und presst mich gegen die hintere Seitentür. Sein Oberkörper drängt sich gegen meinen nackten Rücken, während meine Wange sich an die warme Scheibe presst.

»Was soll das?«, fragt N.C. dicht an meinem linken Ohr. »Fuck! So dankst du mir dafür, dass ich dich rette?«

Seine Wut steckt in jedem seiner Worte und in der Kraft, mit der er mich gegen den Wagen drückt. Die Enge, in die er mich getrieben hat, lässt mein Herz fast kollabieren.

Ich spüre ihn an jedem Zentimeter meiner Rückseite. Sein tätowierter Unterarm befindet sich direkt vor meiner Nase.

Ich schließe die Augen und versuche seine Nähe zu ignorieren. »Du wolltest mich umbringen. Das wollte dein Boss doch am Telefon. Ich bin nicht dumm«, krächze ich.

»Oh doch, scheinbar bist du das!« Er drückt sein Becken ein wenig zu sehr gegen meinen Hintern. Mein Herz verwandelt sich unweigerlich in einen wild flatternden Kolibri.

Macht er das absichtlich? *Oder turnt ihn das hier an?*

Turnt mich das an?

In diesem Moment höre ich das Geräusch eines herannahenden Motors. Das Auto, welches ich gesehen habe, müsste gleich an uns vorbeifahren. N.C. entgeht diese Tatsache ebenfalls nicht.

Er weicht einen Schritt von mir zurück und dreht mich zu sich herum. Erleichtert, dieser intimen Nähe zu entkommen, atme ich aus, doch meine Anspannung schießt prompt wieder in die Höhe, als seine Hand von hinten in meinem Nacken landet.

Mit seinem Gesicht kommt er mir gefährlich nahe. »Wenn der Wagen stehen bleibt, sagst du, dass du meine Freundin bist und alles okay ist. Ansonsten hat der Fahrer eine Kugel im Kopf, schneller als er die Polizei rufen kann, verstanden?«

Ich spüre, wie sämtliches Blut aus meinem Gesicht weicht. In dem Augenblick rollt der fremde Wagen heran und die Scheibe des Fahrerfensters wird heruntergelassen. Dahinter sitzt eine junge Frau. Auf der Rückbank erspähe ich zwei kleine Kinder, die mit irgendwelchen Figuren oder Puppen spielen. Ich habe keine Zeit, zu überlegen, ob N.C. seine Drohung ernst meint.

»Ist alles in Ordnung bei Ihnen?«, fragt die Frau. Ihr Blick ist auf meinen Oberkörper gerichtet und erst jetzt wird mir wieder bewusst, dass ich kein Oberteil mehr trage.

Ich versuche mich an einem Lächeln. »Ja, mein Freund und ich warten nur auf den Abschleppdienst.« Ich schmiege mich wie auf Autopilot an N.C., um meine Worte zu untermauern. Mir ist nicht entgangen, dass seine Hand bereits hinter seinem Rücken ruht, um jeden Moment die Waffe ziehen zu können. Das Risiko, dass er es wirklich tun wird, ist zu groß. Meine Gedanken kreisen einzig um die zwei kleinen Kinder auf dem Rücksitz.

Lass dir deine Angst und das Zittern deines Körpers bloß nicht anmerken.

»Ich muss über irgendeinen Nagel gefahren sein. Der Reifen ist geplatzt, aber es kommt gleich jemand«, bestätigt N.C. meine Geschichte.

Ich merke, dass die Frau skeptisch bleibt. Vielleicht sind ihr die vielen Schürfwunden an mir aufgefallen. Oder dass unsere Windschutzscheibe vollkommen im Arsch ist. Ich spüre, wie warmes Blut über mein Knie läuft.

Bitte fahr weiter. Bitte fahr einfach weiter.

Die Frau lächelt und nickt. »Okay, dann hoffe ich, die kommen bald! Schöne Heimfahrt noch.« Sie lässt das Fenster wieder hochfahren und gibt Gas.

Erleichterung und bodenlose Hoffnungslosigkeit machen sich gleichzeitig in mir breit. Ich rücke von N.C. ab und halte mir die Hand vor den Mund, um ein Wimmern zu unterdrücken.

Vielleicht hat sie doch etwas gemerkt und informiert die Cops.

Aber selbst wenn ... bis jemand hier wäre, wäre es schon zu spät.

Ich drehe mich zu N.C. um und schüttele fassungslos den Kopf. »Du hättest diese Mutter vor den Augen ihrer Kinder erschossen?« Tränen brennen in meinen Augen, die ich wegzublinzeln versuche. An was für einen Psychopathen bin ich bloß geraten?

»Steig ein«, befiehlt er und deutet auf die noch geöffnete Beifahrertür.

»Nein! Warum sollte ich?«, schreie ich und weiche vor ihm zurück, als er versucht nach meinem Arm zu greifen. »Wenn du mich erschießen willst, dann tu es hier und jetzt!« Ich breite die Arme aus. Es hat doch ohnehin keinen Sinn, vor ihm wegzulaufen.

So langsam steht N.C. die pure, ungefilterte Wut ins Gesicht geschrieben. »Du hast mich nicht einmal etwas erklären lassen, bevor du aus dem Auto gesprungen bist wie eine Wahnsinnige. Ich will dich verdammt noch mal nicht töten und nein, diese Frau hätte ich auch nicht erschossen, doch mit irgendetwas musste ich dir ja drohen, damit du mir endlich gehorchst!« Seine flache Hand donnert gegen die Seitenwand des Jeeps und es wundert mich, dass das Fenster unter seinem Schlag nicht zerspringt. Der Knall ist jedoch laut genug, um mich zusammenzucken zu lassen.

Er deutet mit der anderen Hand, in der er die Pistole hält, erneut zum Wagen. »Ich wiederhole mich nicht noch einmal. Steig freiwillig ein, oder bei Gott, ich zwinge dich.«

Sein Blick ist geradezu tödlich, doch ich schüttele den Kopf. »Du bist ein Mörder. Du bist ...« Ehe ich den Satz zu Ende bringen kann, greift er ein zweites Mal nach meinem Arm und diesmal bin ich nicht fähig, ihm rechtzeitig auszuweichen.

Gewaltsam schubst er mich gegen die Seitenwand des Wagens. Vor Schmerz keuche ich auf, doch N.C. scheint sich nicht daran zu stören. Seine linke Hand krallt sich in meinen Oberarm, während seine rechte mit der Waffe neben meinem Kopf ruht.

Ich spüre das Metall des Laufes genauso wie seinen warmen Atem auf meinem Gesicht.

Angst. Er macht mir solche Angst, dass meine Beine zittern.

Und doch ist da noch etwas anderes zwischen uns.

Ich versuche mit dem Metall in meinem Rücken zu verschmelzen, um seiner körperlichen Nähe zu entgehen, doch ich kann das Kribbeln in meinem Unterleib nicht abstellen.

Hätte er die Frau wirklich nicht erschossen?

Ehe ich einen klaren Gedanken fassen kann, schiebt er mir seinen harten Oberschenkel zwischen die Beine und legt die linke Hand mahnend um meine Kehle. »Warum gehorchst du mir nicht einfach?«, zischt er. »Warum kannst du nicht ein Mal tun, was man dir sagt?«

Ich wage es kaum zu atmen, während er mich mit seinen Blicken niederringt.

Ja, warum eigentlich, wenn es doch ohnehin keinen Sinn hat?

Weil er ein gefährlicher Psychopath und Krimineller zu sein scheint, der weiß Gott was mit mir tun wird?

Oder weil ich es in meinem Leben so satt bin, ständig anderen zu gehorchen? Es gibt genug Männer, die mich herumkommandieren und mich meiner Freiheit berauben. Mein eigener Vater. Zane. Da braucht es nicht noch einen tätowierten Latino mit einer Knarre.

»Lass mich einfach laufen«, bitte ich. Seine Hand um meinen Hals drückt mir kaum die Luft ab, doch ich kann trotzdem nicht atmen. Seine Berührung brennt wie glühendes Eisen auf meiner Haut.

Die Hitze ist einfach überall. In meinen Wangen. Zwischen uns. In meinem Schoß.

Etwas in seinem Blick hat sich verändert. Ist weniger wütend, eher ... nachdenklich.

»Bitte«, flüstere ich und versuche mich aus seinem Griff zu winden, herauszufinden, ob seine Hände mich freigeben würden, doch stattdessen erzeuge ich nur eine Reibung zwischen unseren Körpern, die mir die Sinne raubt.

Eine Mischung aus Stöhnen und Keuchen dringt an meine Ohren, doch ich weiß nicht, ob ich diesen Laut von mir gegeben habe oder er. Mit angehaltenem Atem höre ich auf mich zu bewegen, und sehe zu ihm hoch.

Seine Finger um meinen Hals drücken ein klein wenig mehr zu und ich öffne überrascht den Mund. Er überwindet die letzten Zentimeter zwischen unseren Gesichtern und ehe ich es realisiere, presst er seine Lippen auf meine.

Sein Kuss reißt mir den Boden unter den Füßen weg.

Besitzergreifend stößt er in mich vor, schiebt seine Zunge in meinen Mund, während der Griff um meine Kehle immer fester wird.

Ich weiß nicht, ob es der Sauerstoffmangel ist oder das gesteigerte Adrenalin, aber ich lasse ihn gewähren. Nein, ich genieße es sogar. Wie er mich hält und in Besitz nimmt. Wie seine Zunge die meine umspielt. Fuck. Es ist viel zu schnell wieder vorbei und als er sich von mir löst, rast mein Herz schneller als jemals zuvor.

Was zur Hölle war das eben?

Er gibt meinen Hals frei und rückt ein paar Zentimeter von mir ab. Sein Blick ist so dunkel wie flüssige Bitterschokolade.

»Cedric hat mir am Telefon nicht befohlen, dich zu töten, sondern zu ihm zu bringen. Er will dich sehen«, erklärt er rau und tritt einen Schritt zurück.

Es ist ein Wunder, dass ich an dem Jeep nicht heruntersinke und zu Boden gehe. Verwirrt schüttele ich den Kopf und versuche zu begreifen, was er sagt.

Er stellt sich neben die geöffnete Beifahrertür und nickt mit dem Kopf ins Wageninnere.

Diesmal lasse ich mich beinahe dankbar auf den Sitz nieder, weil ich kaum noch stehen kann. Und weil ich viel zu verwirrt bin, um weiter mit ihm zu diskutieren.

Er schlägt die Tür hinter mir zu. Dann umrundet er den Wagen und steigt auf seiner Seite wieder ein.

Völlig perplex starre ich ihn an. »Warum will Cedric mich sehen?«

Und warum hast du mich geküsst?

Er startet den Motor und gibt Gas. »Ich soll dich zu ihm bringen. Er hofft, dass du ein paar Antworten für ihn hast.« Seine Finger schließen sich so energisch um das Lenkrad, dass die Knöchel weiß hervorstechen. An einer Hand zieht sich die schwarze Tinte seiner Tätowierungen bis auf die Finger.

Verdammt, er wollte mich also wirklich nicht töten? Habe ich überreagiert? Kann ich ihm glauben, dass er der Frau im Auto nichts getan hätte?

Nein. Einem Kerl wie ihm kannst du nicht glauben, Ra-

chel. Mit dem Kuss hat er dich nur von deiner Wut abgelenkt, meldet sich meine Vernunft aus der Versenkung.

Verdammt, wo war sie, als er mir die Zunge in den Hals geschoben hat? Ich hätte ihn direkt von mir wegstoßen sollen. Ja, das wäre eine normale Reaktion gewesen. Ich wische mir mit dem Unterarm über den Mund. »Und was, wenn ich keine Antworten auf seine Fragen habe?«, frage ich eine Spur zu schrill. »Darf ich dann nach Hause?«

»Er hat gesagt, er stellt dich unter seinen Schutz. Falls die Red Eyes etwas von dir wollen, bist du bei ihm am sichersten Ort der Welt.«

Das ergibt alles keinen Sinn. Wieso zur Hölle klang er am Telefon dann so, als würde er sich lieber eine Hand amputieren lassen?

Ich ringe nach Luft und versuche den letzten Rest meines Verstandes bei mir zu behalten. »Bitte lüg mich nicht an. Wenn dein Boss mich verhören will, nur um mich anschließend auszuliefern oder zu töten, kannst du es auch gleich hier und jetzt tun.«

»Verdammt, keiner von uns bringt dich um!«, knurrt er. Seine Wut auf mich kehrt zurück, offenbar nerve ich ihn mit meiner Fragerei. »Es sei denn, du gehst mir weiterhin auf den Sack«, fügt er hinzu und bestätigt damit meine Gedanken.

Am liebsten würde ich ihm an die Gurgel gehen. Wenn ich ihm auf den Sack gehe, soll er mich gefälligst nicht küssen. Was fällt ihm eigentlich ein? Ehe ich etwas erwidern kann, dreht er sich mit seinem Oberkörper plötzlich nach hinten und fischt etwas von der Rückbank. Mein Oberteil.

Er wirft es in meinen Schoß. »Und zieh dich gefälligst wieder an. Wenn wir bei Cedric ankommen, solltest du dich weniger wie eine Hure aufführen. Schlag es dir direkt aus dem Kopf, bei ihm mit derselben Masche zu kommen wie bei mir vorhin. Er wird noch weniger darauf anspringen als ich.« Und damit scheint für ihn das Thema erledigt zu sein.

Na für einen Kuss hat es offensichtlich gereicht. Arschloch.

Innerlich tobe ich vor Wut. Mit hochrotem Kopf ziehe ich mir wieder das Hemd über und pflücke ein paar restliche Glassplitter aus meinen Haaren. Die Schürfwunden an meinen Händen, Ellbogen und Knien brennen wie die Hölle, doch ich versuche mir nichts anmerken zu lassen. N.C.s Worte schmerzen viel mehr als die oberflächlichen Wunden. *Wie eine Hure*, hat er gesagt.

Ich hasse es, dass ich seinen Geschmack noch auf meinen Lippen spüre. Oder dass ich seine Zunge nicht abgebissen habe, als ich die Möglichkeit dazu hatte.

Da N.C. offenbar nicht vorhat, während der restlichen Fahrt noch ein Wort mit mir zu wechseln, beginnen meine Gedanken um diesen Cedric zu kreisen. Gerne würde ich vor meinem Zusammentreffen mit ihm erfahren, wer dieser Mann überhaupt ist oder was genau die Red Eyes sind. Ich hätte N.C. unter anderen Umständen auch gerne gefragt, ob ich von seinem Handy aus bei mir zu Hause anrufen darf, in der Hoffnung, meinen Dad zu erreichen und ihm mitzuteilen, dass es mir gut geht. Den Umständen entsprechend zumindest. Er muss außer sich vor Sorge sein. In Zanes Haut will ich momentan noch weniger stecken als in meiner. Doch mir kommt kein Ton über die Lippen, bis wir von einer verlassenen kleinen Landstraße aus plötzlich die Einfahrt zu einem großen umzäunten Grundstück nehmen.

Unwillkürlich stoße ich die Luft aus. Die Kamera am Tor erfasst uns und es schwingt auf, um uns Einlass zu gewähren. Obwohl es mittlerweile dunkel ist, sehe ich genug, um zu ahnen, was für ein großer Fisch dieser Cedric sein muss. Es riecht nach saftig grüner Wiese und Pflanzen. Die Luft ist von einer Feuchtigkeit geschwängert, als hätten vor kurzem noch die Bewässerungsanlagen auf Hochtouren gearbeitet. Ich kann den feinen Sprühnebel beinahe auf meiner Haut spüren. Zusammmen mit den hochsommerlichen Temperaturen – die hier unten in Kalifornien herrschen und tagsüber kaum auszuhalten sind – hat die hohe Luftfeuchtigkeit beinahe etwas Tropisches an sich.

Wir rollen langsam über einen beleuchteten Kiesweg

und mein Blick sucht zwischen den ganzen Palmen und Bäumen das Haus, welches das Herz dieses Grundstücks bildet. Es dauert, bis es in Sichtweite kommt und mir den Atem verschlägt. *Heilige Scheiße.* Dieser Mann muss mehr Geld haben als Channing Tatum. Das zweistöckige weiße Herrenhaus hat durch die flachen, rotgeziegelten Dächer etwas Mediterranes an sich. Das vorstehende Dach wird von mehreren Rundbögen und weißen Säulen gestützt. Um die obere Etage verläuft eine ebenso weiße Balustrade. Die Villa wird von Strahlern am Boden beleuchtet, sodass die Dunkelheit keine Chance bekommt, sie zu verschlucken.

Das Einzige, was mir übrigbleibt, ist mich an N.C.s Worte zu klammern, dass mir hier niemand etwas tun wird und es für mich der sicherste Ort der Welt ist. *Ich bin hier sicher. Ich bin hier sicher. Ich bin hier sicher.* Doch ich kann es mir noch so oft vorbeten, es verliert den Klang einer Lüge nicht. Verdammt, wo bin ich hier nur reingeraten?

N.C.

Du musstest es auch unbedingt darauf anlegen, mich um meine Beherrschung zu bringen, oder? Wenigstens hast du den Rest der Fahrt den Mund gehalten, und ich hatte etwas Zeit, meine Fantasien, in denen ich an den Straßenrand fahre, um dich auf der Motorhaube durchzunehmen, in die hinterste Ecke meines Hirns zu verbannen.

Wie konntest du mich auch bloß dazu bringen, dass ich dich küsse? Ich rede mir ein, dich damit gefügig gemacht zu haben, dich einmal probiert zu haben, bevor ich dich Cedric überlasse, doch in Wahrheit habe ich für zwei fucking Sekunden die Kontrolle über mich verloren.

Als ich aus dem Wagen steige, bewegst du dich nicht. Hoffentlich erwartest du nicht, dass ich dir die Tür aufhalte wie ein Gentleman, dem man die Eier abgeschnitten hat. Ich war bisher definitiv zu nett zu dir, Peach. Wenn du glaubst, mein wahres Gesicht schon gesehen zu haben, hast du dich geirrt. Es war vermutlich der größte Fehler deines Lebens, ausgerechnet in meinem Salon nach Schutz zu suchen. Denn jetzt bist du offiziell die Maus in unserer Schlangengrube. Es ist nie von Vorteil, Cedrics Interesse und gleichzeitig seinen Unmut zu wecken. Vor ihm kann ich dich nicht beschützen, selbst wenn ich es wollen würde.

Du steigst aus und folgst mir mit ein paar Schritten Abstand, als hättest du endlich begriffen, dass meine Nähe gefährlich wie Gift für dich ist. Diese Erkenntnis kommt leider zu spät.

Ich hoffe, du denkst nicht wieder an so etwas Lächerliches wie Flucht. Mach es uns nicht schwer, Peach. Sag Cedric, was er von dir wissen will – und dann bete zu Gott, dass er dich gehen lässt.

FÜNF

M ein rechtes Bein schmerzt bei jedem einzelnen Schritt, trotzdem versuche ich nicht zu humpeln. Als wir unter eines der Vordächer treten und uns dem Haupteingang nähern, sehe ich ihn an einer der Säulen lehnen: einen breitgebauten Mann, der schon auf uns wartet. Da er mit den Schatten verschmolzen war, habe ich ihn erst spät bemerkt. Nun stößt er sich mit dem Rücken von der Säule ab und sieht uns entgegen.

Die Hände hat er in den Taschen seiner schwarzen Stoffhose vergraben. Er trägt ein luftiges dunkles Hemd, welches an den Armen hochgekrempelt und nur zur Hälfte zugeknöpft ist, sodass es viel von seiner muskulösen Brust offenbart. Mir fällt ein goldenes Kreuz ins Auge, das an einer Kette hängt und auf seiner dunklen Haut liegt. Mein Blick wandert höher in sein Gesicht.

Seine Augen sind schwärzer als N.C.s, sein Haar nicht vorhanden, seine Lippen voller und sein Lächeln breiter. Gleichzeitig auch ... bedrohlicher. Sofort verknotet sich alles in meinem Magen. Am liebsten würde ich instinktiv näher an N.C. heranrücken, wie heute Abend in der Bar, als er seine Hand um meine Hüfte gelegt hat. Aber ich weiß, dass dieser Impuls mehr als dämlich ist, also unterdrücke ich ihn. Einen Mann wie N.C. darf ich nicht mit Sicherheit assoziieren, niemals, ansonsten werde ich es noch schwer im Leben haben.

»Das ist also unser Täubchen, das für so viel Furore gesorgt hat«, begrüßt der Mann uns und sein Blick durchbohrt mich bis aufs Mark. Ihm müsste auffallen, wie demoliert und verschreckt ich aussehe, doch er geht darauf nicht ein. Stattdessen hebt er seinen Arm und deutet in Richtung der offenen Tür. »Ich hoffe, du nimmst meine Gastfreundschaft an. Wer ein Feind der Red Eyes ist, darf sich zu meinen Freunden zählen.« Sein Lächeln vertieft sich, sodass ich seine strahlend weißen Zähne sehen kann.

»Danke«, murmele ich etwas verwirrt und werfe den Wachmännern, die links und rechts vom Eingangsportal stehen, einen flüchtigen Blick zu. Die Schusswaffen, die sie an ihren Hüften tragen, entgehen mir nicht.

Zu dritt schreiten wir durch die prunkvolle Eingangshalle. Was anderes bleibt mir wohl nicht übrig. Ich folge dem Mann, den ich für Cedric halte, während N.C. hinter mir läuft. Obwohl N.C. mich auf der Hinfahrt nicht gerade sanft angefasst hat, fürchtet ein Teil von mir bereits den Moment, in dem er gehen und mich hier bei diesem Fremden allein lassen wird.

Willst du wirklich, dass ein Mann wie er weiter in deiner Nähe bleibt?

Zum Glück muss ich meiner inneren Stimme nicht antworten und mich meinen widersprüchlichen Gefühlen nicht stellen. Wir betreten einen Salon mit dunkelroten Wänden und einer hohen stuckverzierten Decke. Eine große Couchlandschaft nimmt den Mittelpunkt des Zimmers ein, ein orientalischer Teppich liegt auf dem glatten Marmorboden.

Cedric nimmt sich von einem gläsernen Servierwagen eine Kristallflasche, in der eine bernsteinfarbene Flüssigkeit schimmert. Diese gießt er sich drei Finger breit in ein Glas.

»Will noch jemand?«, fragt er an uns gerichtet.

Ich schüttele den Kopf und nehme an, dass N.C. hinter mir dasselbe tut, denn Cedric stellt die Flasche wieder ab und macht es sich auf einem der Sessel bequem. Er deutet auf die lange Couch vor sich, auf der ich offenbar Platz nehmen soll.

N.C. setzt sich nicht, was mich nur noch nervöser werden lässt. Mein Blick schweift nach rechts und ich sehe zwei weitere Wachmänner, die nun am Eingang des Zimmers stehen. Wie viele von diesen Bodyguards hat er im Haus?

Mein Blick schnellt wieder zu Cedric, der an seinem Getränk nippt und den anderen Arm lässig nach hinten über die Sofalehne gelegt hat. Bevor er eine Frage an mich richten kann, zwinge ich meine Lippen, sich endlich wieder zu bewegen. »Dürfte ... dürfte ich gleich telefonieren? Mein Vater muss sich schreckliche Sorgen machen und überall nach mir suchen.«

Meine Hände habe ich unter meine nackten Schenkel geschoben, die ich fest aneinanderdrücke. So kann niemand das Zittern meiner Finger sehen.

Mein Gastgeber mustert mich nachdenklich über den Rand seines Glases hinweg, dann lässt er es sinken und winkt einen seiner Männer herbei. »Ihr habt das Mädchen gehört. Gebt ihr ein Telefon.«

Vor Erleichterung fällt mir ein Stein vom Herzen. Vielleicht ist meine Nervosität unbegründet. Vielleicht hat N.C. die Wahrheit gesagt und hier bin ich vorerst in Sicherheit. Es ist schon spät und was spricht dagegen, diesem Cedric zu sagen, was ich weiß und eine Nacht lang seine Gastfreundschaft anzunehmen, bis mich morgen früh Zane oder Dad abholen kommen?

Ich bin nicht naiv und mein Vater hat mir durchaus eingeschärft, dass ich mich als Frau vor fremden Männern in Acht nehmen muss. Besonders so weit südlich, in der Nähe der mexikanischen Grenze, ist es draußen nicht ungefährlich für ein Mädchen wie mich. Ich sehe wohlhabend, privilegiert und viel zu weiß aus.

Aber bisher steht es gar nicht so schlecht um mich. Sowohl dieser Cedric als auch N.C. wirken nicht gerade, als wären sie an meinem möglichen Geld oder Körper interessiert.

Nein, und was war dann die Ausbeulung in N.C.s Hose, als du in seinem Schoß lagst? Oder als er dich gegen den Jeep gedrückt hat? Ganz zu schweigen von dem Moment, wo er seine Zunge in deinen Hals geschoben hat?

Schnell schüttele ich die Erinnerungen ab. Es war nur ein bedeutungsloser kurzer Kuss und ich bin mir sicher, dass er keine Wiederholung dessen geplant hat. Wenn N.C. gewollt hätte, hätte er schon längst die Möglichkeit gehabt, über mich herzufallen. Niemand auf dem verlassenen Highway hätte ihn davon abhalten können, mich zu vergewaltigen, wenn er es gewollt hätte.

Einer der Security-Männer reicht mir ein kabelloses Festnetztelefon und kurz bin ich überfordert. Vermutlich ist es zu viel verlangt, allein zu telefonieren, weshalb ich mir die Frage verkneife und einfach die Tasten anschlage mit der einzigen Nummer, die ich auswendig kenne.

Bitte sei zu Hause.

Ich halte mir das Telefon ans Ohr und lausche den Freizeichen, bis die Mailbox anspringt. *Fuck!*

»Ähm, hallo Dad, hier ist Rachel. Ich hoffe, du kommst bald nach Hause und hörst das ab. Mir geht es gut. Ich konnte von der Schießerei in der Mall fliehen und bin gerade bei einem Mann namens ...« In dem Moment wird mir das Telefon aus der Hand gerissen.

»Das ist genug«, entscheidet Cedric und gibt dem Wachmann ein Kopfnicken als Zeichen, dass er gehen soll. Verdattert starre ich dem Mann mit dem Telefonhörer nach. Wenn ich meinem Dad nicht sagen kann, bei wem und wo ich bin, wie soll er mich dann abholen?

Ich wende meinen Blick zu Cedric, der sich in seinem Sessel vorgebeugt hat und sein Glas in den Händen zwischen den Knien hält. Sein Blick liegt auf mir wie der eines Raubtiers und ein Schauer krabbelt mir die Wirbelsäule hinauf. Offenbar will er gar nicht, dass mein Dad mich hier abholt. Wenn ich Pech habe, wird man die Nummer des

Telefons nicht einmal nachverfolgen können. Ein Mann wie Cedric hat bestimmt Vorkehrungen, dass man ihn nicht so leicht findet.

Meine Kehle schnürt sich zusammen.

»Keine Angst, Täubchen. Dein Vater weiß jetzt, dass du in Sicherheit bist, und das ist doch das Wichtigste, oder?«

Mir ist es zuvor nicht aufgefallen, aber sein Lächeln, welches er dauernd zur Schau stellt, ist kalt. Es erreicht seine fast schwarzen Augen nicht. Vielleicht bin ich doch naiv. Dass sie mir bisher kein Haar gekrümmt haben, bedeutet gar nichts. Und dieser Cedric hat seinen Reichtum bestimmt nicht durch ehrliche Arbeit oder künstlerisches Talent verdient. Er muss das Oberhaupt irgendeines Verbrecherkartells sein. Männer wie er verspeisen Mädchen wie mich zum Frühstück. Ich hätte mir am liebsten in die Zunge gebissen für meine eigene Dummheit. Ich hätte mich am Telefon gerade geschickter ausdrücken können, um irgendeinen versteckten Hilferuf oder Hinweis zu übermitteln, aber jetzt hat mein Vater gar nichts in der Hand. Im Gegenteil: Er kann sich beruhigt zurücklehnen, weil er glaubt, ich wäre in Sicherheit.

»Was wollen Sie von mir?«, frage ich.

»Warum so skeptisch? Für den Schutz, den ich dir biete, will ich lediglich ein paar Antworten. Du hast dich mit gefährlichen Leuten angelegt, Rachel. Aber ich will dir helfen.«

»Und sobald ich Ihnen sage, was Sie wissen wollen, werden Sie mich töten? Oder von Ihren Männern vergewaltigen lassen?« Zu meiner eigenen Überraschung zittert meine Stimme nicht.

Ich drehe mich zu N.C. um, der neben der Couch steht. Würde er es tun? Mich vergewaltigen, wenn sein Boss ihm das Go dafür gibt? Oder foltern? Vielleicht hat er mir bisher nur deshalb nichts getan, weil er nicht die Erlaubnis dafür hatte.

Ich beiße die Zähne zusammen. Wenn ich von dem Machtgefälle zwischen ihnen nichts wüsste, hätte ich N.C.

für niemanden gehalten, der auf Befehle anderer hört. Ich habe in der Bar gesehen, wie er von anderen angeschaut wird. So wird niemand angesehen, der nur eine kleine Mücke ist. Also muss er ziemlich weit oben in der hier herrschenden Rangordnung stehen – nur eben nicht *ganz* oben. Das Telefonat vorhin im Auto hat deutlich gemacht, dass N.C. sich Cedrics Befehlen nicht widersetzen kann oder darf.

»Aber, aber. Nicht gleich so pessimistisch, mein Täubchen. Mit solchen Anschuldigungen dankt man doch niemandem, der einem Unterschlupf gewährt? Erzähl mir doch, wer du überhaupt bist.«

Ich wende mich wieder meinem Gastgeber zu und zwinge mich, seinen Blick zu erwidern, anstatt ihn auf meine aufgeschürften Knie zu senken. »Ich bin ... Rachel Martín Wilson. Einundzwanzig Jahre alt und Studentin.« Der Nachname meines Vaters ist zwar nicht der echte, doch das ist der, der auch seit drei Jahren in meinem Ausweis steht.

»Und wo kommst du her, Rachel Martín Wilson?«

»Ich bin in einer kleinen Stadt in der Nähe von San Diego aufgewachsen. In den letzten Jahren sind wir öfters umgezogen. Den Namen *Red Eyes* habe ich heute zum ersten Mal in meinem Leben gehört. Ich habe keine Ahnung, was die Männer von mir wollten.«

Cedric legt seinen Zeigefinger an die Lippen und betrachtet mich nachdenklich, während er mir noch ein paar Fragen zu meinem Leben und meinen Eltern stellt. Ich halte meine Antworten über Mom und Dad allerdings oberflächlich und bleibe bei Dads falschem Namen, den er seit jenem Überfall nutzt.

Schließlich lehnt Cedric sich zurück und winkt einen seiner Männer her. »Bring sie nach oben und weis ihr eines der Gästezimmer zu. Zeig ihr außerdem das Bad. Sie darf sich duschen und frischmachen.« An mich gewandt sagt er: »Fühl dich wie zu Hause. Hier bist du vorerst sicher. Und gleich morgen früh rufe ich ein paar Kontakte an und finde vielleicht heraus, was unsere Feinde von dir wollen. Das wäre doch auch in deinem Sinne, oder?«

Zögerlich nicke ich. So schlimm scheint dieser Cedric gar nicht zu sein. Und wenn diese Red Eyes irgendetwas von mir wollen, ist es vielleicht gar nicht so clever, mich von Zane oder Dad abholen zu lassen. Ich will diese gefährlichen Männer schließlich nicht zu uns nach Hause locken.

Hoffentlich geht es Dad gut.

Cedric nickt mir zu, was wohl das Zeichen ist, dass ich gehen darf. Bevor ich das Zimmer verlasse, drehe ich mich allerdings noch einmal um und schaue zu N.C. Er hat sich ein Glas von dem Alkohol genommen – Whiskey oder Brandy, ich kenne mich mit dem Zeug nicht aus – und setzt sich nun gegenüber von seinem Boss. Er sieht mir nicht nach, was mir einen seltsamen Stich versetzt.

Er ist nicht für dich verantwortlich, Rachel. Und dass er kein Interesse an deinem Wohlergehen hat, hat er ebenfalls deutlich gemacht.

»In dem Schrank dort findest du Handtücher. Nimm dir einfach, was du brauchst. Während du duschst, schaue ich mal, ob ich irgendwo im Haus frische Frauenklamotten für dich finde. Ich lege sie dir dann vor die Tür.«

»Danke«, erwidere ich und der breitgebaute Mann, der locker als Türsteher für den begehrtesten Club des Landes durchgehen könnte, nickt mir mit ernstem Gesicht zu, ehe er sich umdreht und geht.

Ich schließe die Badezimmertür, drehe den Türknauf und bin froh über das Geräusch des einrastenden Schlosses. Für ein paar Sekunden bleibe ich so stehen, ohne mich zu bewegen. Ich höre meinen eigenen trommelnden Herzschlag, sonst nichts.

Zum ersten Mal seit gefühlten Stunden habe ich einen Moment für mich. Einen Moment der Ruhe. Es sieht so aus, als dürfe mein Körper sich erst einmal entspannen. Die Gefahr ist vorüber. Trotzdem fühle ich mich noch wie ein Hase auf der Flucht.

Ich hebe den Kopf und sehe mich in dem Bad um. Es ist teuer und geschmackvoll eingerichtet, dennoch gehe ich anhand der kleinen Raumgröße davon aus, dass es sich lediglich um ein Gästebad handelt. Die Dusche ist ebenerdig und nur durch eine Glaswand vom Rest des Raums getrennt. Ich sehe mich nach einer Uhr um und finde neben dem Spiegel über dem Waschbecken ein digitales Ziffernblatt an einer Glasscheibe. Neben der Uhrzeit stehen auch sämtliche andere Dinge wie Innen- und Außentemperatur oder Luftfeuchtigkeit. Mich interessiert allerdings nur, wie spät es ist. 21:42 Uhr. Vater müsste längst zu Hause sein, es sei denn er weigert sich, ohne mich heimzukehren und sucht die gesamte Umgebung eigenhändig nach mir ab.

Oh Dad, ich hoffe, du hörst die Nachricht auf der Mailbox bald ab.

Unser Verhältnis war in den letzten Jahren zwar nicht das beste, doch er ist alles, was mir an Familie geblieben ist. Ich seufze schwer, fahre mir mit den Händen an den Schläfen entlang und streiche die Haare zurück. Erst jetzt merke ich, wie eklig und klebrig ich mich fühle. Auf meiner Haut haftet eine Mischung aus Schweiß und Sonnenmilch, die ich mir jeden Morgen auftrage. Zusätzlich kommt mein kleines Bad im Müllcontainer und offenbar waren dort einige Flüssigkeiten ausgelaufen, denn ich bemerke klebrige, überriechende Stellen auf meinen Armen.

Kein Wunder, dass es nur ein kurzer Kuss war und er dich danach wie Abfall behandelt hat.

Schnell schäle ich mich aus den Klamotten, lege meinen Schmuck ab und kann es gar nicht erwarten, unter die Dusche zu treten.

Das Wasser, das auf mich herabprasselt, ist kühl, doch ich verspüre nicht das Verlangen, es wärmer zu stellen. Meinem erhitzten Körper tut die Kälte gut. Es ziept und brennt an den offenen Schürfwunden, doch zum Glück ist keine der Verletzungen tief genug, um ärztlich versorgt werden zu müssen. Ich lege meinen Kopf in den Nacken, damit mir das Wasser nicht in die Augen rinnt, und warte, bis sich mein komplettes Haar mit der Feuchtigkeit vollgesogen hat. Bei geschlossenen Lidern fällt es den Erinnerungsbruchstücken allerdings leichter, mich zu überfallen. Leider ist es nicht N.C.s Gesicht, das ich vor mir sehe. Ich durchlebe die zwei Schießereien erneut. Sehe die Männer vor mir, ihre finsteren Mienen, ihre Waffen. Bei jedem Schuss, den ich höre, zucke ich noch einmal zusammen.

Schnell öffne ich die Augen und greife nach dem Shampoo.

Ich will diese Angst in mir fortspülen, sie zusammen mit dem Schweiß, dem Blut und dem Dreck von meinem Körper waschen, auch wenn ich weiß, dass es unmöglich ist. Ich habe so eine dumpfe Ahnung, dass das nicht die letzten beiden Schießereien in meinem Leben sein werden.

Das, was hier vor sich geht, ist noch nicht zu Ende.

N.C.

Ich sehe Cedric dabei zu, wie er auf dem Tablet, das er von Marcello gereicht bekommen hat, mit dem Finger herumwischt. Ich hoffe sehr, er spielt jetzt kein Candy Crush, denn dann habe ich deutlich Besseres zu tun, als ihm dabei zuzusehen. Schließlich wendet Cedric das Tablet so, dass ich ebenfalls auf den Bildschirm blicken kann.

Er legt es flach auf den Couchtisch zwischen uns. Ich brauche nur wenige Millisekunden, um die Szene zu erkennen, die eine seiner vielen Überwachungskameras gerade aufnimmt. Das Bild ist nur in schwarz-weiß und aus einem so ungünstigen Winkel gefilmt, dass man nicht viel sehen kann. Doch genug, um meinen Puls in die Höhe schnellen zu lassen.

»Seit wann filmst du die Badezimmer? Siehst du mir auch beim Pissen zu, wenn ich hier in diesem Haus aufs Klo gehe?«, frage ich.

Cedric grinst mich an. »Vielleicht.« Auf meinen finsteren Blick hin überschlägt er seine Beine und lehnt sich in dem Sessel zurück. »Nein, keine Sorge. Nur die Bäder für die Gäste sind videoüberwacht. Du zählst nicht als Gast. Außerdem bin ich kein Perverser, der anderen gern beim Urinieren zusieht.«

Nur beim Duschen? Ich schlucke die Frage hinunter, weil ich weiß, dass Cedric dich nicht aus lüsternen Gründen beobachtet. Eigentlich beobachtet er dich gar nicht. Er hat das Bild nicht länger als einen Wimpernschlag betrachtet. Stattdessen sieht er mich an. Er beobachtet, ob ich dich beobachte. Cleverer Schachzug, Ced.

Ich lehne mich ebenfalls zurück und versuche nicht daran zu denken, dass du gerade komplett nackt nur eine Etage höher unter der Dusche stehst und dich einseifst. Vielleicht wäre ich dir dabei gern behilflich, obwohl du mich vorhin auf dem Highway sämtliche Nerven gekostet hast. Ich hasse es, wenn man mir nicht gehorcht, doch das Bild von dir unter der Dusche und deine nackte Pfirsichhaut wiegen meine Wut beinahe auf.

Ich beiße die Zähne aufeinander und versuche die Vorstellung loszuwerden. Cedric sollte davon lieber nichts erfahren. Genauso wenig wie von unserem kurzen Kuss. Wieso denke ich in seiner Gegenwart überhaupt so von dir? Da überkommt mich ja schon fast ein schlechtes Gewissen, was völlig untypisch für mich ist. Aber normalerweise denke ich vor Ced auch nicht daran, mit irgendwelchen Frauen zu vögeln. Frage mich nicht, wie ihr Stöhnen klingt, wenn ich in sie eindringen würde.

Ich hätte geschnaubt, wenn er mich nicht noch immer beobachten würde. Offenbar hat sich etwas Druck in meinen

Eiern angesammelt, den ich loswerden muss. Niemand erwartet von mir, ein Heiliger zu sein. Versaute, unmoralische Gedanken sind ein Teil meiner Finsternis. Und Cedric ist mehr als vertraut mit meinen dunklen Seiten. Jeder Nuance von ihnen. Er würde es verstehen, wenn ich dich geil finden würde, und trotzdem will ich es vor ihm verbergen. Seit fast drei Jahren bin ich schon Mitglied der Vipers. Cedric hat mich von der Straße geholt und mein verficktes Leben gerettet. Ich werde ihm immer etwas schuldig sein. Die Familie, die ich dank ihm habe, ist durch nichts zu ersetzen. Doch irgendetwas sagt mir, dass Cedric noch ein Problem mit dir haben wird. Dass du uns allen zum Problem werden könntest.

»Und jetzt erzähl mir, was heute Nachmittag in der Mall passiert ist und wieso du dachtest, sie mitzunehmen, wäre eine gute Idee«, fordert er mich auf, während das Rauschen des Wassers aus dem Video uns begleitet.

Immer wieder wirft er einen flüchtigen Blick auf den Bildschirm, vermutlich nur um zu kontrollieren, ob du noch da bist. Er will nicht, dass du fliehst, was heißt, dass er noch größere Pläne für dich hat. Ich werfe keinen Blick mehr auf den Bildschirm, Peach, auch dann nicht, als du das Wasser abdrehst und aus der Dusche steigst, um dich abzutrocknen. Ich gebe Cedric nicht die Genugtuung, mich beim Spannen zu erwischen. Er soll lieber denken, dass du mir egal bist. Und im Grunde genommen bist du das auch.

Du bist nur ein naives Mädchen, das sich mit den falschen Leuten angelegt hat.

ᘓᕉᕉ

A ls ich die Badezimmertür öffne, sehe ich auf dem Boden tatsächlich einen Stapel mit sauberer Kleidung für mich bereitliegen. Obwohl ich mich etwas unwohl dabei fühle, fremde Klamotten anzunehmen, hebe ich sie dankbar auf und schließe mich erneut im Bad ein, um mich anzuziehen. Es handelt sich um einen schwarzen

Stringtanga und einen gleichfarbigen kurzen Jumpsuit. Kein BH. *Toll.*

Ich knabbere auf meiner Unterlippe herum und begutachte mich im Spiegel. Genauer gesagt, inspiziere ich die Form meiner Brüste und wie deutlich sich meine Nippel unter dem Stoff abzeichnen. Normalerweise hätte ich kein Problem damit, so auf die Straße zu gehen, aber bei den vielen zwielichtigen Männern in diesem Haus wäre mir jede zusätzliche Stoffschicht als Schutzschild recht. Vermutlich hat dieser Wachmann mir absichtlich keinen BH dazu gegeben. Perversling.

Ich fahre mir mit den Fingern noch einmal durch das feuchte rote Haar, um es notdürftig zu bürsten, dann hänge ich das nasse Handtuch über die Duschwand, sammle meine alten dreckigen Klamotten auf und gehe aus dem Bad. Draußen im Flur erwartet mich bereits derselbe Mann, der mich auch hier hoch geführt hat. Ich achte darauf, ob sein Blick sich auf meine Brüste richtet, doch das tut er nicht. Gut für ihn.

Er führt mich wortlos bis vor eine geschlossene Zimmertür. »Hier kannst du heute Nacht schlafen. Ich habe dir vorhin einen Teller mit Sandwiches auf den Tisch gestellt, falls du Hunger hast.«

Okay, das ist wirklich nett. Vielleicht ist Cedric doch kein so schlimmer Gastgeber und ich habe etwas überreagiert. Ich bedanke mich bei dem Wachmann und warte, bis er weg ist. Erst dann öffne ich die Tür und gehe hinein. Drinnen brennt bereits Licht – und es sitzt auch schon jemand auf dem Bett. Beinahe hätte ich vor Schreck aufgeschrien.

Die junge Frau wendet den Kopf in meine Richtung, in ihrer Hand hält sie ein angebissenes Sandwich. »Entschuldige, du hast doch nichts dagegen, oder?«, fragt sie und hebt das Brot in die Höhe. »Ich dachte, wenn du meine Klamotten kriegst, teilst du bestimmt auch das Essen mit mir.« Sie schiebt sich den Rest des Sandwiches in den Mund.

Ich mustere sie ungläubig. Ihre ganze Erscheinung

strotzt nur so von Gegensätzen. Ihre hellblauen Haare stehen im Kontrast zu ihrer dunkelbraunen Haut, ihre katzenhaften stark geschminkten Raubtieraugen beißen sich mit ihrer süßen Stupsnase und den kindlichen Gesichtszügen. Die schwarzen Klamotten, die sie trägt, haben etwas Gothicartiges und Anrüchiges an sich, ihre Stimme ist allerdings glockenhell und freundlich. Sie sitzt mit überschlagenen Beinen auf der Kante des Doppelbetts und mustert mich genauso neugierig wie ich sie.

»Danke für die Klamotten«, bringe ich schließlich heraus und löse mich endlich aus meiner Starre. Ich schließe die Tür hinter mir und gehe zu einem Stuhl, der vor einem Schreibtisch steht, wo ich meine dreckigen Sachen ablege. Dann nehme ich mir ebenfalls eins von den belegten Broten und beiße hinein. Appetit habe ich zwar keinen, doch ich weiß, dass ich etwas essen muss.

»Du bist also mit N.C. hergekommen?«, fragt die Fremde. Ehe ich etwas antworten kann oder fragen, wer sie überhaupt ist, stöhnt sie und lässt sich nach hinten aufs Bett fallen. »Gott, er ist richtig heiß, oder? Hab gehört, er hat dich aus einer Schießerei gerettet.« Sie dreht sich auf den Bauch und sieht mich durchdringend an. »Du stehst auf ihn, oder?«

Perplex schüttele ich den Kopf. »Entschuldige, wer bist du noch gleich?«

Sie übergeht meine Frage mit einem Augenrollen. »Du musst nicht leugnen, dass er dein Höschen feucht werden lässt. Ich bin die Letzte, die dich dafür verurteilt.«

Ich verschlucke mich fast an dem Sandwich und gebe es auf, in ihrer Gegenwart zu essen. Dieses Mädchen sieht aus, als wäre sie ein paar Jahre jünger als ich, wodurch mich ihre direkte Wortwahl nur noch mehr schockiert. »Haben du und er mal ...?«

»Nein«, sie schnalzt bedauernd mit der Zunge, »in den oberen Rängen der Vipers herrscht der unausgesprochene Kodex, sich sein Spielzeug nicht in den eigenen Reihen zu suchen. Für schnelle One-Night-Stands nimmt man sich lieber Fremde, um Drama und Eifersuchtskriege aus der Sache rauszuhalten. Aber für ihn würde ich gern eine Ausnahme machen.« Sie hebt vielsagend eine Augenbraue.

Mein Magen zieht sich zusammen, doch die Bruchstücke an Informationen sind gerade wichtiger als der unsinnige Anflug von Eifersucht. *Vipers?* Heißt so die Gang, zu der sie alle gehören?

Ich erinnere mich an die vielen Schlangen-Embleme in der Bar. Wenn ich mich nicht irre, hat N.C. auch ein großes Schlangentattoo an seinem Unterarm. »Ihr dürft untereinander nichts miteinander anfangen?«, frage ich trotzdem nach und klinge wohl ungläubig und erleichtert zugleich.

Also hatte er vermutlich doch nie etwas mit dieser Trish ...

Verdammt, wieso interessiert mich das überhaupt? Auch wenn ich ihm ganze zwei Mal mein Leben zu verdanken habe und der Kuss nicht schlecht war, war er im Gesamtpaket nicht sonderlich nett zu mir.

Das Mädchen spielt mit einer ihrer langen hellblauen Haarsträhnen und wickelt sie sich um den Finger. »Was anfangen schon. Ich habe nicht gesagt, dass Beziehungen unter Schlangen generell verboten sind. Nur dass man sich für einmaligen Sex lieber woanders umschaut. Ich bin keine Närrin und würde mit N.C. nie eine Beziehung anfangen wollen. Ich würde nur gern wissen, wie groß und lang seine Viper ist.« Ein schmutziges Grinsen stiehlt sich auf ihre Lippen, während mir fast die Augen aus dem Kopf fallen. »Beim Aufnahmeritual halten sich die ranghöheren Vipers leider raus.« Sie stößt einen Seufzer des Bedauerns aus und ich halte hellhörig geworden inne.

»Aufnahmeritual?«

Sie legt den Kopf schief und mustert mich genauer. »Interesse, beizutreten?«

In dem Moment klopft es an der Tür und ich zucke erschrocken zusammen, als hätte man mich bei etwas Verbotenem erwischt. Das Mädchen, welches nicht viel älter als neunzehn sein kann, dreht den Kopf Richtung Tür, bleibt aber weiterhin auf dem Bett liegen, als wäre es ihrs.

Die Tür schwingt auf und da ich am Rand des Zimmers stehe, versperrt mir das Türblatt die Sicht auf denjenigen, der uns unterbrochen hat. Mein Blick schnellt stattdessen zu der Blauhaarigen, die die Füße angehoben und in der Luft überkreuzt hat. Ihren Hintern, der in einem ledernen Minirock steckt, hat sie leicht nach oben gestreckt, sodass er mehr zur Geltung kommt. Wer auch immer in der Tür steht, sie flirtet definitiv mit ihm.

»Vera. Raus hier«, knurrt eine bekannte Stimme und mein Herz schlägt schneller. N.C. tritt ein paar Schritte ins Zimmer und sein Blick trifft auf mich.

Ich halte mich mit den Händen an der Tischplatte in meinem Rücken fest, als würde ich sonst den Boden unter meinen Füßen verlieren. Ich merke, wie warm meine Wangen glühen, und ärgere mich, dass N.C. mich immer in Situationen erwischt, die unangenehmer nicht sein könnten.

Er sieht wieder zu dem Mädchen, das sich lasziv vom Bett erhebt. Bevor sie aus dem Zimmer geht, zwinkert sie mir noch zu, was mich weiter erröten lässt. Hoffentlich hat N.C. nicht gehört, über was wir uns zuvor unterhalten haben!

»Wer ist sie?«, frage ich ihn räuspernd, als ich glaube, dass sie außer Hörweite sein muss.

N.C. verschränkt die Arme und bleibt weiter mitten im Zimmer stehen. Auch ich habe nicht vor, mich zu rühren. Selbst wenn ich wollte, könnte ich es vermutlich nicht.

»Sie ist Trishs kleine Schwester. Trish und sie haben ein paar Räumlichkeiten im Gästeflügel dieser Villa, auf der anderen Seite des Gebäudes. José muss Vera nach Klamotten für dich gefragt haben.« Er nickt auf den schwarzen Jumpsuit, den ich trage, und der Gott sei Dank nicht ganz so ausgefallen ist wie das Outfit, das sie selbst heute anhat. *Ob er sieht, dass ich keinen BH darunter trage?*

»Ihr gehört also alle zu den *Vipers*? Und Cedric ist so etwas wie euer Oberhaupt?«, frage ich nervös. Ich hätte gern behauptet, dass die Aufregung an meiner bescheidenen Situation liegt und nicht dem Mann vor mir geschuldet ist, doch ich habe mir für heute schon genug vorgemacht.

Etwas in N.C.s Augen blitzt auf. »Sie hat dir davon erzählt.«

Eigentlich hat sie mir von etwas ganz anderem erzählt. »Was muss man tun, um aufgenommen zu werden?«, frage ich, ehe ich darüber nachdenken kann.

Eine seiner dunklen Augenbrauen schnellt in die Höhe. Zu gerne würde ich jetzt in seinen Gedanken lesen können. N.C. kommt ein paar Schritte auf mich zu, bis er nur noch eine Unterarmlänge von mir entfernt steht. Ich halte instinktiv den Atem an, obwohl ich gern in seinem Geruch baden würde.

Reiß dich zusammen, Rachel. Er ist ein Arsch, schon vergessen? Und verdammt gefährlich.

Aber einer der attraktivsten Männer, die ich je hautnah gesehen habe. Vielleicht nicht rein objektiv, aber auf mich hat er diese gewisse Ausstrahlung, die meine Knie weich werden lässt.

»Nichts, was für so zartbesaitete Gemüter wie dich von Belang wäre. Ich hoffe, Vera hat dir keine dummen Flausen in den Kopf gesetzt. Bei uns kommt man nicht so einfach rein. Schon gar nicht als Frau.«

Ich runzele die Stirn. Die Gleichberechtigung der Frau ist an diesem Club in den letzten Jahren wohl vorbeigegangen. Und wieso hat dieses blauhaarige Mädchen es dann überhaupt hinein geschafft? Hat sie mit dem Boss der Gang genauso offensiv geflirtet wie mit N.C.? Ich schlucke die Fragen hinunter, weil ich nicht den Anschein erwecken will, dass ich irgendein Interesse an dieser Bande von Kriminellen hätte. Gewisse Dinge kratzen zwar an meiner Neugier, ja, doch ich würde nicht einmal im Traum daran denken, einer solchen Verbrecherorganisation beitreten zu wollen – was meine Fragen offensichtlich fälschlicherweise angedeutet haben. Ich senke den Blick auf die Tattoos an N.C.s Armen.

Es räkeln sich tatsächlich gleich mehrere Schlangen auf seiner Haut, zwischen Blumen und geometrischen Formen. Ich entdecke auch einen Totenkopf und ein Kreuz. Ob sein ganzer Oberkörper voll von diesen Bildern ist? Gehören die Tattoos zum Markenzeichen der Vipers? An den anderen habe ich bisher keine gesehen.

Plötzlich packt N.C. mich am Kinn und reißt meinen Kopf in die Höhe. »Ich bin kein Gemälde und mein Körper kein verficktes Museum, Peach. Und selbst wenn ich einen Rundgang anbieten würde, bei dem du Starren dürftest, müsstest du einen Preis dafür zahlen.«

Ertappt verschlucke ich mich fast an meinem eigenen Speichel.

»Kapiert?«

»Klar. Tut mir leid«, keuche ich eingeschüchtert.

N.C. lässt mich genauso plötzlich los, wie er mich angefasst hat, und meine Beine wären eingeknickt, wenn ich mich nicht an dem Tisch festhalten würde, gegen dessen Kante ich mich stütze. Hektisch atmend starre ich ihm ins Gesicht, während ich noch immer seine Finger an meinem Kinn spüren kann. Mein ganzer Körper steht in Flammen. Verbrennt bei der bloßen Erinnerung dieser kurzzeitigen Berührung.

Wie hoch ist wohl der Preis, um jedes seiner Bilder zu betrachten? Auf jedem Zentimeter seiner nackten gebräunten Haut?

Mir wird ganz schwindelig bei der Vorstellung. Vielleicht sollte ich doch mehr von den Sandwiches essen. Oder etwas trinken. Mit meinem Kreislauf stimmt definitiv etwas nicht.

SECHS

N.C. geht einen Schritt zurück und presst seine Kiefer aufeinander. »Ich wollte dir nur eine gute Nacht wünschen. Ich werde im Zimmer gegenüber übernachten.«

Wie bitte?

Überrascht öffne ich den Mund. Ich weiß gar nicht, worüber ich schockierter bin: Dass er mich hier bei diesem Cedric nicht allein lässt, oder dass er extra herkam, um mir eine *gute Nacht* zu wünschen.

Ohne auf eine Erwiderung von mir zu warten, dreht er sich um und geht aus der Tür.

Mein Körper will ihm aus unerfindlichen Gründen nach, doch ich weiß, dass es eine dumme Idee wäre. Verdammt dumm. Daher bleibe ich stehen und sehe zu, wie er die Tür zum Zimmer schließt.

Du hättest ihm auch einfach ebenfalls eine gute Nacht wünschen können, Rachel.

Ja, das wäre wohl das Naheliegendste gewesen. Ich reibe mir über die Arme, weil ein Schauer über meinen Körper rieselt, der nichts mit der Raumtemperatur zu tun hat, dann halte ich plötzlich inne, da ein beißender Schmerz durch meinen Körper zuckt. Ich presse die Zähne zusammen und sehe auf meinen linken Oberarm hinunter. Blaue Flecken prangen mir entgegen und leuchten auf meiner weißen Haut. Verdammt, stammen die von N.C.?

Mein Herzschlag beschleunigt sich. Er hat mich heute den gesamten Abend ziemlich oft am Arm mit sich gezerrt und das sind wohl die Abdrücke, die er dabei hinterlassen hat. Ich fahre mit dem Daumen über die kleinen Blutergüsse und beiße mir auf die Unterlippe. Irgendwie gefällt mir die Vorstellung, dass seine Finger Abdrücke auf mir hinterlassen haben. Ist das krank?

Mein gesamter Körper ist vom heutigen Abend demoliert und in meinem Magen beginnt es zu kribbeln, weil die blauen Flecke von *ihm* sind?

Scheiße. Ich wende den Blick ab und gehe zu dem Sandwichteller, um mir verbittert den letzten Rest des belegten Brotes in den Mund zu schieben und die Leere in meinem Magen zu füllen. Neben dem Teller steht auch ein Glas Wasser, welches ich direkt hinterherkippe. Anschließend gehe ich zu den zugezogenen Fenstern und schiebe die schweren goldenen Vorhänge zur Seite, um einen Blick hinaus zu erhaschen. Mittlerweile ist es tiefste Nacht und scheinbar habe ich die Sicht in den Garten. Da nur ein schmaler Streifen Weg von kleinen Lampen beleuchtet wird, liegt der Rest der Umgebung in Dunkelheit.

Ich ziehe die Vorhänge wieder zu und setze mich auf das großzügige Himmelbett. Es ist mit einem dünnen durchsichtigen Netz umspannt, welches an den Seiten von oben herunterfließt und offenbar Insekten fernhalten soll. Die Matratze ist bequem und die Laken riechen nach frischem Weichspüler und Kokosnuss. Ein Teil von mir will sich einfach in die Kissen legen und unter die Decke verkriechen, aber ich weiß, dass ich ohnehin nicht so einfach einschlafen kann, obwohl der Tag lang und kräftezehrend war.

Du solltest es zumindest versuchen, Rachel. Heute Nacht kannst du ohnehin nichts mehr tun. Der nächste Morgen würde nicht nur einen neuen Tag bringen, sondern vielleicht auch neue Erkenntnisse und Möglichkeiten. Vielleicht werde ich doch noch einmal mit Dad telefonieren dürfen. Vielleicht würde mir endlich jemand sagen, wieso die Männer es auf mich abgesehen haben. Und wieso dieser Cedric mich herbringen ließ.

Ich lege mich rücklings auf das Bett und starre nach oben an die mit Stuck verzierte hohe Decke. Endlose Minuten vergehen. Ich höre nichts in diesem riesigen Haus außer der Klimaanlage meines Zimmers, und irgendwann glaube ich, dass alle außer mir längst schlafen müssten.

»Ich werde im Zimmer gegenüber übernachten.«

Wieso hat N.C. mir das überhaupt gesagt? Offenbar wollte er, dass ich weiß, wo er schläft. Ivy, eine Freundin, die ich letztes Semester auf dem College kennengelernt habe und die in vielen Dingen das komplette Gegenteil von mir ist, würde jetzt genervt die Augen verdrehen und mich eigenhändig aus diesem Zimmer bugsieren. Sie findet schon lange, dass es für mich an der Zeit ist, lockerer zu werden. Ihrer Meinung nach schafft man das Jurastudium nur, wenn man in seiner Freizeit einen Ausgleich findet. Für Ivy sind Joints und unverbindlicher Sex mit ihrem Mitbewohner der Ausgleich. Für mich könnte es das hier sein.

Nero.

Mich einmal von einem Mann wie ihm vögeln zu lassen, würde mich vielleicht wirklich lockerer machen. Die letzten Monate fühlte ich mich kaum noch lebendig. Der Schmerz des Verlustes hat zwar nachgelassen, ist abgestumpft, doch damit auch all meine anderen Gefühle. In seiner Nähe hingegen ... prickelt jeder Zentimeter meines Körpers. Allein schon bei der Erinnerung daran, wie er meine Kehle umklammert hielt, steht mein Körper in Flammen. Uns trennt nur ein schmaler Flur. Was würde er tun, wenn ich mich einfach zu ihm ins Zimmer schleiche?

Mein Herz beginnt schneller zu klopfen. Ich weiß, dass es nicht die beste Idee ist, und normalerweise bin ich alles andere als lebensmüde oder waghalsig, aber genau deshalb sehne ich mich so danach. Ich fühle mich an diesem Ort der sonstigen *normalen* Rachel so fern, dass es mir natürlicher erscheint, mich so zu verhalten, wie ich mich sonst nicht verhalten würde. Und in meinem normalen Leben würde ich mich niemals zu einem Mann schleichen, der mich auf diese Weise behandelt hat. Außerdem hat er gedroht, jemanden vor meinen Augen zu erschießen.

Das hat er nur gesagt, damit du auf ihn hörst.

Ohne weiter darüber nachzudenken, wie krank diese Erklärung ist, stehe ich auf und werfe einen Blick in den schmalen Standspiegel. Ich zupfe den Ausschnitt des Jumpsuits etwas tiefer, streiche mir mit den Fingern unter den Augen entlang, um den letzten Rest meiner einstigen Wimperntusche zu entfernen und atme tief durch. Ich habe definitiv schon einmal besser ausgesehen, aber dieses wilde, natürliche und leicht zerzauste Spiegelbild von mir passt irgendwie zu meinem neu entdeckten Ich. Schließlich will ich N.C. nicht davon überzeugen, mich zu heiraten, sondern nur ... scheiße, ich kann es nicht einmal gedanklich in Worte formen.

Du willst, dass er dich fickt, Rachel. Hart und brutal, so wie es noch nie ein Mann mit dir gemacht hat. Dieses blauhaarige Mädchen hatte recht, du stehst auf ihn, und zwar so sehr, wie schon lange auf niemanden mehr.

Trotz der Lage, in der ich mich gerade befinde. Trotz der Todesgefahr, der ich nur knapp entkommen bin. Vielleicht gerade deshalb. Warum sollte ich mich da zurückhalten?

Und einen Vorteil gegenüber Vera habe ich: Ich bin nicht Mitglied dieser Gang, die sich untereinander für One-Night-Stands meiden. Mich kann N.C. haben, ohne anschließend Angst vor einem Drama oder irgendwelchen Konflikten zu haben.

Ich beiße mir auf die Unterlippe. Wenn ich Glück habe, bin ich morgen Mittag schon hier raus und werde N.C. und all die anderen Leute hier nie wiedersehen.

Eine einzige aufregende Nacht, mehr nicht.

Ich nicke meinem Spiegelbild zu, straffe die Schultern und drehe mich um. Als ich die Tür öffne und aus dem Zimmer spähe, erwartet mich Dunkelheit auf dem Gang. Allerdings sehe ich unter dem Türspalt gegenüber noch Licht und mein Herz macht einen aufgeregten Satz.

N.C. kann ebenfalls noch nicht schlafen, was ich als gutes Zeichen werte.

Los, trau dich. Du hast nichts zu verlieren.

Das Schlimmste, was passieren könnte, wäre, dass er mich abweist wie im Auto, als ich mein Oberteil ausgezogen habe. Ich muss allerdings zugeben, dass ich mich nicht sonderlich geschickt angestellt habe. Außerdem waren die Umstände ganz andere und wir waren auf der Flucht. Jetzt liegt er entspannt in seinem Bett.

Welcher Single-Mann würde unverbindlichen Sex überhaupt ausschlagen? So ein Typ wie N.C. sicher nicht. Außerdem war er derjenige, der mich am Auto geküsst hat und der mir vorhin eine gute Nacht gewünscht hat. Er hat mir gesagt, wo er schläft. Wenn das keine versteckte Aufforderung war, weiß ich auch nicht. An diesen Gedanken klammere ich mich und schleiche auf leisen Sohlen zu seiner Tür.

Kurz schießt mir der Zweifel durch den Kopf, ob es wirklich sein Zimmer ist – ich will nur ungern mitten in der Nacht bei Cedric im Schlafzimmer stehen – doch ich schüttele den Gedanken schnell wieder ab. Wieso sollte N.C. mich angelogen haben? Das hier ist schließlich genau das Zimmer gegenüber von meinem. Außerdem glaube ich nicht, dass Cedric sein Schlafgemach im Flur mit den Gästeräumen hat.

Ich taste gerade nach dem Türknauf, als ich plötzlich Stimmen höre. »Solange ich nicht weiß, was die Bastarde von ihr wollen, bleibt sie hier. Sie scheint wichtig zu sein und deshalb werde ich sie ihnen nicht auf einem Silbertablett servieren.«

Ist das Cedric? Verdammt, habe ich mich doch getäuscht, was das Zimmer angeht? Doch dann höre ich eine vertraute andere Stimme, die mir direkt einen warmen Schauer durch den Körper jagt.

»Und wie hast du vor, herauszufinden, was sie von ihr wollen? Euer kleiner Plausch vorhin hat nichts ergeben.

Entweder lügt sie gut oder sie ist tatsächlich eine Unbeteiligte.«

Ich lehne mich links neben der Tür an die Wand und schlucke den Kloß in meinem Hals herunter. Dass sie glauben, dass ich lüge, ist überhaupt nicht gut für mich. Bei den Details um meine Eltern habe ich tatsächlich etwas geflunkert, doch nur, weil ich Dad schützen will, und nicht, weil ich etwas zu verbergen habe!

»Hat sie dir irgendetwas anderes erzählt als mir?«, fragt Cedric.

»Nein, aber nur, weil ich sie auch nicht danach gefragt habe.«

»Wenn sie morgen immer noch nicht redet, werde ich andere Methoden finden.«

»Ich weiß«, antwortet N.C. schlicht. »Bist du jetzt fertig mit den Strategieplänen? Ich habe keine Lust, länger über diese verwöhnte weiße Göre zu reden. Vermutlich ist ihr Daddy jemandem der Red Eyes auf den Schlips getreten, oder er hat ein Vermögen, hinter dem sie her sind.«

Verwöhnte weiße Göre. Meine Brust zieht sich zusammen.

Ich habe genug gehört. Mit zusammengepresstem Kiefer trete ich von der Tür zurück und eile wieder in mein Zimmer. Mich schüttelt es bei dem Gedanken, dass ich N.C. gerade meinen Körper anbieten wollte. Dass ich mich von diesem Arsch freiwillig anfassen lassen wollte!

Ich schließe die Tür hinter mir und lehne mich mit dem Hinterkopf gegen das Holz. Sie denken, dass mein Vater irgendetwas damit zu tun hat ... Instinktiv greife ich mir zwischen die Schlüsselbeine. Dort ruhte heute den ganzen Tag über die Kette, die mir Dad morgens geschenkt hat, bevor ich zum College gefahren bin und wir uns für heute Nachmittag in der Mall verabredet haben. Ich weiß noch genau, wie ich ihn überrascht gefragt habe, warum er sie mir ausgerechnet heute geschenkt hat. »*Ein Vater braucht doch keinen Anlass, um seiner Tochter eine Freude zu machen*«, hat er erwidert und mir das Schmuckstück umgelegt.

Ich laufe zu dem Eichenholzschreibtisch und nehme die Kette in die Hand, die ganz oben auf meinen Sachen liegt und die ich beim Duschen abgenommen habe, zusammen mit den Ohrringen und der teuren Uhr.

Haben diese Männer recht und du hast etwas mit dem Ganzen hier zu tun, Dad? Ist es Zufall, dass du mir diese Kette ausgerechnet heute geschenkt hast?

Ich halte den münzengroßen kreisförmigen Anhänger zwischen den Fingern und betrachte ihn von allen Seiten. Er ist relativ schwer und beinahe so breit wie mein kleiner Finger. In dem Kreis prangen mehrere verschiedenfarbige winzige Diamanten. Ich weiß, dass die Kette teuer ist, doch ich sehe keinen Firmennamen in dem roségoldenen Metall eingraviert, was mich stutzig macht. Ich runzele die Stirn. Auch wenn Dad nach jenem Überfall seinen Job verloren hat und lange Zeit neben der Spur war, weiß ich, dass er wieder auf die Beine gekommen ist. Da er unser voriges Haus verkauft hat, habe ich mich nie gewundert, wo das Geld herkam, womit er mir hin und wieder noch immer teure Geschenke macht. Ich glaube, ein Teil von ihm fühlt sich schuldig für den Verlust, den wir erlitten haben. Er will mir so viel von unserem vorigen Leben bieten wie vor Moms Tod.

Aber ein geheimes riesiges Vermögen, hinter dem irgendwelche Kriminellen her sein könnten? Das kann ich mir nicht vorstellen. Genauso wenig wie ich mir zusammenreimen kann, weshalb er überhaupt die Aufmerksamkeit dieser Verbrecherbande auf sich gezogen hat.

Ich lege mir die Kette um, zusammen mit dem restlichen Schmuck. Meine alten Klamotten ziehe ich nicht wieder an, doch ich schlüpfe in meine Sandalen, und sehe mich in den Schränken nach einer Jacke oder ähnlichem um. Vergebens. Dann muss es auch ohne gehen, obwohl ich weiß, dass die Temperaturen in der Nacht deutlich abkühlen.

Verdammt, tue ich das hier wirklich? Selbst wenn ich es unbemerkt aus diesem Haus schaffe, weiß ich nicht, wo ich hinsoll. Zu Fuß werde ich nicht weit kommen, aber ich muss es darauf anlegen. Draußen kann mir nicht viel Schlimmeres passieren als hier. Von kriminellen Fremden bin ich schließlich schon aufgegabelt worden.

Wie naiv bin ich eigentlich gewesen, auch nur eine Minute lang zu glauben, dass ich von dem Anführer einer mordenden Verbrechergang nichts zu befürchten habe? Er hat mich mit seiner geheuchelten Gastfreundschaft vielleicht kurzfristig ruhiggestellt, aber seine Worte an N.C. zeigen mir deutlich, dass er morgen ganz andere Saiten anschlagen wird, wenn ich nicht mit der Sprache herausrücke.

Ich ziehe die Tür ein zweites Mal in dieser Nacht einen Spalt auf und lausche, ob sich irgendetwas in dem Haus rührt. Unter der Tür gegenüber brennt noch immer Licht, doch diesmal bleibe ich nicht zum Lauschen, sondern schleiche mich in Richtung Treppe. Rechts unten an der Wand – über jeder zweiten Stufe – brennt ein kleines warmes Nachtlicht, sodass ich ohne zu stolpern bis in die untere Etage gelange.

Auch hier ist alles still und so langsam gewöhnen sich meine Augen an die dämmrigen Lichtverhältnisse. Ich blicke mich in der Eingangshalle um und steuere dann auf die Tür zu.

Hoffentlich schlafen seine Wachhunde nachts.

Ich drehe den Knauf, ziehe die Tür auf und stecke meinen Kopf hinaus an die frische Luft. Das Zirpen von Grillen untermalt die nächtliche Idylle. Das war ja schon beinahe zu einfach. Ich schiebe mich leise nach draußen und schließe langsam die Tür – als ich plötzlich den Qualm einer Zigarette wahrnehme.

Alarmiert drehe ich mich um und sehe den dunklen Schatten einer menschlichen Gestalt vor mir. Er schnippt den glimmenden Stängel der Zigarette weg.

»Dario, schau mal, wer uns hier draußen Gesellschaft leisten will.«

Plötzlich habe ich den Lichtkegel einer Taschenlampe im Gesicht. Ich kneife die Augen zusammen und hebe die Hände. Ich habe nicht einmal die Gelegenheit, wieder zurück ins Innere zu fliehen, als mich von der Seite zwei starke Arme packen und an eine breite Brust ziehen.

Der Typ mit der Taschenlampe kommt näher und senkt den Lichtkegel, sodass ich ihn nun auch erkennen kann. Es ist der Blonde, den ich in der Bar beim Blowjob unterbrochen habe. Mir wird heiß und kalt zugleich, als ich sein belustigtes Grinsen sehe. Auch er erkennt mich wieder, keine Frage.

»Als Cedric meinte, wir haben heute Nacht einen Gast, habe ich nicht damit gerechnet, dieses rothaarige kleine Püppchen wiederzusehen. Du bist also für das Chaos im Venoms Riff verantwortlich.« Sein blasses Gesicht wirkt im Schein des kühlen Taschenlampenlichts noch bleicher. Seine Augen sind von einem hellen Blau und haben eine solch intensive Ausstrahlung, dass meine Beine weich werden.

Ich versuche mich aus dem Griff des anderen Mannes zu winden, der hinter mir steht, doch er hält meine Arme hinter meinem Rücken nur noch fester zusammen.

»Wollte sie etwa fliehen?«, knurrt er.

»Scheint fast so. Da müssen wir Cedric wohl umgehend Bescheid geben. Dario, bist du so nett?«

Der Wachmann lässt mich los und ich reibe mir instinktiv über die schmerzenden Unterarme.

Na, turnt dich das auch an? Wenn noch mehr Männer blaue Flecken an dir hinterlassen?, höhnt meine innere Stimme.

Ich ignoriere sie und sehe stattdessen dabei zu, wie Dario – ein Hüne von einem Mann – ins Innere der Villa geht. Wenn er Cedric holt, wird das Ärger geben. Ich drehe mich wieder zu dem Blonden und überlege fieberhaft, ob ich eine Chance hätte, wenn ich jetzt einfach loslaufe. Vermutlich nicht. Selbst wenn ich ihm vorher in die Eier trete, würde er mich entweder einholen oder mich anschießen, was ich nicht riskieren will.

»Bitte lass mich gehen«, versuche ich es deshalb auf andere Weise und setze ein verzweifeltes unschuldiges Gesicht auf, das mir nicht gerade schwerfällt.

Sein Blick schweift an mir herunter und bleibt an meinem Dekolleté hängen – oder an meinen Brüsten. Der dünne Stoff des Jumpsuits kann meine aufgerichteten Nippel vermutlich nicht verbergen. Es ist nicht nur kühl draußen, auch die angespannte Situation trägt dazu bei, dass sich nicht nur die Härchen auf meinen Armen aufstellen.

Zumindest ist er an deinen weiblichen Reizen mehr interessiert als N.C.

Er kommt einen Schritt auf mich zu und ich weiche zwei zurück, bis ich plötzlich eine Wand im Rücken habe. Er baut sich vor mir auf und verschlingt mich mit seinem Blick. »Es ist eine wahre Verschwendung, dass du unter Cedrics Schutz stehst. Ich würde gern so einiges mit dir anstellen.«

In meinem Magen beginnt es zu kribbeln. Dass Cedric seinen Männern verboten hat, mich anzurühren, sollte mich froh stimmen, doch ich traue dieser vorgegaukelten Gastfreundschaft nicht. Es wird einen triftigen Grund haben, wieso sich alle vor Cedric fürchten und ausgerechnet er der Anführer dieser Männer ist. Ich will nicht so lange bleiben, um diesen Grund herauszufinden.

»Fahr mich weg von hier und du kriegst alles von mir, was du willst«, bringe ich in einem Moment über die Lippen, in dem mein Mut größer ist als die Angst. Oder die Angst hat sich schon so tief in meinen Verstand gefressen und ihn benebelt, dass ich nicht mehr weiß, welche Option für mich die bessere wäre.

Hier wegzukommen, ist alles, was ich will.

Würde ich dafür auch meinen Körper verkaufen? Wenn nötig, den Schwanz eines Fremden lutschen, nur damit er mich hier wegfährt?

Verdammt, Rachel, in dir steckt ja ein richtiges Luder.

Der blonde Typ mit dem Gesicht eines Engels scheint tatsächlich einige Sekunden darüber nachzudenken. Er wirkt ein paar Jahre jünger als N.C. und ich frage mich, was ein Typ wie er hier verloren hat. Mit seinem Aussehen könnte er genauso gut sein Geld als Modell für Calvin Klein verdienen.

»Du hast hier wohl etwas nicht verstanden, Prinzessin«, raunt er und streicht mit seinem Finger über meine Wange. Sein Atem riecht nach Qualm und gleichzeitig nach Pfefferminz. Ich wende das Gesicht ab, doch statt die Berührung zu beenden, greift er in mein Haar und zieht meinen Kopf grob in den Nacken. Ein Prickeln jagt über meine Kopfhaut und breitet sich in meinem gesamten Körper aus. »Du bist genau da, wo ich dich gerne hätte.«

Was genau meint er damit?

Sein Gesicht nähert sich mir, bis seine Nasenspitze die meine streift. All meine Gedanken sind wie ausgelöscht. Mein Herz beginnt zu rasen. *Er wird doch nicht etwa ...?* Ich blicke zu seinen sinnlichen Lippen, die er einen Spalt öffnet und ...

In diesem Moment erklingt ein Räuspern und der Griff um mein Haar löst sich. Der Blonde tritt einen Schritt von mir zurück, während ich nur perplex blinzeln kann. Mein ganzes Gesicht glüht, als hätte er wer weiß was mit mir angestellt, dabei hat er mich nicht einmal berührt ... Nun gut, außer mein Haar. Meine Schädeldecke schmerzt noch immer, doch ich sehe bloß hektisch zur Tür, wo Dario mit verschränkten Armen steht und uns beobachtet.

»Cedric kommt gleich«, informiert er uns.

Der Blonde grinst. »Gut, wird auch Zeit. Was hat so lange gedauert?«

»Er war ... beschäftigt.«

Das Grinsen des Blonden verschwindet und er schnaubt. »Na wenigstens einer von uns.«

Ich runzele irritiert die Stirn, doch ehe ich länger darüber nachdenken kann, höre ich schwere Schritte von Innen. Ich straffe die Schultern und versuche die Furcht aus meinem Gesicht zu vertreiben. Oder die Hitze, die dieser Beinahe-Kuss in mir hinterlassen hat.

Zeig ihnen nicht, wie schwach du bist.

Zeig ihnen nicht, wie viel Macht sie über dich haben.

»Callum. Was ist hier los?«, fragt Cedric und tritt zu uns nach draußen. Statt seinem Outfit von heute Abend trägt er eine graue lange Pyjamahose und ein weißes luftiges Shirt, welches einen perfekten Kontrast zu seiner fast schwarzen Haut bildet. Sein Blick fällt auf mich und mich trifft so viel stumme Wut und Verärgerung, dass ich alles auf dieser Welt dafür geben würde, mich unsichtbar machen zu können.

Mich herausreden, wird mir nicht helfen, also versuche ich mich auf andere Weise zu erklären: »Sie haben mir Ihren Schutz angeboten und ich weiß Ihre Gastfreundschaft zu schätzen, ehrlich. Aber jedem Gast steht es auch frei zu gehen, wann immer er will. Ich nehme das Risiko, das von den Red Eyes ausgeht, gerne auf mich. Das ist nicht mehr Ihr Problem.« So selbstbewusst ich kann, stehe ich da, doch als ich hinter Cedric N.C. im Schatten des Türrahmens entdecke, schrumpfe ich innerlich noch weiter zusammen.

»Da hast du etwas falsch verstanden«, knurrt Cedric und kommt auf mich zu. Ehe ich zurückweichen kann, greift er nach meinem Handgelenk und zieht mich zu sich. »Meine Gastfreundschaft gilt, solange du tust, was ich von dir will. Ich habe dir Höflichkeit und Respekt entgegengebracht, aber ich kann auch anders.«

Er will mich zurück durch die Tür ziehen, doch ich stemme mich gegen ihn und versuche ihm meine Hand zu entreißen. »Sie können mich hier nicht gegen meinen Willen festhalten!«, brülle ich. Alle meine Sicherungen brennen durch. Ich weiß, dass ich verloren habe, sobald er mich zurück in sein Haus schleift. Ich winde mich in seinem Griff und wenn er mich noch näher an sich heranzieht, schwöre ich, dass ich ihm die Augen auskratzen werde.

Plötzlich sehe ich, wie er mit seiner Faust ausholt. Seine geballte Hand fliegt auf meinen Kopf zu, dann spüre ich nur noch, wie etwas in meinen Schläfen explodiert. Bleierne Dunkelheit umhüllt mich.

N.C.

Cedric ist nie der Typ gewesen, der Frauen sexuell auf die Pelle rückt. Kein Wunder, da er auf Männer steht. Er ist aber auch nicht der Typ, der davor zurückschreckt, eine Frau zu schlagen, um sie in ihre Grenzen zu weisen. Für ihn spielt das Geschlecht keine Rolle. Wenn er Männer verprügeln kann, kann er es auch mit Frauen tun.

Als er dir allerdings unvermittelt ins Gesicht schlägt, muss ich die Fäuste ballen, um nicht auf ihn loszugehen. Dein Kopf fliegt zur Seite und deine Lider schließen sich flatternd, noch bevor du auf den Boden knallst.

Ich habe in meinem Leben schon viel Gewalt gesehen, Peach, sie gespürt und verursacht. Auch Frauen gegenüber, worauf ich nicht sonderlich stolz bin, aber das Leben auf der Straße ist schmutzig und niemals fair. Die Stärkeren stellen sich über die Schwachen und man selbst zählt zu Letzterem, wenn man so etwas wie Mitgefühl zulässt. Wenn man sich weigert, die Schwachen zu benutzen, ist man selbst derjenige, der benutzt wird. Das habe ich schon in jungen Jahren gelernt. Trotzdem schießt eine unkontrollierbare Wut durch meinen Körper, weil er seine Hand gegen dich erhoben hat, nur um dich in die Schranken zu weisen. Das ginge auch anders. Doch Cedrics Geduldsspanne ist klein. Sogar kleiner als meine. Offenbar hast du schon jetzt seine Nerven überstrapaziert, was du dir selbst zuzuschreiben hast.

Verdammt, warum hast du nicht einfach in deinem Bett geschlafen und den morgigen Tag abgewartet, Peach? Habe ich dir nicht deutlich gemacht, dass jegliche Fluchtversuche sinnlos sind? Wo wolltest du um diese Uhrzeit überhaupt hin?

Ich begleite Cedric, der dich zurück in dein Zimmer trägt. Als wir unter uns sind, frage ich ihn, ob es nötig war.

Cedric schnaubt. »Ihr Gezeter ging mir auf den Geist. Es ist besser, dass sie schnell begreift, wie hier der Hase läuft.« Er legt Handschellen um deine Handgelenke und schließt sie um einen der Pfosten des Himmelbettes. »Die nette Tour hat bei ihr ja leider nicht funktioniert.« Er zuckt mit den Achseln und sieht dann finster auf dich herab.

Dein süßes Puppengesicht hat keinerlei Wirkung auf ihn. Für ihn bist du nichts weiter als ein Rätsel, das er knacken will. Und sein Leben hat ihm für das Knacken von besonders harten Schlössern nur ein Mittel an die Hand gegeben: rohe Gewalt.

Wenn nötig, wird er dich bis an deine Grenzen bringen. Wenn du Pech hast, auch darüber hinaus. Normalerweise habe ich kein Problem damit. Doch irgendetwas an dir hat meine eigenen Grenzen verschoben – und das, Peach, wird uns noch allen zum Verhängnis.

CALLUM

S eit du im Venoms Riff meinen Schwanz begafft hast, stelle ich mir vor, wie er sich zwischen deine rosigen unschuldigen Lippen drängt.

Deinen Mund in Besitz nimmt.

Deine Seele befleckt.

Du hast etwas an dir, was dich interessant macht. Da ist etwas in deinem Blick, was man hier unten in unseren Kreisen nicht so oft sieht. Ist es bloß deine naive Unschuld? Oder noch etwas anderes?

Als Cedric dich die Treppe hinaufträgt, verschwinde ich im unteren Bad, stelle mich vor das Pissoir und öffne die Gürtelschnalle. Dass Cedric dich bewusstlos geschlagen hat, hat meine vorige Erregung nur noch angestachelt, auch wenn ich lieber selbst die Gewalt verursache, als ihr bloß zuzusehen.

Verdammt, wie gerne hätte ich eben auf der Terrasse meine Zunge in deinen Mund geschoben. Oder noch anderes.

Rachel García Wilson.

Im Gegensatz zu den anderen hier weiß ich genau, wer du bist. Als Tochter von Noa García hast du es schon schwierig genug. Doch du bist auch noch schöner, als dir gut tut. Ein zartes wertvolles Porzellanpüppchen. Mit einem feurigen Kämpferinstinkt im Inneren, auf den du uns einen Blick gewährt hast, als du dich Cedric widersetzt hast.

Ich pumpe an meinem Schaft hoch und runter und spüre, wie mein Schwanz härter und härter wird. Mein Stöhnen unterdrückend, lege ich an Geschwindigkeit zu. Dass Cedric uns verbietet, Hand an dich zu legen, wird dich nicht retten.

Nicht vor mir.

SIEBEN

M ein Kopf fühlt sich an, als wäre über Nacht ein Güterzug drüber gebrettert. Ich blinzele in das helle Licht. Wie spät ist es? Wieso hat der Wecker nicht geklingelt?

Ich brauche ein paar Sekunden, um zu begreifen, wo ich bin. Dann prasseln die Erinnerungen an gestern wie faustgroße Hagelkörner auf mich ein.

N.C.

Cedrics Villa.

Meine gescheiterte Flucht.

Verdammt! Ich will mich aufsetzen und mir die pochenden Schläfen halten, als meine Hände plötzlich von etwas zurückgehalten werden.

Meine Arme fühlen sich taub an. Sie sind über meinem Kopf an irgendetwas befestigt ... Ich recke meinen Hals so, dass ich nach oben einen freien Blick auf meine Hände bekomme, die mit Handschellen an einem Pfosten des Himmelbetts fixiert sind. Meine Augen weiten sich beim Anblick des kahlen Metalls, während mein Herz zu rasen beginnt. *Nein, nein, nein!* Panik schlägt über mir zusammen wie mannshohe Wellen im tosenden Meer.

Ich rappele mich auf, setze mich auf die Knie und versuche, meine Handgelenke aus den eisernen Ringen zu befreien; meine Hände einfach herauszuwinden, doch es klappt natürlich nicht.

Hektisch blicke ich mich im Zimmer um. Die Vorhänge sind aufgezogen – anders, als ich sie gestern Abend hinterlassen habe. War heute Morgen schon jemand hier? Ich blicke an mir herunter und stelle zumindest erleichtert fest, dass ich noch die gleiche Kleidung wie am Vortag trage. Nur meine Sandalen hat mir jemand ausgezogen. Bei der Vorstellung, wie einer dieser Männer meine nackten Füße berührt, lodert eine heiße Wut in mir auf. Der Gedanke, dass mir jemand so nah war und mich angefasst hat, während ich geschlafen habe, jagt mir einen Schauer über den Körper.

Ich schließe die Augen und das Pochen meines Schädels erinnert mich daran, dass ich nicht bloß *geschlafen* habe. Nein. Ich wurde k.o. geschlagen. Bei der Faust, die ich auf mich zufliegen sah, wundert es mich, dass sie mir nicht den Schädel gespalten hat. Da der Rest meines Gesichts sich unversehrt anfühlt, muss Cedric treffsicher meine Schläfe erwischt haben. Ich beiße die Zähne zusammen und atme tief durch. Wenn ich nach einem einzigen Schlag schon in Panik verfalle, werde ich hier nicht lange durchhalten. Männer wie er haben bestimmt schon Schlimmeres getan, als eine Frau niederzuschlagen. Ich habe gleich geahnt, dass dieser Fremde mir etwas antun wird, doch ich habe aus irgendeinem Grund auf N.C.s Worte vertraut. »*Cedric stellt dich unter seinen Schutz. Es ist der sicherste Ort der Welt für dich.*«

Dass ich nicht lache! Vor Wut und Verzweiflung beginnt mein Körper zu beben. Ein Tränenschleier legt sich über meine Augen und lässt das Zimmer, in dem ich hocke, verschwimmen.

Ich sitze hier nur, weil ich diesem tätowierten Latino vertraut habe. Er hat mir schließlich mein Leben gerettet, verdammt, wie konnte ich ahnen, dass er mich in diese Lage bringen würde? Dass er mich seinem Boss ausliefern würde?

Ich hätte gestern Abend, als ich aus dem Jeep gesprungen war, nach seiner Drohung nicht klein beigeben dürfen. Ich hätte die Frau um Hilfe bitten müssen, ihr meinen Namen verraten müssen, sodass mein Dad zumindest informiert worden wäre.

Nein, ich hätte gar nicht erst im Parkhaus auf sein Motorrad steigen dürfen.

Dann hätten dich die anderen Männer geschnappt oder gar erschossen.

Ich schließe die Augen und schlucke den Kloß in meinem Hals hinunter.

Vielleicht hätte ich tatsächlich gar nichts anders machen können. Selbst wenn ich N.C. *nicht* vertraut hätte, wenn ich ihn *nicht* begehrt und mit der rosaroten Brille betrachtet hätte, wäre ich vermutlich trotzdem genau hier gelandet. Nur dass ich sein wahres Gesicht früher erkannt hätte. Und ich würde mich jetzt nicht so sehr hassen für all die schmutzigen Gedanken, die ich mit ihm hatte.

Ich stoße einen Schrei aus und versuche erneut mein Handgelenk aus dem eisernen Ring zu ziehen. Das Metall schneidet in meine Haut, doch das ist mir egal. Ich drücke meinen Daumen und meinen kleinen Finger eng zusammen und gerade als ich glaube, die Handschelle über meine Hand zerren zu können, ertönt eine Stimme.

»Na, na, na. Du willst doch nicht wieder den gleichen Fehler begehen wie gestern und Cedric noch einmal erzürnen?«

Erschrocken zucke ich zusammen und wende den Kopf zur Tür. Auf der Schwelle steht der blonde Typ von gestern. Der, dessen bestes Stück ich schon gesehen habe und der mich gestern Nacht mit seinen Blicken verschlungen hat, bevor Cedric mich zurück ins Haus gezerrt hat. Wenn ich mich nicht irre, hat Cedric ihn Callum genannt.

Ich habe gar nicht gehört, wie er die Tür geöffnet hat und in mein Zimmer getreten ist. Wachsam kauere ich mich am Kopfende des Bettes zusammen, sodass mein Rücken gegen die Wand gepresst ist.

Er kommt näher und bei jedem Schritt, den er tut, erheitert sich sein Gesicht. *Er ergötzt sich an deiner Angst.*

Schnell versuche ich meine Miene unter Kontrolle zu bekommen.

»Was willst du?«, frage ich bemüht ruhig, auch wenn ich ihn am liebsten angefaucht hätte. Er ist offensichtlich nicht hier, um mir Frühstück zu bringen und ich bin auch nicht so naiv zu glauben, dass er mich befreien will.

In seinen Händen trägt er eine schwarze, flache Kiste. Sie sieht aus wie ein kleiner Koffer für Werkzeug. Er tritt neben das Bett, legt die Box auf dem Nachttisch ab, schiebt das durchsichtige Moskitonetz beiseite und setzt sich neben mich auf die Bettkante.

Ich würde ja von ihm abrücken, doch ich habe dank der Handschellen keine Möglichkeit, weiter zurückzuweichen oder mich zu wehren. Diese Feststellung ist wie eine eisige Hand, die sich um meine Kehle legt und langsam zudrückt. Ich habe das Gefühl, nicht mehr genug Luft zu bekommen.

In dieser Situation könnte er mit dir tun, was immer er will.

Er mustert mich aus strahlendblauen Augen. Das Sonnenlicht bricht sich in seinen Iriden und lässt sein hellblondes Haar golden schimmern. Es ist recht lang für einen Mann und er trägt es nach hinten gekämmt und vermutlich mit Haarspray fixiert.

»Wenn du mich anrührst, dann schwöre ich, trete ich dir so fest in die Eier, dass du nicht mehr fähig sein wirst, jemals Kinder zu zeugen!«, warne ich ihn. Seine lüsternen Gedanken stehen ihm förmlich auf der hohen Stirn geschrieben und wenn er es wagt, mich anzufassen, würde ich trotz der Handschellen einen Weg finden, ihm so richtig wehzutun.

Der Blonde grinst verschlagen und mein Magen macht unwillkürlich einen Salto. Sein Lächeln ist so unheilverkündend wie der Sprung vom Zehnmeterturm für jemanden mit Höhenangst. Und verdammt, im Moment ist mir fast schwindelig vor Angst.

»Klingt verlockend«, antwortet er. »Ich wollte eh nie

Kinder. Aber ich bin wegen etwas anderem hier. Cedric meinte, ich soll heute ein Auge auf dich haben.«

Ich schnaube. »Also bist du zu meinem neuen Babysitter degradiert worden? Glückwunsch.«

»Ich hab mich freiwillig gemeldet«, erwidert er immer noch grinsend.

Ich schlucke schwer. »Wo ist N.C.?«

Callums Grinsen erlischt und eine steile Falte bildet sich auf seiner sonst makellosen Stirn. Er ist ziemlich jung für einen skrupellosen Kriminellen. Mit scharfen Wangenknochen und glattrasierter Haut. Jünger als N.C., aber doch ein paar Jahre älter als ich. »Er hat heute anderes zu tun. Arbeit. Sachen für Cedric erledigen. Das Übliche.« Er verengt die Augen und beugt sich zu mir. Seine rechte Hand ist dicht neben meinen Knien in die Matratze gestützt. »Vermisst du ihn etwa schon? Hat er dir mit seiner finsteren Art den Kopf verdreht? Dein Höschen in ein Planschbecken verwandelt?«

Ich presse die Lippen fest zusammen und versuche mich von seiner Nähe nicht einschüchtern zu lassen. Oder von seinen primitiven Worten.

Es ist nicht so, dass ich N.C. gerne als meinen Beschützer zurück hätte – im Gegenteil. Ich würde ihm gern ins Gesicht schleudern, was ich von ihm halte. Ihn nach dem Warum fragen oder ihm einfach nur vor die Füße spucken, um meiner Abscheu ihm gegenüber Luft zu machen.

Vielleicht würde ich dann wieder freier atmen können.

»Ich würde N.C. nur gern persönlich die Augen auskratzen«, lasse ich ihn wissen. Ich hasse den Gedanken, dass mich die Leute hier für ein schmachtendes Fangirl halten. »Wie verkorkst müsste man sein, um jemanden von euch zu wollen? Ihr habt mich ans Bett gefesselt und geschlagen.«

»Ich habe nichts von beidem getan«, verteidigt er sich und lehnt sich zurück.

Mein Blick schweift skeptisch an seinem schlanken, doch trainierten Oberkörper hinunter bis zu seiner Hüfte. Der Waffenhalter mit der Pistole ist nicht zu übersehen. Offenbar trägt hier jeder eine, rund um die Uhr. Er bemerkt meinen Blick, sagt jedoch nichts.

»Hast du die Anweisung, mich zu erschießen oder mir damit zu drohen, falls ich wieder fliehen will?«

Er hebt eine Augenbraue. »Dir gefallen Schusswaffen nicht, was?«

Dass er das durch einen einzigen Blick von mir gemerkt hat, lässt mich innerlich erstarren.

»Ich bin auch kein Fan davon«, erwidert er im Plauderton, greift auf der anderen Seite seiner Hüfte nach etwas und zieht es aus der Hosentasche. Er hält ein Klappmesser in die Luft und lässt es aufschnappen. Sein Daumen wandert beinahe zärtlich über die Klinge, dann richtet er seinen Blick wieder auf mich. »Dein N.C. ist unser bester Schütze; er schießt, als wäre ihm eine Glock in sein Babybettchen gelegt worden. Aber mein Spielzeug ...« Er streckt den Arm aus und nähert sich mir mit der Klinge. Er legt sie an meine Wange und da mein Hinterkopf bereits gegen die Zimmerwand gedrückt ist, kann ich nicht weiter zurückweichen. Die Spitze des Messers streift über meine Haut, kühl und zärtlich. »... ist das hier. N.C. mag es vielleicht schnell, präzise und effektiv. Ich mag es lieber langsam.«

Die scharfe Spitze wandert zu meinen Lippen und umrundet sie einmal, als wäre das Messer ein Lipliner.

Ich erschaudere unter seinen zweideutigen Worten und der kühlen Klinge. *Er wird mich doch nicht damit ...?*

Plötzlich erhöht er den Druck und ich spüre einen brennenden Schmerz durch mein Gesicht jagen. Obwohl ich erschrocken zusammenzucke, bin ich geistesgegenwärtig genug, um meinen Kopf nicht panisch zur Seite zu drehen und somit den Schnitt zu verschlimmern.

Zufrieden lehnt Callum sich ein Stück zurück und nimmt das Messer wieder fort. Sein Blick liegt geradezu begierig auf meinen Lippen. Neben dem versengenden Schmerz spüre ich nun auch warmes Blut über meine Haut laufen.

Fuck, er hat mich tatsächlich geschnitten!

Er streicht es mit seinem Daumen fort, während ich darum kämpfe, normal weiter zu atmen. Der Schmerz verklingt bereits, der Schnitt kann nicht tief sein, doch er hat es auch nicht getan, um mich zu verletzen.

Wollte er mir seine Macht demonstrieren?

Oder war es eine stumme Drohung, dass er zu noch viel mehr fähig ist, wenn ich es erneut wage, fliehen zu wollen?

Vielleicht hat er auch nur eine spezielle Vorliebe für Messerspielchen ...

»Nun. Kommen wir zu dem, weshalb ich eigentlich hier bin«, fährt er unbekümmert fort, als wenn nichts wäre. Er bemüht sich um einen lockeren spielerischen Tonfall, doch mir entgeht nicht, dass sein Gesicht – vor allem seine Augen – von Dunkelheit verschleiert sind, die das Messer in ihm geweckt hat. Da sind Schatten in seinen Augen, die tiefer gehen, als er mich sehen lassen will. Und da ist noch etwas anderes. Erregung? Wahnsinn?

Dieser Typ ist gefährlich, Rachel, mahnt mich mein Verstand.

Mit meiner Zunge fahre ich mir über die Lippen, um das Blut aufzufangen, welches noch immer frisch aus der Wunde quillt. Ein kupfriger Geschmack breitet sich in meinem Mund aus. Ich rutsche auf meinen Knien in eine bequemere Sitzposition und wische mir mit der nackten Schulter das restliche Blut von meinen Lippen.

Callum greift nach dem schwarzen kleinen Koffer und legt ihn auf seinen Schoß. Verbirgt er damit eine Erektion? Ich glaube, kurz gesehen zu haben, wie sich eine leichte Ausbeulung unter dem Stoff seiner dunkelblauen Chinohose abgezeichnet hat.

Okay, Rachel, nicht in Panik verfallen.

Nervös rutsche ich auf meinen Knien herum. Einerseits bin ich durchaus neugierig, was er in dieser schwarzen Box mitgebracht hat, andererseits ahne ich, dass der Inhalt mich endgültig ins Verderben stürzen wird. *Vielleicht hat er Folterinstrumente mitgebracht und will mir damit Antworten entlocken.*

Als der Deckel aufschnappt, runzele ich irritiert die Stirn. Er holt eine Art schwarzes breites Gummiarmband heraus mit einem rechteckigen Kasten an der Seite. Ein bisschen sieht es aus wie eine zu groß geratene Sportuhr, die die Herzfrequenz beim Laufen misst.

»Ich schenke dir ein Stück deiner Freiheit zurück«, verkündet er. »Eine elektronische Fußfessel. Sie löst deine Handschellen ab«, erklärt er auf meinen fragenden Blick hin.

Sprachlos öffne ich den Mund. Ich weiß nicht, ob ich entsetzt, wütend oder angewidert sein soll. Mit welcher Selbstverständlichkeit er meine Handschellen gegen eine andere Art von Fessel tauschen will und es so hinstellt, als würde er mir damit einen Gefallen tun!

Er greift nach meinem Fußgelenk und zieht es unter meinem Hintern hervor.

»Au«, beschwere ich mich und rutsche auf die Seite.

Ich beobachte, wie er mir das Ding mit flinken Fingern umschnallt, noch ehe ich mich entschlossen habe, ob ich mich dagegen wehren soll. Nicht, dass ich großartig etwas ausrichten könnte. Aber ich könnte es Callum zumindest schwieriger machen.

Mit einem unguten Gefühl beobachte ich, wie ein grünes Licht an dem Teil aufblinkt. Andererseits ... Mich hier frei auf dem Grundstück zu bewegen, wäre – auch wenn ich es nur ungern zugebe – tatsächlich besser, als für den Rest des Tages ans Bett gefesselt zu bleiben.

»Wie kommt's, dass Cedric mir erlaubt, frei herum zu laufen?«, frage ich skeptisch und sehe zu Callum auf. So wie ich seinen Boss bisher einschätze, hätte er mich auch auf einen Stuhl fesseln und mir die Antworten aus dem Gesicht prügeln lassen können. Nur, dass ich gar nicht weiß, was er überhaupt von mir hören will.

»Cedric weiß genau genommen nichts hiervon. Ich habe lediglich die Anweisung, auf dich aufzupassen und an einer Flucht zu hindern.« Er deutet auf das Ding an meinem Fuß. »Damit stelle ich das sicher.«

»Lass mich raten. Es versetzt mir einen Stromschlag, wenn ich mich zu weit vom Haus entferne?«, frage ich mit einem dumpfen Gefühl im Magen.

Der Blonde nickt zufrieden und schraubt etwas fest. In dem Koffer befand sich auch ein kleiner Schraubendreher oder zumindest etwas Ähnliches. Vermutlich ist es eine Art Schlüssel, der als einziges in das kleine Schloss passt.

»Der Radius ist so eingestellt, dass du dich überall auf dem Anwesen aufhalten kannst. Samt Pool- und Außenbereich. Gerätst du an die Grenzzone, beginnt das Ding zu piepen und zu vibrieren. Gleichzeitig bekomme ich eine Meldung auf mein Handy. Solltest du die Grenze überschreiten, stößt es einen Elektroschock ab.«

Ich mahle mit dem Kiefer. »Das ist gegen das Gesetz.«

Ein schiefes Grinsen zupft an seinem Mundwinkel. »Dann zeig uns doch an.« Er packt den Koffer wieder zusammen, schließt den Deckel und steht auf. »Alle Zimmer, in denen es etwas Interessantes gäbe oder die Laptops, Tablets und so weiter enthalten, sind abgeschlossen. Du brauchst also gar nicht erst versuchen, dieses Haus zu durchsuchen.« Er fischt einen kleinen silbernen Schlüssel aus seiner Hosentasche und nähert sich dem Bettpfosten. Dann nimmt er die Handschellen und öffnet sie.

Als die Ringe aufschnappen und ich meine Hände hinausziehen will, greift er allerdings nach meinen Gelenken und hält sie fest. Erschrocken halte ich inne und schaue hoch in sein Gesicht.

Es ist nur eine Handbreit von meinem entfernt. Mit seinen kalten blauen Augen durchbohrt er mich. Seinem Blick standzuhalten, fühlt sich an, wie in einem eiskalten See zu ertrinken.

»Ich gebe dir als dein neuer Babysitter deutlich mehr Freiheiten als N.C. oder Cedric dir geben würden, aber merk dir eins. Wenn du mir Schwierigkeiten machst, wenn du versuchst hier abzuhauen oder mich auszutricksen, dann werde ich gröber zu dir sein als Cedric oder N.C. es je könnten. Hast du verstanden, meine kleine Raubkatze? Glaub mir, du willst mich nicht als Feind.« Er zieht mich zu sich heran, sodass ich gegen ihn pralle. Sein Gesicht schiebt er dicht an mein Ohr. Wie einen Windhauch spüre ich seine Lippen am äußeren Rand meiner Ohrmuschel. »Als Freunde hätten wir viel mehr Spaß.« Sein Atem streift mich und ich spanne mich an. Dann spüre ich plötzlich seine feuchte Zungenspitze über mein Ohrläppchen gleiten und eine Gänsehaut zieht sich über meine Arme bis in den Nacken. Mein ganzer Körper steht unter Strom – und das ganz ohne einen Elektroschock.

Als Callum sich wieder zurücklehnt, starre ich ihn mit glühenden Wangen an. *Hat er gerade ernsthaft mein Ohr angeleckt?* Er lässt meine Hände los und ich bin hin und hergerissen. Ein Teil von mir will ihm direkt mit der flachen Hand ins Gesicht schlagen oder ihn von mir stoßen, doch meine Vernunft mahnt mich, ihn mir nicht jetzt schon zum Feind zu machen.

Gib es zu, Rachel. Du hasst ihn nicht dafür, dass er dich mit seiner Zunge berührt hat, sondern dafür, dass es dir gefallen hat!

Ich streife die Handschellen ab und werfe Callum einen vor Wut lodernden Blick zu. Er lächelt wissend und dreht sich um. Als er aus dem Zimmer geht, sitze ich noch immer auf dem Bett und versuche die tosenden Gefühle in meinem Inneren zu ordnen. Mit gesteigertem Adrenalinpegel kann mein Körper offensichtlich nicht umgehen, anders kann ich mir das eben nicht erklären.

Kannst du es dir wirklich nicht erklären, oder willst du es nicht wahrhaben?

Ich streiche mir mit den Händen über das erhitzte Gesicht und atme tief durch. Anschließend stehe ich auf und begutachte meine Mundpartie im schmalen Standspiegel.

Der kleine rote Schnitt am oberen Rand meiner Lippen ist nicht einmal einen Zentimeter lang. Ich befeuchte meinen Finger mit Spucke und reibe mir die restlichen Blutspuren ab. Für einen Moment eben auf dem Bett, als er mir das Messer vor das Gesicht gehalten hat, hatte ich eine höllische Angst, doch da war auch noch etwas anderes ... als er mit der Klinge über meine Haut gefahren ist, hat es sich beinahe ... *Nein.* Ich schließe die Augen und wende mich von meinem Spiegelbild ab. Mit rasendem Puls reibe ich mir über die geschundenen Handgelenke und überlege, was ich jetzt tun soll.

Offensichtlich habe ich die Erlaubnis, mich hier frei zu bewegen, doch ich weiß, dass ich nichts weiter als ein Ferkel im Schweinestall bin, das früher oder später zum Schlachter geführt wird.

Wann wird Cedric nochmal persönlich mit mir sprechen wollen?

Hat er vormittags zu tun – ist vielleicht gar nicht zu Hause?

Meine Fluchtversuche bisher waren nicht die durchdachtesten und wahrscheinlich sollte ich meine Taktik ändern, falls ich je hier herauskommen will. Ich sollte nicht jede sich bietende Gelegenheit ergreifen, sondern einen Plan schmieden, der etwas mehr Substanz hat. Der mich nicht nur zwei Schritte vor die Haustür führt, sondern bis nach Hause zurück.

Ich muss es nur schaffen, lang genug zu überleben. Und dafür sollte ich aufhören, mir weitere Feinde hier zu machen.

Okay, Rachel. Du bist ein kluges Köpfchen. Lass dich nicht von deiner Angst leiten. Du bist stärker, als du von außen den Anschein erweckst.

Sie halten mich alle für ein zerbrechliches, reiches Püppchen. Doch in einer Sache irren sie sich gewaltig: ein in hundert Teile zersplitterter Spiegel kann nicht erneut zerbrochen werden. Ich bin ein Bündel voll Scherben – und meine Kanten sind mindestens so scharf wie Callums Messer.

Obwohl mein Magen knurrt und ich am Verdursten bin, bleibe ich die ersten Stunden in meinem Zimmer. Ich kauere mit der Kette, die Dads letztes Geschenk an mich war, im Schneidersitz auf dem Bett und drehe sie zwischen meinen Fingern, als würde ich hoffen, auf ihr doch noch eine geheime Botschaft zu entdecken.

Schließlich gebe ich die Hoffnung auf, doch meine Hände spielen weiterhin gedankenverloren mit dem Anhänger, während ich innerlich noch einmal unser letztes Gespräch und den Abschied in der Mall durchgehe. Dad wirkte schon am Morgen und dann auch, als er und Zane mich vom College abholten, irgendwie anders als sonst. Aufgeregt und nicht wirklich bei der Sache. Bei meiner Lügengeschichte, wie meine Kurse liefen, hatte er nicht einmal richtig zugehört. Er weiß nicht, dass ich im zweiten Semester Jura studiere, sondern geht davon aus, dass ich mich für Literatur und Kunst eingeschrieben habe. Er war in letzter Zeit so selten zu Hause und mit den Gedanken weit weg, dass ich ohne Probleme acht Monate mit der Lüge durchkam. Ich weiß, dass er etwas gegen mein Studienfach hätte. Am liebsten hätte er mich gar nicht aufs öffentliche College gehen lassen, sondern mich mit einem Privatlehrer in unserer Wohnung eingesperrt, so wie im ersten Jahr nach Moms Tod.

Plötzlich spüre ich, wie die Kette in meinen Fingern auseinanderfällt und schaue erschrocken hinab. In der einen Hand halte ich den Anhänger und in der anderen die feine roségoldene Kette mit dem oberen Ende des Anhängers ... der sich zu einem schmalen grauen Streifen formt. Ich blinzele verwirrt. Das sieht aus wie ein Mikro-USB-Stick!

Mit klopfendem Herzen halte ich mir das Ding näher vor Augen und drehe es in alle Richtungen. Die kleinen goldenen Plättchen an der länglichen Seite verstärken für mich den Eindruck, dass es sich um einen Miniaturdatenträger handelt. Was da wohl drauf ist? Wie kann ich die Dateien darauf öffnen? Meine Gedanken und mein Puls rasen um die Wette. Selbst wenn ich Callums Worte außer Acht lasse und hier irgendwo einen Laptop fände, weiß ich, dass man einen so kleinen Stick nicht überall reinstecken kann. Dafür wird sicherlich ein externes Lesegerät nötig sein. Jemanden nach so etwas fragen, steht allerdings nicht auf der Liste meiner Möglichkeiten, wenn ich meinen Fund geheim halten will.

Egal, was auf diesem Stick drauf ist: Dad würde nicht wollen, dass es Cedric oder irgendwem sonst in die Hände fällt. Schnell schraube ich den runden mit Diamanten besetzten Anhänger wieder an die Kette und lege mir das Schmuckstück um. Plötzlich wiegt es viel schwerer als noch gerade eben – als würde eine Tonne Steine auf meinem Brustkorb lasten.

Scheiße. Daddy, in was bist du bloß verwickelt?

N.C.

Ich sitze im Wagen und starre auf dein Haus, Peach. Auf die Wohnung, von der Trish herausgefunden hat, dass dein Vater sie vor zwei Jahren angemietet hat.

So langsam verfluche ich mich dafür, deinen Arsch gerettet zu haben. Dank dir darf ich jetzt diese langweilige Scheiße machen. Observieren und Informationen beschaffen, ist normalerweise nicht mein Ding. Cedric hat mich zu seiner rechten Hand ernannt, weil ich der beste Schütze dieses Bundesstaates bin, weil ich schnell und ohne nachzudenken abdrücken kann und ihm sein Leben schon fast so oft gerettet habe, wie er Finger an seiner Hand zählt. Ich fahre ihm versteckt zu Verhandlungen hinterher, begleite ihn bei wichtigen Gesprächen, um ihm den Rücken freizuhalten oder schalte diejenigen aus, die uns zu dicht auf die Pelle rücken.

Den Tod bringen, ohne von einem schlechten Gewissen verfolgt zu werden, kann ich gut.

In einem Jeep hocken und eine verlassene Wohnung anzustarren, ist allerdings weniger was für mich.

Trotzdem hat Cedric ausgerechnet mich zum Eierschaukeln hergeschickt. Vielleicht, weil er mich von dir fernhalten will. Er vertraut mir nicht und das fühlt sich an wie ein Dolchstoß zwischen die Rippen. Die Vipers sind meine Familie. Glaubt er wirklich, ich würde seine Befehle umgehen, nur um eine Pussy wie deine zu ficken? Hat er wirklich solche Angst davor? Was sieht er in dir? Eine Gefahr? Ein Problem? Oder bist du nur ein Testobjekt? Eine Prüfung, der er mich unterzieht, weil er sich fragt, warum ich dich gestern auf meine Maschine steigen ließ?

Verdammt, glaub mir, das frage ich mich langsam selbst.

ACHT

Ich brauche ein wenig, bis ich in diesem großen Haus eine Küche gefunden habe. Auf dem Weg ist mir bisher nur ein Wachmann begegnet, vielleicht ist er auch einfach nur ein normales Mitglied der Vipers oder irgendjemand anderes, der für Cedric arbeitet. Im Grunde genommen habe ich keine Ahnung. Der Mann hat mich lediglich gemustert und ist dann weitergegangen, genauso wie ich. Nun stehe ich vor dem riesigen Edelstahlkühlschrank und begutachte dessen Inhalt.

Es ist total absurd, aber ohne etwas im Magen werden meine Kräfte bald schwinden und irgendetwas sagt mir, dass ich sie heute noch brauche.

Als erstes ziehe ich also eine Saftflasche aus der Seitentür, stelle sie auf die Anrichte, und sammele dann die Zutaten für ein ausgiebiges Frühstück zusammen. Cedric wird wohl nichts dagegen haben, wenn ich mich selbst bediene und etwas koche, oder?

Solange ich die Möglichkeit habe, sollte ich versuchen, mir den Aufenthalt hier so angenehm wie möglich zu gestalten. Es wird schon früh genug wieder ungemütlich werden. *Spätestens wenn Cedric wieder heimkommt.*

In der Küche ist alles blitzeblank und ich frage mich, ob der Herr des Hauses und die Männer hier sie nie nutzen oder ob sie mehrmals täglich von einer Reinigungskraft gesäubert wird. Beinahe habe ich ein schlechtes Gewissen, die unberührte Arbeitsfläche in ein Schlachtfeld zu verwandeln, das bei mir immer entsteht, wenn ich koche. Selbst, wenn es nur ein Omelett ist. Da ich mich hier nicht auskenne, stehe ich schon bald inmitten von unzähligen geöffneten Schubladen und Schränken. Nach kürzester Zeit ist die schwarze Arbeitsfläche übersät von Eierschalen, sämtlichen Gewürzen, Schüsseln, einem Schneidebrett, Tomatensaft, der eine kleine Pfütze gebildet hat, und ein paar Tropfen Milch, die ich verschüttet habe.

Eigentlich rechne ich fast damit, von Callum oder Cedric höchst persönlich unterbrochen zu werden, doch ich bekomme erst Besuch, als ich schon mit dem fertigen Omelett auf einem der hohen Barstühle sitze und frühstücke.

»Riecht köstlich«, höre ich eine bekannte Stimme. Zwei Wimpernschläge später tritt die blauhaarige Vera unter dem offenen Türbogen hindurch. Sie trägt nur einen schwarzen knappen Bikini und hat ein Badetuch im Arm. Da sie allerdings noch trocken aussieht, gehe ich davon aus, dass sie gerade erst auf dem Weg nach draußen ist. Hatte Callum nicht etwas von einem Pool erwähnt?

Sie tritt zu mir an den Bartresen und sieht sich in der Küche hinter mir um. Ihre hochgezogene Augenbraue sagt mehr als genug. So ein Chaos ist sie hier offenbar nicht gewohnt.

»Ich räume gleich alles auf, keine Sorge«, erkläre ich.

Sie greift nach dem Glas mit dem Orangensaft, das ich mir eingeschenkt habe, und trinkt es aus. Als sie es wieder abstellt, lächelt sie mich an. »Musst du nicht. Carla wird das mit Sicherheit übernehmen. Sie hatte heute früh schon ein schlechtes Gewissen, dass sie nicht für dich mitkochen durfte. Sie macht gerade bei uns die Zimmer, danach kommt sie bestimmt wieder her.«

Carla muss also die Haushälterin und gleichzeitig auch die Köchin sein. Da ich ihr keine Umstände machen will, werde ich trotzdem selbst aufräumen, doch das binde ich

Vera nicht auf die Nase. Stattdessen frage ich sie, wo sie hinwill.

»In den Pool. Solange ich hier bin und Trish noch etwas für Cedric erledigen muss, will ich es ausnutzen. Heute Abend geht's bestimmt zurück nach Hause.« Sie verdreht die Augen. Dann schürzt sie die Lippen und mustert mich. »Kommst du mit raus? Ich weiß, dass Cedric dich nur hierbehält, weil du Informationen oder Antworten für ihn hast, aber er ist gerade nicht da und keiner hat dir verboten, solange Spaß zu haben, oder?«

Etwas verunsichert schlucke ich den letzten Bissen meines Frühstücks hinunter. Das Wetter draußen lädt mit Sicherheit zum Schwimmen und Sonnbaden ein, doch dann fällt mir wieder mein neues Fußkettchen ein. Ich verziehe den Mund und strecke mein Bein aus, um Vera die Sicht darauf zu ermöglich. Mit der Gabel deute ich nach unten auf die elektronische Fessel. »Ich glaube nicht, dass das Teil wasserdicht ist.« *Oder dass ich mich amüsieren kann, während ich eine Gefangene bin.*

Vera stößt pfeifend die Luft aus. »Mann, du hast es dir mit Ced echt verscherzt, oder? Normalerweise sollten die Teile aber wasserdicht sein.«

»Auch die, die einen mit Elektroschocks foltern, wenn man versucht zu fliehen?«, frage ich spitz.

Vera verzieht den Mund und scheint zu überlegen. »Keine Ahnung. Du könntest es ausprobieren.«

Ich schnaube und ziehe mein Bein wieder zurück. Ich bin alles andere als scharf darauf, von diesem Teil gegrillt zu werden. Doch ich verspreche Vera, nachher mal nach draußen an die frische Luft zu kommen. Ein bisschen Gesellschaft würde mir vielleicht guttun, außerdem könnte sie mir mehr über die Vipers erzählen und was sie überhaupt für eine Gruppe sind. Wenn ich tatsächlich länger hierbleiben muss, sollte ich besser wissen, mit was für Männern ich es zu tun habe.

Oben im Gästebad finde ich in einer der Schubladen ein Haargummi, mit welchem ich mir einen hohen Pferdeschwanz binde. Da ich keinerlei Badeklamotten hier habe und Vera nicht erneut um Sachen bitten will, fällt die Schwimmsession für mich sowieso flach. Zurück in meinem Zimmer angekommen, stelle ich fest, dass das Bett gemacht wurde und auch meine getragenen Klamotten von gestern fehlen. Offensichtlich hat die Haushälterin sie zum Waschen mitgenommen, was mir etwas unangenehm ist. Wenigstens habe ich die Küche sauber hinterlassen, um der Frau nicht noch mehr Arbeit zu machen.

Das Fenster ist zum Lüften auf Kipp geöffnet und von draußen höre ich nicht nur den Wind durch die Palmenblätter rauschen, sondern auch leise Stimmen und das Planschen im Wasser. Ich gehe zum Fenster und blicke hinaus. Die Sonne knallt mit all ihrer Macht in den Garten und lässt das Grün noch saftiger aussehen, die tropischen Pflanzen noch bunter und da, ganz links in der Ecke meine ich etwas von kristallblauem Wasser zu erkennen. Ein wenig zieht es mich ja doch nach da unten. Es ist ewig her, dass ich die Beine in einen Pool gehalten habe. Seit wir unser Haus verkauft haben, besitzen wir keinen eigenen mehr und in den Urlaub gefahren sind wir seit Moms Tod auch nicht mehr ...

Das hier ist aber kein Resort, sondern deine Gefängniszelle und wenn du Pech hast, bald auch deine Grabstätte!

Allerdings scheinen Cedric und N.C. im Moment nicht da zu sein ... soll ich die nächsten Stunden also wirklich allein hier oben hocken? Ich nehme meinen Mut zusammen und verlasse das Zimmer erneut. Vera wirkt nett und wenn sie nur noch bis heute Abend hier ist, sollte ich die Chance nutzen, mich mit ihr zu unterhalten. Von den Geräuschen und der frischen Luft angelockt, finde ich schon bald den Ausgang auf die Terrasse.

Der Ausblick verschlägt mir ein klein wenig den Atem.

Es wäre ein super Motiv für mein Bullet Journal und kurz durchzuckt mich Bedauern, dass ich nicht die Möglichkeit habe, es festzuhalten. Die strahlend weißen Kacheln führen an Beeten mit Palmen vorbei zu einem Infinity Pool, hinter dem es scheinbar bergab in die Natur geht. Es wirkt, als würde die Wasseroberfläche mit dem Horizont verschmelzen, der an eine weit entfernte Gebirgskette grenzt. Auf einer der Liegen vor dem Pool sonnt sich Vera, zumindest kann ich von hier aus ihre langen Beine sehen, deren dunkle Haut in der Sonne glänzt.

In dem Pool befinden sich zwei weitere Personen, aber ich kann sie auf die Entfernung nicht näher erkennen. Ich trete aus dem Schatten und halte mir eine Hand vor die Stirn, um das grelle Licht abzuschirmen. Die Sonne brennt sich sofort durch meine Haut, doch ich genieße ihre Wärme. Nervös gehe ich auf die Liege zu.

Neue Freundschaften zu knüpfen, liegt mir schon im normalen Leben nicht, lag mir noch nie – ich lasse meistens die anderen den ersten Schritt tun. Vor allem in den letzten drei Jahren habe ich mich deutlich von meinen Mitmenschen abgekapselt und bevorzuge es, allein in meinem Schneckenhaus zu hocken. Der goldene Käfig, in den mich Dad gesperrt hat, hat mein eigenbrötlerisches Verhalten nur verstärkt. Auch wenn ich mich oft danach sehne, auszubrechen, mich in Menschenmassen und Abenteuer zu stürzen und einfach frei zu sein, hält mich mehr zurück als unser Bodyguard oder Dads Regeln. Vielleicht bin ich selbst mein eigener Käfig.

Ich schüttele den Gedanken ab.

Vera wollte, dass du rauskommst. Sie wird sich über deine Anwesenheit freuen, erinnere ich mich selbst. Ich gehe um die Liege herum und habe schon ein freundliches »Hey« auf den Lippen, als ich freie Sicht auf ihren Oberkörper und ihre entblößten Brüste bekomme. Sie liegt oben ohne auf der Liege!

Sie hat die Augen geschlossen und mich noch nicht gesehen, doch ich werfe einen Schatten auf sie, was sie dazu bringt, die Lider zu heben.

Ertappt wende ich den Blick ab. *Toll, jetzt sieht es aus, als hätte ich sie stumm begafft!* »Sorry, ich wollte fragen, ob ich mich zu dir legen kann«, sage ich schnell.

»Klar. Freut mich, dass du rausgekommen bist.« Sie schließt wieder die Augen und lehnt sich zurück.

Ich ziehe die zweite nebenstehende Liege näher an Vera heran, setze mich und ziehe meine Sandalen aus.

Die Blauhaarige hebt noch einmal den Kopf und mustert mich von der Seite. »In dem Ding wird dir schnell heiß werden. Willst du es nicht ausziehen?«, fragt sie mit einem Nicken auf den schwarzen Jumpsuit, der zumindest so kurz ist, dass er kaum meine Oberschenkel bedeckt.

»Ich habe keine Badesachen hier«, erkläre ich.

Vera verdreht die Augen. »Stört hier keinen, glaub mir. Es wird kaum auffallen, ob du ein Badehöschen oder normale Unterwäsche trägst.«

Bei ihrem Anblick wundert es mich nicht, dass sie so denkt. Sie trägt nur noch das schwarze Bikiniunterteil und scheint sich weder vor mir, noch vor den Leuten im Pool zu zieren. Ich wende den Blick von ihrem Körper ab und versuche mit zusammengekniffenen Augen auszumachen, wer sich da am Beckenrand im Wasser aufhält. Die eine Person mit den breiten Schultern ist definitiv ein Mann. Die andere wohl eine Frau.

»Callum versucht unser neues Dienstmädchen rumzukriegen. Die frühere Aushilfe musste Cedric entlassen, weil Cal mit ihr etwas zu weit gegangen ist. Du kannst froh sein, dass er seinen Männern verboten hat, dich anzurühren.«

Ich nicke mit gerunzelter Stirn und lehne mich zurück. Mit einem Finger streiche ich mir gedankenverloren über die Lippen und die feine Schnittwunde, dann lege ich die Hand über meine Augenpartie und lasse mich von der Sonne grillen.

Da ich mir selbst verbiete, an Callum zu denken, wandern meine Gedanken stattdessen zu Cedric. Warum hat er seinen Männern überhaupt verboten, Hand an mich zu legen, wenn er seinen Angestellten diesen Schutz nicht bietet? Dass es ihm dabei nicht darum geht, freundlich und respektvoll mir gegenüber zu sein, hat er spätestens dann bewiesen, als er mich geschlagen hat. Leichte Kopfschmerzen habe ich noch immer, doch ich bin froh, dass sie mir nicht mehr den Schädel spalten wie heute Morgen.

»Was ist Cedric überhaupt so für ein Typ?«, frage ich.

»Du meinst, außer direkt, grob und voller Leidenschaft für die Dinge, die er tut?«

Ich versuche nicht die Miene zu verziehen, für den Fall, dass sie mich beobachtet. Vielleicht weiß sie ja gar nicht, wie er mich behandelt hat oder dass ich heute Morgen mit Handschellen ans Bett gefesselt aufgewacht bin.

»Ja, darüber hinaus. Du scheinst ihn ... zu mögen?«, schlussfolgere ich vorsichtig.

»Er hat jeden von uns auf seine Weise irgendwie gerettet. Wir sind eine Familie«, antwortet Vera ohne zu zögern.

Damit habe ich nicht gerechnet. Offensichtlich haben Trish und sie keine Eltern mehr, die sie als *wahre* Familie von solchen Männern wie Cedric hätten fernhalten sollen.

»Und was tut ihr so? Also die Vipers? Seid ihr ein Club oder ein Drogenkartell oder so etwas in der Art?«, taste ich mich vor.

Sie schweigt eine Weile und ich drehe den Kopf, um sie anzusehen.

Schließlich seufzt sie und dreht sich ebenfalls zu mir. »Hör zu, du scheinst cool zu sein. Aber ich weiß nicht, wie lange du noch hier sein wirst, und wieviel Cedric dich wissen lassen will.«

»Bisher ist kein Ende in Sicht«, murmele ich und bedecke meine Augen wieder mit der Hand. Eigentlich habe ich bisher vermieden, darüber nachzudenken, wie schlimm das Ganze hier noch für mich werden könnte.

Ich höre Vera stöhnen. »Es ist ja kein Geheimnis oder so. Wir haben als Straßengang angefangen, doch Ced hat sich hochgearbeitet«, erklärt sie. »Das meiste Geld machen wir durch Waffenschmuggel und Geldwäsche.«

Was wohl nicht unüblich für kriminelle Gangs ist. Ist das der Grund für N.C.s Friseursalon? Wäscht er darin Geld? Mein Herz schlägt schneller, als sich die Puzzleteile zusammenfügen. Deshalb war es so leer dort! Und er kommt damit mitten in einer riesigen Mall durch, unter den Augen von zig Securitys und Cops, die da am Tag vorbeilaufen? Fassungslos schüttele ich den Kopf.

»Und … was sind dann die Red Eyes?«, frage ich.

»Eine rivalisierende Bande, die sich auf Drogen- und Waffenhandel spezialisiert hat. Da unsere Reviere nah beieinander liegen, kommen wir uns öfter mal in die Quere. Außerdem hat Cedric eine Vorgeschichte mit dem Boss der Red Eyes, sie kennen sich persönlich und haben noch eine Fehde offen.«

Ich runzele die Stirn und denke über ihre Worte nach. Drogen- und Waffenhandel, damit hat mein Vater auf keinen Fall etwas zu tun. Es sei denn, es gibt irgendetwas, was noch mit seiner damaligen Arbeit zusammenhängt. Vielleicht hat er einen von denen mal hinter Gitter gebracht und nun sind sie deswegen sauer.

Unweigerlich denke ich wieder an jenen Nachmittag beim Juwelier zurück. Drei Jahre ist es her. Ich war gerade achtzehn geworden und meine Eltern wollten mir ein teures Geschenk machen. Ich sollte mir etwas aussuchen und stand an einer der gläsernen Vitrinen, als es passierte. Vier bewaffnete maskierte Männer stürmten den Laden. Ich dachte, es wäre ein normaler Raubüberfall, sie würden den Schmuck und das Geld nehmen und uns alle laufen lassen, doch ich hatte mich geirrt. Sie nahmen ausgerechnet Dad in den Schwitzkasten und bedrohten ihn mit einer Waffe. Der Mann raunte Dad etwas zu, doch ich konnte seine Worte nicht hören. Mein Vater schüttelte den Kopf und dann … Ich zucke innerlich zusammen, als ich noch einmal vor Augen sehe, wie einer der Männer seine Waffe urplötzlich auf Mom richtete und abdrückte. *Einfach so.*

Ich reiße die Augen auf und schüttele die Bilder von damals ab. Am liebsten würde ich in den kalten Pool springen, um meine Gedanken zu ertränken, sie zu betäuben, doch ich bleibe einfach liegen und kämpfe darum, meine Atmung wieder zu beruhigen.

»Alles okay?«, höre ich Veras Stimme.

Ich nicke und räuspere mich. »Macht ihr hin und wieder auch Raubüberfälle oder so?«, frage ich mit dünner Stimme. Sie dürfen da nicht mit drinhängen. Sonst würde ich das hier nicht überleben.

Vera schweigt ein paar Sekunden. Schließlich sagt sie: »Selten. Viele von uns sind auf der Straße als Kleinganoven großgeworden. Morden, stehlen und sich prügeln liegt den meisten hier im Blut. Cedric achtet allerdings darauf, dass wenn wir etwas ausrauben, es große Firmen sind, die ebenfalls nicht ganz sauber sind. Also, wenn es um Waffen oder dergleichen geht. Mit Banküberfällen oder ähnlichem haben wir nichts am Hut, dafür sind wir dank Cedric der Armutsgrenze nicht mehr nah genug.«

Ich höre die Dankbarkeit aus ihrer Stimme und meine Kehle wird eng. Ihre Kindheit muss alles andere als rosig gewesen sein, trotzdem verkrampft sich alles in mir, wenn sie Cedric und die Männer hier verteidigt, die offensichtlich jegliche Gesetze und moralische Grenzen übertreten, ohne auch nur mit der Wimper zu zucken.

Als brave Jurastudentin bist du hier definitiv am falschen Ort.

»Du bist noch nicht lange Mitglied, richtig?«, versuche ich mehr über sie zu erfahren.

»Ein paar Monate erst. Trish wollte unbedingt, dass ich bis zu meinem achtzehnten Geburtstag warte.« Obwohl ich sie nicht ansehe, kann ich mir gut vorstellen, wie sie dazu die Augen verdreht. Ich kann ihre große Schwester in dieser Hinsicht gut verstehen. Mir ist es ein Rätsel, wie sie überhaupt damit einverstanden sein konnte.

Vera stöhnt und ich drehe den Kopf, um sie anzusehen. Sie hat sich aufgesetzt und streckt den Rücken durch. Ihr hellblaues offenes Haar fällt ihr knapp über die nackten Brüste. »Ich glaube, ich gehe mich eben abkühlen. Willst du mit?«

Ich schüttele den Kopf und deute auf meine Fußfessel, die mir immer noch nicht ganz geheuer ist. »Ich gehe mir so lange etwas zu trinken holen«, gebe ich ihr Bescheid und erhebe mich ebenfalls von der Liege.

Als ich das Haus ansteuere, höre ich, wie sie hinter mir Anlauf nimmt, ihre schnellen kleinen Schritte und dann einen Aufschrei, als sie ins Wasser springt. Ich lächele in mich hinein und husche ins klimatisierte Innere. Auf nackten Sohlen schleiche ich mich in die Küche und suche nach einer gekühlten Wasserflasche.

Wenn mich hier niemand gewaltsam festhalten würde, wäre das hier beinahe ein schöner Ort, um mal vom Alltag wegzukommen. Cedric und N.C. müssten am besten nur für immer fortbleiben. Dann würde es sich hier gut aushalten lassen. Und solange Callum mit dem Personal beschäftigt ist und seine Messer stecken lässt, käme ich auch mit ihm klar.

Kurz denke ich wieder an seine kristallblauen Augen und beiße mir auf die Unterlippe. Himmel, ich kann echt froh sein, dass er mich nicht anfassen darf.

Oder ist ein kleiner Teil von dir enttäuscht darüber?

Ich nehme hastig einen Schluck und gehe mit der Wasserflasche in der Hand zurück in Richtung Terrasse. Auf halbem Weg kommt mir allerdings eine tropfnasse Vera entgegen. Sie hat ein Handtuch um ihren Körper geschlungen und läuft auf mich zu.

»Ich würd' da jetzt lieber nicht nochmal rausgehen«, warnt sie mich.

»Oh. Wieso?«

»Callum hat es geschafft, Monique rumzukriegen. Das will ich mir nicht ansehen.« Sie verdreht die Augen und ich versuche herauszufinden, ob sie es tut, weil sie ihn nicht ausstehen kann oder weil sie neidisch auf das Dienstmädchen ist.

Bist du es denn?

Ich verscheuche meine innere Stimme. »Er scheint sich ziemlich oft zu amüsieren«, rutscht es mir heraus. Gestern erst hatte schließlich noch eine andere Frau seinen Penis im Mund. *Seinen sehr großen Penis.*

Vera hebt vielsagend die Augenbrauen und senkt die Stimme. »Es geht das Gerücht herum, dass er hypersexuell ist. Also quasi wie eine Nymphomanin, nur eben in männlich. Er ist einfach dauergeil.« Sie zuckt die Schultern und zieht eine Schnute. »Gut bestückt ist er ja, das muss man ihm lassen, aber auch krank im Kopf. Einmal mit ihm hat mir auf jeden Fall gereicht. Ich bin ja nicht lebensmüde.«

Ich versuche mir meine Überraschung nicht anmerken zu lassen. »Du und er ...?«, flüstere ich leise.

»Nur für mein Aufnahmeritual. Er ist einer der wenigen von Cedrics Vertrauten, der sich das Vergnügen nicht nehmen lässt, bei jedem weiblichen neuen Mitglied dabei zu sein. Wobei ... bei den Männern ist er auch oft dabei. Wenn sie ihr Aufnahmeritual beschreiten.«

Warte, warte, was? Ich verstehe nur Bahnhof. Um eine Viper zu sein, musste sie mit einem von ihnen schlafen? Und Callum vögelt auch Männer, um sie in der Gang aufzunehmen?

»Ist er bi?«, frage ich verwirrt und versuche mir mein Entsetzen über die sexuellen Praktiken hier nicht anmerken zu lassen. Ich dachte, um dazu zu gehören, müsste man jemanden killen oder so.

Vera prustet los. »Callum? Nein. Definitiv nicht.« Dann begreift sie, wie ich darauf komme, und lacht auf. »Nein, das Aufnahmeritual läuft anders ab, als du es dir gerade vorstellst. Du hast echt keine Ahnung, was in unseren Kreisen abgeht, oder? Es ist gängig, dass sich die Männer verprügeln lassen, um aufgenommen zu werden. Lass mich raten, du bist wohlbehütet in einer reichen weißen Familie aufgewachsen und die einzige Gewalt, die du je gesehen hast, ist die im Fernsehen.«

Gekränkt presse ich die Lippen aufeinander. Sie kann

natürlich nicht wissen, dass ich dabei gewesen war, als meine Mom erschossen wurde, trotzdem ist es wie ein Schlag in die Magengrube.

Ich räuspere mich. »Ich ... geh nur schnell noch meine Schuhe von draußen holen, bevor es da draußen richtig zur Sache geht«, murmele ich hastig und laufe an ihr vorbei. Der Wunsch nach Flucht ist für diesen Moment größer als die Sorge, da draußen vielleicht zwei Liebende in Aktion zu treffen.

»Alles klar. Bis später vielleicht. Ich gehe erstmal oben duschen«, erklärt Vera mir noch, als ich schon auf dem Weg hinaus bin.

Über die glühend heißen Steine husche ich zurück zu unseren Liegen, als ich schon mit dem Stöhnen konfrontiert werde. *Na toll.* Ich versuche die Laute zu ignorieren und die letzten Meter sprinte ich sogar, weil sich der Boden mittlerweile so aufgeheizt hat, dass er mir die Fußsohlen versengt. An der Liege angekommen, setze ich mich, stelle die Wasserflasche ab und hebe die Beine an.

Mein Blick wandert automatisch über den großen Pool, doch ich kann niemanden mehr darin entdecken. Das Stöhnen und Wimmern kommen aus einer anderen Richtung. Während ich mir die Sandalen umschnalle, sehe ich mich verstohlen um.

Bei den lustvollen Lauten sammelt sich eine prickelnde Wärme in meinem Unterleib, über die ich keine Kontrolle habe. Besonders das männliche laute Stöhnen rührt etwas in mir, weil ich es bisher von meiner begrenzten Anzahl an Sexualpartnern so kenne, dass die Typen stumm wie Fische sind. Einen Mann so laut und ungehalten zu hören, ist vollkommen neu für mich.

Jetzt hör auf, ausgerechnet dieses blonde arrogante Arschloch beim Sex zu belauschen und hau hier ab!

Ich schnalle mir den zweiten Schuh um und in dem Moment sehe ich sie. Links neben dem Pool, hinter den Palmen, befindet sich offenbar die Dusche. Ich höre das prasselnde

Wasser und sehe einen nackten Männerrücken vor der terracottafarbenen Steinmauer.

Mein Puls beschleunigt sich. Meine Beine stehen wie von selbst auf und machen ein paar Schritte, um eine bessere Sicht auf das Szenario zu erhalten.

Nun kann ich Callums kompletten Körper von hinten sehen. Er hat einen Arm an der nassen Wand abgestützt, die junge Frau ist zwischen ihm und der Steinmauer eingekeilt. Ihr dunkles Haar klebt an ihrem Rücken, während sie ihm reizvoll den runden Hintern entgegenstreckt. Callum hat seine andere Hand um ihre Kehle gelegt und dringt von hinten mit tiefen sinnlichen Bewegungen in sie ein. Bei jedem seiner Stöße höre ich das Klatschen von Haut an Haut.

Sämtliches Blut schießt in meine Wangen. Mein Blick wandert wie hypnotisiert von Callums Muskelspiel am Rücken zu seinem nackten angespannten Hintern. Das Wasser aus der Dusche prasselt auf seine helle Haut, liebkost sie in allen Fassetten, und bricht sich im Licht der Sonne zu einem Regenbogen.

Verdammt, wäre das hier ein Porno, wäre es der ästhetischste und gleichzeitig erregendste Film, den ich je gesehen habe.

Ich spanne die Oberschenkel an, um das Pochen zwischen meinen Beinen zu unterdrücken, doch durch die Anspannung wird es nur schlimmer anstatt besser.

Wieso bin ich überhaupt so fasziniert davon, wie zwei Leute Sex haben?

Wünschst du dir etwa, an der Stelle des neuen Dienstmädchens zu sein?, fragt mich meine innere gehässige Stimme. *Willst du diesen unberechenbaren Psycho wirklich in dir spüren?*

Offensichtlich bin ich schon zu lange nicht mehr flachgelegt worden und durch den ganzen Lernstress am College habe ich in den letzten paar Wochen auch meine Solo-Nummern daheim unter der Bettdecke vernachlässigt. Jetzt spüre ich deutlich die Feuchtigkeit, die in meinen Tanga sickert, bin aber viel zu erregt, um mich deshalb zu schämen.

Plötzlich zieht Callum die junge Frau von der Wand weg und schubst sie grob auf den gekachelten Boden der Duschnische. Mit einem Schmerzensschrei kommt sie auf den Knien auf. Callum gesellt sich zu ihr auf den Boden und zieht ihren Hintern an sich heran, während sie auf den Ellenbogen gestützt unten bleibt. Grob greift er in ihr Haar und zerrt es nach hinten, sodass sie den Kopf nach oben reißen und ihren Rücken zu einem Hohlkreuz durchdrücken muss. Ihr Gesicht ist schmerzverzerrt, doch gleichzeitig glüht es auch vor Lust. Ihre Augen sind sinnlich geschlossen, ihr Mund zu einem stummen Schrei geöffnet. Als er mit einem heftigen Ruck in sie eindringt und ich gleichzeitig das Klatschen seiner Hand auf ihrer Pobacke höre, entweicht ihr ein Keuchen.

Mir beinahe ebenfalls.

Ich ziehe scharf die Luft ein. Mein Blick wandert von ihrem Gesicht zurück zu Callum und ich erstarre. Er sieht nicht nach unten zu seiner Liebesspielpartnerin, sondern mir direkt in die Augen.

Shit! Ich will nach hinten stolpern und mich verstecken, doch meine Beine rühren sich nicht. Die Panik in mir lähmt mich und da ist noch etwas anderes ...

Er hat dich eh schon gesehen, Rachel.

Etwas in seinem Blick hält mich gefangen und dann plötzlich lächelt er. Seine Augen sind vor Lust verschleiert, doch er wendet sie nicht von mir ab. Ich kann es auch nicht. Wie erstarrt sehe ich dabei zu, wie er die Frau immer ungestümer und härter nimmt. Ihre Brüste wippen im Takt seiner Stöße. Ein Fluch kommt ihm über die Lippen, gefolgt von einer Mischung aus Stöhnen und Knurren. Seine animalischen Laute schicken mir einen Schauer über den Rücken. Mein ganzer Unterleib kribbelt. Meine Mitte pocht. Dann verzieht sich Callums Gesicht plötzlich und ich weiß, er ist gleich soweit. Er öffnet den Mund, zieht die Augenbrauen zusammen und durchbohrt mich mit seinem dunklen benebelten Blick, während er kommt und sein Höhepunkt ihn erzittern lässt.

Das Beben, das sichtbar durch ihn hindurchgeht, spüre ich auch in meinen eigenen Muskeln. Zwischen meinen Beinen pulsiert es so stark, dass ich es kaum noch ertrage.

Als Callum sich aus der Frau herauszieht und kurz den Blick abwendet, blinzele ich entsetzt und kann mich endlich wieder bewegen.

Nein, das hier ist gerade nicht wirklich passiert!

Voller Entsetzen stürme ich los und laufe blindlings zurück ins Innere des Hauses. Ich fliehe, als wäre der Teufel persönlich hinter mir her, obwohl mich niemand verfolgt außer meine eigene Scham. Die Klimaanlagen und der Schatten helfen nicht im Geringsten gegen meinen erhitzten Kopf. Ich fühle mich, als hätte ich einen Sonnenstich und Gott, vermutlich hatte ich gerade wirklich einen, denn anders kann ich mir nicht erklären, warum ich nicht sofort die Beine in die Hand genommen habe.

Er hat gesehen, wie ich ihm zugesehen habe!

»Scheiße!« Ich fluche laut und stürme in die obere Etage. In meinem Gästezimmer angekommen, werfe ich die Tür hinter mir zu, doch mir fällt auf, dass ich sie nicht abschließen kann. Was, wenn er gleich raufkommt und mich damit konfrontiert?

Er hat gesehen, wie ich ihm zugesehen habe!

Fuck, am liebsten würde ich mich unterm Bett verstecken und nie wieder herauskommen.

Ich stehe noch eine Weile schwer atmend an der Tür gelehnt, doch als ich keine Schritte auf dem Flur höre, beginne ich mich zu entspannen. Leider ist es unmöglich, mir einzureden, dass er mich nicht gesehen hat, weshalb mir nichts übrigbleibt, als an der Tür hinunterzugleiten und mich vor Scham zusammenzukauern.

Dir kann egal sein, was er von dir denkt. Er ist ein Fremder und du wirst ihn nie wiedersehen, wenn du erst einmal hier rauskommst. Außerdem ... schien, als hätte es ihn angeturnt, Zuschauer zu haben.

Ich stöhne und lege den Kopf in den Nacken, wodurch ich mir den Hinterkopf an der Tür anschlage. »Fuck!« Fluchend vergrabe ich mein glühendes Gesicht in den Händen.

N.C.

Nachdem ich Cedric auf den aktuellen Stand gebracht habe, starre ich noch eine Weile auf dein Smartphone, welches ich heute Morgen von Maya überreicht bekommen habe. Sie arbeitet mit mir im Salon und hat es vom Tatort aufgesammelt, bevor die Cops auftauchten und alles verbarrikadierten. Keine Ahnung, wann ich wieder in meinen Salon kann, aber ich hoffe darauf, dass Cedric ein paar der richtigen Männer besticht, um mir ein Verfahren vom Hals zu halten.

Dein Handy ist mit einem Code geschützt, doch auf dem Sperrbildschirm sehe ich mehrere verpasste Anrufe von deinem Vater und ein paar Nachrichten von einer Ivy. Im Hintergrund prangt ein Familienfoto von dir und deinen Eltern. Mein Blick verweilt ein paar Sekunden auf deinem unschuldigen, strahlenden Gesicht. Deine Wangen sind etwas voller als heute, du wirkst ein paar Jahre jünger und du siehst ... unbeschwert aus. Mein Blick gleitet zu der rothaarigen Frau hinter dir. Du hast Cedric gegenüber erwähnt, dass deine Mom vor ein paar Jahren bei einem Autounfall gestorben ist. Mittlerweile wissen wir, dass du gelogen hast. Trish musste den Namen deiner Mutter nur durch ein paar Suchmaschinen jagen und schon wussten wir, dass sie bei einem bewaffneten Raubüberfall umkam. Es war überall in den Nachrichten.

Ich versuche nicht einmal, deinen Code zu erraten, und

stecke das Handy wieder weg. Trish wird es nachher mit einem Programm knacken, oder Cedric bringt dich dazu, es persönlich für uns zu entsperren. Ich schaue auf die Uhr und beschließe, dass ich lange genug gewartet habe. Es wird Zeit, ein paar Nachbarn zu befragen und wenn auch die nichts wissen, werden wir eben tiefer graben müssen. Cedric wird nicht lockerlassen, bis er erfährt, warum Santiago dich jagt.

NEUN

Den Rest des Tages komme ich nicht aus dem Zimmer. Auch als mein Magen unerträglich zu knurren beginnt und Vera versucht, mich zu überreden, zum Essen hinunterzukommen. Ich lüge, dass ich eine Magenverstimmung habe und es mir nicht gut geht. Sie bringt mir nachmittags trotzdem einen gefüllten Teller vorbei, doch ich rühre ihn nicht an.

Wie könnte ich auch?

Dass Callum meinem Zimmer fernbleibt und mich nicht aufsucht, lässt mich zwar jede halbe Stunde vor Erleichterung durchatmen, doch ich bin mir sicher, dass es nur eine Frage der Zeit ist. Schließlich ist er mein Gefängniswärter und irgendwann wird er nach seiner Gefangenen sehen müssen. Beinahe wünsche ich mir, dass N.C. zurückkommt und Callum ablöst. Oder von mir aus, dass Cedric persönlich noch einmal mit mir spricht. Ich würde herausfinden, was genau er von mir will und mit ihm verhandeln. Hauptsache, ich komme schnell hier weg.

Gegen Abend greife ich doch nach dem Teller und schlinge die Tapas hinunter. Als es das nächste Mal an der Tür klopft, hoffe ich, dass es Vera ist, die sich verabschieden kommt. Sie wollte noch einmal vorbeischauen, bevor sie mit ihrer Schwester zurückfährt – wo auch immer dieses »Zurück« sein mag.

Ich wende mich vom Spiegel ab, in dem ich meinen frischen Sonnenbrand begutachtet habe, zupfe den Träger des Jumpsuits wieder hoch und rufe »Herein.« Die Tür schwingt auf und als ich das Gesicht meines Besuchers sehe, bleibt mein Herz für ein paar Sekunden stehen. Callum.

Mein blonder Babysitter kommt mit einem Grinsen ins Zimmer und schließt die Tür hinter sich. »Hab gehört, dir geht es nicht so gut?«, fragt er und lehnt sich lässig gegen das Türblatt. Dann wandert sein Blick an mir herunter und begutachtet vermutlich meine krebsrote Haut. »Sonnenschutz vergessen, Prinzessin? Das nächste Mal kannst du nett fragen und ich creme dich ein.«

Das glaube ich ihm aufs Wort.

»Ist halb so schlimm«, erwidere ich und versuche mich an einem höflichen, distanzierten Lächeln.

»Ich hoffe, du verkriechst dich hier nicht, weil du dich für die kleine Nummer am Pool geißelst.«

Mein Lächeln erlischt und meine Wangen beginnen schlagartig zu brennen – und zwar schlimmer als sie es durch den Sonnenbrand ohnehin tun. »Ich weiß nicht, was du meinst.« Ich gehe zum Bett und setze mich mit verschränkten Armen.

Er lacht auf und stößt sich von der Tür ab. »Willst du so tun, als hätte ich dich nicht gesehen?«, fragt er und kommt auf mich zu. »Muss ganz schön spannend gewesen sein, dass du bis zum Schluss geblieben bist.«

Ich rutsche ein Stück zurück. »Ich hab euch zufällig gesehen. Da kannst du mir keinen Strick draus machen, nur weil du es in aller Öffentlichkeit tust.«

»Du bist hier die Einzige, die sich einen Strick draus macht. Ich habe nichts dagegen, wenn man mich beobachtet, doch du verteufelst dich dafür, dass es dir gefallen hat.« Er bleibt vor dem Bett stehen und starrt wissend auf mich herab.

»Ich ... Wenn du dir jetzt einbildest, dass ich deshalb Sex mit dir will, hast du dich geirrt!«, fauche ich nach Luft ringend. »Außerdem weiß ich, dass Cedric euch allen verboten hat, mich anzurühren.«

Es schadet bestimmt nicht, es ihm in Erinnerung zu rufen.

Er lächelt. »Aber ich darf zusehen, wenn du dich selbst berührst. Ich fände es nur fair. Was hältst du davon?«

Was?

Ich bin sprachlos, weil ich nicht fassen kann, auf was für Ideen er kommt. »Du bist wahnsinnig, wenn du glaubst, dass ich so etwas tun würde!«, krächze ich etwas verspätet.

»Was genau? Es dir selbst machen oder mich zusehen lassen?« Er legt den Kopf schief. Seine blauen Augen funkeln amüsiert. »Oder hast du es dir heute Abend schon gemacht und kannst deshalb nicht mehr?« Er grinst unverschämt und geht um das Bett herum zum Nachttisch. Er zieht die unterste Schublade auf, und holt die Handschellen hervor, mit denen ich letzte Nacht ans Bett gefesselt worden bin. Offensichtlich soll das Prozedere für die kommende Nacht wiederholt werden. Er hat auch den schwarzen Koffer für die Fußfessel wieder bei sich, den ich erst jetzt bemerke.

Ich schlucke und traue mich nicht, irgendetwas zu sagen oder mich zu wehren. Gegen seine dämliche Behauptung und auch nicht gegen die Handschellen, die er rausholt. Es hat ohnehin keinen Sinn. Wenn Cedric ihm befohlen hat, meine Fesseln auszutauschen, wird er sich daran halten.

Hoffentlich kommt er dann nicht auf dumme Gedanken und nutzt meine Wehrlosigkeit aus. Ich muss darauf vertrauen, dass er nur große Sprüche klopft, mich aber nicht wirklich anfassen würde.

Wieso kam Cedric heute nicht her, um mich zu befragen? Wieso hält er mich hier noch weiter fest?

»Verrat mir nur eins«, sagt Callum, als er sich neben mich auf die Bettkante setzt und an meiner Fußfessel herumschraubt. »Als du dir deine eigenen Finger in die Pussy geschoben hast, hast du dabei an mich gedacht?«

Verdammt, er kann echt nicht aufhören, oder?

»Ich habe nicht ... Gott, du ...« Ich presse die Lippen zusammen und überlege, welche Beleidigung ich ihm an den Kopf schleudern könnte. Es gibt so viele, dass ich mich nicht entscheiden kann.

Du hast es vielleicht nicht getan, aber du hättest es gerne, wenn du nicht so viel Schiss gehabt hättest, dabei erwischt zu werden.

Callum grinst schief und legt das Werkzeug und die Fußfessel weg. »Keine Sorge. Ich provoziere dich nur.« Dann greift er nach den Handschellen und ich reiche ihm widerwillig meine Hände. Er bringt sie in Position, schwingt die Eisenkette um den Bettpfosten und lässt die Metallringe zuschnappen. Sein Gesicht kommt meinem dabei wieder gefährlich nahe, sodass mir sein Geruch gemischt mit Zigarettenqualm und Sonnenmilch entgegenschlägt.

Im Provozieren ist er ziemlich gut.

»Keine Angst, Prinzessin. Ich verrate keinem, wie sehr dir das heute Vormittag gefallen hat.« Er lehnt sich wieder zurück und mustert mich selbstgefällig. Bevor ich ihn dafür anfahren kann, fährt er fort: »Ich weiß es zu schätzen, wenn jemand dunkle Begierden in sich trägt oder verbotene Fantasien. Dafür muss man sich nicht schämen. Du trägst viel Finsternis in dir begraben, auch wenn das nicht jeder hier sieht. Vermutlich war es schon immer ein geheimer Wunsch von dir, dass ein gutaussehender zwielichtiger Fremder es dir so richtig besorgt?«

Er sagt es so nüchtern, dass all meine Erwiderungen auf der Zunge verpuffen.

Meine Wangen werden wärmer, weil er mitten ins Schwarze getroffen hat. Wie kann er bloß so gut in mir lesen? Auch wenn Callum der falsche Fremde ist, kann ich nicht leugnen, dass mich das heute Vormittag angeturnt hat. Und zwar nicht, weil ich voyeuristisch veranlagt bin, sondern weil ich wusste, wie falsch und verdorben es ist, ihm dabei zuzusehen. Oder wie verrucht es wäre, mir zu wünschen, die Frau bei ihm zu sein, die er ohne Hemmungen gevögelt hat. Diese *Seite* in mir habe ich schon länger, auch wenn ich sie bisher gut unterdrücken konnte und sie noch nie so deutlich gespürt habe wie in den letzten zwei Tagen. Ich hatte in den vergangenen drei Jahren ohnehin nicht viel mit Männern zu tun und nach keinerlei Affäre oder Partnerschaft gesucht. Ich hatte nie die Gelegenheit, meinen etwas düsteren Begierden auf den Grund zu gehen.

Aber hin und wieder habe ich mich dabei ertappt, wie erregend ich den Gedanken an einen fremden Unbekannten finde, der mich einfach nimmt, so wie es ihm passt. Der mich nicht kennt. Und nichts von mir erwartet. Ein berauschendes kurzes Abenteuer jenseits meines goldenen Käfigs. Jenseits meines behüteten langweiligen Lebens. So kam auch mein letzter und einziger One-Night-Stand zustande. Leider war der Sex im Club mit dem Fremden im Nachhinein alles andere als heiß gewesen. Vielleicht lag es daran, dass der Typ eine Niete war. Wir beide betrunken waren. Oder ich den Sex in jener Nacht nur hatte, um keine Trauer empfinden zu müssen. Danach fühlte ich mich schmutzig, widerlich und ... leerer als zuvor.

Ich nahm daraus mit, dass manche Fantasien lieber Fantasien bleiben sollten. Die Realität ist nur ein blasser Abklatsch dessen, was ich mir vorstellen kann. Dachte ich bisher zumindest. Callums funkelnder Blick lässt mich kurz glauben, dass es genau umgekehrt sein kann. Dass er Dinge mit mir anstellen könnte, die ich mir nicht einmal vorzustellen vermag. Und wie wäre es dann erst, wenn N.C. mich berühren würde – nicht nur in meiner Vorstellung, sondern in echt?

Nein. Wieso denke ich jetzt ausgerechnet wieder an den volltätowierten Latino? Ich sollte ihn mir schleunigst aus dem Kopf schlagen. Er hat sich den ganzen Tag nicht blicken lassen und vermutlich ist er schon über alle Berge.

Ich wende mich von Callum ab, der mich in den letzten Sekunden amüsiert gemustert hat, auch wenn ich innerlich N.C. vor mir stehen sehe. Mit ihm würde es bestimmt genauso ablaufen wie mit dem Typen im Club. In meinen Gedanken verzehre ich mich vielleicht nach ihm, doch sobald sich der

Zauber der Fantasie verflüchtigt, wird es sich falsch anfühlen. Nicht die verbotene heiße Weise von Falsch. Sondern auf die ›mein Körper und meine Seele wollen das hier gar nicht‹-Art.

Aus dem Augenwinkel sehe ich, wie Callum sich zu mir herabbeugt.

»Irgendwann wirst du deinen moralischen Kompass ablegen und dann wirst du mich noch anflehen, dass ich dich berühre«, flüstert er mir ins Ohr.

Sämtliche Härchen meines Körpers stellen sich bei der Erinnerung auf, wie seine Zunge heute früh über mein Ohrläppchen strich. *Wird er es jetzt wieder tun?*

Plötzlich höre ich ein Klopfen und zeitgleich geht bereits die Tür auf. Mein und Callums Kopf schießen gleichzeitig auseinander. Im Türrahmen steht ausgerechnet N.C. und blickt uns mit angespannter Miene entgegen.

Seine Kiefer mahlen und am Rande meines Sichtfelds sehe ich, wie sich Callum mit erhobenen Händen von mir entfernt, was den Eindruck verstärkt, den N.C. bekommen haben muss. *Shit.* Mein Gesicht glüht verräterisch und ich würde am liebsten im Erdboden versinken.

»Alles gut«, beschwichtigt Callum ihn. »Sie ist gefesselt und bereit für die Nacht. Aber du darfst ihr gern auch noch schöne Träume wünschen.« Er verlässt unschuldig pfeifend das Zimmer und lässt mich und N.C. allein.

Verdammt, wieso ist er hier?

Was will er?

Tausend Fragen schießen durch mich hindurch. Ein Kugelhagel aus Emotionen. Ich würde gerne wissen, was er den gesamten Tag getrieben hat, ob er mit Cedric geredet hat und ob sie vorhaben, mich jemals laufen zu lassen, doch es kommt kein Ton über meine Lippen. Mein rasendes Herz ist lauter als meine Gedanken.

Er ist hier. Er ist hier. Er ist hier.

N.C. schließt die Tür hinter sich und kommt auf mich zu. Ein schwarzes enges Shirt umspannt seinen Oberkörper. Die schwarzen Bilder auf seinen Armen und seinem Hals komplettieren sein Outfit, wie Schmuck, den er niemals ablegen kann. Er starrt kurz zur Seite und es wirkt, als müsse er Luft holen. Mit der Hand streicht er sich durch das dunkle Haar, das ihm in die Stirn fällt, und kommt dann mit finsterer Miene zu mir ans Bett.

All die Beleidigungen und Vorwürfe, die ich ihm heute Morgen noch entgegenschleudern wollte, stecken irgendwo in meiner Kehle fest. Meine Stimmbänder haben spontan ihre Funktion eingestellt.

»Da bin ich einen Tag weg und schon schmeißt du dich dem nächstbesten Badboy an den Hals, der in deiner Nähe ist? Glaubst du, bei Callum zieht deine Masche mehr als bei mir?«, fragt er mit gepresster Stimme.

Seine Worte klatschen mir ins Gesicht wie eine Ohrfeige. Er denkt, ich habe mit Callum geflirtet, um mich hier rauszubekommen?

»Ich schmeiße mich an niemanden ran«, verteidige ich mich krächzend. Auch wenn ich gestern Nacht genau das bei N.C. vorhatte, doch das weiß er zum Glück nicht. Er weiß auch nicht, dass ich Callum heute bei einem Fick beobachtet habe oder wie feucht mich das gemacht hat. Er weiß gar nichts.

Plötzlich verändert sich etwas in seinem Blick. N.C. überwindet den letzten Meter zwischen uns, greift mein Kinn und hält es fest, als ich versuche, erschrocken vor ihm zurückzuzucken.

»Was ist das?«, fragt er. Sein Blick fixiert meine Lippen und als er mit dem Daumen über den feinen Schnitt streicht, begreife ich, was er meint.

Ich muss nicht antworten, in seinen Augen lese ich, dass er die Antwort kennt. Er lässt mich los und ich versuche die Aufregung, die plötzlich durch meinen Körper pumpt, einfach hinunterzuschlucken.

»Du hast mich verschleppt und ihnen ausgeliefert«, hauche ich, nicht sicher, ob es ein Vorwurf oder eine Erklärung ist. Eigentlich wollte ich die Worte herausbrüllen, doch ich bin froh, dass überhaupt etwas über meine Lippen kommt.

N.C. fährt sich mit der tätowierten Hand übers angespannte Gesicht. »Dieser Wichser. Er darf dich nicht anrühren!«

Seine plötzliche Wut weckt eine tiefe Befriedigung in mir. Ich weiß nicht, was in mich fährt, aber ich bekomme Lust, es ihm unter die Nase zu reiben. Denn scheinbar hat er ein Problem damit, wenn Callum mir nahekommt. Keine Ahnung, ob es eine Form von machohaften Besitzansprüchen ist, aber ich will es ausreizen.

»Vielleicht hast du recht und ich wollte, dass er mich anfasst«, gebe ich mutig von mir. »Er hat mich wenigstens nicht belogen und entführt.« Wenn ich mich also an einen von ihn ranschmeißen sollte, dann lieber an Callum.

N.C. lacht auf, als er begreift, was ich hier abziehe. »Du bist von mir enttäuscht, weil ich mich doch nicht als dein strahlender Retter entpuppt habe? Verstehe.« Er lächelt, doch da ist nichts Herzliches in seinem Blick. »Denkst du, Callum hätte an meiner Stelle etwas anderes getan? Oh warte, ja, er hätte sicherlich nicht sein *Leben* riskiert, um dich aus der gottverdammten Mall zu retten. Oder ein zweites Mal aus dem Venoms Riff.«

Das reicht. Seine Worte sprengen das Pulverfass in meinem Inneren.

»Zu *retten*?«, wiederhole ich ungläubig. Ich lache hysterisch auf, weil das alles hier echt zu viel ist. Die Handschellen, die Ungewissheit, was diese Männer noch mit mir vorhaben. Callum, der mir unter die Haut geht, und N.C., der scheinbar nur hergekommen ist, um sich mit mir zu streiten. »Sieht das hier für dich nach einer Rettung aus?« Ich hebe demonstrativ die Hände, die durch die Handschellen am Bettpfosten fixiert sind. »Ich habe dir vertraut, und du hast mich ausgeliefert, du elendiger Scheißkerl! Du hast einfach daneben gestanden, als dein Boss mir seine Faust ins Gesicht gedonnert hat! Welcher Mann macht so etwas?« Mittlerweile brülle ich. Endlich kommen all die Worte aus meinem Mund. Ich wäre gern aufgesprungen und hätte mich auch körperlich gegen ihn verteidigt, mich gerächt und meinen Frust an ihm ausgelassen. »Was willst du hier überhaupt?«, frage ich außer Atem und blinzele den aufkommenden Tränenschleier fort.

Fang nun bloß nicht an zu heulen, Rachel.

Ich bin so lange stark geblieben, dann schaffe ich das auch jetzt noch.

»Eigentlich bin ich hochgekommen, um dir dein Handy zu bringen«, erwidert N.C. kalt und nüchtert mich damit schlagartig aus. Er zieht ein Smartphone aus seiner Hosentasche und wirft es zu mir aufs Bett. »Du solltest noch mal versuchen, deinen Vater anzurufen. Er war heute nicht in eurer Wohnung und scheint auch sonst wie vom Erdboden verschluckt.«

Mein Herz beginnt zu rasen. »Du weißt, wo wir wohnen?«

Wie haben sie das herausgefunden?

Was hat er dort gesucht?

Wo ist mein Vater?

Callum und mein lächerlicher Streit mit N.C. werden schlagartig unwichtig. Mir wird innerlich so kalt, dass ich fröstele.

»Richtig. Ich war heute dort.« Er nickt ungeduldig zu meinem Handy. »Los, entsperre es.«

Ich nehme es in die Hand. Es ist tatsächlich meines. Offensichtlich hat er nicht versucht, meinen Code zu knacken oder war nach einigen Versuchen erfolglos geblieben. Ich lege meinen Daumen auf den Sensor und das Display wird hell. Meine Gedanken rasen.

Ich habe mein Handy.

Ich bin die elektronische Fußfessel los.

Und Cedric ist vermutlich immer noch nicht zu Hause.

»Es geht gleich aus. Ich brauche ein Ladekabel«, lüge ich und hoffe, dass er vorab nicht den Ladestand kontrolliert hat.

»Gut, bringe ich dir.« Er will sich schon von mir abwenden, da halte ich ihn noch einmal auf.

»Warte. Kannst du mich noch einmal losmachen? Ich muss auf Toilette. Callum hat mich nicht ins Bad gehen lassen, bevor er mir die Handschellen angelegt hat.« Mein Herz rast, doch ich versuche, ihm möglichst gelassen in die Augen zu sehen.

Schau auf keinen Fall auf seine Knarre, die er in einem Holster um seine Hüfte geschnallt hat. Das hier ist die beste Chance auf eine Flucht, die du bisher hattest.

Und vielleicht meine letzte.

N.C. scheint zu zögern, nickt dann aber und kramt in der Schublade nach dem Schlüssel für die Handschellen. Er hält sich für überlegen und genau da liegt sein Fehler. Als er mich losmacht, bedanke ich mich sogar. Er wendet sich vom Bett ab und ich nutze den Moment, springe auf – und ziehe die Waffe aus seinem Holster.

Wie er es mir im Treppenhaus der Mall beigebracht hat, entsichere ich sie und ziele noch in der gleichen Sekunde auf seinen Körper. Da er sich zu mir umdreht, direkt auf seinen Brustkorb.

»Nur eine Bewegung und ich schwöre, ich drücke ab«, warne ich. Mein Atem geht flach.

Das ist mein Moment. Ich habe keine Fußfessel mehr um, keine Handschellen, ich habe sogar mein Handy zurück, was mir ermöglichen wird, auf meiner Flucht jemanden anzurufen und sei es nur ein Taxi, das mich von hier fortschafft. Und ich habe N.C. entwaffnet, schneller als er es überhaupt realisieren konnte. Wenn nötig schieße ich mich durch jeden Wachmann, der sich mir heute Abend in den Weg stellt.

Ich darf nur keine Schwäche zeigen.

Meine Hände sind ganz ruhig.

N.C. hebt die Arme und starrt mich perplex an. Ich sehe, dass er nicht damit gerechnet hat, doch vermutlich zweifelt er, dass ich wirklich abdrücken würde. *Unterschätz mich nicht, Nero!* Mein Finger liegt bereits am Abzug und verdammt, ich will mir nicht vorstellen, jemanden umzubringen, aber ich könnte ihm in die Schulter oder in den Oberschenkel schießen, sodass er nur schwer verletzt wird und mir nicht nachlaufen kann. Sie würden ihn in ein Krankenhaus bringen und er würde überleben.

Für eine einzig lange Sekunde blicken wir uns stumm an, dann sehe ich eine Regung in seiner Miene, noch bevor er auf mich zu stürzt. Ich will abdrücken, doch da hat er schon die Pistole in seinen Händen und dreht sie nach oben. Innerhalb von Millisekunden muss ich sie loslassen. Klappernd fällt sie zu Boden. Ich schreie vor Schmerz auf, weil er meine Hände dabei verdreht hat, und gehe in die Knie.

Er nutzt den Moment und tritt mein Bein mit seinem Fuß weg, sodass ich komplett zu Boden gehe. Er kommt zu mir runter, setzt sich auf meine Hüfte und pinnt meine Hände oberhalb meines Kopfes am Fußboden fest.

In dieser Position starren wir uns an.

Von allen Seiten schließt sein Körper mich ein.

»Wenn du wirklich schießen willst, Peach, musst du schneller sein!«, belehrt er mich knurrend. Er ist nicht einmal außer Atem, während ich verzweifelt nach Luft schnappe. Sein wütendes Gesicht schwebt nur wenige Zentimeter über meinem.

Ich hasse es. Seinen Anblick. Seine Nähe. Den durchdringenden Blick aus seinen tiefbraunen Augen.

Der feste Griff seiner Finger schmerzt, doch noch mehr schmerzt die Tatsache, dass ich es verbockt habe. Wieder einmal. Doch ich *musste* es einfach probieren, auch wenn der erneute Fehlversuch mich innerlich beinahe umbringt.

Wenn du hier hättest rauskommen wollen, hättest du ohne zu zögern abdrücken müssen, erklärt mir die Stimme der Vernunft. *Das war die beste Chance, die du bisher hattest. Mit solchen Menschen wie ihm darfst du kein Mitleid haben. Er wird auch keines mit dir haben.*

»Ich will ... hier nicht eingesperrt sein«, flüstere ich abgehackt und merke, wie sich eine Träne aus meinem rechten Augenwinkel löst und langsam meine Schläfe hinabrinnt.

Ich schließe gedemütigt die Augen und ertrage es nicht, Nero weiter anzusehen. Diesen dunklen gefallenen Engel, dem ich einerseits mein Leben verdanke und andererseits meine Gefangenschaft.

Er geht nicht von mir herunter und ich spüre seinen Blick noch immer auf mir ruhen. Ich bin nicht fähig, meinen Schutzschild länger aufrecht zu erhalten, und spüre weitere Tränen zwischen meinen Lidern hindurchschlüpfen. Sie laufen meine Wangen hinab, während N.C. mich weiter am Boden festhält.

Sekunden lang.

Vielleicht Minuten.

Plötzlich lässt er mich los, doch ich bin nicht in der Lage, die Augen zu öffnen. Ich spüre, wie er von mir hinuntersteigt. Dann höre ich seine Schritte neben mir auf dem Fußboden. »Es kommt gleich jemand, der dich wieder ans Bett kettet«, setzt er mich in Kenntnis. »Du hättest einfach deinen Vater anrufen sollen, Peach.«

Dann höre ich, wie die Tür hinter ihm ins Schloss fällt. Ich drehe mich auf die Seite. Umschlinge meinen Oberkörper, und sämtliche Dämme in mir brechen. Aus stillen Tränen werden reißende Flüsse. Es fühlt sich an, als zerschelle ich an Klippen. Wieder und wieder. Schluchzer schütteln mich, mein ganzer Körper bebt und ich begreife zum ersten Mal, seit ich gestern Abend hierhergebracht worden bin, was es überhaupt bedeutet. Was es *wirklich* bedeutet.

N.C.

Mit ein bisschen Rumgeheule schaffst du es nicht, mich weich zu klopfen. Selbst wenn deine Tränen echt sind, perlt dein Schmerz an mir ab. Mache nicht den Fehler, mir einen sentimentalen Kern zusprechen zu wollen. Das haben vor dir schon andere versucht ... und sie alle haben ein jähes Ende gefunden.

... Und trotzdem bin ich aus deinem Zimmer geflohen, als könnte ich es nicht länger mitansehen.

Fuck! Meine Faust ballt sich um dein Smartphone. Wenigstens hast du es für uns entsperrt. Ich höre deine verzweifelten Schluchzer durch die geschlossene Tür und presse die Lippen aufeinander. Deinen Wunsch nach Freiheit verstehe ich nur zu gut, doch dieses Privileg ist nur den wenigsten Menschen vergönnt, Peach. Vielleicht gehört es sogar zum Menschsein dazu, nie wirklich frei zu sein.

Ich löse mich aus meiner Starre und trete von der Tür weg. Nur ungern werde ich Cedric von deinem lächerlichen Versuch erzählen, mich zu überwältigen. Vermutlich hat er es allerdings schon auf einer seiner Kameras gesehen.

Du würdest nie schießen. Ich weiß das. Und doch sah ich den Wunsch kurz in deinen Augen aufflammen. Das hättest du nicht tun dürfen, Peach. Ab jetzt wird Cedric sich höchstpersönlich um dich kümmern, darauf kannst du Gift nehmen. Und ein kleiner Teil von mir freut sich sogar darüber, denn das heißt, dass Callum seine dreckigen Pfoten von dir lassen muss. Ich weiß, dass er dir vorhin mit Sicherheit ein paar versaute Dinge ins Ohr geflüstert hat, bevor ich euch unterbrochen habe. Deine geröteten Wangen, die sich trotz des Sonnenbrandes abzeichneten, gehen mir nicht aus dem Kopf.

Am meisten stört mich daran die Vorstellung, dass du bei seinen Worten feucht geworden sein könntest. Dass du es genossen haben könntest.

Ich weiß, dass er dich nicht ficken wird, solange Cedrics Verbot bestehen bleibt, aber ich will auch nicht, dass du irgendetwas an ihm erregend findest. Dass er dich verdirbt. Ich will nicht, dass du ihn so ansiehst, wie du mich gestern noch angesehen hast. Ich will nicht, dass du nass für ihn wirst. Scheiße, du kennst bereits seinen Schwanz und allein dafür würde ich ihm gern das Genick umdrehen. Oder dafür, dass er sein Messer an dir ausprobiert hat.

Verdammt, was ist nur los mit mir? Solche Besitzansprüche sind mir fremd und völlig fehl am Platz. Ich weiß, dass du mir niemals gehören wirst. Auf keine erdenkliche Weise. Deshalb habe ich dich gestern auch nicht angerührt, obwohl ich allein auf dem Weg zwischen der Mall und Cedric es zig Mal hätte tun können. Bevor du zu seiner Gefangenen wurdest und er uns allen dieses lächerliche Verbot aufgehalst hat.

Uns allen ... oder speziell mir?

Hat er geahnt, dass ein Teil von mir dich wollen würde?

Du bist so anders als alles, was ich in dem Drecksloch namens ›mein Leben‹ kennengelernt habe. Mit deinen naiven Moralvorstellungen und deiner Bilderbuchkindheit verkörperst du alles, was ich nie hatte. Und auch wenn deine Familie durch den Tod deiner Mamá zerbrochen ist, hast du noch immer ein Elternteil, das sich um dich sorgt. Das dich bedingungslos liebt. Du bist eine unbefleckte weiße Rose, mi Bella. Und es liegt in der Natur der Finsternis, sich nach dem Licht zu verzehren. Die Finger danach auszustrecken, um es zu berühren ... und zu zerstören, nur um einmal die Unschuld und die Wärme zu kosten, die von dir ausgeht.

Als ich vor Cedrics Arbeitszimmer stehen bleibe, atme ich tief durch. Ich höre ihn mit jemandem telefonieren und klopfe kurz an, bevor ich den Knauf drehe und eintrete.

Ich hoffe, du genießt deine letzten Minuten in Freiheit, Peach.

Je länger du hier sein wirst, desto mehr weiße Blütenblätter wirst du verlieren.

ZEHN

N.C. behielt recht: es dauerte nur wenige Minuten, bis einer von Cedrics Männern kam, um mich zu fesseln. Ich hatte es rechtzeitig geschafft, meine Tränen zum Versiegen zu bringen, trotzdem brennen meine Augen noch immer. Der Wachmann schien sich an meiner misslichen Lage nicht zu stören. Ohne ein Wort machte er mich am Bettgestell fest und verschwand wieder. Ich traute mich nicht erneut, nach einem kurzen Abstecher ins Bad zu fragen. Noch einmal würde mir diese Erlaubnis wohl nicht erteilt werden, auch wenn ich das Bedürfnis verspürte, meine Zähne zu putzen und mein Gesicht zu waschen.

Nun starre ich schon seit etlichen Minuten an die dunkle Decke und höre nur das Summen der Klimaanlage. Irgendwo in diesem Haus verpetzt mich N.C. sicher gerade an Cedric. Nach meinem letzten Fluchtversuch habe ich die Handschellen verpasst bekommen – ich will gar nicht wissen, was als nächstes kommt. Trotzdem fühle ich mich zu erschöpft, um wirklich Angst zu verspüren. Oder Wut. Mein Körper ist taub. In mir ist eine Leere, die sich nach dem Versiegen der Tränen aufgetan hat wie eine Schlucht. Nun ist da nur dieses schwarze Loch, welches immer größer und größer wird und mich irgendwann gänzlich zu verschlingen droht.

So fühlt es sich zumindest an.

So habe ich es vor fast drei Jahren auch der Therapeutin erklärt, mit deren Hilfe ich den Tod meiner Mutter aufarbeiten musste.

Es hat lange gedauert, dieses Loch damals mit anderen Dingen zu stopfen. Hin und wieder fühle ich es noch. Doch so groß und alles verschlingend wie in dieser Nacht war es schon lange nicht mehr.

Ich schließe die Augen und lasse mich fallen.

Ich wache auf, weil ich etwas an meiner Hand spüre. Fremde warme Finger. Sofort reiße ich die Augen auf und starre hoch in das Gesicht eines Mannes. Sonnenlicht bricht sich in seinen waldgrünen Augen. Er kommt mir bekannt vor – er ist einer von Cedrics Wachmännern. Der, der mich bisher immer am nettesten behandelt hat und mir am ersten Abend Kleidung und Essen besorgt hat.

»Was machen Sie da?«, frage ich, als ich merke, dass er mit einem kleinen Schlüssel an den Handschellen hantiert. Kurz darauf schnappen sie auf und ich ziehe verwundert meine Handgelenke aus den Ringen.

»Läufst du selbst oder soll ich dich tragen?«, will er wissen, ohne auf meine Frage einzugehen.

Dies kann nichts Gutes bedeuten. »Wohin?«, krächze ich mit vom Schlaf belegter Stimme und stemme mich träge in eine sitzende Position. Am liebsten wäre ich weiter liegen geblieben. Den ganzen restlichen Tag. Oder für immer.

Hier raus komme ich doch sowieso nie mehr.

Der große, breitgebaute Mann greift nach meinem Arm und zerrt mich vom Bett. Alles in mir rebelliert gegen die gewaltsame Berührung.

»Schon gut!« Ich komme auf die Beine und entreiße mich seinem Griff. »Ich laufe selbst«, murmele ich und reibe mir den Oberarm. Er hat genau dort zugepackt, wo N.C. schon blaue Flecken hinterlassen hat.

»Tut mir leid, *pequena*«, sagt der Wachmann und legt seine Hand auf meinen unteren Rücken, um mich vorwärts zu dirigieren. Mir bleibt nichts übrig, als vorauszugehen. Doch als wir am Bad vorbeilaufen, halte ich inne.

»Dürfte ich ...?«, frage ich unsicher und deute auf die Tür. Wohin auch immer mich der Typ bringt, Cedric will bestimmt nicht, dass ich mir in die Hose pinkele.

Das scheint der Wachmann ebenfalls so zu sehen, denn nach einer knappen Überdenkzeit nickt er. »Du hast zwei Minuten. Die Tür bleibt offen.«

»Wie bitte?« Ich schlucke und sehe an mir herunter. Hätte ich wenigstens ein Kleid oder eine Shorts mit einem langen T-Shirt an. Doch ich habe einen verfickten Jumpsuit an und jede Frau weiß, was das bedeutet. »Ich muss mich komplett ausziehen«, erkläre ich ihm.

Er blinzelt mich ein paar Sekunden ausdruckslos an, dann beschließt er: »Die Tür bleibt angelehnt.«

Beinahe hätte ich geschnaubt. Was befürchtet er denn? In dem kleinen Bad gibt es weder ein Fenster, aus dem ich fliehen könnte, noch glaube ich, dass Cedric dort Waffen versteckt, die ich mir schnappen könnte. Aber wenn er mir unbedingt beim Pinkeln zuhören will ...

Als ich mir die Hände wasche, öffnet er die Tür vollständig und mustert mich mit wachsamen Blicken.

Ab jetzt werde ich wohl keine Sekunde mehr aus den Augen gelassen. Ich spüre so etwas wie Verbitterung, doch sämtliche andere Gefühle schaffen es nicht, mich in dem schwarzen Loch zu erreichen, in dem ich hocke. Hier unten fühle ich mich ... sicherer.

Ob Callum und N.C. Ärger dafür bekommen haben, dass sie bisher so locker mit mir umgesprungen sind?

Ich hoffe es. Ein Teil von mir will N.C. nur zu gern leiden sehen.

Ich verlasse das Bad und folge dem Mann mit den dunklen kurzgeschorenen Haaren die Treppe hinunter. Mein Magen grummelt vor Hunger, doch ich sage keinen Ton mehr. So angenehm wie gestern wird mein Tag heute nicht mehr werden. Keine Omeletts. Keine freien Bewegungen durch das Haus. Keine Vera, die mit mir in der

Sonne liegt und plaudert. Kein Callum, der mir draußen am Pool einen Live-Porno bietet.

Ich blinzele die Erinnerungen fort, als wären sie nicht mehr als die Überreste eines Traumes. In gewisser Weise war es das auch: ein Stück Fantasie, weil ich die Wahrheit nicht zu nah an mich heranlassen wollte.

»Runter.« Der Wachmann hat die Tür zu einer Kellertreppe geöffnet und als ich die Dunkelheit sehe, die mich da unten empfängt, schlägt mein Herz doch kurz schneller. »Cedric wartet bereits auf dich.«

Verdammt, das macht es nicht besser.

Meine Überlebensinstinkte regen sich, doch welche Wahl habe ich? Langsam setze ich einen Schritt vor den anderen. Der Typ folgt mir. Ein seltsamer Geruch steigt mir in die Nase, den ich nicht genauer definieren kann. Wir laufen durch einen schmalen dunklen Gang und steuern eine offene Tür an, durch die etwas Licht flutet. Als wir den Raum erreichen, bleibe ich stehen.

Cedric steht mitten im Zimmer neben einem schlichten Stuhl. Er hat ein langes Seil in der Hand, was mir beim alleinigen Anblick schon den Magen verknotet.

Als er mich sieht, lächelt er. »Ich hoffe, du hast schön geschlafen, mein kleines Täubchen«, begrüßt er mich.

Erst jetzt bemerke ich, dass wir nicht völlig allein sind. Es stehen noch zwei weitere Männer in Schwarz etwas abseits, als würden sie Cedric nicht die Show stehlen wollen. Kurz bin ich erleichtert, dass N.C. nicht hier ist. Aber irgendwie auch ... enttäuscht?

Jetzt hat er mich doch hier in diesem Haus allein gelassen.

Er hat mich der Gunst seines Bosses überlassen.

Die Wache, die mich hergebracht hat, gibt mir einen Stoß, damit ich weiterlaufe. Ich beiße die Zähne zusammen und nähere mich dem Stuhl.

»So ist es brav, geht doch«, kommentiert Cedric.

Ich setze mich sogar freiwillig, weil ich sowieso keine Wahl habe. Mit erhobenem Kinn starre ich dem Oberhaupt der Vipers entgegen. Seine schokoladenbraunen Augen funkeln amüsiert. Er wirkt überhaupt nicht wütend, stelle ich fest. Doch seine Vorfreude, mich zu fesseln, sollte mich wohl beunruhigen.

»Ich habe dich hier frei herumlaufen lassen, dir Essen gegeben, meinen Männern verboten, Hand an dich zu legen ... und du dankst es mir, indem du einen von ihnen entwaffnest und drohst, ihn zu erschießen.« Er seufzt schwer und schüttelt den Kopf. Dann beugt er sich zu mir herunter und zieht das Seil zwischen seinen Händen stramm. Ehe ich mich versehe, hat jemand von hinten meine Arme gepackt und sie auf den Rücken gedreht. Ich keuche überrascht auf, doch es ist zu spät, um sich zu wehren.

Während mir jemand von hinten die Hände am Stuhl festbindet, hat sich Cedric zu meinen Füßen gehockt und schwingt das Seil um meine Gelenke. Er surrt es so fest, dass es wehtut, doch ich versuche die Schmerzenslaute zurückzuhalten. Vermutlich ist er so krank im Kopf, dass ihn mein Schmerz noch anturnen würde. Zusätzlich wird noch ein Seil um meine Brust geschlungen, und als die beiden Männer mit mir fertig sind, kann ich mich so gut wie gar nicht mehr rühren. Mit genug Schwung könnte ich mich höchstens zusammen mit dem Stuhl auf den Boden werfen, doch das war's auch schon.

»Und was haben Sie jetzt mit mir vor?«, frage ich. »Mich hier so lange in Ihrem Keller einsperren, bis Sie irgendwann einsehen, dass Sie mich völlig umsonst hier festhalten? Dass ich nichts zu verbergen habe und Sie eine Unschuldige entführt – *argh!*«

Der Schlag trifft mich vollkommen unvorbereitet. Mein Kopf fliegt nach hinten und ich keuche vor Schmerz auf. Ich schließe die Augen und glaube im ersten Moment, dass er mir die Nase gebrochen hat. Mein ganzes Gesicht pocht und ich spüre warmes Blut über meine Lippen sickern. Ich blinzele und versuche das Klingeln in meinen Ohren zu ignorieren. Instinktiv würde ich mein Gesicht gern berühren, das Ausmaß des Schadens kontrollieren, doch ich kann nicht.

Cedric reibt sich die Hand und starrt finster auf mich herunter. »Ich rede ab jetzt. Du machst den Mund nur auf, wenn ich dich etwas frage. Klar soweit?«

Ich schließe kurz die Lider als Zeichen meines Verständnisses und weil mein Mund sich gerade sowieso nicht so anfühlt, als würde er sich noch bewegen können. Jeder Millimeter meines Gesichtes brennt wie die Hölle.

Cedric reißt mein Haar so plötzlich nach hinten, dass ich aufschreie. »Wenn ich dich etwas frage, antwortest du gefälligst!«

»Okay!«, rufe ich, wobei mir Blut in den Mund rinnt, und der eisenhaltige Geschmack mir fast den Magen umdreht.

»Wie ist deine Mutter gestorben?«

Ausgerechnet das will er wissen? »Ich habe doch schon gesagt, dass sie vor drei Jahren bei einem Autounfall ...«

»Xavier, den Stock bitte.«

Ich beobachte mit weit aufgerissenen Augen, wie einer der Männer ihm einen Schlagstock reicht. *Nein!* Ehe ich etwas sagen kann, holt Cedric von der Seite aus und schlägt mir das Ding in den Magen.

Mir entweicht sämtliche Luft und ich krümme mich vor Schmerzen zusammen – soweit die Seile es zulassen. Mit nach unten hängendem Kopf versuche ich die Tränen fortzublinzeln, die mir in die Augen schießen.

»Sie wurde bei einem Raubüberfall erschossen«, keuche ich leise. »An meinem achtzehnten Geburtstag. Direkt vor meinen Augen.«

»War es Zufall, dass deine Mutter erschossen wurde?«

»Ich weiß es nicht.«

Diesmal trifft mich der Schlag mit dem Stock gegen das Schienbein. Ich schreie gegen den Schmerz an. »Ich weiß es nicht!«

Das andere Schienbein. Ich kann die Tränen nicht mehr zurückhalten. Sie rinnen mir ungehindert über mein brennendes Gesicht. Ich weiß nicht, was Cedric hören will oder zu wissen glaubt. Mein Geist katapultiert mich in die Vergangenheit. Ich denke an Vater, den die Täter in den Schwitzkasten nahmen und etwas fragten. Denke daran, wie er den Kopf schüttelte ...

War es Zufall?

Zufall?

Zufall?

»Ich zähle bis drei. Eins. Zwei.«

»Mein Vater war Staatsanwalt!«, unterbreche ich Cedric, bevor er erneut auf mich einschlagen kann. »Er hat den Job nach dem Überfall gekündigt und ist dem Alkohol verfallen. Er glaubt, dass er schuld an Moms Tod ist.«

Cedric geht vor mir in die Knie und hebt mein Kinn mit seiner Hand an, sodass ich ihm in die Augen sehen muss. Sein Gesicht verschwimmt hinter dem salzigen Schleier. »Und was glaubst du?«

Ich schlucke, während die Tränen feuchte Spuren auf meinen Wangen hinterlassen und mir vom Kinn tropfen. »Ich glaube das auch«, murmele ich kraftlos.

So jetzt ist es raus. Etwas, was ich all die Jahre nie ausgesprochen habe. Nicht einmal Dr. Brooks gegenüber.

Zufrieden lässt Cedric mich los und steht auf. »Wie hieß dein Vater damals? Versuch es nicht erneut mit einem falschen Namen.«

Ich schließe die Augen, weil ich keine Kraft mehr habe. *Nur weil sie seinen echten Namen kennen, werden sie deinem Vater nichts tun.* Sie wissen eh schon, wo wir wohnen.

»Noa García«, antworte ich. Ich hebe den Kopf. »Bitte, tut ihm nichts.«

Leider bin ich nicht fähig, Cedrics Gesichtsausdruck zu deuten, bevor er sich umdreht und zur Tür geht. Er winkt seine Männer mit sich und nach und nach verlassen alle den Raum. Das Licht wird ausgeschaltet und ich höre die Tür ins Schloss fallen.

Ich will schreien, doch ich kann nicht. Der letzte Rest

an Kraft weicht aus meinem Körper und ich schließe die Augen.

༄

E in paar Mal werde ich wach, doch die Dunkelheit zieht mich immer wieder zu sich. Irgendwann ist die Erschöpfung nicht mehr groß genug, um mich von den Qualen abzulenken. Ich komme wieder zu mir, spüre jede einzelne Stelle, auf die Cedric eingeschlagen hat. Das Blut unterhalb meiner Nase ist getrocknet und klebt verkrustet auf meiner Haut. Ich kann nur hoffen, dass er sie mir nicht gebrochen hat.

Vielleicht habe ich es verdient. Gefesselt hier zu sitzen, im Keller eines Mannes, dessen Gewalt ich ausgeliefert bin.

Für meine Naivität. Für all die falschen Entscheidungen in meinem Leben.

Dafür, dass ich mehr wollte. Dass ich für ein paar Minuten geglaubt habe, N.C. könnte mir etwas geben, wonach ich mich schon immer gesehnt habe.

Doch statt Freiheit bekam ich den Geschmack echter Gefangenschaft.

Es müssen mehrere Stunden vergangen sein, denn irgendwann nehmen der Hunger und der Durst überhand. Wie lange wird Cedric mich hier noch gefangen halten? Stunden? Tage? Was wird er über meinen Vater herausfinden?

Ich denke an die Kette, die noch in meinem Dekolleté ruht. Es fühlt sich an, als hätte Dad mir eine tickende Zeitbombe um den Hals gehangen. Wenn Cedric gezielt anfängt, danach zu fragen, werde ich dann stark genug sein, um das Geheimnis für mich zu behalten? Würde Vater wollen, dass ich es für ihn mit ins Grab nehme?

Meine Gedanken werden finsterer als die Schwärze um mich herum.

Plötzlich sehe ich einen Lichtstreifen unter der Tür und kurz darauf höre ich das Schloss klicken. *Nein, bitte nicht.*

Mein Körper versteift sich aus Angst vor einer zweiten Runde. Noch mehr halte ich nicht aus. Nicht jetzt. Nicht heute. Doch durch die Tür kommt nicht Cedric oder einer seiner Männer, sondern eine rundliche, etwas ältere Frau.

Sie trägt ein Tablett mit einer großen Schüssel in ihren Händen. Mit ihrem Ellenbogen knipst sie das Licht an und schenkt mir ein entschuldigendes Lächeln.

»Buenas noches, mein Kind. Ich konnte Cedric überreden, dir zumindest ein Glas Wasser zu bringen.« Sie stellt das Tablett auf den Boden ab und neben der Waschschüssel entdecke ich auch ein gefülltes Kristallglas. Als sie damit näherkommt, sehe ich so etwas wie Mitleid über ihr vom Alter gezeichnetes Gesicht huschen.

»Sie sind Carla«, rate ich mit kraftloser Stimme.

Sie nickt und hält mir das Glas vorsichtig an die trockenen Lippen, damit ich einen Schluck nehmen kann.

»Haben Sie zufällig noch eine Kopfschmerztablette dabei?«, frage ich halb im Scherz.

Zu meiner Verwunderung zieht sie einen kleinen Blister aus der Tasche ihres Kleides. »Cedric muss davon nichts wissen«, sagt sie und drückt gleich zwei der Tabletten heraus. »Es gehört sich nicht, junge Frauen so zu behandeln. Egal, was sie ausgefressen haben.« Ihre dünnen Lippen pressen sich zu einem wütenden Strich. Sie legt mir die Schmerztabletten zwischen die Lippen und begierig trinke ich mit ihrer Hilfe das restliche Wasser leer. Einiges davon läuft mir über das Kinn, doch ich störe mich nicht daran.

Diese Frau muss der Himmel geschickt haben. Doch was hat sie in der Hölle des Teufels überhaupt verloren? Wieso arbeitet sie für einen Mann wie Cedric?

Ich fühle mich nicht kräftig genug, ihr all diese Fragen zu stellen. Außerdem hat es sowieso keinerlei Bedeutung. Egal, wie lieb sie sich um mich kümmert – Cedric wird wiederkommen und mich weiter foltern. Falls ich nicht rede, wird er mein Gesicht irgendwann zu Brei schlagen. Da wird keine Schmerztablette mehr helfen und auch nicht das warme Wasser, mit dem sie beginnt, mich sanft zu säubern.

Sie wäscht mir das getrocknete Blut von der Haut und wir schweigen, weil sie vermutlich weiß, dass es keine Worte auf der Welt gibt, die mir in meiner Lage noch Hoffnung spenden könnten.

Ein Teil von mir will sie nach N.C. fragen, will erfahren, ob er weiß, dass ich dank ihm jetzt hier unten bin. Würde es ihn freuen, mich so zu sehen? Hat er von Anfang an gewusst, dass mich das hier erwartet?

Statt wieder Wut und Hass auf ihn zu empfinden, schweifen meine Gedanken zu seinen dunkelbraunen Augen ab, dem finsteren Blick unter seinen dichten schwarzen Wimpern, um die ihn jede Frau beneiden würde; dem zartgoldenen Mocca-Ton seiner Haut; wie er gestern über mir am Boden gekniet hat und mir mal wieder viel zu nah gewesen ist.

Warum muss er bloß der Grund für all das hier sein? Ich schäme mich dafür, dass mir diese Erinnerung einen Schwarm Schmetterlinge durch den Magen schickt, doch ich kann nicht leugnen, dass die Gedanken an ihn zu den wenigen gehören, die mich nicht tiefer in das schwarze Loch der Gefühlslosigkeit stürzen lassen. N.C. lässt mich etwas empfinden und solange ich noch etwas fühle, bin ich nicht gänzlich verloren.

Oder?

N.C.

»Ich habe einen Auftrag für dich«, verkündet Cedric, als ich kurz vor Sonnenuntergang mit meiner Maschine auf seinem Anwesen auffahre. Da mein Salon noch ge-

schlossen ist und Ced mich gestern Nacht aus Wut heimge-
schickt hat, war ich den ganzen Tag über zu Hause und
habe mir ein paar Lines gezogen, obwohl ich den Stoff
sonst nur nehme, wenn ich jemanden getötet habe. Das ist
zu einer Art Ritual geworden: Wann immer ich jemanden
ins Nirvana befördere, ziehe ich mir das Pulver durch die
Nase.

Heute habe ich keinen Tod zu verantworten, sondern nur
das, was Cedric dir angetan hat. Warum fühle ich mich dann,
als hätte ich deine Seele auf dem verfickten Gewissen?

»Nicht mehr wütend auf mich?«, frage ich Ced und trotte
neben ihm her. Wir schlendern einen Kreis um seine Villa
und ich für meinen Teil genieße die warmen letzten Sonnen-
strahlen des Tages auf meiner Haut. Versuche es zumindest.
Mein Körper fühlt sich bleiern schwer an, weil meine letzte
Line schon ein paar Stunden her ist. Eigentlich bin ich heute
Abend nicht in der Verfassung, mich mit Cedric zu streiten,
doch ich war neugierig, weshalb er mich hergerufen hat.

Außerdem hat ein Teil von mir gehofft, dich zu sehen.
Als wollte ich mich überzeugen, dass meine Fantasien
schlimmer sind als die Realität. Cedric wird dir schon nicht
deine hübschen schlanken Finger abgeschnitten haben. Oder
Callum mit seinem Messer auf dich losgelassen haben.

»Es war dumm von dir, ihr gestern Abend die Handschellen abzunehmen. Mir gefällt nicht, wie sie dich um den
Finger wickeln kann, deshalb wollte ich, dass du abhaust und
die Sache mir überlässt.«

»Schon klar«, knurre ich. Seine schwungvolle Rede darüber, wie dumm ich war, dich von deinen Fesseln zu lösen
und dir dann den Rücken zuzukehren, habe ich noch von gestern in Erinnerung. Mich verteidigt habe ich auch schon gestern, weshalb ich jetzt die Klappe halte. Stattdessen frage ich:
»Hast du was aus ihr rausbekommen?«

»So einiges, ja. Während ich und Trish uns auf ihren
Vater konzentrieren, will ich, dass du einer anderen Spur
nachgehst.«

Er hat dich also tatsächlich zum Singen gebracht. Will

ich wissen, was genau er dir dafür angetan hat? Wie viele Federn er dir dafür rupfen musste?

»Welcher Spur?«, frage ich und vergrabe meine Hände in den Taschen meiner Hose. Um das Zittern meiner Finger zu verbergen? Oder meine geballten Fäuste?

»Wir nähern uns dem Ganzen zeitgleich von der anderen Seite. Den Red Eyes. Ich will wissen, was Santiago über sie weiß oder warum er sie gesucht hat.«

Mir entschlüpft ein Schnauben. »Und wie sollen wir das herausfinden?«

»Einer unserer Kunden war gestern bei ihm. Er hat Santiago Waffen abgekauft. Vielleicht hat er irgendetwas aufgeschnappt, während er dort war. Ich will wissen, was in seinem Revier momentan los ist.«

Ich runzele die Stirn. »Verstehe. Der Typ wird aber nicht einfach so plaudern, das könnte ihn den Kopf kosten.«

»Kleinganoven wie er sind nur auf Geld aus. Falls er nützliche Infos hat, geben wir ihm genug, dass es sich für ihn lohnt. Du sollst dich heute Nacht mit ihm treffen und beurteilen, wie nützlich seine Informationen sind.«

Obwohl mein Verstand heute ein wenig träge ist, ist es nicht schwer zu begreifen, warum Cedric ausgerechnet mich schickt. »Ich soll ihn einschüchtern.« Mein Ruf als Cedrics rechte Hand hat sich verselbstständigt und eilt mir voraus.

Cedric bleibt stehen und grinst mich an. Wir haben die Rückseite seines Gartens erreicht und stehen neben dem Infinity Pool, dessen Beleuchtung das Wasser von unten heraus anstrahlt und türkisblau schimmern lässt.

»Bevor ich das mache, will ich sie sehen«, verlange ich aus einem Impuls heraus. Es war nicht geplant, diese Worte über die Lippen zu bringen. Doch die vierundzwanzig Stunden, in denen ich dich nicht gesehen habe, haben mich fast wahnsinnig gemacht.

Er weiß sofort, dass ich dich meine, und seine Miene verfinstert sich. Bevor er meinen Wunsch abschlagen kann, erinnere ich ihn: »Weißt du noch, was du mir vor zwei Tagen vorgeschlagen hast? Guter Cop, böser Cop? Ich schlage ein.«

Cedric lacht auf. »Du hast gesagt, es liegt dir nicht, den Guten zu spielen.«

»Lass das meine Sorge sein.«

»Sie hat bereits geplaudert. Ich weiß nicht, ob es da überhaupt noch etwas gibt, was sie wissen könnte. Wenn ihr Vater in die Sache verstrickt ist, kann er sie rausgehalten haben.«

»Dann brauchst du sie ja auch nicht mehr als deine Gefangene«, kontere ich. »Habe ich dich je enttäuscht, Ced? Wenn sie noch etwas verbirgt, werde ich es auf meine Weise aus ihr herausbekommen.«

Seine Augen verengen sich. »Mein Verbot an euch, sie anzurühren, wird nicht aufgehoben. Ich will nicht, dass meine Männer ihre Lust an meinen Gefangenen stillen.«

Wie nobel von ihm. Ich mustere ihn skeptisch und trete einen Schritt an ihn heran. Wir sind in etwa gleich groß, auch wenn er um einiges mehr Muskelmasse mit sich bringt. Ich stehe nah genug vor ihm, dass er meinen Atem auf seiner Wange spürt. »Geht es um deine Männer oder geht es bloß um mich, Cedric? Denn wenn es sich um sowas wie Eifersucht handelt, kannst du dir deine lächerlichen Verbote an mich sparen.« Ich funkele ihn provozierend an, obwohl ich weiß, dass er mir diesen Tonfall nicht durchgehen lässt.

Ich behalte recht, denn seine Hand legt sich schlagartig um meine Kehle. Nicht so, dass er mir ernsthaft die Luft abschnürt, das ist eher mein Ding, aber so, dass die Geste eindeutig die Warnung transportiert, die auch in seinem Blick liegt.

»Wäre ich eifersüchtig, würde ich es dich anders wissen lassen«, erklärt er ruhig. »Überschätze dich nicht, Nero. Von mir aus darfst du sie besuchen und dein Spielchen mit ihr durchziehen, aber wenn du mein Wohlwollen für deine niederen Triebe missbrauchst, wird es Konsequenzen haben. Selbst für dich.«

Er lässt mich los und ich atme tief ein. Ich gebe ihm nicht die Genugtuung, vor ihm zurückzutreten, sondern bleibe felsenfest stehen und erwidere seinen Blick mit einem schmalen Grinsen. Cedric und mich verbindet so einiges und ich weiß, *dass er mich insgeheim für mein offenes Mundwerk bewundert, das ich auch ihm gegenüber nicht halte – solange ich weiß, wann ich zu schweigen und mich ihm zu fügen habe. Vor seinen anderen Männern dürfte ich seine Autorität niemals in Frage stellen. Doch wenn wir allein sind, bin ich niemand, der zu allem Ja und Amen sagt.*

Ich weiß, dass Cedric das respektiert und auch nicht anders von mir erwartet – trotzdem sind seine direkten Befehle auch für mich unumgänglich.

Mein Lächeln vertieft sich, um die Anspannung zwischen uns zu vertreiben. »Keine Sorge, Ced. Du solltest wissen, dass ich noch nie scharf darauf war, unsere Gefangenen zu vögeln. Mein sexuelles Verlangen ist vollkommen befriedigt.«

Auch wenn ich heute Morgen bloß mit meiner eigenen Hand vorliebnehmen musste.

Cedrics dunkle Augen funkeln. »Schön zu hören, Nero. Sie ist im Keller. Ich bin gespannt, ob du mehr aus ihr herausbekommst als ich.«

Mein Herzschlag beschleunigt sich und ich trete zufrieden zurück. »Nur um es noch mal klarzustellen«, halte ich fest und hebe einen Finger in die Luft, »solange ich meinen Schwanz in der Hose lasse, habe ich deine Erlaubnis, alles zu tun, was ich für richtig halte, um zum Ziel zu kommen. Richtig?«

Cedrics Augen verengen sich und seine Kiefer malmen, weil er in meinen Worten ein Schlupfloch sucht, doch er nickt schließlich. »Und du darfst sie natürlich nicht laufen lassen, bis der Fall für mich geklärt ist.«

»Selbstverständlich.«

ELF

Carla wringt den feuchten blutigen Lappen gerade zum fünften Mal aus, als wir plötzlich Schritte von der Kellertreppe hören. Wir bekommen Besuch.

Unsere beiden Köpfe schießen in die Höhe. Ich bemerke, dass auch sie sich anspannt. Als der großgewachsene Mann schließlich im Türrahmen erscheint, keuche ich unwillkürlich auf.

N.C!

Er tritt herein und ich warte gespannt darauf, ob ihm jemand folgt, doch er scheint allein gekommen zu sein.

»Du kannst gehen, Carla. Ab jetzt kümmere ich mich um unseren Gast.«

Sie steht auf und lässt den feuchten Lappen ins Wasser fallen, das von meinem Blut verfärbt ist.

N.C. richtet seinen Blick auf die Schüssel, dann auf mein Gesicht. Ich sehe, dass sämtliche seiner Muskeln angespannt sind, doch viel mehr verrät seine Miene nicht.

»Weiß Cedric, dass du ...«, fängt Carla an.

»Er weiß es. Und nun geh«, fährt er die Frau unwirsch an.

Sie stammelt einen Abschied an mich, packt alles zusammen und verschwindet mit dem Tablett. Ich würde ihr gern nachsehen, doch ich kann nicht. Mein Blick schafft es nicht, sich von N.C. zu lösen.

»Hat Cedric keine Zeit für eine zweite Runde und schickt deshalb dich?«, frage ich, obwohl mir jedes Wort furchtbare Mühe kostet.

»Kann man so sagen«, antwortet er ruhig und tritt an mich heran. So nah. *Zu nah.* Er hebt eine Hand und streicht mir eine Haarsträhne aus der Stirn. Ich bin zu erschöpft, um ihm rechtzeitig auszuweichen oder auch nur das Gesicht abzuwenden. Doch seine Gegenwart lockert meine Zunge.

»Na los«, murmele ich und verenge die Augen. »Schlag mich. Du bist doch keinen Deut besser als er.«

Sein Blick bleibt unverändert, obwohl ich so gern darin gelesen hätte. Ich hätte ihm gern eine Regung entlockt, weil ein Teil von mir wirklich wissen will, was in ihm vorgeht. Wie er das alles hier rechtfertigen kann. Und ob seine Seele wirklich so schwarz ist, wie sie mir momentan erscheint.

»Cedric ist ... so aufgewachsen. Gewalt ist für ihn Waffe und Schutzschild zugleich.«

Ich schließe die Augen, damit er die Enttäuschung darin nicht sehen kann, die durch meinen Körper fährt wie ein Blitz. *Er verteidigt ihn. Er verteidigt, was er mir angetan hat!*

»Du kannst es nicht verstehen, Peach«, spricht er weiter, doch ich weigere mich, ihn wieder anzusehen. »In unserer Welt gewinnen nicht diejenigen, die mehr Geld haben, sondern die, die mehr Schmerz ertragen und wieder aufstehen können. Schmerz ist das wichtigste Währungsmittel in unseren Kreisen. Wir verteilen ihn, aber wir müssen ihn auch einstecken können.«

Es klingt beinahe logisch, was er sagt, und doch weiß ich, dass es absolut krank ist, wenn er daran glaubt. Wenn das das Einzige ist, woraus seine Welt noch besteht.

»Was wirst du jetzt mit mir tun?«, frage ich und hebe die Lider, als ich bemerke, dass er meine Fesseln löst. Hat er vor, mich woanders hin zu verschleppen? Mir einen weiteren Raum dieses Folterkellers zu zeigen? Schließlich hat er mir schon mehrfach gesagt, dass er nicht mein Retter ist – und so langsam ist es in meinem Gehirn auch angekommen.

»Ich will dir einen Vorschlag machen. Ich kann dir ein

Stück Freiheit zurückschenken, wenn du mir im Gegenzug auch etwas gibst.«

Wenn ich nicht so am Ende gewesen wäre, hätte ich gelacht. Verdattert starre ich zu ihm hinunter, während er meine Fußfesseln aufknotet.

Was könnte er schon im Gegenzug von mir fordern?

»Ich lasse mich für ... sexuelle Gefälligkeiten nicht erpressen«, stammele ich schließlich. Selbst wenn meine Libido nichts dagegen hätte, von ihm benutzt zu werden, kann ich nicht zulassen, dass er mich damit ködert. Wie kann er überhaupt denken, dass ich auf so etwas eingehe, nachdem Cedric mich verprügelt hat? Sieht er denn nicht, was sein Boss mir angetan hat?

Er hält dich für eine kleine Hure, die keinen Selbstwert hat, deshalb bietet er dir das an.

N.C. schnaubt und erhebt sich. Seine Hände stützen sich auf die Armlehnen des Stuhls und er beugt sich bedrohlich über mich. »Für sexuelle Gefälligkeiten muss ich keinen Deal aushandeln, Peach. Es gibt Dutzende von Frauen und Männern, die alles dafür geben würden, mit mir zu schlafen. Ich will etwas anderes von dir.« Sein makelloses, von Schatten gezeichnetes Gesicht ist meinem so nah, dass ich nur die Hand nach ihm ausstrecken bräuchte, wenn meine Arme nicht noch immer hinter meinem Rücken gefesselt wären.

Es tut mir beinahe körperlich weh, ihn nicht zu berühren. Alles in mir kribbelt, sogar die Luft scheint statisch aufgeladen. Ich sehe seine Lippen an, weil ich nicht anders kann, und für eine Sekunde bin ich sogar enttäuscht, dass er nichts Sexuelles von mir verlangt. Seine Ablehnung ist fast schlimmer als der oberflächliche Schmerz meiner Prellungen. Er geht tiefer.

Warum willst du mich nicht, N.C.? Nur weil Cedric es dir verboten hat? Oder gibt es an mir wirklich nichts, was ein Mann wie du sinnlich finden könnte?

Ich selbst fand mich schon immer langweilig. Durchschnittlich und langweilig. Auch in meiner High School-

Zeit war ich nie besonders beliebt bei den Jungs. Doch statt jetzt in Selbstzweifeln zu versinken, sollte ich mich lieber fragen, wieso ich *ihn* nach all dem noch will, aber gegen diese Anziehung hat meine Vernunft nicht den Hauch einer Chance. Es entzieht sich meiner Kontrolle und ich hasse diese Tatsache genauso sehr, wie ich ihr verfallen bin.

»Was möchtest du dann?«, frage ich. Mir fällt nichts ein, was er sonst von mir wollen könnte.

»Cedric und ich möchten im Moment nur eins: dass du bei uns bleibst und nicht abhaust. Das ist auch in deinem Interesse«, erklärt er, und ich weiß, dass er nicht ganz Unrecht hat. »Solange wir nicht wissen, was hier abgeht und was die Red Eyes von dir wollen, will ich, dass du freiwillig hierbleibst. Keine Fluchtversuche mehr. Dafür wirst du nicht mehr wie eine Gefangene behandelt. Kein Keller mehr. Keine Fesseln.«

Ungläubig lache ich auf. Das muss ein Scherz sein. »Selbst wenn du es ernst meinen würdest, wird Cedric sich nicht daran halten. Er ist dein Boss, nicht umgekehrt«, erinnere ich ihn.

Sein Blick verfinstert sich und er tritt einen Schritt von mir zurück. »Lass das meine Sorge sein. Cedric wird einschlagen, wenn du einschlägst. Du haust nicht mehr ab und im Gegenzug ...« Nachdenklich mustert er mich. »Ich wollte ursprünglich vorschlagen, dich heute Nacht auf eine Party mitzunehmen, als Zeichen meiner Aufrichtigkeit, aber ich bin mir nicht sicher, ob das in deinem Zustand eine gute Idee wäre.«

Meine Kehle wird eng. Alles in mir spannt sich an. Er will mich hier rauslassen? Auf eine *Feier* mitnehmen? Das klingt viel zu gut, um wahr zu sein.

Lass dich von ihm nicht verarschen! Cedric würde das niemals erlauben.

»Abgemacht«, krächze ich, ohne auf meine innere Stimme zu hören. »Ich komme mit dir mit. Du hast doch selbst gesagt, in deiner Welt geht es darum, nach dem Schmerz wieder aufstehen zu können.«

Weiter hier in dieser Villa zu sitzen – egal ob im Keller oder oben in meiner eingerichteten Gefängniszelle – kommt für mich nicht in Frage. Freiheit ist alles, was ich will. Schon immer wollte. Und zu verlieren habe ich gerade nichts. Entweder ich bleibe hier weiter gefesselt und Cedrics Launen ausgeliefert oder ich gehe auf Neros Vorschlag ein und lasse mich überraschen, wie ernst er es meint.

Im schlimmsten Fall bin ich für eine Nacht Cinderella und am nächsten Morgen wieder das Aschenputtel in Ketten.

Aber vielleicht ist diese eine Nacht alles, was ich brauche, um mein Schicksal in eine andere Richtung zu lenken. Vielleicht ist das der Hoffnungsschimmer, auf den ich gewartet habe.

»Gut. Ich kläre ein paar Sachen ab und komme dich dann gleich holen«, erwidert N.C. und dreht sich um.

»Warte! Mach mich zumindest los«, rufe ich ihm nach, da er bisher nur die Fesseln um meine Fußgelenke gelöst hat, doch N.C. ist schon zur Tür hinaus.

Dieser Bastard!

Nero scheint Wort zu halten, denn es dauert nur wenige Minuten, bis ich wieder Schritte auf der Kellertreppe höre. Da ich es immer noch kaum glauben kann, ermahne ich mich, mich nicht zu früh zu freuen. Selbst wenn Cedric darauf eingeht, ist es vielleicht nur eine weitere Falle von ihnen. Vielleicht wollen sie mich in Sicherheit wiegen, mein Vertrauen zurückgewinnen, nur um mich dann noch härter zu treffen. Noch tiefer fallen zu lassen.

»Hoffentlich kommst du nicht, um mir zu sagen, dass unser Deal geplatzt ist«, warne ich, bevor Nero zur Tür reinkommt.

»Nein, eigentlich komme ich, um zu sehen, wie es dir geht«, erwidert eine männliche Stimme, die nicht zu N.C. gehört.

Sofort versteife ich mich.

Ich war auf vieles gefasst, doch nicht auf Callum, der den Raum betritt und mir ein engelsgleiches Lächeln schenkt.

Alles in mir schaltet in den Fluchtmodus und ich beginne an meinen Fesseln zu zerren.

»Aber interessant zu erfahren, dass du mit einem der Männer bereits einen Deal geschlossen hast.«

»Was willst du hier?«, zische ich, ohne auf seine Worte einzugehen. Sämtliche Härchen auf meinen Armen haben sich aufgestellt. Es kann nichts Gutes bedeuten, wenn er mich hier besucht.

Er bleibt unschuldig vor mir stehen, die Hände in den Hosentaschen vergraben. »Schauen, was Cedric und N.C. mit dir getrieben haben. Offenbar hat einer von ihnen seinen Frust an dir herausgelassen.« Er kommt näher und hebt seinen Arm. Mit den Fingern streicht er zart über mein Gesicht.

Ein Schauer rieselt mir den Rücken hinunter und ich spanne sämtliche Muskeln an, um nicht sichtlich vor ihm zu erzittern. Was ist nur los mit den Männern hier, dass sie mir dauernd ins Gesicht tatschen? Am liebsten hätte ich ihm in die Finger gebissen, doch ich reiße mich zusammen.

»N.C. kommt jeden Moment und bindet mich los«, warne ich ihn stattdessen. Er soll gar nicht erst auf dumme Ideen kommen.

»War ja klar, dass er einen Weg findet, Cedrics Verbot zu umgehen. Ziemlich unfair uns anderen gegenüber, oder? Ich glaube, das gefällt Cedric ganz und gar nicht.« Er lehnt sich zurück und holt mit der anderen Hand ein Klappmesser aus der Hosentasche. *Sein Lieblingsspielzeug.* Er dreht es zwischen den Fingern, während er mich eingehend mustert.

Ich halte instinktiv den Atem an. »Egal, was du von mir willst, ich habe Cedric schon alles gesagt, was ich weiß.«

Er verdreht seine himmelblauen Augen und klappt die Klinge auf. »Du hast ihm nur einen Bruchteil von dem gesagt, was wichtig ist.« Die Spitze seines Messers legt er unterhalb meines Halses ab und umspielt damit meine Kette, als würde er wissen, was sich in ihr befindet. Doch das ist unmöglich. »Aber das ist für mich irrelevant«, fährt er fort. »Ich weiß bereits alles über deinen Daddy. Ich wusste nur nicht, was für eine heiße Tochter er hat.«

Super, ausgerechnet von einem Wahnsinnigen mit einem Messer werde ich als ›heiß‹ bezeichnet.

Seine restlichen Worte kann ich nicht zuordnen, doch ich bin auch nicht fähig, darüber nachzudenken, während die Spitze einer Klinge auf meinem Dekolleté ruht. Ich spüre, wie sie sich sachte in meine zarte Haut bohrt. Wie eine stumme Drohung. Oder das unheilvolle Versprechen auf Mehr.

Wenn Callum keine Informationen von mir will, was will er dann? Dass ich mich vor ihm fürchte?

»Ich habe keine Angst vor dir«, lasse ich ihn wissen. Auch wenn ich nur flüstere, ist meine Stimme fest. »Du wirst mich nicht töten.«

Dieses Urvertrauen füllt mich aus, obwohl der Blick aus seinen stechendblauen Augen unberechenbar ist.

Cedric würde nicht erlauben, dass einer seiner Männer mich einfach so umbringt.

Er lächelt. »Da hast du recht. Das werde ich nicht. Und dass du mich nicht fürchtest, finde ich umso erfrischender. Mutige Frauen haben etwas Fesselndes an sich.« Wie um die Ironie seiner Worte zu unterstreichen, fährt er mit dem Messer meine Brust hinunter, bis er an dem Seil ankommt, das um meine Taille geschlungen ist. Kurz habe ich die Hoffnung, dass er es mit der Klinge durchtrennt, doch er wandert mit seinem Messer tiefer, bis zu meinem Schoß.

»Callum ...« Meine Warnung bleibt mir in der Kehle stecken. Mein Herz beginnt zu rasen. *Was zur Hölle will er? Doch nicht etwa ...*

»Oh, mir gefällt mein Name aus deinem Mund.« Seine Augen treffen funkelnd auf meine. »Das ist heiß, Rachel. Soll ich dir zeigen, was noch heiß ist?«

Okay, ich verstehe. Er ist hier, um mit mir zu spielen.

Offenbar steht er darauf, Cedrics Verbot auf der Messerschneide zu umtänzeln. Vermutlich macht es für ihn den besonderen Kick aus, dass er mich nicht haben darf.

Noch bevor ich darüber nachdenken kann, was ich erwidern soll, wie ich auf sein Machtspiel reagieren soll, wandert seine Klinge vom Stoff des Jumpsuits hinunter auf meinen nackten Oberschenkel. Ich versuche seinem Blick standzuhalten, auch wenn es zwischen meinen Beinen zu pochen beginnt.

Eine lodernde Hitze breitet sich unter meiner Haut aus, als hätte man mich nicht auf einen Stuhl, sondern auf einen brennenden Scheiterhaufen gebunden. Dieser Machtkampf zwischen uns dürfte mich nicht erregen. Oder seine dunklen Fantasien mit mir, die sich ungesagt zwischen uns im Raum ausbreiten. Dieses Messer auf meinen Schenkeln. Aber ... Ich atme hörbar ein, als er die Klinge beinahe schon sanft unter den Stoff des Einteilers schiebt und sie Millimeter um Millimeter bis zu meinem Schritt hinaufgleiten lässt.

Er tut es wirklich.

Mein Verstand ist vollkommen benebelt. Ich balanciere auf einem seidenen Faden, der dünner ist als die Klinge seines Messers. Mir kommt kein Ton über die Lippen, weil ein Teil von mir nur zu gern herausfinden will, *wie weit* er gehen wird.

Wird er es wirklich bis zu meinem Schritt schieben?

Oder wird er mich gar gleich damit schneiden? Wie gestern an meiner Oberlippe?

Gibt ihm der Anblick von Blut einen Kick? Oder die Macht, die er dadurch bekommt?

Ich versuche die Antworten in seinen Augen zu finden, um darauf vorbereitet zu sein. Um dem brennenden Schmerz einen Schritt voraus zu sein. Die Erwartung, dass es jeden Moment so weit sein kann, lässt mich die Spitze der Klinge umso intensiver spüren.

Callums Blick verändert sich. »Es scheint dir zu gefallen. Also habe ich dich doch richtig eingeschätzt.« Das Blau seiner Iris funkelt wie die Wasseroberfläche eines Pools an einem warmen Sommertag. »Nero wird dir niemals das geben, wonach du dich sehnst. Er wird sich Cedrics Verboten und Wünschen nicht widersetzen. Er ist sein kleiner Liebling, musst du wissen.« Da liegt Verachtung in seiner Stimme und noch etwas anderes ... Dunkles. Unberechenbares.

»Du weißt nichts von dem, was ich mir wünsche«, bringe ich irgendwie heraus. Der letzte Funken meines Widerstands kämpft sich an die Oberfläche. *Wehr dich, Rachel! Vermutlich ist er ein kranker Sadist. Du willst dich nicht wirklich auf ein Spiel mit ihm einlassen.*

Ich zerre an den Fesseln – darauf bedacht, nur meinen Oberkörper zu bewegen –, obwohl ich weiß, dass es vergebens ist. Vielleicht tue ich es auch nur, um zumindest den Anschein zu wahren, mich gegen das hier zu behaupten. Gegen ihn. Gegen mich selbst.

Plötzlich nimmt er die Waffe weg und ehe ich aufatmen kann, hockt er sich vor den Stuhl und spreizt meine Beine.

Keuchend reiße ich die Augen auf und starre schockiert zu ihm hinunter. »Hey ... was ...?« Meine Worte verlieren sich im Hämmern meines Herzens.

Callum klappt das Messer wieder ein, doch statt es wegzustecken, schiebt er mir den eisernen Griff wieder unter die Shorts und trifft damit ohne länger zu fackeln auf den Mittelpunkt meiner Scham.

Ich schnappe nach Luft und bin mir sicher, dass der Tanga, den ich trage, spätestens jetzt nicht mehr trocken ist.

Callum drückt das stumpfe Ende seines Spielzeugs fester gegen meinen Schritt, während er mir herausfordernd in die Augen sieht. Und ich? Ich stöhne auf unter dem Druck auf meine empfindlichste Stelle. Ich kann mich einfach nicht zusammenreißen, es fühlt sich zu ... gut an.

Gott, was ist nur falsch mit mir?

Sein Blick frisst mich geradezu auf. Ich verliere mich in dem fiebrigen Glanz seiner Pupillen. »Na, Rachel? Willst du immer noch abstreiten, dass es dich anturnt? N.C. wird es dir nicht besorgen, aber ich könnte es.«

Fuck, N.C.! Siedendheiß durchfährt mich der Gedanke, dass er jeden Moment wieder hier herunterkommen könnte. Wenn er mich und Callum hier sieht ... Hitze schießt in meine Wangen. Vor Scham? Oder vor Angst, was N.C. über mich denken könnte? Dabei ist es eigentlich N.C.s Schuld! Schließlich hat er mich hier unten gefesselt und schutzlos zurückgelassen.

Ein kleiner Funken Trotz mischt sich mit meiner Lust und ich frage mich, ob N.C. nicht vielleicht sogar ein klein wenig eifersüchtig wäre.

Verdammt, ich sollte irgendetwas sagen, um Callum zum Teufel zu wünschen, ihn hier rausjagen, meine Beine zusammenpressen, doch als er mit seiner linken Hand in den locker sitzenden Jumpsuit greift und meinen Slip zur Seite streift, entschlüpft mir nur ein heißeres Wimmern. Meine Scham pocht vor Verlangen.

Ich bin verloren.

So endgültig verloren.

Es ist nicht nur so, dass ich nicht die Kraft oder die Macht habe, mich zu wehren ... ich will es schier nicht.

Ich schließe ergebend die Augen und spüre, wie das kühle Metall des Messergriffs sich zwischen meine nackten Schamlippen gegen meine Perle drängt. Ich genieße es, wie er beginnt, mich damit zu umkreisen.

»So verdammt feucht«, murmelt er und schiebt das Klappmesser mit ein wenig Druck in mich hinein. *Oh fuck.* Es fühlt sich an wie ein kühler Dildo und doch weiß ich, dass es eine tödliche Waffe ist, mit der er vielleicht schon Kehlen aufgeschlitzt hat. Die Muskeln in meinem Innern ziehen sich vor unerträglicher Erregung zusammen.

Während er das Messer langsam in mich hinein und hinaus gleiten lässt, streicht er mit dem Daumen seiner anderen Hand plötzlich über meine Klit, und ich zucke zusammen.

»Oh Gott!« Ich kann nicht mehr an mich halten, werfe

den Kopf in den Nacken und stöhne so laut, dass ich das rauschende Blut in meinen Ohren übertöne. Oder mein schlechtes Gewissen und meine Scham. Meine Vernunft und Moral.

Ich will einfach nur, dass er meine gefesselte Situation ausnutzt, dass er nicht aufhört und dass ich an seiner Hand in tausend Stücke zerschelle. Viel zu lange bin ich nicht mehr gekommen. Viel zu lange trage ich diese unerfüllte Sehnsucht schon in mir herum.

Callums Bewegungen werden schneller, der Druck seines Daumens stärker und vor meinen geschlossenen Lidern tanzen rote helle Punkte. Flimmern durch die Schwärze wie Funken oder Feuerwerkskörper. Ich nähere mich einer Explosion, die die Macht hat, meine Welt in ihren Grundfesten zu erschüttern.

»Willst du kommen, kleine Prinzessin?«, fragt Callum sinnlich und ich will hundertmal Ja hinausschreien, als er das Messer plötzlich aus mir herauszieht. Auch der Druck seines Fingers verschwindet.

Ich hebe keuchend die Lider und starre ihn schwer atmend an. Sein Blick ist vor Lust verschleiert. Schatten bevölkern sein Gesicht, so düster, dass ich eine Gänsehaut bekomme.

»Gut, ich auch«, antwortet er auf seine eigene Frage und erhebt sich.

Was? Nein! Fassungslos öffne ich den Mund und sehe dabei zu, wie er mir den Rücken kehrt und hinausgeht.

Er kann doch nicht in diesem Moment aufhören!

Schnell presse ich meine Beine zusammen und spüre die Feuchtigkeit zwischen meinen Schenkeln, das unerfüllte Pochen, die kalte Leere, die er hinterlassen hat. Mein Gesicht glüht vor Scham, während ich am liebsten im Erdboden versinken würde.

Ich schreie ihm nicht nach, als er aus der Tür geht, auch wenn ich innerlich tobe und verzweifle. Das Schlimmste ist, dass ich meine Hände nicht einmal nutzen kann, um es selbst zu Ende zu bringen.

Das Beste ist, dass ich für ein paar Minuten vergessen habe, was Cedric mir angetan hat.

N.C.

Du hattest recht, als du sagtest, ich sei keinen Deut besser als Cedric.

Das bin ich auch nicht.

Ich bin schlimmer.

Und wenn du dich zu lange in meiner Welt aufhältst, in meiner Nähe, dann wird sie dich vergiften. Langsam und schleichend, du wirst es vielleicht nicht einmal merken. Aber am Ende wird nichts mehr von der Rachel übrig sein, die du vor ein paar Tagen noch warst.

CALLUM

Meine Hose ist verflucht eng, als ich aus dem Zimmer gehe, und ich hoffe sehr, dass Monique zu der späten Stunde noch irgendwo im Haus ist, denn, wenn ich meinen Schwanz nicht gleich in einer feuchten Pussy versenke, drehe ich noch durch.

Ich schiebe mir den Daumen in den Mund und schmecke deinen köstlichen Saft. Eigentlich wollte ich dich nur vorführen, dir beweisen, wie verdorben du innerlich bist und mir selbst beweisen, dass ich dich haben könnte, wenn ich wollte, doch verdammt ... ich hatte nicht damit gerechnet, wie begierig deine süße, nasse Pussy mein Messer in Empfang nehmen würde.

Du bist nicht nur mutig und wunderschön, sondern auch in sexueller Hinsicht absolut perfekt für mich. Die optimale Mischung aus devot und unschuldig – und verflucht verdorben. Wahrscheinlich weißt du selbst nicht einmal, auf was du alles stehst, und es wäre das pure Vergnügen, mit dir deine Grenzen auszutesten.

Auf dem Weg die Treppe hinauf kommt mir plötzlich N.C. entgegen. Ich schiebe meine Hände in die Hosentaschen, um die Ausbeulung in meinem Schritt zu kaschieren. Als N.C. mich sieht, entgleiten ihm die sonst so ernsten Gesichtszüge. Er fragt sich sofort, was ich mit dir gemacht habe.

Die Frage muss er mir nicht stellen, ich sehe sie in seinen Augen.

»Habe gehört, du hast Pläne mit unserem Püppchen?«, frage ich höhnisch. »Was hast du vor? Willst du sie hier wegbringen, damit Cedric nicht sieht, wenn du sie fickst?«

N.C. bleibt vor mir auf der Treppenstufe stehen und überragt mich somit um einen Kopf. »Im Gegensatz zu dir denke ich nicht immer mit meinem Schwanz, Cal. Und jetzt geh mir aus dem Weg. Ich werde Cedrics Regeln auch außerhalb dieser Mauern befolgen.«

»Klar, jetzt begreife ich es.« Mein Grinsen vertieft sich. »Du willst sie nur von mir fernhalten. Du hast Angst, dass ich sie sonst als erstes bekomme. Du hast auch jetzt schon Angst, was ich da unten im Keller mit ihr gemacht haben könnte, stimmt's? Während sie gefesselt und wehrlos vor mir saß.«

N.C. packt mich am Kragen und seine braunen Augen wirken in dem Halbdunkel beinahe schwarz. »Wenn du sie auch nur angerührt hast ...«

»Vielleicht bin ich ja auf ihrem feuchten Pussysaft ausgerutscht und versehentlich in ihr gelandet.« Mein Grinsen vertieft sich, als ich sehe, wie eine Ader an seiner rechten Schläfe pulsiert.

Ohne ein weiteres Wort lässt er mich los und stürmt an mir vorbei die Treppe hinunter.

Armer Nero. Innerlich will er dich vermutlich genauso sehr wie ich, doch er ist Cedric so ergeben, dass er sich diesen Wunsch nicht einmal selbst eingestehen würde.

Er ist deiner nicht würdig, Babygirl.

Du könntest lange darauf warten, dass er all die verruchten Dinge mit dir tut, die dein kleines Köpfchen sich ausmalt. Nach denen dein Körper so begierig lechzt. Du brauchst etwas, was nur wenige Männer dir geben können.

Ich hoffe, ich habe dir einen Vorgeschmack dessen gezeigt, was du mit mir haben könntest. Irgendwann wird die Zeit kommen, da wirst du freiwillig mit mir gehen. Du wirst erkennen, wie falsch all die Schlangen hier sind, und dann deine wahre Bestimmung erfüllen.

An meiner Seite.

ZWÖLF

Wie in Trance habe ich es bis auf sein Motorrad geschafft. N.C. hat mehrmals gefragt, was Callum zu mir gesagt hat, doch ich blieb bei einem unglaubwürdigen »Nichts«. Ich war nicht einmal fähig, mir eine Lüge auszudenken, weil mein Kopf vollkommen leer ist. Nein. Eigentlich ist er voll. Von Fantasien und Vorstellungen, die verdorbener sind als eine überreife, von Würmern zerfressene Frucht.

Was ist nur falsch mit mir?

Wie konnte ich zulassen, dass Callum mich auf diese Weise berührt?

Hatte ich nach Cedrics Schlag eine Gehirnerschütterung? Oder haben die Schmerztabletten mir den Verstand vernebelt? Ich war gefesselt und absolut wehrlos und doch habe ich mich in den wenigen Minuten nicht wie eine Gefangene gefühlt. Ich habe mich *frei* gefühlt ... und das jagt mir eine verfluchte Angst ein.

Vielleicht ist das nur ein Bewältigungsmechanismus meines Körpers. Ein Überlebensinstinkt. Vielleicht rede ich mir ein, es gut gefunden zu haben, um nicht daran zu zerbrechen.

Wie die Wahrheit auch aussehen mag, ich bin erleichtert, als wir vom Grundstück fahren und dieses Haus hinter uns lassen. Ich bin für jede Meile dankbar, die wir zwischen mich und die Vipers bringen. Jede Meile, die mich von Cedric trennt. Und von Callum. Bleibt nur noch N.C.

Ich klammere mich etwas zu fest an seinen Oberkörper und genieße die harten Muskeln, die ich spüre, etwas zu sehr. Die Wärme, die von seinem Rücken ausgeht. Meine Hormone sind noch ganz durcheinander, das Pochen zwischen meinen Schenkeln unerfüllt, doch da ist noch etwas anderes: Er hat es tatsächlich fertiggebracht, dass Cedric mich gehen lässt. Zumindest für eine Nacht. Das gibt mir die naive Hoffnung, auf Neros Versprechen vertrauen zu können. Und Hoffnung habe ich nach dem heutigen Tag bitter nötig.

Ich bin so in Gedanken vertieft, dass ich nicht einmal gefragt habe, wo wir hinfahren und was das für eine Party ist, zu der er mich mitnehmen will. Eigentlich würde ich mich vorher gern frischmachen und umziehen, oder zumindest mal mein Gesicht im Spiegel betrachten, um herauszufinden, wie sehr man mir Cedrics Schläge von heute Morgen noch ansieht. Vermutlich sollte ich einfach froh sein, dass meine Beine mich noch tragen und meine Knochen nicht zertrümmert sind, doch mein Kopf macht sich um etwas ganz anderes Gedanken. Wenn ich schon Neros Begleitung bin, will ich auch vorzeigbar sein. Verdammt, ich will nicht, dass er mich aus Mitleid irgendwohin schleppt oder dass er sich in der Öffentlichkeit mit mir schämen muss. Ich will, dass er mich als *Frau* sieht. Und nicht als Gefangene seines Bosses.

Wir halten in einer Wohngegend, die mir Bauchschmerzen bereitet. Bis gerade eben habe ich nicht viel auf meine Umgebung geachtet, doch jetzt kann ich meinen Blick nicht von den schäbigen Hochhäusern abwenden.

Was für eine Party soll hier steigen?

Da die Sonne schon seit einer Weile untergegangen ist, tauchen vereinzelte Straßenlaternen die Gegend in orangewarmes Licht. Mülleimer liegen umgeworfen auf der Straße, Häuserwände sind mit Graffiti besprüht, auf der Treppe zu einem Häusereingang sitzen ein paar halbstarke Jugendliche und rauchen etwas.

»Komm mit«, sagt Nero und geht voraus.

»Auf welche Party hast du noch gleich gesagt, gehen wir?«, frage ich. Als ich meine Schritte beschleunige, ziept meine Rippe, doch es hält sich im erträglichen Rahmen. Ich weiß nicht, ob es an den Schmerztabletten liegt, die Carla mir gegeben hat, oder an Callums Besuch, doch die Früchte von Cedrics Folter sind in den Hintergrund gerückt. Sie schlummern dumpf in einer dunklen Ecke meines Bewusstseins und regen sich nur, wenn ich eine zu hastige Bewegung mache.

»Erst musst du dich umziehen.«

Ich runzele die Stirn. Ich wüsste nicht, wie ich das hier in der Gegend tun sollte, doch vier Minuten später wird es mir klar. Nämlich genau dann, als uns in einer der Wohnungen eine dunkelhäutige Frau mit Modelmaßen die Tür öffnet.

»Komm rein«, sagt Trish zu N.C. und da sie nicht überrascht wirkt, scheint er sie vorgewarnt zu haben. Im Gegensatz zu mir.

Na toll. Diese Frau hat mir heute noch gefehlt. Ein weiteres Gangmitglied.

Ich verschränke instinktiv die Arme vor der Brust und folge den beiden ins Innere der kleinen Wohnung. Drinnen sieht es viel gemütlicher aus, als es von draußen den Anschein erweckt. Auf der Couch im Wohnzimmer lümmelt Vera mit einem halb vollen Pizzakarton, der zwischen ihren im Schneidersitz gefalteten Beinen liegt. Ihr Anblick hebt meine Laune zumindest ein wenig. Als sie mich hinter Nero erspäht, grinst sie eine Spur zu zweideutig und springt freudig auf.

»Heute ohne Fußfessel unterwegs?«, fragt sie zur Begrüßung und lehnt sich gegen die Couch. Ihre Beine stecken in einer verdammt knappen Hotpants und sie trägt ein bauchfreies weißes Top.

»Konnte ich gegen den da eintauschen«, erwidere ich

leise und stelle mich in ihre Nähe.

N.C. hat währenddessen ein Gespräch mit Trish angefangen und ich höre lauter Namen und Begriffe, die ich
nicht zuordnen kann.

»Vera, leihst du Rachel nochmal etwas aus deinem Kleiderschrank? Es sollte elegant sein«, wendet er sich an uns,
als er merkt, dass ich zu lauschen versuche. »Und richte sie
einigermaßen vorzeigbar her.«

»Elegant?« Ihr Blick schießt zu ihrer großen Schwester.
»Da hat Trish bestimmt Passenderes.«

»Ja, aber Rachel hat nicht die passende Figur für Trishs
Kleider«, kontert N.C. nicht gerade taktvoll.

Wie war das noch mit Cinderella für eine Nacht? Offensichtlich lässt der Prinz noch auf sich warten.

*Oder du akzeptierst endlich, dass deine Situation nichts
Märchenhaftes an sich hat.*

Ich beiße die Zähne zusammen und folge Vera in ein
angrenzendes Zimmer, jedoch nicht ohne N.C. einen Fick-
Dich-Blick zuzuwerfen. Er muss mir nicht unter die Nase
reiben, dass ich keine Beine bis zum Himmel und keine
Wespentaille habe. Stattdessen habe ich etwas, was man
Kurven nennt. Soll auch Vorteile haben.

Ich fresse die bittere Wut in mich hinein und bleibe
hinter Vera stehen, die ohne Umschweife begonnen hat,
ihren Kleiderschrank zu durchwühlen. N.C. hat mir zwar
einen Abend in Freiheit versprochen, aber nicht, dass er sich
mir gegenüber nett verhalten wird. Damit muss ich umgehen können, doch ich frage mich unweigerlich, wieso er
diesen Deal überhaupt für mich ausgehandelt hat.

Wieso spielt er sich in einem Moment als mein Retter
auf, nur um mich kurz darauf wie Abschaum zu behandeln?

Während Vera ein paar Outfits herauszieht und aufs
Bett wirft, sehe ich mich in dem kleinen Raum um und versuche mich auf andere Gedanken zu bringen. Es gibt nur
ein winziges Fenster, zwei der vier Birnen in der Deckenbeleuchtung sind kaputt und die wenigen Möbel sehen aus, als
wären sie vom Sperrmüll gerettet worden. Ihr Schreibtisch

ist übersät mit allerlei Krimskrams, Makeup, Büchern, Stiften und ... sind das Kondome? Schnell wende ich den Blick ab, um nicht zu genau hinzusehen.

»Ihr lebt hier, während Cedric eine verdammte Villa für sich allein hat?«, rutscht es mir heraus. Eigentlich steht es mir nicht zu, darüber zu urteilen, aber hatte Vera nicht davon gesprochen, dass bei den Vipers zu sein, ihr tolle neue Möglichkeiten eröffnet? Sie von der Straße weggeholt hat?

»Das Geld, welches wir bei den Vipers machen, fließt nicht in diese Wohnung«, erklärt sie gelassen, als würde das Thema sie nicht treffen. »Ich kann davon künftig meine Studiengebühren bezahlen und das ist mehr, als ich je zu hoffen gewagt habe. Niemand, der hier wohnt, kann Studiengebühren zahlen.« Sie zieht ein schwarzes langes Kleid aus der hintersten Ecke ihres Schrankes und lächelt zufrieden. »Vergiss die anderen Sachen, probiere das an.« Dazu kramt sie mir noch ein frisches Unterwäsche-Set heraus mit einem trägerlosen BH.

Ich tue ihr den Gefallen und nehme ihr die Klamotten ab. Als ich aus dem Jumpsuit steige, drehe ich ihr den Rücken zu. Ich bin, was die Nacktheit meines Körpers angeht, nicht ganz so offen wie sie, aber ich versuche mir keinen Kopf darum zu machen, als ich schnell in die frischen Sachen schlüpfe. *Ob sie die lila Flecken auf meinen Schienbeinen bemerkt und mir deshalb ein langes Kleid ausgesucht hat?*

»Und was ist mit deiner Schwester? Sie arbeitet doch bestimmt schon länger für Cedric«, führe ich unser Gespräch fort, da mich ihre Beweggründe wirklich interessieren.

Glaubt ein Teil von mir, diese Menschen noch verstehen zu können?

»Sie legt die Kohle zurück, damit wir in ein paar Jahren hier weg können. Sie spart für ein Haus an der Westküste.« Ein gewisser Stolz hängt in ihrer Stimme mit.

Ich quetsche mich in das Kleid, was für meinen Geschmack etwas zu eng anliegt, und trete vor den langen

Spiegel neben ihrem Schrank. Gedanklich bin ich noch bei ihrer Antwort. »Geht das denn? In ein paar Jahren einfach so abhauen? Den Club verlassen?«

In allen Mafia- und Gangsterfilmen, die ich kenne, bleibt man ein Leben lang Mitglied. Auf ein Haus sparen und sich dann nach ein paar Jahren zur Ruhe setzen, ist nicht drin.

»Wir werden immer Vipers sein«, erwidert plötzlich eine andere Stimme. Erschrocken fahre ich zu Trish herum, die im Türrahmen lehnt. »Cedric kann meine Talente aber auch beanspruchen, wenn ich ein paar Meilen weiter weg wohne.«

»Trish ist Cedrics engste Vertraute. Sie kann sich einige Sachen erlauben, die nicht für alle Vipers gelten«, raunt Vera mir von der Seite zu.

Ihre große Schwester wirft ihr daraufhin einen finsteren Blick zu, vermutlich, um sie zum Schweigen zu bringen. »Das Kleid steht dir gut«, sagt Trish zu mir und überkreuzt die Arme.

Ich drehe mich wieder zum Spiegel und sehe diesmal genauer hin.

Sie hat recht: trotz der Enge wirke ich nicht wie eine Presswurst, sondern wie eine Frau in einem James Bond Film. Das Kleid ist bodenlang, hat an der Seite jedoch einen verführerischen Schlitz, der bis zu meinem Oberschenkel reicht und mir genug Beinfreiheit ermöglicht. Oben hat es nur einen schmalen Träger und ist auf der anderen Seite schulterfrei. Dass ich seit fast vierundzwanzig Stunden nichts mehr gegessen habe, kommt meinem sonstigen kleinen Bäuchlein entgegen. Der Anblick lässt mich sogar kurz so etwas wie Vorfreude auf den heutigen Abend empfinden, weil ich mich ernsthaft sexy finde und wünschte, ich könnte für den Rest der Nacht einfach vergessen, dass ich die Gefangene dieser Leute bin. Dass sie alle einem Boss dienen, der mir vor zwölf Stunden noch ein paar Antworten aus dem Leib prügeln wollte.

Meine Kehle wird eng, während mein Blick hoch in

mein Gesicht gleitet. Tatsächlich sieht man mir seinen Fausthieb kaum an. Unterhalb des rechten Auges bildet sich zwar ein leichtes lila Veilchen und meine Wange ist etwas geschwollen, doch der Rest des Schmerzes sitzt tiefer. Unsichtbar.

»Ein wenig Make-up und du wirst im Sky High nicht weiter auffallen.«

Okay, das klingt schon weniger nach einem Kompliment. Doch bevor ich Trish etwas erwidern kann, geht sie wieder.

»Wir warten im Wohnzimmer auf dich.«

Bezaubernd.

Ich knirsche so laut mit den Zähnen, dass Vera es gehört haben muss, denn sie wirft mir einen beunruhigten Blick zu. »Alles klar?«, fragt sie.

»Bestens.« *Warum auch nicht?* »Könnte ich noch schnell unter die Dusche springen? Ich brauche nicht lange.«

»Klar, die erste Tür rechts. Danach verpasse ich dir das schickste Makeup, das dieser Club je gesehen hat«, verspricht sie und beginnt auf ihrem Tisch ein paar Sachen zusammen zu sammeln.

Sie ist schneller fertig, als ich ihr zugetraut hätte. Oder als ich es mir selbst zugetraut hätte, wenn ich mich allein geschminkt hätte. Kaum dass ich mich versehe, ist sie bereits beim Rouge.

»Sag mal, welche Talente hat Trish eigentlich? Was tut sie für Cedric?«

»Sie ist IT-Spezialistin. Sieht man ihr gar nicht an, oder?« Vera lächelt und lehnt sich zufrieden zurück. »So, jetzt sieht man nichts mehr von deinem Verhör heute Früh.« In ihrer Stimme hängt etwas Bedauern mit.

Also ist ihr sehr wohl aufgefallen, was Cedric mir angetan hat.

Sie hatte bisher kein Wort darüber verloren, auch wenn ich bemerkt habe, dass sie sehr sanft mit dem Make-up-Schwamm umgegangen ist.

Da ich das Thema nicht weiter vertiefen will, schweige ich.

»Du verstehst es nicht, oder? Warum ich eine Viper bin?«, fragt sie seufzend und tupft mit ihrem Zeigefinger etwas Highlighter auf meine Wangen, mein oberes Lid und meine Nasenspitze.

»Du musst dich nicht rechtfertigen«, wiegele ich ab, schließlich war nicht sie es, die mich zusammengeschlagen hat. *Aber sie folgt und vertraut diesem Mann.*

»Mitglied zu sein, bedeutet mehr als Schutz oder eine Perspektive für unser Leben. Eine Viper zu sein, bedeutet Familie zu haben. Ein Zuhause. Das ist alles, wonach sich die meisten von uns sehnen – auch die mit einer knallharten Schale.« Sie zwinkert mir zu und ich frage mich, ob sie damit Nero meinen könnte. »Viele von uns glauben einfach, auf irgendeine Weise nicht gut genug zu sein. Hier sind wir aber immer genug. Egal wie kaputt wir sind.«

Ich lächele wehmütig, weil der Gedanke dahinter sogar ziemlich schön ist. Da ich ebenfalls nicht mehr viel Familie habe, kann ich es nachvollziehen. Da sind all die Lügen, die ich vor Dad habe, weil ich glaube, ihn sonst zu enttäuschen. Mein Studium. Meine ständige Unzufriedenheit über seine vielen Verbote und seinen Kontrollzwang. Meine nicht vorhandene Dankbarkeit. Meine Trauer um Mom, die ich noch nicht überwunden habe, obwohl alle von mir erwarten, sie längst hinter mir gelassen zu haben. Und meine Wut, die ich ständig zu unterdrücken versuche. Aus all dieser Unterdrückung wurde über die Jahre ein Taubheitsgefühl. Das Gefühl, in einem eiskalten Meer zu ertrinken und niemals wieder die Wasseroberfläche durchbrechen zu können.

Ich bin auch auf eine Art kaputt. Anders als Vera, N.C. oder Cedric. Aber ich bin es auch.

»Bist du fertig?«, frage ich und wische die tristen Gedanken beiseite. Wenn Vera sich für dieses Leben entschieden hat, werde ich sie ohnehin nicht davon überzeugen können, dass es falsch ist. Dass man Frieden mit seinen inneren Dämonen schließen sollte, ohne über illegale Grenzen zu treten oder anderen Menschen wehzutun. Schmerz mit Schmerz zu begegnen, kann nicht die Lösung sein.

Zumindest haben sie eine Lösung gefunden im Gegensatz zu dir. Du erträgst deinen Schmerz, ohne dich zu wehren.

Sie nickt und rollt sich mit dem Schreibtischstuhl von mir weg. »Du siehst verdammt heiß aus.«

Ihre Antwort macht mich ein wenig nervös. Ich hoffe, sie hat nicht übertrieben, aber dann verwerfe ich diese Sorge wieder. Selbst wenn ... Heute Abend muss ich nicht aussehen, wie ich sonst auf eine Party gehen würde. Sie darf mir ruhig so viel Schminke verpasst haben, dass nicht einmal mein eigener Vater mich wiedererkennen würde.

Bei dem Gedanken an ihn schlägt mein Herz schwerer. Während ich auf dem Bett saß und Vera sich an mir ausgetobt hat, habe ich immer wieder zu ihrem Schreibtisch geschielt, auf dem auch ein Laptop steht. Die Kette, die ich um den Hals trage – und die laut Vera gut zum Outfit passt – hat beinahe ein Loch in mein Dekolleté gebrannt. Nur zu gerne würde ich versuchen, den Mikro-USB-Stick anzuschließen, doch mir bietet sich einfach keine Gelegenheit. Vielleicht ist dort die Antwort auf all meine Fragen. Vielleicht verstehe ich dann endlich, wieso diese *Red Eyes* hinter mir her sind. Wissen sie von dem Stick? Und wissen sie, was dort drauf ist?

Ich finde Vera zwar nett, doch ich würde nicht den Fehler begehen, ihr zu vertrauen und sie einzuweihen. Also werde ich auch ihren Laptop leider nicht benutzen können.

Irgendwann, verspreche ich mir. *Irgendwann werde ich herausfinden, was auf dem Stick ist.*

Sie schiebt mich vor den Spiegel und pfeift anzüglich. »Wäre ich bi, würde ich dich gleich hier in meinem Zimmer flachlegen.«

Ich versuche es als Kompliment zu sehen und mich von der Fremden, die mir im Spiegel entgegenstarrt, nicht zu sehr überwältigen zu lassen. Das Make-up ist verrucht und dunkel und würde nicht zu den Partys passen, auf denen ich sonst bisher eingeladen war, doch ich vertraue darauf, dass Vera mehr Ahnung davon hat, wo es gleich für mich hingeht. Sie wird mich so geschminkt haben, dass ich da reinpasse und hoffentlich nicht zu sehr auffalle. Meine Haare habe ich mir nach dem Duschen kurz geföhnt, sodass sie nun in weichen Wellen über meine Schultern fallen.

»Danke, Vera«, sage ich und meine es ernst. Sie hat bisher jeden Tag meiner Gefangenschaft ein klein wenig erträglicher gemacht. Vielleicht würde sie mir sogar helfen, wenn sie könnte, doch ich will sie nicht um noch mehr bitten. Ihre Loyalität wird letzten Endes immer Cedric gelten.

»Hier, warte noch kurz«, sagt sie schnell und flitzt zu ihrem Schreibtisch. Sie nimmt einen Stift und kritzelt etwas in einen Collegeblock, dann reißt sie eine kleine Ecke des Zettels ab und reicht sie mir.

Verwirrt sehe ich auf die Zahlenfolge.

»Meine Handynummer«, erklärt sie. »Falls etwas sein sollte, du abgeholt werden musst oder sonst was, kannst du mich immer erreichen.«

»Das ist nett, aber ich habe nicht einmal mein Handy hier«, wende ich ein. Glaubt sie wirklich eine Gefangene wie ich hat ein Recht auf ihr Smartphone? Außerdem würde sie mich, wenn sie mich jemals abholt, bestimmt nur wieder zu Cedric fahren und darauf kann ich verzichten.

»Steck sie trotzdem ein. Wenn es nötig ist, wirst du schon irgendwie an ein Telefon kommen.«

Da es keinen Sinn hat, mit ihr zu diskutieren, danke ich ihr nochmal und schiebe mir den kleinen Papierschnipsel in den BH.

N.C.

Vor zwei Tagen habe ich Cedric noch gesagt, dass ich nicht gut darin bin, den Guten zu spielen. Mich zu verstellen, ist nicht mein Ding. Doch es war gar nicht so schwierig, dich wieder den Retter in mir sehen zu lassen. Vermutlich ist es das, was du in mir sehen willst. Den Schlüssel zu deinem Gefängnis. Langsam glaube ich, dass es nicht einmal Cedrics Villa ist, aus der du ausbrechen willst, sondern dein Leben. Du lechzt so sehr nach Freiheit, dass du jeden dir sich bietenden Strohhalm ergreifst. Und an mir klammerst du dich besonders fest, auch wenn deine Vernunft dich sicherlich schon mit Warnungen bombardiert hat.

Erst war ich skeptisch, was meine Idee anging. Dich näher an mich heranzuholen, ist nicht nur für dich ein Spiel mit dem Feuer. Doch allein Cedrics Miene, als ich ihm erklärte, was ich vorhabe, war es wert. Streng genommen halte ich mich auch weiterhin an seine Spielregeln.

Du bleibst unsere Gefangene und ich werde deinen hübschen Mund nicht mit meinem Schwanz ausfüllen, aber wenn ich dich als meine Begleitung irgendwohin mitnehmen will, werde ich es tun.

Es fiel mir schwer, nicht beeindruckt die Augenbrauen hochzuziehen, als du aus Veras Zimmer kamst. Zurechtgemacht, in einem Kleid, das keiner Frau so gut stehen würde wie dir. Ich war natürlich schon vorher nicht blind, doch heute wird es besonders schwer sein, mir einzureden, dass du mich kalt lässt.

Ohne mich wärst du längst in Santiagos Gewalt, was meinem Hirn vorgaukelt, ein Bestimmungsrecht über dich zu haben.

Der Jäger in mir will die Beute behalten, die er ergattert hat. Die Macht über dich haben. Und während du hinten auf meiner Maschine sitzt und dich an mich klammerst, ist dieser Trieb in mir befriedigt. Für ein paar Minuten oder Stunden kann ich die Illusion leben, dass wir jetzt nach meinen Regeln spielen.

Ich nehme die nächste Abfahrt mit einer so scharfen Kurve, dass es dir einen spitzen Schrei entlockt. Nach den beschissenen letzten zwei Tagen ist dieser Ton wie Musik in meinen Ohren. Auch wenn ich es weder zugeben will, noch verstehe: ich habe dich auf dem Rücksitzt meiner Maschine vermisst, Peach. Deine Hände, die sich um mich klammern. Dein Körper, der mir ein Vertrauen schenkt, das ich nicht verdient habe.

D ie Geschwindigkeit, mit der wir durch die Nacht rasen, lässt mich innerlich aufjauchzen. Alles in mir kribbelt, wie auch schon beim ersten Mal, als ich auf dem Rücksitz seines Motorrads saß. Dieser Sog in meinem Magen, den das Tempo hervorruft, ist sogar stärker als die finsteren Gedanken in mir.

Diesmal bin ich nicht mehr so abgelenkt wie auf der Hinfahrt zu Trish und kann die Fahrt fast schon genießen. Ich habe irgendwann zwischen Highways und Interstates beschlossen, den Rest der Nacht auf mich zukommen zu lassen. Meine Gedanken abzuschalten. Falls mir die Möglichkeit zur Flucht auf einem Silbertablett präsentiert wird, werde ich sie vielleicht nutzen, aber falls nicht, werde ich versuchen, den Abend zu genießen, so verrückt das auch klingt. Vielleicht brauche ich das jetzt mehr denn je.

Ich hatte in den letzten Jahren, in denen die meisten jungen Menschen ihre wilde Zeit ausleben, nie die Möglichkeit für halsbrecherische Motorradfahrten oder Partynächte in fragwürdigen Clubs. Und bei N.C. fühle ich mich auf gewisse Weise sicher. Das Schlimmste, was er tun wird, ist mich am Ende des Abends wieder zurück zu Cedric zu bringen. Aber wenn ich mich gut anstelle, werde ich vielleicht nicht einmal mehr in Handschellen schlafen müssen. Es kann jetzt nur noch bergauf gehen, oder?

Das ist doch das, was N.C. mir versprochen hat. Keine Gefangene mehr zu sein.

Vielleicht wird er Cedric sogar davon abhalten, jemals wieder Hand an mich zu legen.

Für diese eine Nacht möchte ich das glauben.

Als wir vom Freeway abfahren und N.C. uns mit gemächlicherem Tempo durch eine Stadt manövriert, klappe ich das Visier hoch und genieße den Wind in meinem Gesicht. Ich habe keine Ahnung, wo wir sind, doch das ist mir auch egal. In vielen Fenstern der Hochhäuser brennt noch Licht, Leuchtreklamen, Schilder und Ampeln geben der Dunkelheit keine Chance. Die Gebäude sehen modern und gepflegt aus. Vereinzelt fahren noch Autos durch die Straßen. Wir rollen gefühlt mitten in den Stadtkern, zwischen Skyscrapers und riesigen Luxushotels. Schließlich biegen wir in ein Parkhaus ab und meine Nervosität steigt.

N.C. und ich haben bisher nicht wirklich viel Zeit miteinander verbracht, in der wir nicht um unser Leben geflohen oder uns angeschrien haben. Wie soll ich mich in seiner Nähe verhalten? Er ist keine Freundin, mit der ich mich auf der Tanzfläche amüsieren könnte, er ist … Keine Ahnung, was er im Moment für mich ist.

Nachdem N.C. den Motor ausgestellt hat, klettere ich etwas umständlich von der Maschine. Meine Beine fühlen sich weich wie Butter an, weil mein Körper sich wohl noch nicht an das Motorradfahren gewöhnt hat. Ich nehme den Helm ab und reiche ihn Nero, der mich mit seltsamen Blicken mustert. Hoffentlich ist mein Make-Up nicht komplett verschmiert.

Noch ehe ich nachfragen kann, was los ist, sagt er:

»Hör zu, du darfst dich da drinnen gleich frei bewegen, tanzen, trinken, was auch immer. Nur bleib in meinem Sichtfeld und versprich mir, dass du, wenn wir gehen, keinen Aufstand machst und wieder mit mir zurückfährst. Verstanden?«

Ich nicke. »Natürlich, das war der Deal.« Und auch wenn ich nicht wieder zurück in Cedrics Haus will, ist mir im Moment nicht danach, das Abkommen zwischen mir und N.C. zu gefährden. Da er von Trinken und Tanzen spricht, gehe ich davon aus, dass wir auf eine *echte* Party gehen und ich weiß nicht, wann ich das letzte Mal auf einer richtigen Feier war, umgeben von Dutzenden Fremden, die sich zum Takt der Musik wiegen, ihre Probleme in Alkohol ertränken oder sich einfach nur über Gott und die Welt unterhalten.

N.C. geht vor und ich folge ihm zu einem Aufzug.

»Was genau ist das für eine Party und wen treffen wir dort?«

Wir warten darauf, dass die Stahltüren sich öffnen. Eine kribbelnde Aufregung macht sich in mir breit. Die Angst vor dem Unbekannten. Aber auch eine gewisse Vorfreude.

»Ganz oben in diesem Wolkenkratzer befindet sich ein exklusiver Nachtclub, zu dem nur bestimmte Leute Zugang haben«, erklärt er. »Das Klientel ist eher zwielichtig und die VIP-Lounge dafür bekannt, Ort für illegale Deals zu sein. Wir treffen dort Juri. Er ist ein kleiner Fisch im Waffenhandel. Wir machen hin und wieder Geschäfte mit ihm, er kauft aber auch öfter was bei den Red Eyes ein. Cedric hat herausgefunden, dass er gestern dort war. Wir wollen wissen, was er gesehen und gehört hat. Vielleicht hat er etwas bei ihnen aufgeschnappt, was mit dir oder deinem Vater zu tun hat«, führt er mir nüchtern aus und als die Türen des Aufzugs sich öffnen, bin ich von den ganzen Informationen zu überrumpelt, um zu reagieren.

N.C. muss mich geradezu mit sich in den Lift zerren, damit ich ihm hinterherstolpere. Er drückt auf den obersten Knopf und ich spüre mein Herz bis zum Hals schlagen. War es wirklich eine gute Idee, ihn hierhin zu begleiten? Wie kommt er darauf, ausgerechnet mich zu einem Waffenhändler mitzunehmen? Einerseits will ich dabei sein, sowohl um der Informationen wegen, die Nero hier bekommen will, als auch um der Party halber. Eine Pause von allem ist genau das, was ich jetzt brauche. Andererseits brenne ich nicht gerade darauf, unter einer Meute von Kriminellen zu sein. Mein Bedarf an skrupellosen, zwielichtigen Bekanntschaften ist für dieses Jahr definitiv gedeckt.

Jetzt sei nicht so eine Pussy, Rachel. Du wolltest doch immer etwas mehr Aufregung in deinem Leben.

Allerdings habe ich in den letzten Tagen auch gelernt, dass ich vorsichtig mit meinen Wünschen sein sollte.

»Keine Sorge, dir passiert nichts, solange du in meiner Nähe bleibst«, verkündet N.C., als könne er meine Gedanken lesen.

Reiß dich zusammen, Rachel, wenn du dort nicht auffallen willst wie ein verschrecktes Reh im Rampenlicht.

Ich wische meine plötzlich feuchten Hände an dem schwarzen Kleid ab und beobachte die digitalen roten Ziffern über den Türen der Aufzugskabine. Es geht ziemlich weit nach oben.

»Wenn dieser Juri fragt, wer ich bin, was sagst du dann?«, hake ich nach. Falls dieser Typ auch für die Red Eyes arbeitet, ist ihm nicht zu trauen. Wenn er erfährt, wer ich bin, könnte er mich im Anschluss verraten.

Nero sieht auf mich herunter und ein winziges Grinsen zerrt an seinem Mundwinkel. »Ich könnte dich Nadja nennen und als mein spezielles Escort-Girl für diesen Abend vorstellen.«

Meine Augen weiten sich, während mein Herzschlag sich verdreifacht. Doch statt über seinen Vorschlag brüskiert zu sein, spüre ich prickelnde Aufregung durch meine Adern jagen. *Meint er es ernst oder verarscht er mich?*

»Wenn du denkst, dass dieser Juri uns das abkauft ...«, wende ich zögerlich ein. Ich wäre nicht abgeneigt, für einen Abend in diese Rolle zu schlüpfen, stelle ich fest. Mich in dieser dunklen Welt, zu der Nero gehört, zu maskieren und für ein paar Stunden *dazuzugehören*.

Neros Augen verdunkeln sich, während er meinen Blick erwidert. Es wäre so leicht, sich in seinen Schatten zu verlieren. Darin einzutauchen und für eine Nacht alles andere zu vergessen.

Ja, ich bin eindeutig kaputt.

»Sich Frauen zu kaufen, ist hier Gang und Gebe«, erwidert N.C. »Dass ich dich nach diesem Abend mit zu mir nach Hause nehme, wird er uns aufs Wort glauben. Du darfst nur nicht zusammenzucken, falls ich auf die Idee komme, meine Hand auf deinen Oberschenkel zu legen. Du weißt schon, damit er uns die Story abkauft.« Er zuckt lapidar mit den Schultern, die Worte reichen allerdings, um eine Hitze in mir zu entfachen, die unter meinem Scheitel beginnt und bis zu meinen Zehenspitzen reicht.

Es kommt wohl drauf an, wie weit er mit seiner Hand deinen Oberschenkel hinauffahren wird.

Vermutlich denkt N.C. nicht, dass ich darauf eingehe, oder er testet mich nur. Er wird mich vor diesem Waffenhändler nicht wirklich auf intimere Weise berühren, oder?

Dieses Spiel ist gefährlich, Rachel, mahnt mich meine Vernunft, doch ich bin nicht in der Lage, auf sie zu hören. Nicht hier. Nicht jetzt. Nero hat mich aus meinem goldenen Käfig gelassen und heute Abend bin ich für jedes Spiel bereit, das er sich für uns ausgedacht hat.

❦

A ls die Türen aufgleiten, fühle ich mich, als würden wir eine andere Welt betreten. Die lauten Bässe der Musik dringen bis in den gedimmten Eingangsbereich. Nero nimmt mir meine – oder besser gesagt Veras – Jacke ab und bringt sie zusammen mit seiner an die Garderobe, anschließend gibt er dem Türsteher zu verstehen, wer wir sind, denn dieser nickt uns kurz darauf stumm hinein.

Wir treten in einen großen Raum, der an den Seiten mit lilafarbenen Neonlampen beleuchtet wird, von der Decke oben baumelt ein riesiger Kronleuchter und darüber funkeln kleine unzählige Sterne an der schwarzen Decke ... wobei ... Ich muss zwei Mal hinsehen, um zu begreifen, dass die Decke aus Glas ist und sich über uns der echte Nachthimmel erstreckt.

Wahnsinn. Mit in den Nacken gelegtem Kopf drehe ich mich einmal um die eigene Achse. Als ich den Blick wieder senke, weil ich Angst habe, hier in der Menge N.C. zu verlieren, stelle ich erleichtert fest, dass er direkt neben mir steht und auf mich wartet. *Wie ein spanischer tätowierter Teufel.*

Er kommt so dicht an mich heran, bis seine Lippen und sein Bart mein Ohr streifen. »Willst du einen Drink, Peach?«, fragt er über die Lautstärke der Musik hinweg.

Trotz der High Heels, die ich trage, muss ich meinen Kopf recken, um ihm nah genug für eine Antwort zu kommen. Während ich mich zu ihm beuge, halte ich mich an seiner Schulter fest und genieße den kurzen Körperkontakt zwischen uns. Und das Flattern in meinem Bauch. Verdammt, ich könnte für diesen Abend sogar vergessen, dass er mich ausgeliefert oder mich Cedric gegenüber eine verwöhnte weiße Göre genannt hat. Ich könnte *alles* vergessen.

»Ich dachte, du wolltest mich heute Nacht Nadja nennen«, rufe ich ihm ins Ohr und hoffe, dass mein Duft und meine Nähe ihn zumindest ansatzweise so berauschen wie er mich.

Er hätte mich heute Abend nicht hierhin mitnehmen müssen. Dass er es doch getan hat, zeigt mir, dass meine Anwesenheit hier durchaus erwünscht ist. Wenn er auch nur einen Bruchteil von demselben Kribbeln spürt wie ich, könnte das hier noch ein ziemlich guter Abend werden. Zumindest einer, den man nicht so schnell vergisst.

Ich lehne mich wieder zurück und fühle mich, als hätten wir soeben die Karten für eine Partie Poker ausgeteilt. Ich will es N.C. nicht zu einfach machen und mich ihm auf einem Silbertablett servieren oder mich ihm gar an den Hals schmeißen. Nein, diesmal will ich, dass er den ersten Schritt macht.

Falls er überhaupt auf diese Weise an dir interessiert ist, Rachel.

Eigentlich will ich mir dahingehend keine Hoffnungen machen, doch das unerfüllte Pochen, was Callum vor nicht einmal zwei Stunden in mir hinterlassen hat, ist noch da. Und vielleicht sollte ich mich schlecht fühlen, weil ich ausgerechnet will, dass N.C. es zu Ende führt, aber verdammt ... in seiner Nähe werde ich einfach jedes Mal aufs Neue schwach. Was wäre schon dabei, sich etwas zu amüsieren? Ihn für meinen Spaß auszunutzen? Bevor er wieder etwas tut, für das ich ihn hassen muss?

»Dann bringe ich dir mal etwas zu trinken, Nadja. Bleib genau hier.«

Ich lächele ihm zu und beobachte, wie er die Bar ganz in der Nähe ansteuert.

Dein Herz spricht dagegen, schalt mich meine Vernunft, die scheinbar aus einem komatösen Tiefschlaf erwacht ist. Wo war sie, als Callum mich im Keller besucht hat? Hat sein Messer sie in die Flucht geschlagen?

Glaubst du wirklich, du kannst Sex und Gefühle voneinander trennen? Was passiert, wenn du dich in ihn verliebst, Rachel?

Mein Herz beginnt zu rasen und ich blinzele ein paar Mal, um diese Gedanken zu verdrängen. Natürlich kann ich das trennen. Er wäre nicht mein erster One-Night-Stand ... sondern mein zweiter.

Ich könnte mich niemals in einen Mann wie ihn verlieben.

Als er sich zwischen ein paar Gästen zum Tresen vorarbeitet, höre ich auf, ihm nachzustarren, drehe mich um und sauge stattdessen den Anblick und die Atmosphäre des Clubs in mich auf. Die Musik ist ein sinnlicher Mix aus rauem Pop und düsteren instrumentellen Klängen. Ich wiege mich automatisch zum Takt der anzüglichen Melodie und spüre den Bass durch meinen Körper vibrieren. Es ist nicht die Art Musik, die auf den Feiern gespielt wird, auf denen ich bisher war. Und obwohl ich an einem komplett fremden Ort mit zwielichtiger Begleitung und ungestillter Libido bin, ebbt meine Nervosität allmählich ab. Ich fühle mich fast wohl hier, was mich selbst überrascht. Die Tanzfläche ist gut gefüllt und ich sehe viel nackte Haut aufblitzen. Vera hätte hier gut hingepasst und ich finde es sogar ein wenig schade, dass sie nicht mitgekommen ist.

Auf einem Podest räkeln sich spärlich bekleidete Tänzerinnen an Stangen und gegenüber davon befindet sich eine Empore, die man über eine Treppe erreicht. Vermutlich ist dort oben auch die VIP-Lounge, von der N.C. gesprochen hat und wo wir unseren Informanten treffen werden. *Unseren Informanten.* Verdammt, das klingt, als wäre ich plötzlich wirklich in einem James Bond Streifen.

Bekommen wir gleich die Antwort darauf, warum die Red Eyes hinter mir her sind? Könnte dieser Juri irgendetwas aufgeschnappt haben? Cedric muss es für wahrscheinlich halten, sonst hätte er N.C. nicht hergeschickt.

»Da du kein Bier magst, habe ich es diesmal mit einem klassischen Cocktail versucht.«

N.C.s Stimme reißt mich aus den Gedanken. Ich drehe mich zu ihm um und sehe ihn mit einem großen Glas und einem pinken Leuchtstäbchen darin. In der anderen Hand hält er ein schmaleres Glas mit einer durchsichtigen Flüssigkeit. Wasser – oder Vodka?

Auf meinen irritierten Blick hin, sagt er: »Kein Alkohol für mich heute. Ich mische nicht. Außerdem muss ich nachher noch fahren.« Er reicht mir mein Glas und obwohl ich seinen Satz mit dem »Mischen« nicht begreife, hake ich nicht nach.

»Tequila Sunrise?«, rate ich stattdessen, bevor ich einen Schluck von meinem Getränk nehme. Die Farbgebung ist ziemlich eindeutig.

N.C. hebt eine Augenbraue. »Eine wahre Kennerin.«

Ich verdrehe die Augen und nippe an dem Cocktail. Der Gedanke, dass er mir etwas reingemischt haben könnte, kommt mir zwar, doch ich verwerfe ihn wieder. Er hat keinen Grund dazu, mir etwas einzuflößen.

Für eine Weile trinken wir einfach und lassen uns von der Musik und der Stimmung einlullen. Die blau-pinke Beleuchtung zusammen mit dem Sternenhimmel über uns fasziniert mich. Es ist einer der Orte, von denen ich gern ein Foto geknipst und in mein Bullet Journal geklebt hätte. Ein Ort, an den ich sogar vielleicht einmal gern zurückdenken würde. Der sich von meiner tristen Normalität abhebt. Der etwas Besonderes ist.

»Kriege ich dein Handy?«, frage ich, ohne lange darüber nachzudenken. Der Alkohol hat bereits einige meiner Gehirnwindungen durchtränkt und eine angenehme Wärme in meinem Magen gezaubert.

N.C. sieht mich kurz irritiert an, als hätte er mich über die Lautstärke der Musik missverstanden.

Ich beuge mich näher zu ihm und werde wieder einmal von seinem Duft fast umgehauen. »Ich will nur ein Foto machen. Ich habe da so ein Buch, in das ich Orte reinklebe, an denen ich war. Falls das hier irgendwann vorbei ist, kannst du mir das Foto auf mein Handy schicken und ich kann es einkleben«, erkläre ich ihm. Keine Ahnung, warum ich es tue.

Normalerweise ist es eine Überwindung für mich, anderen Leuten davon zu erzählen. Ich führe diese Art Tagebuch im Geheimen, seit Dr. Brooks mich darauf gebracht hat. Aber N.C. darf es ruhig wissen. Vielleicht gewährt er mir durch die Erklärung meinen Wunsch, vielleicht auch nicht.

Als ich mich zurücklehne, scheint er keine Sekunde zu zögern. Und er lacht mich auch nicht aus, was mir ein Gewicht von den Schultern nimmt. Er steckt mir sein Smartphone zu und öffnet die Kamera.

Zufrieden reiche ich ihm mein Glas und suche mit dem Handy nach dem perfekten Bildausschnitt. Statt dutzende zu knipsen und später auszusortieren wie die heutige instagram-Generation, mache ich nur eines. Mit meiner Polaroid-Kamera habe ich sonst auch immer nur einen Versuch.

Zufrieden gebe ich N.C. sein Handy zurück und bedanke mich. Ich weiß nicht, ob er mir das Foto je schicken und ob es je in meinem Bullet Journal landen wird, doch es gibt mir die Hoffnung auf etwas jenseits meiner Gefangenschaft. Die Hoffnung auf ein Morgen.

»Wie lange noch?«, frage ich und greife nach der Flasche in dem Sektkübel. Mittlerweile sitzen wir in der VIP-Lounge und N.C. hat mich in Kenntnis gesetzt, dass wir uns um ein Uhr mit diesem Juri treffen.

»Noch zwanzig Minuten. Du musst aber nicht damit rechnen, dass er pünktlich kommt. Schließlich wollen wir etwas von ihm und nicht umgekehrt. Wenn er uns das spüren lassen will, wird er sich Zeit lassen«, gibt N.C. unbeeindruckt von sich. Seit ein paar Minuten – seit er von der Toilette wiedergekommen ist – benimmt er sich irgendwie anders. Er ist redseliger. Seine Stimme arroganter und die Blicke, die er mir zuwirft, sind geradezu lasziv. Was es mir nur noch schwieriger macht, ihm zu widerstehen.

»Das Kleid steht dir übrigens verdammt gut«, sagt er und grinst auch noch.

Himmel, wo ist der alte Nero hin?

»Hast du dir heimlich doch noch einen Vodka-Shot gegönnt? Oder hat man dich auf der Toilette verprügelt?« Vielleicht hat er einen Schlag auf den Kopf bekommen und vergessen, dass er mir im Normalfall nie Komplimente machen würde.

Es sei denn, er hat an unserem kleinen Flirt-Spiel genauso Gefallen gefunden wie ich und testet nun, wie weit er gehen kann. Wir balancieren hier schließlich auf verbotenem Terrain und etwas Verbotenes hat immer einen gewissen Reiz. Vielleicht auch für ihn.

»Nein, ich finde nur, du hast es verdient, dass man dir sagt, wie heiß du bist.«

Danke, das hat Callum vor ein paar Stunden schon getan und ich weiß noch genau, wohin das geführt hat. Ich schütte mir etwas von dem Sekt in ein Glas und versuche von meinen warm werdenden Wangen abzulenken, indem ich daraus trinke.

Eigentlich bin ich mir ziemlich sicher, dass N.C. mich nur aufzieht, trotzdem lassen mich seine Worte nicht kalt.

»Vorsicht mit den Komplimenten, sonst könnte ich noch vergessen, dass allein du schuld an meiner momentanen Lage bist«, erwidere ich und versuche dabei locker zu klingen.

»Im Grunde genommen, bin ich höchstens schuld daran, dass du noch lebst«, erinnert er mich.

Vermutlich hat er recht: Ohne ihn wäre ich längst in den Fängen der Red Eyes oder tot.

Oder ich wäre zurück bei Vater und Zane, wieder zurück in meinem goldenen Käfig, über meinen Uni-Unterlagen brütend. Wäre das besser, als hier mit ihm zu sitzen?

Wir sehen uns in die Augen. Er sitzt gegenüber von mir in der u-förmigen Lounge, zwischen uns der Tisch, und etwas in seinem Blick verändert sich. Vielleicht bin auch ich es, die sich verändert. N.C. lehnt sich zurück, ohne mich aus den Augen zu lassen. Er stellt sein Wasserglas ab und streicht sich mit dem tätowierten Handrücken über die Nase.

»Erzähl mir etwas über dich«, bitte ich, um dieser seltsamen, plötzlich intimen Atmosphäre zu entgehen. »Verrate mir etwas über dich, was nicht offensichtlich ist.« Ich nehme einen weiteren hastigen Schluck Sekt. »Zum Beispiel der Friseur Salon. Ich weiß, wozu er eigentlich da ist. Aber warum kein Club oder Casino? Oder von mir aus ein Tattoo-Studio?« Um Geld zu waschen, gäbe es schließlich viele andere Möglichkeiten. Er wirkte an jenem Tag so, als würde er dort *wirklich* arbeiten, was nach wie vor nicht in mein Bild von ihm passen will.

Nero legt den Kopf schief und verengt die Augen. »Meine Pflegemutter war Friseurin. Ich durfte als Kind und später auch als Teenager oft mit in ihren Salon. Habe viel Zeit da verbracht. Sie hat mir das Schneiden beigebracht.«

»Oh ... Wow.« Ich bin so überrascht, dass ich meine Fassungslosigkeit mit dem Rest meines Sektglases ertränke. »Damit habe ich nicht gerechnet«, gestehe ich. Wenn das die Wahrheit ist ... hat er mich ziemlich überrascht. Ich stelle das leere Glas auf den Tisch zwischen uns und spüre noch das Prickeln in meinem Mund, auf meiner Zunge, wie es meinen Hals hinunterwandert und sich in meinem ganzen Körper ausbreitet.

Vielleicht ist Alkohol heute doch keine so gute Idee. Schon gar nicht auf leeren Magen und in Kombination mit Schmerzmitteln.

Neros Blicke liegen auf mir und züngeln um meine Haut. *Ich will mehr.* Mehr von ihm wissen. Mehr von ihm haben. Als sich unsere Blicke kreuzen, will ich nicht, dass dieser Moment endet, sondern dass er weiter geht. Tiefer geht.

Ohne zu viel darüber nachzudenken, stehe ich auf. Ich weiß nicht, ob N.C. das zulassen oder mich gleich abweisen wird, doch ich vertraue auf das, was seine Augen mir sagen, und komme um den Tisch herum auf ihn zu. Ich raffe mein Kleid, zusammen mit meinem Mut – oder Wahnsinn –, und klettere auf seinen Schoß.

Sein Blick glüht geradezu. Seine Pupillen sind geweitet und er bleibt einfach reglos sitzen, während ich mich über seinem Schritt platziere und langsam hinuntersinken lasse.

Dass er mich nicht fortschickt, schürt das Feuer in mir. Vielleicht ist es der Sekt oder das Adrenalin, gleich einem Waffenhändler gegenüberzusitzen, der möglicherweise entscheidende Infos über den Fortgang meines Lebens hat, aber ich habe nicht die Lust, je wieder von diesem Schoß herunterzukommen. Je wieder die normale Rachel zu sein. Ich will die mutige Rachel sein. Die waghalsige. Die, die zum ersten Mal seit Langem wieder etwas fühlt.

»Was wird das hier?«, fragt N.C. mich mit rauer Stimme. Dass sie so tief und belegt klingt, lässt mich auf seinem Schoß fast dahinschmelzen.

»Ich will für einen Abend nicht nachdenken. Ich will frei sein«, gestehe ich ihm und lege meine Hände auf seine Schultern.

Können wir für eine Nacht nicht gemeinsam frei sein?

»Ich bin aber nicht die Verkörperung deiner Wünsche. Glaub mir, Peach. Du willst deine Unschuld nicht an einen wie mich verlieren.«

Unschuld?

»Ich habe meine Unschuld schon mit siebzehn verloren«, lasse ich ihn wissen. Er muss mich nicht für eine schüchterne Jungfrau halten. Er darf mich durchaus härter anpacken, ohne dass ich zerbreche.

Er schnaubt belustigt und befeuchtet seine Lippen. Noch immer hat niemand von uns den Blickkontakt abgebrochen. »Und ich meine mit vierzehn. Wenn das also ein Wettbewerb sein soll ...«

Mit vierzehn ... Das ist jung. Ich frage mich, wie er als Teenager so war. Wie sein Leben vor den Vipers war. »Dann hattest du aber früh eine Freundin«, will ich ihn aufziehen, doch meine Stimme klingt ernster als beabsichtigt.

Seine Augenbrauen ziehen sich kurz zusammen. Ich spüre, wie er seine Hände um meine Hüften legt und mich festhält. »Es war nicht mit einer *Freundin*. Mein Leben war schon immer verkorkst, Peach. Du würdest schreiend davonlaufen, wenn du die Details kennen würdest. Deshalb solltest du dich von mir fernhalten, wenn du nicht willst, dass es dir wie all den anderen Frauen in meinem Leben ergeht. Keine davon hat es ... gut überstanden.«

Ich begreife nicht, was er mir sagen will, doch ich weiß, dass seine Worte mich nicht dazu bringen werden, von seinem Schoß zu steigen. Verbal wird er mich mit nichts abschrecken können. Und sein Körper spricht sowieso eine andere Sprache, denn er hält mich immer noch fest.

»Erzähl mir davon. So schlimm kann es nicht sein«, bitte ich ihn flüsternd.

Seine Pupillen gleiten von rechts nach links, als versuche er etwas in meinen Augen zu ergründen. Schließlich sagt er: »Meine Unschuld wurde mir von meiner Pflegemutter genommen. Sie hat sich lieber mit mir vergnügt als mit ihrem Mann.«

Scheiße.

Es kostet mich Überwindung, nicht schlagartig von seinem Schoß zu rutschen. Seine Pflegemutter hatte ihn *missbraucht*, als er gerade mal vierzehn war? Verdammt. Ich schließe die Augen, weil ich mir am liebsten die Zunge dafür abbeißen würde, auf diesem Thema herumgeritten zu haben. »Es tut mir leid. Ich hatte keine Ahnung.«

»Peach.« Er legt eine Hand an meine Wange und ich öffne wieder die Augen. Mittlerweile gefällt es mir irgendwie, wenn er mich so nennt. »Der Sex war nicht schlecht oder übergriffig. Sie hat mich zu nichts gezwungen. Ich habe sie danach noch öfter gefickt.«

Ich beiße die Zähne zusammen, um nichts Unüberlegtes zu sagen oder meinen Mund zu verziehen. Er redet darüber, als hält er es für normal, dass ein Junge seine Pflegemutter *fickt*. Da er ein Kind war, war es trotzdem Missbrauch, egal, was er sich danach selbst eingeredet hat. Sie hat ihn vielleicht nicht körperlich gezwungen, aber sie hat ihm emotional und psychisch etwas aufgeladen, was kein Junge durchmachen dürfte.

Er greift mein Kinn und zwingt mich, ihm wieder in die Augen zu sehen. »Wenn du das schon erschreckend findest, solltest du mir lieber nicht näherkommen.«

Ich schüttele zaghaft den Kopf. »Du hast mich hierhin mitgenommen«, erinnere ich ihn. »Wenn du Abstand gewollt hättest, hättest du mich bei Cedric gelassen.«

Er lächelt und lässt mein Kinn los. »Ich habe nie gesagt, dass ich immer kluge Entscheidungen treffe. Dich auf meinen Schoß zu setzen und in meiner Vergangenheit zu bohren, war allerdings deine Idee und nicht meine.« Sein Blick wird eine Spur dunkler und sein Lächeln erlischt. »Heute ist nicht der richtige Abend, um meine Grenzen auszutesten.«

Meint er, dass wir gleich jeden Moment von Juri unterbrochen werden könnten? Oder meint er etwas anderes?

Ich ziehe meine Unterlippen zwischen die Zähne. Mir gefällt diese offene neue Seite an ihm. Dass er seine Mauern für mich fallen lässt. Ich fühle mich ihm irgendwie ... verbunden. Nicht, weil wir irgendwelche Gemeinsamkeiten hätten, nein, aber dennoch ist da etwas zwischen uns. Als wenn wir uns auf einer Ebene verstehen könnten, die nur wenige Menschen miteinander teilen.

Meine Hände gleiten vorsichtig über seine tätowierten Oberarme. Allein diese Berührung fühlt sich an wie eine tödliche Mutprobe. Doch wenn ich bei ihm bin, schaffe ich es, diesen Mut aufzubringen.

Seine Haut fühlt sich so seidig warm an, und doch spüre ich jede Unebenheit, jeden harten Muskel und jede gestochene schwarze Linie. In seiner Nähe fühle ich mich, als wären all meine Sinne aus einem tiefen Schlaf erwacht. Jede Kleinigkeit, jede Sekunde fühlt sich so unglaublich intensiv an.

Ich glaubte nie an Seelenverwandtschaft oder Liebe auf den ersten Blick und verdammt, wenn ausgerechnet ein Mann wie *er* mein Seelenverwandter ist, dann hat mein Leben offenbar vor, mir eine Ohrfeige zu verpassen, aber ich kann nicht leugnen, was ich in seiner Nähe empfinde. Und das macht mir eine Heidenangst. Mehr als Schusswaffen, Handschellen oder Cedrics Pläne mit mir. Mehr als meine körperliche Reaktion auf Callum. Nein, das hier geht eine Spur tiefer.

Wenn ich mich in einen wie ihn verliebe, ist es mein Untergang.

Mir bleibt zwar immer noch die Möglichkeit, dieses Knistern zwischen uns auf meine sexuelle Frustration zu schieben. Darauf, dass N.C. die Verkörperung meiner wildesten Fantasien ist, ich gerade untervögelt bin und durcheinander von den Adrenalintalfahrten der letzten 48 Stunden. Doch tief im Inneren weiß ich, dass das nicht alles ist. Dass da mehr zwischen uns ist. Ein Funke, der zu einem Feuer werden kann. Mit dem richtigen Zündstoff könnte das, was zwischen uns beginnt, ganze Städte in Schutt und Asche legen.

Zumindest empfinde ich es so.

Ich habe keine Ahnung, was in *seinem* Kopf vorgeht.

N.C.s sinnliche Lippen sind einen Spalt breit geöffnet, sodass ich mich nur hinunterbeugen müsste, um es herauszufinden. Doch ich kann mich nicht regen, als wären wir in diesem Moment gefangen.

Und doch fühlte ich mich niemals freier.

Neros Hände wandern von meiner Taille auf meine nackten Oberarme, seine Finger streichen mich dabei so zart wie Federn. Hat er Angst, mich gröber zu berühren? Oder ist er in diesem seltsamen Moment genauso gefangen wie ich? Als wäre das zwischen uns kostbarer und zerbrechlicher als Kristall.

Seine Hände umschließen meine Schultern und wandern meinen Rücken hinab. Instinktiv rutsche ich näher an ihn heran. Unsere Blicke fließen ineinander wie zwei reißende Flüsse.

Ich wünschte, ich könnte in diesem Moment hinter seine harte Fassade blicken, in seine Seele hinein, dass er all die Finsternis in sich mit mir teilt. Doch vermutlich ist das genauso unrealistisch wie das märchenhafte Ende eines Disney-Films.

Plötzlich spüre ich an der Innenseite meines Oberschenkels eine harte Ausbeulung und ziehe scharf die Luft ein. Ja, das hier ist gewiss kein Disney-Film. Aber es könnte zu einer Variante von *365 Dni* werden, die mir in diesem Moment sogar deutlich lieber ist als ein Kindermärchen.

Nero hebt eine Hand an mein Gesicht, streicht mir über die Wange, bis seine Finger sich meinen Lippen nähern.

Den Daumen schiebt er bis auf meine Unterlippe und ich öffne leise stöhnend den Mund für ihn. Ich erzittere, als ich seine bröckelnde Miene beobachte, während er mir den Daumen langsam hineinschiebt. Ich bilde mir ein, in seinem Gesicht dieselben Empfindungen zu lesen wie die, die ich selbst spüre: Lust, Unglauben, Sehnsucht, Zweifel und eine Intimität, die mir die Luft raubt.

Meine Zunge umspielt schüchtern seine Fingerkuppe und schließlich beginne ich, daran zu saugen. Er steckt mir den Daumen tiefer in den Mund und mir entweicht noch ein Stöhnen. Lauter als das vorige. Ich kann nichts dagegen tun.

Neros Atem geht flacher und sein Blick heftet sich wie hypnotisiert auf meine Lippen.

Will er mich noch einmal küssen? So wie vor zwei Tagen auf dem Highway? Oder stellt er sich gerade vor, wie es wäre, wenn ich mit meinen Lippen stattdessen etwas anderes umschließe? Dann wäre er nicht der Einzige mit dieser Vorstellung ...

Wie zur Bestätigung spüre ich die Ausbeulung in seiner Hose wachsen, unweit meines Schrittes. Ich beginne mich daran zu reiben. N.C.s Lippen entweicht ein knurrendes Stöhnen. Er zieht seinen Daumen aus meinem Mund. »Du solltest aufhören, ehe ich mich vergesse.«

Aber ich *will*, dass er sich vergisst.

Ich will, dass wir gemeinsam vergessen.

Da ich mich nicht traue, ihn auf den Mund zu küssen, tue ich etwas anderes. Ich rutsche von seinem Schoß hinunter und knie mich zwischen seine Beine. *Ja, ich, die brave Rachel García Wilson, tue das hier wirklich.* Ivy würde jubeln, wenn sie mich so sähe.

In N.C.s dunklen Augen tanzt eine Mischung aus Unglauben und Erregung. In mir kribbelt alles, weil ich ihn endlich soweit habe, dass er mich will. Und wie könnte ich den letzten Rest seiner Vernunft zu Fall bringen, wenn nicht hiermit?

Mutig durch seinen feurigen Blick, streiche ich mit den

Händen über seine Oberschenkel bis hinauf zu seiner Gürtelschnalle. In seinem Gesicht tobt ein Kampf. Beinahe so sehr, wie ich die Lust in seinem Blick liebe, genieße ich die Macht, die ich über ihn habe. *Ich* habe dieses Gefühlschaos in ihm verursacht. *Ich* bringe ihn dazu, die Regeln seines Bosses zu missachten.

Brich sie für mich!

Doch gerade, als ich die Gürtelschnalle öffne, unterbricht uns eine Stimme. »Oh, ich will nicht stören!«

Sofort fährt N.C. die undurchdringbare Mauer wieder hoch und verschließt sich vor mir. Zusätzlich sehe ich so etwas wie Wut in seinen Augen auflodern und ich weiß nicht, ob sie gegen mich gerichtet ist oder den Eindringling.

Hastig stehe ich auf und setze mich mit glühenden Wangen neben Nero. Am liebsten würde ich im Leder der Couch versinken. Mein Blick wandert zu unserem Gast und ich schlucke. Der Mann ist vielleicht Mitte dreißig, hat braunes kurzes Haar und einen kurzen Bart. Eine Narbe ziert seine Wange, tut der Ausstrahlung seines Gesichts aber keinen Abbruch, im Gegenteil, es unterstreicht seine gefährliche Aura. Seine muskulöse breite Gestalt steckt in einem halb aufgeknöpften durchgeschwitzten weißen Hemd, als hätte er unten schon eine Stunde lang in der Menge getanzt und gefeiert. Ein großes Brusttattoo schimmert durch den Stoff hindurch.

»Cedric schickt den legendären N.C., nur um ein paar Informationen einzutreiben? Muss wichtig sein«, sagt er ungerührt und kommt auf unsere Sitzecke zu. »Aber wie ich sehe, hast du dir die Wartezeit versüßt. Eine aus dem Club oder eine, die du bezahlt hast?« Sein osteuropäischer Akzent ist deutlich zu hören.

»Bezahlt natürlich. Alles andere ist Zeitverschwendung«, erwidert N.C. gelassen und schließt seinen Gürtel.

Ich wünschte, ich könnte dieselbe Gelassenheit an den Tag legen, doch ich bin viel zu aufgewühlt von dem, was gerade fast zwischen uns passiert wäre. Sollte ich froh sein, dass Juri uns unterbrochen hat, oder enttäuscht?

Juri setzt sich gegenüber von uns und deutet auf Neros Schoß. »Sie darf ruhig weitermachen, während wir reden. Ich schaue gerne zu.«

Fassungslos halte ich die Luft an. *Oh nein.* Einen Teufel werde ich tun, ihm vor den Augen eines anderen einen zu blasen! Dass ich es hier quasi in der Öffentlichkeit in der Lounge eines Clubs getan hätte, ist schon schlimm genug. Ich hatte mich komplett vergessen, doch jetzt ist meine Vernunft wieder da.

»Nein, schon gut. Das, was wir bereden, ist wichtig. Ich will mich nicht ablenken lassen.«

Erleichtert atme ich aus und sinke im Polster zurück. Nero scheint immer die richtigen Worte zu finden. Das wäre auch wahrlich dumm gelaufen, wenn unsere Tarnung auf diese Weise auffloge. Warum nochmal wollte ich mitspielen?

Juri schnalzt unzufrieden mit der Zunge. »Wie du meinst. Ich hoffe, du hast etwas für mich mitgebracht. Wenn ich dir etwas verrate, riskiere ich mein Leben.«

»Nur wenn Santiago dahinterkommt, dass du dich mit mir getroffen hast«, erwidert N.C. ruhig und zieht gleichzeitig einen Koffer unter dem Tisch hervor. Seit wann ist er dort deponiert? Er hatte doch gar keinen Koffer dabei?

Verwirrt sehe ich dabei zu, wie er ihn auf dem Tisch ablegt und öffnet. Ein Haufen Geldbündel liegen darin.

Juri nickt zufrieden. »Das reicht aber nicht ganz«, erwidert er und sein Blick richtet sich auf mich.

Ich erstarre zu Eis.

»Der Blowjob, für den du sie bezahlt hast, gehört mir. Dann sind wir im Geschäft.«

Ich sehe verstört zu N.C.

»Dann beweis mir erst, dass du überhaupt etwas weißt, was wichtig genug wäre«, erwidert er nur. Sein Gesicht ein aalglattes Pokerface.

Juri grinst und lehnt sich zurück. Seine Arme legen sich um die Sofalehne und sein weißes Hemd spannt um seine Muskeln. »Alle sind dort in heller Aufregung, weil ein Red

Eye mit seiner Loyalität gebrochen hat und aussteigen will.«

»Sprich weiter.«

»Erst will ich die Anzahlung. Je besser sie mit der Zunge ist, desto lockerer wird meine.« Er nickt zu seinem Schoß.

Meine Hände beginnen zu schwitzen. Mein Puls hämmert mir in den Ohren. Wie will N.C. da rauskommen, ohne unsere Tarnung auffliegen zu lassen? Er wird mich doch nicht einfach weiterreichen, oder?

Nein, das kann er nicht tun.

N.C. sieht mich mit unbeeindruckter Miene an und deutet mit dem Kopf in Juris Richtung. »Du hast gehört, Nadja. Statt mir bläst du heute Nacht ihm seinen Schwanz.«

Nein! »Das war ... so nicht abgemacht ...«, stottere ich.

»Du kriegst fünfhundert obendrauf und nun los.« Seine Stimme lässt keine Widerworte zu. Er spricht mit mir wie mit einer Nutte – und genau das bin ich in diesem Szenario auch. In seinem Blick sehe ich pure Dunkelheit. Er will um keinen Preis von unserer Tarnung abweichen.

Meine Gedanken rasen mit meinem Herzen um die Wette. Was würde er tun, wenn ich mich weigere? Wenn ich einfach aufstehe und gehe?

Mein Blick wandert zu seiner Pistole, die er immer dabei hat. Auch heute. Niemand hat sie ihm beim Betreten des Clubs abgenommen. Vermutlich würden Männer wie er und Juri es nicht zulassen, wenn eine Hure sich ihnen widersetzt. In unserer Geschichte bin ich nicht viel mehr wert als eine etwas überteuerte Prostituierte.

Habe ich mir mein eigenes Grab geschaufelt?

Ich höre das metallische Klicken der Gürtelschnalle und einen Reißverschluss. Juri macht sich bereits frei, während ich immer noch voller Unglauben in N.C.s Augen sehe und hoffe, dass er einen Plan hat. Dass er das hier nicht wirklich von mir verlangt. *Tu das nicht, Nero, bitte.*

Doch da ist keine Wärme und nichts mehr von der Verbundenheit, die noch soeben zwischen uns war. Mein

Magen zieht sich schmerzhaft zusammen. Mir wird regelrecht schlecht vor Entsetzen.

Ich blinzele die aufsteigenden Tränen weg, rutsche von der Couch und hocke mich vor den muskelbepackten Russen auf den Boden. *Steh auf und lauf, Rachel!*

Doch ich kann nicht. Er hat seinen Schwanz bereits herausgeholt, der noch weich, aber dennoch groß und dick ist. Galle klettert meine Kehle hoch. Alles in mir sträubt sich dagegen. Ich hasse N.C. bis aufs Blut, doch ich wage es nicht, ihm hier und jetzt die Stirn zu bieten. Später. Irgendwann. Ich werde dafür sorgen, dass er es bereut. Aber jetzt?

Ich schaue Juri nicht ins Gesicht, sondern beuge mich einfach hinab, schließe die Augen und nehme seinen labbrigen Schwanz in den Mund. Zum Glück schmeckt er sauber, dennoch würde ich am liebsten würgen, als ich spüre, wie er sich zwischen meinen Lippen verhärtet. Wie er wächst und meine Mundhöhle ausfüllt.

Du wolltest doch immer eine sexuelle Erfahrung mit einem zwielichtigen Fremden. Hier hast du sie, verhöhnt mich meine innere Stimme, während meine Vernunft in die hinterste Ecke meines Bewusstseins flüchtet. Sie weiß, dass sie hiergegen keine Chance hat.

Also überlasse ich einem anderen Teil meines Ichs die Kontrolle.

»Oh ja, sie ist gut«, stöhnt Juri und beginnt meinen Mund mit kleinen Stößen zu ficken, während er mein Haar festhält.

Ich lasse es zu. Ich wehre mich nicht.

Und obwohl ich es nicht an mich heranlassen will, spüre ich, wie etwas in meinem Herzen bricht. In tausend Teile zersplittert. Vielleicht hatte ich unrecht, als ich glaubte, eine zerbrochene Seele könnte nicht erneut gebrochen werden. Es ist nicht der Schwanz dieses Russen, oder seine Hände, die mich festhalten. Es ist Nero, der mir das Gegenteil beweist. Er zermalmt mich und alles, was noch von mir übrig war, indem er mich das hier einfach tun lässt. Indem er es von mir verlangt, ohne mit der Wimper zu zucken.

Indem er zusieht, und diese Show vermutlich noch genießt.

»Fuck, blas tiefer, du kleine Schlampe.«

Es ist erniedrigend. Ich will ihm in den Schwanz beißen, doch ich kann nicht. Als wenn ich eine Marionette wäre, dessen Fäden ein anderer zieht. Mein Körper gehorcht mir nicht mehr, sondern funktioniert nur. Noch nie habe ich mich so dreckig gefühlt. Noch nie war ich so wütend. Mein Körper bebt beinahe vor blindem Zorn, vor Ekel und Abscheu, während ich meine Lippen an diesem fremden Glied rauf und runter gleiten lasse. Mechanisch und dennoch rhythmisch. Innerlich wünsche ich mich zurück in den Keller. Lieber würde ich mich zehn Mal von Cedric verprügeln lassen, als mich zu dem hier zwingen zu lassen und dennoch tue ich es. Ich versuche es aus Trotz sogar *gut* zu machen, um vor Nero und dem Fremden keine Schwäche zu zeigen. Ich versuche abzuschalten, es nicht an mich heranzulassen, doch es ist zu real. Der Geschmack seiner Lust, sein fester Griff in meinen Haaren, der Geruch, der von seinem schwitzenden maskulinen Körper ausgeht. Und sein verdammtes Stöhnen.

Ich habe nicht viel Erfahrungen mit Blowjobs und als er sich tiefer in meine Kehle vorwagt, röchele ich und glaube kurz zu ersticken.

Die Ironie, dass ich vor wenigen Minuten genau das gleiche bei Nero machen wollte, verknotet mir die Eingeweide. Für eine Sekunde bin ich sogar froh, dass Juri uns unterbrochen hat. Denn ja, lieber blase ich ihm seinen Schwanz als Neros!

Ob er sich gerade hieran aufgeilt? Dieses Arschloch. Tränen drohen zwischen meinen Lidern hindurch zu schlüpfen, doch ich kneife sie noch fester zusammen.

»Oh ja, Baby, noch ein bisschen schneller. Gleich hast du's«, keucht der Russe mit starkem Akzent. Sein Körper bebt vor Lust und ich spüre, wie mein eigener Körper mich verrät und es feucht zwischen meinen Beinen wird.

Ich kralle mich fester in seinen Oberschenkel, während

ich mit der rechten Hand nachhelfe und sie immer schneller rauf und runter bewege. Ich will die letzten Sekunden hinter mich bringen. Je schneller es zu Ende ist, desto schneller kann ich abhauen. Ich scheiße auf Neros Deal mit mir. Er wollte mich nicht mehr wie eine Gefangene behandeln, stattdessen hat er mich zu einer Prostituierten gemacht. Das werde ich ihm nie verzeihen. Niemals. Und wäre mein Leben und das Leben meines Vaters nicht in Gefahr, hätte ich unsere Scharade vermutlich sofort beendet, doch ich konnte nicht. Und er wusste genau, dass ich das nicht konnte.

Als Juri zu zucken und laut zu stöhnen beginnt, wappne ich mich innerlich, trotzdem würge ich fast, als ich das warme Sperma auf meiner Zunge schmecke und spüre, wie es mir bis tief in den Rachen spritzt. Ich schlucke es mit größter Mühe herunter, aber noch schwerer ist es, eine unbeteiligte Miene aufzusetzen, als ich mich erhebe und mir über den Mund wische. Ich begegne Juris zufriedenem Blick nur kurz, dann wende ich mich zum Koffer mit dem Geld und nehme ein Geldbündel heraus. Wenn ich Glück habe, sind es sogar genau fünfhundert Dollar.

Ohne ein Wort drehe ich mich um und marschiere los. Ich höre noch Juris Lachen hinter mir und bin froh, dass er um die verlorene Kohle nicht sauer ist. Doch N.C. wird vermutlich weniger nach Lachen zumute sein.

Auf nimmer wiedersehen, Vipers.

Mit wackeligen Beinen schaffe ich es bis zur Treppe, die nach unten zur Tanzfläche führt. Nur am Rande registriere ich, dass mittlerweile noch mehr Menschen hier zu sein scheinen als bei unserer Ankunft vor einer Stunde.

Als ich mir sicher bin, nicht mehr in Sichtweite der VIP-Lounge zu sein, bleibe ich stehen und brauche einen Moment, um mich zusammenzureißen. Ich zittere am ganzen Körper, Tränen verschleiern mir die Sicht und jetzt, da ich wieder frei atmen kann, kommt der ganze Geschmack von Juris Sperma wieder in mir hoch. Ich presse die Zähne zusammen und renne los in Richtung Toiletten.

Glücklicherweise treffe ich keine wartende Schlange an. Ich kann direkt bis in eine der Kabinen stürmen und mich über die Schüssel beugen, als mir alles hochkommt.

N.C.

»Hast du auch einen Namen für mich?«, fahre ich Juri an und trommele mit den Fingern auf der Sofalehne herum. Obwohl seine Infos gut sind, kreisen meine Gedanken einzig um dich. Am liebsten würde ich diese Sofalehne in Fetzen reißen, zusammen mit Juris Gesicht. Mitanzusehen, wie dieser Kerl deinen Mund fickt, hat meine Selbstbeherrschung auf eine verdammt harte Probe gestellt. Wenn du glaubst, dass es für dich die Hölle war, hast du keine Ahnung, wie es für mich war.

Seit du vom Tisch aufgestanden und ohne einen Blick zu mir gegangen bist, will ich dir hinterher. Ich weiß, dass du erneut versuchen wirst zu fliehen, und hoffe, dass du nicht auf den dummen Gedanken kommst, mit einem der Typen hier mitzugehen und dich ›nach Hause‹ fahren zu lassen. Keiner, den du hier aufgabelst, wird dich wirklich nach Hause bringen.

»Nein, aber ich habe den Mann gesehen, der gefesselt und geknebelt in einen LKW geschleppt wurde. Santiago wird ihn nicht ungestraft ziehen lassen. Ein Mann in den Mittvierzigern, braunes Haar, unauffällig.«

»Wenn du keinen Namen hast, ist alles, was du sagst, wertlos«, zische ich. Dabei übertreibe ich absichtlich, denn jeder Happen, den er uns hinwirft, wird Cedric einen Schritt weiterbringen.

Juri grinst breit, als hätte er noch etwas im Ärmel. »Ich kenne seinen Namen nicht, aber ich weiß, dass Santiagos Männer nicht bloß ihn büßen lassen wollen. Der Mann hat eine Frau oder Tochter. Auf jeden Fall jemanden, den er gern hat und den die Red Eyes jetzt suchen, vermutlich, um ihn zum Reden zu bringen oder ihn leiden zu lassen.«

Also geht es doch um dich. Du bist die Tochter, nach der sie suchen. Dein Vater ist ein Red Eye, verdammt! Und wenn er jetzt irgendwo geknebelt und gefesselt dafür bezahlt, dass er Santiago die Treue brechen wollte, erklärt es, warum wir ihn telefonisch nicht erreichen, wann immer wir versucht haben, ihn mit deinem Handy zu kontaktieren. Ich ziehe dein Telefon aus der Hosentasche, was ich noch bei mir trage. Auch wenn es im Moment wieder gesperrt ist und deinen Fingerabdruck braucht. Als Sperrhintergrund leuchtet mir dein Familienfoto entgegen. Ich zeige es Juri und halte mit dem Daumen dein Gesicht zu.

»Ist das der Mann, den du gesehen hast?«, frage ich.

Juri nickt. Er scheint neugierig, weshalb ich dieses Handy besitze, aber er fragt nicht weiter nach, weil er weiß, dass er die Antwort ohnehin nicht kriegt. Ich stecke das Smartphone wieder weg, stehe auf und schiebe ihm den Koffer zu.

Die paar Scheine bedeuten Cedric nichts – vor allem nicht, wenn es um seine persönliche Fehde mit Santiago geht. Für den Kampf gegen die Red Eyes würde er ohne zu zögern sein halbes Vermögen hinblättern. Was ironisch ist, weil nahezu sein gesamtes Vermögen rechtmäßig den Red Eyes gehört.

»Gut. Das, was du mir gesagt hast, wird diesen Ort nie verlassen«, besiegele ich. Für uns beide wäre es riskant, wenn jemand davon erführe. Also vertraue ich auf Juris Diskretion und lasse ihn in der Lounge sitzen.

Gut genug bezahlt wurde dieser Wichser ja.

Ohne Umschweife steuere ich die Toiletten an, weil ich hoffe, dich dort zu finden. Du bist doch bestimmt ein Mädchen, das lieber spuckt als schluckt, oder? Vor allem, wenn du den Schwanz nicht freiwillig geblasen hast. Vielleicht hast du sogar noch nie einen Schwanz geblasen, so geschockt wie du mich angestarrt hast. Fuck, das hier war nie der Plan gewesen. Ich hatte erwartet, dass du einfach gehen würdest und ich es Juri irgendwie erklären müsste, aber ich hatte nicht geglaubt, dass du es wirklich durchziehst! Warum hast du dich nicht gewehrt, Peach?

Um ein Haar wäre es mein Schwanz gewesen, der auf deiner Zunge abgespritzt hätte.

Hätte er uns nicht unterbrochen, dann ...

Dieser Gedanke ist nicht hilfreich. Vermutlich ist es besser so, dass es nicht dazu gekommen ist. Das Koks hat mir vorhin kurzzeitig das Hirn vernebelt. Du hast mir schon zu sehr den Kopf verdreht. Du hast alles durcheinandergebracht, Peach.

Und dass dein Vater ein Red Eye ist, ändert alles.

Dem Gesetz nach gehörst du ihnen. Cedric und ich dürfen dich nicht länger beschützen.

VIERZEHN

Als ich aus der Klokabine komme, steuere ich ohne Umschweife das Waschbecken an und drehe das Wasser auf. Ich spüle mir den Mund aus und spritze mir von dem kühlen Nass etwas ins Gesicht, erst dann sehe ich in den Spiegel – und erstarre, als Nero aus dem Schatten tritt.

Er hat neben den Kabinen gewartet. Erst jetzt fällt mir auf, wie still es geworden ist. Die Musik kommt nur noch gedämpft hier an.

Ich drehe mich mit hämmerndem Herzen zur Tür und sehe, dass sie geschlossen ist. *Dieser Mistkerl.* Er hat uns hier eingesperrt.

»Was hast du vor?«, frage ich und kralle mich hinter meinem Rücken in das Waschbecken. »Mich noch einmal zu einem Blowjob zwingen? Hat es dich angeturnt, ja?« Ich bebe am ganzen Körper. Am liebsten würde ich auf ihn losgehen und seine beherrschte, gleichgültige Miene in Stücke schlagen.

»Warum hast du dich nicht gewehrt, Peach? Hat es dir gefallen?« Seine Augen verengen sich, als er auf mich zukommt. Ich sehe zu seinen geballten Fäusten und obwohl seine Miene ungerührt ist, scheint sein Körper unter Spannung zu stehen.

Ist *er* etwa wütend auf *mich*?

Ich trete ihm entgegen und hole aus. Mit der flachen Hand schlage ich ihm ins Gesicht. Das Klatschen ist so befriedigend, dass mich das prickelnde Brennen meiner Handfläche nicht kümmert. Im Gegenteil: am liebsten würde ich noch einmal zuschlagen. Die Wut in meinem Inneren brodelt über wie ein ausbrechender Vulkan und übernimmt die Kontrolle über meinen Körper.

»Du mieses Schwein hast mich verkauft wie eine Hure«, ich spüre, wie mein Kopf vor Hitze und Zorn beinahe explodiert, »... und du wagst es, mir zu sagen, ich hätte mich einfach wehren sollen?« Die letzten Worte schreie ich.

N.C.s gleichgültige Maske fällt in sich zusammen. Sein Gesicht ist vor Zorn verzerrt. Seine Wange leuchtet krebsrot. »Genau das hättest du tun sollen! Fuck! Denkst du, ich habe gern dabei zugesehen, wie genüsslich und notgeil du seinen Schwanz lutschst? Na, wie feucht hat es dich gemacht? Habe ich dir damit einen Gefallen getan?« Er drückt mich gegen das Waschbecken und greift mit seiner Hand zwischen den langen Schlitz meines Kleides.

Ist er wahnsinnig geworden? Ich versuche ihn wegzuschieben, doch genauso gut könnte ich versuchen, eine Mauer zu verrücken.

»Nero, hör auf!«, brülle ich, doch seine Hand hat sich bereits zwischen meine Schenkel gedrängt. Sie fasst in meinen Schritt und presst sich an meinen vor Feuchtigkeit getränkten Slip.

Als wenn das ein Beweis wäre, schleicht sich Verachtung in seinen Blick. Er lässt mich los, doch nur, um plötzlich an seinem Gürtel zu hantieren. Als er ihn öffnet und seine Hose aufknöpft, erstarrt alles in mir zu Eis.

»Dreh dich um«, verlangt er.

»Was?«, keuche ich. Ich bin zu erschüttert, um zu schreien.

»Ich hätte dich direkt am ersten Tag durchnehmen sollen, dann hättest du nicht die Chance gehabt, mein Hirn zu ficken. Also los, dreh dich um. Ich geb' dir das, was du schon die ganze Zeit wolltest.«

Das kann nicht sein Ernst sein. Als ich mich nicht rühre, packt er meine Schulter und will mich herumdrehen. Die Eisskulptur, zu der ich geworden bin, zerspringt. Ich reiße seine Hand von mir und will ihm erneut ins Gesicht schlagen, doch er ist schneller und diesmal gewappnet. Er fängt meine Hand ab und drückt mein Gelenk nach unten zwischen unsere Körper, während er sich zu mir hinunterbeugt. Seine Linke greift in mein Haar und hält meinen Kopf fest, sodass er sich mir mit seinen Lippen nähern kann.

Als er mich grob küsst, schreit alles in mir auf. Ich weiß nicht, was in N.C. gefahren ist, aber das hier hat nichts mit dem Mann gemeinsam, auf dessen Schoß ich noch vor einer halben Stunde saß und der mich ein Stück in sein Inneres blicken ließ.

Er hat dich gewarnt, dass du dich ihm nicht nähern sollst, dass sein Inneres dunkel ist, doch ... Gerade als er versucht, seine Zunge zwischen meine Lippen zu drängen, hebe ich mein Knie und ramme es ihm in den Schritt.

Er keucht auf und weicht von mir zurück. Ich nutze den Moment, stoße ihn mit aller Kraft von mir und renne an ihm vorbei.

N.C.

V or Schmerz sehe ich nur noch Sterne. *Fuck, Peach, du hast echt ein verdammt hartes Knie.*

Ich halte mich für eine Weile am Waschbecken fest, bis ich wieder normal atmen kann. Der rote Nebel in meinem Kopf lichtet sich. Mir ist nicht entgangen, wie du die Tür hinter dir zugeworfen hast und verschwunden bist. Ich kann es dir nicht übelnehmen. Den Tritt in die Eier habe ich verdient. Genauso wie deine Ohrfeige. Deine Wut. Und da war noch etwas anderes in deinem Blick ... bittere Enttäuschung. Als hättest du vorher tatsächlich geglaubt, ich wäre ein anständiger Mann, der dir niemals etwas zu leide tun würde. Würden meine Eier nicht so schmerzen, hätte ich gelacht. Ich habe dir doch direkt am ersten Tag gesagt, dass ich nicht dein verfluchter Retter bin.

Hat dich der Alkohol so schnell vergessen lassen, wer ich bin? Was ich bin? Nein, es war nicht der Alkohol. Es war der Moment, in dem du dich auf mich gesetzt und mir in die Augen gesehen hast, als würdest du mir in die verfickte Seele schauen können. Hast du darin etwas gefunden, was nicht vollkommen schwarz und abstoßend ist?

Nun, jetzt ist es ohnehin egal. Ich habe dich dazu gebracht, Juri seinen armseligen Schwanz zu lutschen und dich dann fast auf der Toilette vergewaltigt, weil ich den Gedanken nicht ertrage, dass du dich jedem so willig entgegenbiegen würdest wie mir auf meinem Schoß vorhin. Ich konnte es nicht ertragen, dass Juri deine Lippen bekommen hat, obwohl sie mich hätten umschließen sollen. Dass du feucht warst, hat mir den letzten Rest meiner Vernunft aus dem Schädel geblasen. Fuck. Ich habe nur noch Rot gesehen.

Mein Gewissen schweigt oft, wenn es bei anderen Menschen sirenenhaft anspringen würde. Doch jetzt gerade brüllt es mich an. Selten habe ich mich so sehr selbst gehasst. Ich stemme mich vom Waschbecken hoch, sehe in den Spiegel und schmettere meine Faust mit voller Kraft gegen das Glas.

Laut klirrend zerspringt mein Spiegelbild, Schmerz fährt durch meine Hand und ich starre benebelt auf die Scherben, die sich über das Waschbecken ergossen haben. Das Blut, welches in kleinen Tröpfchen stechend rot auf der weißen Keramikoberfläche perlt.

Als ich hinter mir höre, wie die Tür aufgeht und sich hastige Schritte nähern, denke ich kurz, dass du zurückgekommen sein könntest.

»Oh mein Gott, ist alles in Ordnung?«, dringt die hohe

Stimme einer Frau in mein Bewusstsein. Es ist nicht deine Stimme.

Irgendwie schaffe ich es, mich zu der Fremden umzudrehen.

»Soll ich Ihnen einen Krankenwagen rufen?«

»Nein. Meine Hand ist nicht das Problem«, knurre ich und die Finger meiner Linken krallen sich noch immer an dem Rand des Waschbeckens fest, weil ich nicht weiß, ob ich sonst torkeln oder umkippen würde.

»Was dann?«, fragt die Frau besorgt. Eine schlanke Blondine, die ziemlich besoffen zu sein scheint. Viel mehr bekomme ich nicht mit.

›Mein Herz.‹ »Mir wurde in die Eier getreten«, gebe ich Zähne knirschend zu und atme tief durch. Verdammt, ich weiß nicht, ob ich jemals wieder in der Lage sein werde, Kinder zu zeugen, Peach.

»Oh, das tut mir leid. Kann ich ... etwas tun?«, fragt die Blondine. Keine Ahnung, warum sie nicht das Weite sucht. Wenn einem Mann auf dem Damenklo in die Eier getreten wird, sollte eine Frau davon ausgehen, dass er ein verdammter Perverser ist. Mitleid ist das letzte, was ich verdient habe.

»Du könntest es dir ja mal aus der Nähe ansehen und kontrollieren, ob noch alles funktioniert«, gebe ich trocken von mir. Ich weiß nicht einmal, warum ich das sage. Ich habe keinen Bock darauf, dass die Tussi mir einen bläst. Meine Erregung ist in dem Moment verschwunden, als du meine Hoden in eine andere Dimension katapultiert hast. Und doch glaube ich es zu brauchen, um wieder einen klaren Kopf zu bekommen.

Um dich daraus zu verbannen.

Die Blondine hat mein bestes Stück bereits ausgepackt und nimmt es zwischen ihre rot geschminkten Lippen, während ihre Hände vorsichtig meinen Sack streicheln. Wann und warum ist sie vor mir auf die Knie gesunken? Ich habe es nicht einmal mitbekommen.

Meine Fingerknöchel pochen und bluten noch immer

wie Sau, als ich meine Hand in das Haar der Blondine kralle und ihren Kopf an mich presse. Zumindest scheint da unten noch alles Einwandfrei zu funktionieren. Doch der Anblick turnt mich nicht an. Im Gegenteil. Er erinnert mich an dich und diesen muskelbepackten Russen.

Fluchend reiße ich sie von meinem Schritt weg und zerre sie auf die Beine. Sie stammelt etwas, doch ich höre nicht hin. Stattdessen hebe ich ihr Kleid an und ziehe ihr den Slip herunter.

»Oh wow«, entfährt es ihr heiser, dann kichert sie.

Ich dränge sie gegen das Waschbecken und schiebe ihr meine Zunge in den Hals. Mein gesamter Körper steht unter Strom und doch ist er taub.

Sie schlingt bereitwillig ein Bein um mich und presst mir ihre entblößte Scham entgegen. Ich bewege mich auf Autopilot und übergebe meinem Körper die Kontrolle. Mit einem einzigen Ruck schiebe ich mich in ihre feuchte Pussy, in der Hoffnung, alles andere für einen Moment vergessen zu können. Den Schmerz. Cedric. Dich.

Ihr Stöhnen füllt die Stille zwischen uns und das Chaos in meinem Kopf.

»Verdammt, Peach«, kommt es mir knurrend über die Lippen und beinahe hätte ich aufgelacht, als ich mich selbst höre. Du hast dich in jede meiner Gehirnwindungen geschlichen. Ich will nicht an dich denken oder dein süßes, zorniges Gesicht vor mir sehen, doch vor meinen geschlossenen Lidern ist dein Bild in meine Netzhaut gebrannt. Ich ficke die Frau so versessen, als könnte ich die Erinnerungen an dich mit jedem Stoß auslöschen, doch die Wahrheit ist, dass ich in Gedanken dich ficke, Peach. Seit drei Tagen ficke ich in Gedanken dich.

Ich bin schon fast an der Garderobe, als mir auffällt, dass ich das Geld auf der Damen-Toilette vergessen habe. Das Bündel liegt über dem Waschbecken auf der Anrichte.

Verdammt! Ohne das Geld komme ich nicht weit. Ich hatte gehofft, mir damit ein Taxi nehmen zu können.

Mir schwirrt der Kopf, doch ich zwinge mich stehenzubleiben und nachzudenken. Soll ich es riskieren, noch einmal zurückzugehen? Scheiße, das waren echt eine Menge Scheine. Ob sie noch da sein werden? Vermutlich komme ich ohnehin zu spät, doch meine Beine machen kehrt. Ich schlängele mich zwischen tanzenden und schwitzenden Gästen vorbei und halte nebenbei nach N.C. Ausschau. Er müsste mich bereits suchen oder am Ausgang abfangen wollen.

Es sei denn, er hat etwas von Juri erfahren, was mich überflüssig macht. Vielleicht brauchen N.C. und Cedric mich gar nicht mehr als Gefangene.

Das wäre zumindest der einzige Grund, der mir einfiele, weshalb ich ihn noch nirgends entdeckt habe. Als ich es bis zu den Toiletten schaffe und gerade die Tür aufdrücken will, höre ich schon das laute Stöhnen und Schreien einer Frau. Da die Toiletten auf einem ruhigen, versteckten Gang liegen, ist die Musik hier nicht laut genug, um die ekstatischen Laute zu übertönen.

Muss man es unbedingt auf einer öffentlichen Toilette treiben, verdammt? Auf der, wo ich meine einzige Chance auf Flucht liegen gelassen habe?

Ich überwinde mein Unbehagen und drücke die Tür auf. Wenn die beiden so scharf auf einander sind, werden sie sich schon nicht von einer Unbekannten stören lassen. Ich nehme mir fest vor, einfach zu dem Waschbecken zu gehen und das Geld zu nehmen, was da hoffentlich noch liegt, als der Anblick mir den Boden unter den Füßen wegzieht.

Die beiden befinden sich nicht versteckt in einer der Kabinen, sondern vögeln direkt an dem Waschbecken, an das ich muss. Und die tätowierten Arme des Mannes sind das Erste, was mir von ihm ins Auge fällt. Erst danach schweift mein Blick zu seinem Gesicht hoch, das mir im Profil zugewandt ist. N.C.s Lider sind geschlossen, seine Augenbrauen verbissen zusammengezogen, während er eine Blondine gegen das Waschbecken rammelt und bis zum Anschlag in ihr versenkt ist.

Er fickt sie genau dort, wo er mich gerade ...

Beinahe kommt mir erneut alles hoch. Die Frau schreit und stöhnt sich die Seele aus dem Leib und ich ... ich gehe zu ihnen rüber und visiere das Geldbündel an, was tatsächlich noch immer auf dem weißen Vorsprung unter dem Spiegel liegt. Nur, dass der Spiegel mittlerweile zersplittert ist. Ich sehe Blut im Waschbecken, doch darum kümmere ich mich nicht. Ich bin nur froh, dass in meiner Brust nichts mehr übrig ist, was noch einmal zerspringen könnte.

Als ich das Geld packe und mich umdrehe, sehe ich N.C. kurz ins Gesicht. Genau in dem Moment öffnet er die Augen und fokussiert mich.

Ich weiß nicht, was da durch seine Miene huscht, doch sein Blick verdunkelt sich und er schiebt sich noch inbrünstiger in die Frau hinein, die nur eine Handbreit von mir entfernt steht. Es fühlt sich an, als würde er mir einen verdammten Dolch zwischen die Rippen treiben.

Das hier sehe ich mir nicht weiter an.

Keine Sekunde.

Nichts hieran ist heiß und aufregend, wie an dem Tag, als ich Callum am Pool beobachtet habe. Da war jeder seiner Blicke, jede seiner Bewegungen wie ein kribbelnder elektrischer Impuls auf meiner Haut gewesen. Doch jetzt gerade fühlt es sich an wie pure Stromschläge an meinem offenen Herzen. Als hätte man die Fußfessel um meine Brust geschlungen und ich wäre munter über die Grenze spaziert.

Genau das ist wohl auch heute Abend passiert.

Irgendwann in den letzten zwei Stunden habe ich die Grenze zwischen Nero und mir überschritten. Und das hier ist der Preis.

Ich reiße mich von seinem widerwärtigen Anblick los und stolziere mit erhobenem Kopf aus dem Waschraum. Beinahe rechne ich damit, dass er mir nachläuft, mich aufhalten will, doch er tut es nicht. Obwohl ich nicht renne, komme ich mühelos bis zum Ausgang und kann mir an der Garderobe meine Jacke abholen.

Als ich in den Aufzug steige und die Türen sich schließen, begreife ich, dass er nicht kommen wird, um mich an meiner Flucht zu hindern. Vermutlich weil er zuvor in *ihr* kommen will.

Das ist gut, Rachel. Er ist so vernebelt in seiner Lust und seiner Wut, dass er dich sogar laufen lässt.

Ich schlucke und die Sicht vor meinen Augen verschwimmt. Nein, so vernebelt kann er nicht sein. Ich bin ihm einfach nur nicht wichtiger als dieser Quickie. Ich bin weniger wert als der Dreck unter seinen Fingernägeln und genau das will er mir damit zeigen.

Egal, was dieser Juri ihm noch gesagt hat, ich kann davon ausgehen, dass Cedric und er mich nicht mehr brauchen. Obwohl ich für diese Informationen mit meinem eigenen Körper und Stolz bezahlt habe, bin ich direkt gegangen, ohne davon zu profitieren. Ich weiß immer noch nicht, warum die Red Eyes mich jagen. Es war also alles umsonst ...

Wenige Sekunden später trete ich nach draußen und die frische kühle Luft klärt meine Sinne. Ich versuche mich auf das zu konzentrieren, was jetzt wichtig ist. Mich zu einem heulenden Häufchen Elend zusammenkauern, kann ich auch später noch, wenn ich in meinem eigenen Bett liege. Weit weg von Nero und allen anderen Vipers.

Ich streiche mir die Haare aus dem verschwitzten Nacken und sehe mich um. Hier muss es doch irgendwo einen Taxistand geben?

Nein, Fehlanzeige. Beinahe hätte ich aufgelacht. Jetzt stehe ich hier mit mehreren hundert Dollar in der Hand und finde kein Taxi? Mein Leben will mich doch verarschen!

Am Straßenrand entdecke ich allerdings eine kleine Gruppe junger Männer um ein Auto herumstehen. Sie um eine Mitfahrgelegenheit zu bitten, erscheint mir riskant, doch ich kann sie nach einem Handy fragen. Vielleicht kann ich mir dann ein Taxi rufen.

Es dauert ewig, bis ein Taxi hier ankommt. Bis dahin wird Nero fertig sein und dich vielleicht doch wieder einfangen!

Ich schlage meine Bedenken in den Wind und trete auf die Männergruppe zu. Schon beim Näherkommen ziehe ich die Aufmerksamkeit von einigen von ihnen auf mich und einer pfeift mir anzüglich zu.

Meine Vernunft mahnt mich, umzukehren, doch ich kann nicht. Die Vorstellung, wieder von N.C. aufgegabelt zu werden, ist tausend Mal schlimmer als das, was mir vor diesen fremden Männern blühen kann. Egal, was sie tun werden: keiner von ihnen wird mir das Herz aus der Brust reißen und es mit bloßer Hand zwischen seinen Fingern zermalmen.

»Hey, kann ich das Handy von einem von euch benutzen?«, frage ich selbstbewusst und trete zu ihnen heran.

»Oh, wen willst du denn anrufen, Kleines?«, fragt einer. Er ist nur wenige Jahre älter als ich und sieht harmloser aus, als von weitem befürchtet. Vermutlich haben die Typen nur eine große Klappe und nicht viel dahinter.

»Ein Taxi. Bitte. Ich gebe demjenigen auch 50$, der mir innerhalb der nächsten fünf Sekunden sein Handy reicht.« Schließlich habe ich keine verdammte Zeit für ein neckisches Geplänkel.

Das Gesicht des Typen mir gegenüber wird schlagartig ernst und interessiert. »Klar, hier«, sagt er und will es gerade aus der hinteren Hosentasche ziehen, da werde ich plötzlich nach hinten gerissen.

Ich schreie vor Schreck auf und auch, weil ich beinahe auf meinem Hintern gelandet wäre, wenn ich nicht gegen einen der umstehenden Typen geprallt wäre. An mir vorbei drängt sich ein tätowierter Männerkörper und greift den Blonden, der mir sein Handy reichen wollte, am Kragen.

»Hau ab oder dein Nasenbein macht Bekanntschaft mit deinem Hirn«, zischt er ihm zu und lässt ihn so energisch los, dass er gegen sein Auto stolpert. N.C. dreht sich zu mir um, packt mich am Arm und zieht mich mit sich.

»Nein! Lass mich los! Hey! Helft mir!«, brülle ich, doch der Kerl und drei seiner Freunde springen in den Wagen, die anderen nehmen die Beine in die Hand, als würden sie es plötzlich verdammt eilig haben. »Ihr Feiglinge! Helft mir!«, schreie ich weiter und versuche mich aus Neros Griff zu befreien, doch vergeblich.

Vor dem Hochhaus stehen noch ein paar andere Leute und rauchen. Sie werfen uns zwar neugierige Blicke zu, doch keiner greift ein. Wie können sie einfach dabei zusehen?

»Halt deine Klappe oder ich finde einen Weg, sie zu stopfen«, droht N.C. mir knurrend und meine Schreie verebben. Nicht, weil seine Drohung Wirkung auf mich zeigt, sondern weil ich weiß, dass es hoffnungslos ist.

Er zerrt mich bis hinunter in die Tiefgarage. Dort bleibt er stehen und reißt mich zu sich herum, sodass er mich ansehen kann. »Dachtest du echt, diese Typen da draußen hätten dir geholfen? Sie hätten dich wer weiß wohin geschleppt und zu viert ihren Spaß mit dir gehabt.«

»Ich wollte nur nach einem Handy fragen.« Ich winde mich aus seinem Griff und verenge die Augen. »Außerdem«, füge ich hinzu, »kann nichts schlimmer sein, als Cedrics Gefangene und deine Hure zu sein.« Ich versuche nicht einmal, die Abscheu in meiner Stimme zu verbergen und setze noch einen drauf. »Lieber lasse ich mich von vier dahergelaufenen Fremden nehmen, als dich noch einmal ansehen zu müssen!«

Seine Hand schließt sich mahnend um meine Kehle. Obwohl ich erschrecke, versuche ich mir nichts anmerken zu lassen.

»Du weißt nicht, was du da sagst, Peach. Wir haben dich bisher mit Samthandschuhen angefasst.«

Ich gebe mich kalt und unbeeindruckt. »Du wolltest mich vorhin auf der Toilette vergewaltigen«, erinnere ich ihn. »Unser Deal ist damit geplatzt. Ich werde jede Gelegenheit nutzen, vor euch zu fliehen oder euch zu töten, wenn nötig. Ich werde euch das Leben zur Hölle machen.« Die letzten Worte krächze ich nur, weil sich der Druck um meine Kehle verstärkt und ich kaum noch ein Wort herausbringe. Die Luft wird eng, er schnürt mir die Sauerstoff- und Blutzufuhr ab, doch ich will ihm nicht die Genugtuung geben, mich wimmern zu sehen.

Er wird mich nicht erdrosseln.

Die Ränder meines Sichtfelds werden schwarz und ich kann kaum noch die Augen offen halten. Doch gerade als meine Überzeugung ins Wanken gerät, behalte ich doch noch recht: Er lässt mich los und frische Luft strömt durch meine Lunge.

Ich atme tief ein und hebe eine Hand an meinen schmerzenden Hals. Dabei spüre ich eine warme Flüssigkeit und sehe erschrocken hinab. Da ist Blut an meinen Fingerkuppen. Doch es ist nicht meines. *Woher ...?* Ich starre zu N.C. und erst da werde ich mir seiner aufgeplatzten Fingerknöchel bewusst. *Also hat er den Spiegel zertrümmert.* Einige der Scherben müssen tiefere Schnitte hinterlassen haben, vielleicht stecken ein paar Glassplitter sogar noch in seiner Hand, denn der Blutfluss, der von seiner Verletzung ausgeht, ist mehr als beunruhigend. Sein ganzer Arm ist rot. Blut tropft auf den Boden. Es sprenkelt sein Hemd und besudelt seine Hose. Es ist einfach überall.

Wäre dieser Mann im Moment nicht mein ärgster Feind, hätte ich ihm sofort geraten, einen Krankenwagen zu rufen. Es ist ein Wunder, dass er bei dem ganzen Blutverlust überhaupt noch stehen kann.

Und ficken.

»Steig auf meine Maschine. Wir fahren zurück«, ist alles, was er sagt.

Ich schnaube und trete einen Schritt zurück. »Dafür musst du mich schon bewusstlos schlagen. Ansonsten werde ich einen Scheiß tun, und mich nochmal von dir zu Cedric fahren lassen.«

N.C. malmt mit dem Kiefer. »Weil du Juris Schwanz gelutscht hast und glaubst, ich hätte dich dazu gezwungen?«

»Ja, vielleicht genau deshalb!«, blaffe ich ihn an. Und wegen der Art, wie er mich danach behandelt hat. Seine Worte waren im Grunde noch schlimmer als der Blowjob, doch das sage ich ihm nicht. »Wärst du mit Vera oder Trish da oben gewesen, hättest du eine andere Lösung gefunden. Du hättest ihnen nie gesagt, sie sollen es einfach tun!«

Plötzlich lacht er auf. Es ist ein schallendes, lautes Lachen, das ich noch nie von ihm gehört habe. »Wärst du Trish oder Vera, hättest du seinen Schwanz gelutscht, ohne danach einen Aufstand zu machen. Du hättest brav geschluckt und gelächelt!«

Ich schnaube und verschränke die Arme vor der Brust. »Das glaubst du von ihnen?«

Wieso stehst du überhaupt hier und diskutierst mit ihm darüber? Er wird es ohnehin nicht verstehen.

Er fährt sich mit den Händen übers Gesicht und verteilt nur noch mehr Blut überall auf seiner Haut. »Jede Viper würde ohne mit der Wimper zu zucken, ihren Körper für den Clan geben. Wegen so einer Lappalie würde keine von ihnen einen Deal gefährden. Weißt du, was das Aufnahmeritual für weibliche Anwärter ist?«

Was? Wie kommt er denn jetzt darauf? Ich schlucke, doch Nero wartet meine Antwort nicht ab.

Er kommt den Schritt auf mich zu, den ich vorhin von ihm weggemacht habe. »Wir Männer müssen uns dreizehn Sekunden lang von anderen Vipers verprügeln lassen. Bis wir am Boden liegen und Blut spucken. Um auf das Äußerste vorbereitet zu sein; den Schmerzen gewachsen zu sein. Frauen hingegen lassen sich von dreizehn Männern *ficken*, Peach. Damit auch sie aufs Äußerste vorbereitet sind und sie so etwas hier nicht bricht. Damit sie keine romantischen Vorstellungen von Sex mehr haben und ihre Zimperlichkeit ablegen. Glaubst du immer noch, Vera oder Trish hätten sich hiernach so aufgeführt wie du?«

Ich bin baff. Es fühlt sich an, als hätte jemand meine Innereien ausgehöhlt und vor N.C. auf dem Boden ausgebreitet. Ich wanke einen weiteren Schritt rückwärts. Jetzt ergeben all die Andeutungen auch Sinn, die Vera in den letzten Tagen fallen ließ. Deshalb hatte sie mit Callum Sex gehabt. *Mit ihm und zwölf anderen Männern zur selben Zeit.*

Wie konnte sie dem freiwillig zugestimmt haben? Ich schüttele den Kopf, weil ich es mir nicht einmal vorstellen will.

»Das ist abartig!«, spucke ich ihm entgegen und drehe mich um. Ich will hier nur noch weg. Ich will nichts mehr mit diesen Leuten zu tun haben. Oder mit ihrer Welt, in der sich alles nur um Sex und rohe Gewalt dreht.

»So ist das Leben, Peach, abseits von deinen perfekten vier Wänden!«, ruft er mir nach. Als wenn er seinen Finger voller Absicht in die Wunde meines Herzens drücken würde.

Ich bleibe stehen und fahre zu ihm herum. »Ja, weil mein Leben ach so perfekt ist!« Meine Stimme bebt. Ich weiß, dass er es nicht wissen kann und er verdient es nicht einmal, dass ich es ihm erzähle, aber ich kann einfach nicht an mich halten. Die Worte sprudeln nur so aus mir heraus. »Meine Mom ist vor meinen Augen gestorben, ich war jahrelang in psychologischer Behandlung und habe die Albträume und Angstzustände noch immer nicht überwunden, mein Vater ist kaum noch zu Hause und hat alles verloren, was ihm wichtig war. Seinen Job. Sein Haus. Seinen Lebenswillen. Einfach alles. Glaubst du, es ist schön, so aufzuwachsen? Und dann gerate ich ausgerechnet an Männer wie dich und Cedric, die mich verprügeln und prostituieren und vergewaltigen wollen! Gott, du bist der widerlichste Mensch, der mir je begegnet ist!« Nun laufen mir doch wieder Tränen über meine Wangen, ohne dass ich sie aufhalten kann. Er bringt den Panzer, den ich sonst täglich mühelos aufrecht erhalte, immer wieder zum Brechen.

Qual zuckt über sein Gesicht und lässt seine Miene zum ersten Mal bröckeln. »Es tut mir leid, Rachel ...«

Ist das ernsthaft eine Entschuldigung aus seinem Mund? Und wenn ich mich nicht irre, nennt er mich auch zum ersten Mal seit drei Tagen bei meinem richtigen Namen. Dann muss der Blutverlust ihn schwerer aus der Bahn werfen, als er körperlich den Anschein erweckt. Ich will mich gerade wieder umdrehen und einfach gehen, als er plötzlich nochmal seine Stimme erhebt:

»Vielleicht wird das alles unwichtig für dich, wenn du verstehst, was hier vor sich geht. Dein Vater ist in Lebensgefahr, Peach.«

Dass er meinen Dad so unvermittelt erwähnt, lässt mich zusammenzucken. »Was zur Hölle meinst du damit? Was habt ihr ihm angetan?«

Hat Cedric ihn aufspüren und entführen lassen?

»Wir haben ihm nichts getan, aber wegen ihm haben die Red Eyes es auf dich abgesehen. Sie haben deinen Vater in ihrer Gewalt. Und entweder ist er schon tot oder wird es in naher Zukunft sein.«

Ich spüre, wie jegliches Blut aus meinem Gesicht weicht. Die Welt um mich herum dreht sich. »Nein. Du lügst.«

»Was glaubst du denn, wo er ist? Dreht zu Hause Däumchen, während seine Tochter spurlos verschwunden ist? Wir haben mehrmals versucht ihn anzurufen. Vergeblich. Ich war in eurer Wohnung. Dort ist alles verwüstet und von ihm keine Spur. Er war, seit wir dich haben, nicht zu Hause. Es ist Zeit, die Augen zu öffnen, Peach. Wenn er noch atmet, dann nur, weil er noch irgendwelche Informationen hat, die wertvoller sind als sein Leben.«

Automatisch greife ich nach dem Anhänger um meinen Hals. »Fahr mich zu unserer Wohnung«, bitte ich mit tonloser Stimme. Er hat recht. Alles andere ist in diesem Moment unwichtig. Mein Hass auf N.C. und die Vipers, meine eigene Freiheit, ja sogar mein Leben ist unwichtig, wenn Nero die Wahrheit sagt.

»Was? Ich habe doch gesagt, er wird nicht da sein. Er ist …«

»Fahr mich zu meiner Wohnung!«, brülle ich und meine Stimme hallt in dem verlassenen Parkdeck wider. Ich weiß, dass ich vermutlich erst nach einer anderen Lösung suchen sollte. Es noch einmal mit einem Taxi probieren oder Vera anrufen könnte. Doch Tatsache ist, dass ich hier mit N.C. festhänge ohne Handy oder Möglichkeit, ihn abzuwimmeln.

Ich habe keine *Zeit*, mir eine andere Lösung zu überlegen.

Ich muss es mit eigenen Augen sehen. Ich muss sehen, dass N.C. mich diesmal nicht belügt. Und ich muss endlich herausfinden, was auf dem Stick in meiner Kette versteckt ist.

N.C.

*I*ch *verschweige, dass du nicht mehr lange unsere Gefangene bleiben wirst. Dass unser ganzes Katz- und Mausspiel, so unterhaltsam es auch war, sich seinem Ende nähert. Dass nichts hiervon noch eine Bedeutung hat. Weder dein Hass auf mich, noch deine ständigen Fluchtversuche.*

Oder mein quälender Wunsch, dich besitzen zu wollen. Dich Haut an Haut an mir zu spüren und dich um Vergebung zu bitten. Dafür, dass ich zugesehen habe, wie Juri deinen Mund fickte. Oder dass ich dich in der Club-Toilette angefasst habe, obwohl du es nicht wolltest.

Ich habe mich nie daran aufgegeilt, mich Frauen aufzuzwängen. Wann immer ich Frauen sexuell grob behandelt habe, wollten sie es. Doch meine Entschuldigung ist genauso bedeutungslos wie alles andere.

Sobald ich Cedric sage, was ich von Juri erfahren habe,

bist du Freiwild. Für Männer, die weitaus schlimmer sind als er oder ich.

Es sei denn, Cedric hat Lust auf einen Krieg ... doch ich glaube nicht, dass du es wert bist, dass Schlachten um dich geführt werden. Du bist nicht Helena im trojanischen Krieg. Du bist keine Königin auf einem Schachbrett. Du bist bloß ein Bauer, der geopfert wird für ein höheres Ziel.

Egal, wie sehr ich den Verlust dieses Bauers betrauern werde.

Egal, wie sehr ich daran glaube, dass du zur Königin werden könntest, wenn du es nur schaffst, bis zum Ende des Spielfelds zu gelangen.

Das hier ist Cedrics Spielbrett, nicht meines.

FÜNFZEHN

»K ann das nicht bis morgen früh warten?«, fragt N.C. mit zusammengebissenen Zähnen. »Ich muss meine Hand verarzten.« Offensichtlich dringt der Schmerz langsam durch seine abgefuckte Mauer aus Granit. Oder er hat Sorge, dass der Blutverlust ihn doch noch in die Knie zwingt.

»Fein. Entweder du fährst mich zu meiner Wohnung oder ich gehe jetzt ein verficktes Taxi suchen. Deine Entscheidung.« Ich bin dabei kehrt zu machen, als er brummend an mir vorbei zu seiner Maschine geht. Dabei reißt er von seinem schwarzen Shirt einen Streifen Stoff ab und wickelt ihn um seine Faust. Ich kann nicht einmal hinsehen, weil ich mir ziemlich sicher bin, dass noch Glasscherben in seiner Hand stecken.

Geschieht ihm sowas von recht! Ein Teil von mir wünscht sich, dass er daran krepiert. Allerdings sollte ich darauf hoffen, dass Karma nicht zuschlägt, während ich als Beifahrerin auf seinem Motorrad sitze.

Er reicht mir den Helm und mein Körper verkrampft. Es kostet mich größte Überwindung, ihn freiwillig überzuziehen. Vermutlich mache ich gerade einen verdammt großen Fehler, aber ich habe keine Wahl. Zumindest wenn die Zeit gegen mich rennt. Die Sorge um meinen Vater ist größer als mein Hass gegenüber N.C. Also schwinge ich mich hinter ihn auf den ledernen Sitz, stopfe die Geldscheine zwischen meine Brüste in den BH und komme nicht drumherum, mich an N.C. festzuhalten.

Hoffentlich wird er nicht während der Fahrt ohnmächtig.

N.C. scheint einen guten Orientierungssinn zu besitzen, denn er braucht weder ein Navi noch meine Hilfe, um bis zu mir nach Hause zu finden. Er hat also nicht gelogen, als er sagte, er wäre schon einmal bei mir gewesen. Vielleicht sogar mehrmals.

Ich fühle mich innerlich mittlerweile so abgestumpft und taub, dass ich mir vorkomme wie ein unbeteiligter Zuschauer. Als hätte meine Seele die Verbindung zu meinem Körper verloren.

Wir halten auf der mir vertrauten Allee, die von Ahornbäumen umschlossen ist. Ordentliche Backsteinhäuser mit kleinen Balkonen und stuckverzierten Fenstern reihen sich aneinander. Da es mitten in der Nacht ist, brennt nirgendwo mehr Licht. Nur die Straßenlaternen draußen durchbrechen die Dunkelheit.

Als wir auf die schwarze Haustür zulaufen, fällt mir auf, dass ich keinen Schlüssel dabei habe. Doch meine Sorge ist unbegründet. Aus irgendeinem Grund hat Nero einen. Ich frage nicht nach, sondern folge ihm stumm die Treppen hinauf ins erste Obergeschoss. Auch für unsere Wohnungstür hat er einen Schlüssel.

Hat er unseren Vermieter ausfindig gemacht und ihn erpresst?

Oder ... in dem Moment fällt mir der graue flauschige Bommel auf, der neben den Schlüsseln baumelt. Ehe N.C. seine Hand mit dem Schlüssel wieder sinken lässt, greife ich danach und starre auf den mir bekannten Bund.

»Woher hast du meine Schlüssel?«, flüstere ich tonlos.

»Deine Tasche wurde in der Mall im Fundbüro abgegeben. Ich habe sie freundlicherweise für dich abgeholt, als ich auch dein Handy geholt habe.«

Ich lasse seine Hand los. Er hatte also die ganze Zeit über meine Sachen. Meine Geldbörse, meinen Ausweis, meine Collegesachen ... mein Bullet Journal, was ich als privates Tagebuch nutze. Ich weiß nicht einmal mehr, was ich empfinden soll. N.C. gibt mir allerdings auch nicht die Zeit, darüber nachzudenken. Er steckt den Schlüssel wieder ein und drückt die Wohnungstür auf.

Obwohl er mich vorgewarnt hat, dreht der Anblick mir den Magen um. Wie paralysiert stehe ich ein paar Sekunden auf der Türschwelle. Dann wage ich mich Schritt für Schritt in unser offenes Wohnzimmer vor, das sich direkt mit dem Eingangsbereich verbindet. Sämtliche Möbel sind umgeworfen, die Polster der Couch aufgeschnitten, Schubladen der Kommode geöffnet, unzählige Ordner und Dokumente liegen auf dem Boden verstreut. Irgendjemand hat hier eindeutig nach etwas gesucht.

Mein Blick fällt auf das Regal an der linken Wand, wo der rote Knopf unseres Anrufbeantworters blinkt. Ich stolpere beinahe über eine am Boden liegende Blumenvase, als ich auf das Telefon zu renne und den leuchtenden Knopf drücke.

Sie haben zwei neue Nachrichten. »*Hey Daniel, hier ist R. Ich erreiche dich nicht auf deinem Handy. Hoffe, du bist heil aus der Mall raus. Was ist passiert? Ruf zurück, sobald du zu Hause bist.*«

Danach gibt es ein durchdringendes *Tut* und die nächste Nachricht wird abgespielt. »*Ähm, hallo Dad, hier ist Rachel. Ich hoffe, du kommst ...*« Ich erkenne meine eigene Stimme wieder und lasse die Schultern sacken. Der Rest an Hoffnung fällt in mir zusammen. Dad war wirklich seit dem Tag in der Mall nicht mehr hier. Er hat meine Nachricht nie bekommen.

»Wer ist dieser R.?«, fragt N.C hinter mir.

»Keine Ahnung. Nie von ihm gehört«, antworte ich abwesend und blinzele mehrmals, um nicht in Tränen auszubrechen. Anschließend sehe ich mich auch in den anderen Zimmern um.

In der Küche sieht es etwas ordentlicher aus, aber auch da sind sämtliche Schränke geöffnet. Dads und mein Schlafzimmer sind ebenfalls verwüstet.

Mit einem Kloß im Hals drehe ich mich zu N.C. um, der mir von Zimmer zu Zimmer gefolgt ist. »Habt ihr das getan?«, frage ich und meine damit ihn und Cedrics Männer.

»Es war schon alles so, als ich das erste Mal hier war«, sagt er ruhig. »Die Tür war allerdings abgeschlossen und nicht aufgebrochen worden. Es war also jemand, der einen Schlüssel zu der Wohnung hat. Gibt es außer deinem Vater noch jemanden?« Sein Gesicht ist mittlerweile ganz bleich geworden und zwar nicht, weil ihn der Zustand unserer Wohnung genauso schockiert wie mich.

Er setzt sich auf die Bettkante im Zimmer meines Dads und sieht aus, als würde er jeden Moment umkippen.

Ich sehe zu seiner Hand. Der Stoff, den er um sie geschlungen hat, ist blutgetränkt.

»Außer Dad und mir hat nur noch Zane einen Schlüssel«, antworte ich und überlege bei N.C.s Anblick, ob ich mich seiner erbarmen soll. Wenn er hier draufgeht, bringt es mich nicht weiter. Ich will im Schlafzimmer meines Vaters weder einen Bewusstlosen noch einen Toten haben – und ich will auch ungern den Notruf verständigen. Das Chaos hier kann und will ich nicht erklären. Nicht, bevor ich alle Puzzleteile zusammengefügt habe.

»Komm mit ins Bad«, sage ich also kurzerhand und ziehe ihn mit mir, weil er kaum noch in der Lage ist, selbstständig zu gehen.

Während ich ihn auf die Kloschüssel bugsiere und in dem Apothekerschrank unseren erste Hilfe Kasten herauskrame, denke ich über Zane nach. Dass mein Dad spurlos verschwunden ist, ist eine Sache, aber wo ist unser Bodyguard? War es wirklich Zufall, dass er zur Toilette musste, kurz bevor die zwei Männer mit den Waffen auftauchten und auf mich zukamen? Nein, ich will nicht einmal darüber nachdenken, dass er uns verraten haben könnte! Vermutlich ist er irgendwo untergetaucht ... oder auch er wurde von den Red Eyes geschnappt.

Ich wickele den Stofffetzen von N.C.s Hand ab und beiße die Zähne zusammen. Der Anblick von rohem Fleisch und so viel Blut holt meine Gedanken wieder zurück. Es sieht wirklich übel aus.

»Das tut jetzt gleich weh«, warne ich ihn, als ich das Alkoholfläschchen zum Desinfizieren aufschraube.

»Schmerzen können mir nichts anhaben«, presst er zwischen zusammengebissenen Zähnen hervor und lehnt seinen Kopf nach hinten gegen die gefliese Wand.

Alles klar. Dann mime ruhig den Starken.

»Stimmt, wer noch in einer Frau kommen kann, kann jetzt auch damit klarkommen«, murmele ich und schütte erbarmungslos den Alkohol über seine Hand. Großzügig.

Ich spüre, wie N.C. verkrampft, aber er gibt keinen Ton von sich. Als ich beginne, mit einer Pinzette ein paar der Glassplitter aus seinen Fingern zu ziehen, sagt er plötzlich: »Ich bin nicht in ihr gekommen, Peach. Ich bin gar nicht – *au* – gekommen.«

Vielleicht habe ich absichtlich mit der Pinzette zu fest zugestochen.

»Ich musste einfach ... die ganzen Gefühle in mir loswerden. Aber ich habe die ganze Zeit ... nur dich dabei gesehen.«

Meine Hand hält in der Bewegung inne und verharrt über seinem Fingerknöchel. Mein Herz setzt ein paar Takte aus. Was redet er da? Erst seine lächerliche Entschuldigung im Parkhaus und jetzt das hier? »Der Blutverlust muss dein Hirn vernebelt haben«, knurre ich und ziehe den letzten Splitter heraus, den ich entdecken kann.

Anschließend greife ich nach dem Verbandszeug. Als N.C. ruhig bleibt, sehe ich zu ihm hoch und entdecke ein kleines Grinsen auf seinen Lippen. Seine Augen sind geschlossen. So sieht er beinahe ... friedlich aus.

Ich reiße mich von seinem Anblick los und kümmere mich darum, dass er nicht noch mehr Blut verliert. Nichts, was er sagt oder tut, wird je wieder das kitten können, was er zwischen uns zerstört hat, aber ihm beim Abkratzen zu zusehen, steht heute nicht mehr auf meiner To-Do-Liste.

D ie Eindringlinge haben nichts mitgehen lassen. Weder den Flachbildschirm-TV, noch den Schmuck in meinem Zimmer ... noch Dads Computer. Nachdem ich mir selbst noch eine Ibuprofen eingeworfen habe, setze ich mich an den Rechner im Wohnzimmer. Während er hochfährt, werfe ich einen Blick zu dem Sofa, auf dem N.C. es sich bequem gemacht hat. Vermutlich ist er eingenickt, was mir genug Zeit gibt, mich in Ruhe dem Stick zu widmen.

Ich schraube die Kette auf und suche in den Schubladen des Schreibtisches nach irgendeinem Lesegerät, das klein genug ist. Ich kenne mich mit Technik nicht sonderlich aus, deswegen dauert es etwas, bis ich mich durch die unterschiedlichen Kabel und Gerätschaften in der Technikbox gekramt habe, aber schließlich werde ich fündig.

Ich tippe Dads Passwort in den Computer – den Namen meiner Mutter – und sehe dann verblüfft auf einen leeren Startbildschirm. Keine Ordner. Keine Programme. Ich klicke mich durch, doch es scheint, als hätte jemand sämtliche Dateien gelöscht.

Was zur Hölle?

Ich schließe den Stick an und hoffe, dass ich darauf mehr finden werde. Allerdings wird sofort wieder ein Passwort von mir gefordert und diesmal reicht der Name meiner Mutter nicht aus. Auch nicht der Name und ihr Geburtsdatum. Verdammt. Ich fluche leise und gehe sämtliche andere Möglichkeiten erst einmal im Kopf durch. Schließlich weiß ich nicht, wie viele Versuche ich habe und will nicht, dass der Stick sich automatisch sperrt, weil ich das Passwort drei Mal falsch eingebe.

Dad hat die Kette *mir* gegeben, also wird das Passwort etwas sein, was ich erraten kann – oder was mit mir zusammenhängt. Ich entscheide mich dafür, meinen eigenen

Namen und mein Geburtsdatum einzugeben und werde nicht enttäuscht.

Zwei Ordner prangen mir entgegen. Der eine heißt ›R.E.‹ und der andere ›Rachel‹.

Ich schlucke hart und beschließe erst den mit meinem Namen zu öffnen. Darin finde ich eine Textdatei und als ich sie anklicke, finde ich etwas, womit ich nicht gerechnet habe.

Liebe Rachel, mein Schatz,
wenn du das hier liest, ist vermutlich etwas schiefgelaufen und ich bin nicht länger in deiner Nähe. Du wirst nach Antworten suchen und ich hoffe, du bist allein, wenn du das hier liest. Geh zur Polizei, aber vertraue niemand anderem als Ronaldo Ferri. Er ist derjenige, der diesen Stick ursprünglich bekommen sollte, doch offenbar ist bei der Übergabe etwas schiefgegangen. Wir wollen uns in der Mall treffen, doch ich habe die Befürchtung, dass es gefährlich werden könnte, wir abgehört werden oder mir jemand schon seit geraumer Zeit nachspioniert. Deshalb werde ich dir diesen wichtigen Stick geben. Wenn alles gut geht, werden Ronaldo und ich dich zusammen abholen und wir kommen der Gerechtigkeit einen Schritt näher.
Falls dies nicht der Fall ist:
Im anderen Ordner sind belastende Materialien gegen eine kriminelle Organisation, die sich die Red Eyes nennen. Ich habe die letzten beiden Jahre damit verbracht, Beweismaterial zu sammeln, um den Kopf der Bande hinter Gitter zu bringen. Die meisten Cops in unserer Stadt sind geschmiert, kaum jemand wagt es, gegen die Red Eyes vorzugehen. Ronaldo ist einer der wenigen, von dem ich mir sicher bin, dass er jegliche Korruption ablehnt. Er wollte mir helfen, etwas gegen die Red Eyes zu unternehmen.
Du wirst dich vermutlich fragen, warum ich diese Gefahr eingegangen bin. Ich weiß, dass ich damit alles riskiert habe, vielleicht sogar dein Leben und es tut mir unendlich leid. Ich wollte nie, dass es so weit kommt und du darunter leidest.

Doch meine Seele und mein Herz können keine Ruhe finden, seit deine Mutter meinetwegen sterben musste. Ich hatte damals vor drei Jahren einen Fall gegen einen dieser Kriminellen auf dem Tisch und wollte mich nicht schmieren lassen. Ich wollte ihn hinter Gitter bringen und sie haben mich erpresst.

Sie haben uns aufgelauert, mi amore, diese Männer waren es, die deine Mutter auf dem Gewissen haben. Ich werde nicht eher ruhen, bis ich ihre Mörder zur Rechenschaft gezogen habe. Das Material auf dem anderen Ordner ist ein Schritt in die richtige Richtung. Bitte sorge dafür, dass Ronaldo es in die Hände bekommt.

Außerdem findest du genug Geld im Safe meines Bankschließfaches. Außer mir hast nur du die Berechtigung, es zu öffnen. Der Code ist das Datum, an dem wir von ihr Abschied nahmen. Damit kommst du die nächsten Jahre über die Runden.

In Liebe, dein Dad.

A ls ich am Ende ankomme, bin ich zu fassungslos, um einen klaren Gedanken zu fassen. Um sicherzugehen, dass ich nichts falsch verstanden habe, lese ich den Brief ein zweites Mal. Da steht sie, die Wahrheit über Moms Tod. Die Erklärung für alles, was mir in den letzten drei Tagen passiert ist. Und doch fehlt mir eine entscheidende Info. Ich lese das Dokument wieder und wieder und je öfter ich es tue, desto mehr klingt es nach einem Abschiedsbrief. Er hat mir darin nicht gesagt, wo er jetzt ist. Wo er sich versteckt hält, wenn alles aus dem Ruder läuft. Wie ich ihn erreichen kann. Wo ich nach ihm suchen soll.

Verdammt, Dad! Was ist an diesem verfluchten Tag in der Mall passiert?

Ich lehne mich in dem Schreibtischstuhl zurück und presse die Lider zusammen. Als ich sie wieder aufschlage, gleitet mein Blick über den Monitor vorbei in Richtung Couch. Doch statt N.C.s Hinterkopf und seinen liegenden Körper zu sehen, ist das Sofa leer.

N.C.

*D*u warst so vertieft, dass du nicht gemerkt hast, wie ich aufgestanden und an dir vorbei Richtung Bad gegangen bin. Auf dem Weg konnte ich sehen, wie du etwas am PC gelesen hast. Ich habe dich eine Weile beobachtet und den Stick gesehen, den du angeschlossen hast.

Also wusstest du doch mehr, als du uns glauben ließest.

Ich bin ins Bad gegangen und nun habe ich seit zwei Minuten Cedric am Hörer. Ich habe ihn über das kleine Gespräch mit Juri aufgeklärt und auch über deine Geheimnisse.

»Kopiere das, was sie auf dem Stick hat. Hast du die Möglichkeit dazu?«

»Ich werde später, wenn sie schläft, versuchen es auf mein Handy zu ziehen.«

»Gut, dann sieh zu, dass es klappt. Lenk sie ab. Sobald du alles hast, kannst du sie loswerden. Die Red Eyes sollen sie haben.«

»Du willst sie nicht als Druckmittel behalten?«, frage ich und zerquetsche mein Handy fast mit der linken Hand. Ich hatte es geahnt und doch habe ich gehofft, dass Cedric dich noch ein klein wenig länger behalten will. Als Druckmittel oder Trophäe, was weiß ich.

»Santiago will höchstwahrscheinlich das, was auf dem Stick ist. Damit haben wir mehr in der Hand als mit dieser widerspenstigen Göre. Wir können sie ihm als Friedensge-

schenk überreichen, und so vertuschen, was wir eigentlich wissen.«

»Alles klar«, knurre ich, da ich merke, dass Cedric nicht mehr umzustimmen ist. Vielleicht wirst du dich sogar freuen, Peach.

Deine Gefangenschaft bei uns hat ihr Ende gefunden.

»Bis morgen«, erwidert Ced kühl, vermutlich weil ihm mein unwilliger Tonfall missfällt. Dann legt er auf und ich schiebe das Handy zurück in meine Gesäßtasche.

Ich starre mein Spiegelbild an und stelle fest, dass ich genauso scheiße aussehe wie ich mich fühle.

༄

»Hey, alles klar?«

N.C.s Stimme lässt meinen Kopf herumfahren. Ich stehe noch immer vor dem Schreibtisch und habe eine geschlagene Ewigkeit auf die leere Couch gestarrt. Dabei habe ich nicht einmal seine Schritte hinter mir gehört. Nun kommt er an mir vorbei und geht wieder auf das Sofa zu, als wenn nichts wäre.

»Wo warst du?«, frage ich skeptisch.

Er runzelt die Stirn. »Auf Toilette. Ist das ein Problem? Soll ich das nächste Mal fragen, ob du mitwillst, wenn ich pissen muss?«

Da er seine Schlagfertigkeit wiedergefunden hat, gehe ich davon aus, dass es ihm wieder bessergeht. Auch die getrockneten Blutspuren in seinem Gesicht sind verschwunden, was darauf hindeutet, dass er sich gerade im Bad frisch gemacht hat. Trotzdem versuche ich in seinem Blick zu erkennen, ob er lügt. Aber was sollte er sonst hier in der Wohnung getan haben? Der Brief meines Vaters und die ganzen Verstrickungen haben mich paranoid werden lassen. Aber Nero ist eine Viper. Er hat nichts mit den Red Eyes zu tun. Er ist zwar weit davon entfernt, mein Vertrauter zu sein, aber er ist nicht mehr Dreh- und Angelpunkt meiner Wut und meines Hasses. Er mag ein Widerling sein, der mich entführt hat, aber er ist nicht der Mörder meiner Mutter. Womit er den Red Eyes etwas voraus hat.

Ich muss einen Weg finden, Dads Rachefeldzug zu Ende zu führen. Aber vorher ... muss ich ihn retten.

»Du hast mir im Parkhaus gesagt, dass die Red Eyes meinen Vater haben und er vielleicht noch lebt. Glaubst du das?«, frage ich N.C. geradeheraus.

Er lässt sich wieder auf die Couch sinken und sieht mich neugierig an. »Ja, das glaube ich.«

Meine Gedanken überschlagen sich. Vater will, dass ich mit dem Stick zu irgendeinem Cop gehe, aber das bringt mir meinen Dad nicht zurück. Wenn N.C. und Juri die Wahrheit sagen, ist er in Lebensgefahr.

Ich trete um den Schreibtisch herum auf N.C. zu. Er kennt die Red Eyes besser als ich, also ist er im Moment meine beste Informationsquelle. »Was tun sie wohl mit ihm? Wieso glaubst du, dass er noch nicht tot ist?«

Er scheint über etwas nachzudenken. Vermutlich fragt er sich, wieso er mir das überhaupt beantworten soll. Als er weiterhin schweigt, begreife ich, dass ich so nicht weit komme. Er wird mir nur das sagen, von dem er glaubt, dass es ihm selbst von Vorteil ist.

Ich raufe mir die Haare und fahre mir mit der Hand übers Gesicht. Das hier darf jetzt noch keine Sackgasse sein. Auf dem Anrufbeantworter ist eine Nachricht von einem R, welcher dieser Ronaldo sein könnte. Die Nachricht bestätigt zumindest, dass er derjenige ist, mit dem mein Vater sich in der Mall treffen wollte. Ich könnte ihn anrufen, sobald die Nacht vorbei ist. Aber was, wenn die Red Eyes Dad wirklich gefangen halten und foltern? Vielleicht wissen sie, dass er Beweismaterial gegen sie gesammelt hat? Werden die Cops ihn rechtzeitig da rausholen können, bevor er womöglich stirbt? Interessieren sich die Cops überhaupt für Dads Leben oder sind die Informationen auf dem Stick mehr wert als ein Mensch?

Ich wende mich von N.C. ab und gehe zurück zum Schreibtisch. Es wird Zeit, dass ich mir ansehe, was Dad überhaupt für belastendes Material gesammelt hat. Im Moment kann ich sowieso nicht viel anderes tun.

»Schlaf etwas«, rate ich N.C., der mich immer noch beobachtet. Ich verspanne mich. Hat er vielleicht gesehen, was ich hier mache? Er wird sich auf jeden Fall wundern, was ich am Computer tue. Plötzlich frage ich mich, warum er keine Anstalten macht, mich hier wegzuholen. Hat er keine Angst, dass ich per Mail um Hilfe rufe? Im Grunde bin ich ja immer noch so etwas wie seine Gefangene, oder?

Er verhält sich auf jeden Fall merkwürdig. Vielleicht ist er von dem heutigen Abend auch einfach nur genauso erschöpft wie ich. Eigentlich ist mir selbst ebenfalls nur noch nach Schlafen zumute, aber das muss warten.

»Du solltest dich auch ausruhen. Wenn du willst, fahre ich dich morgen zu einer Bar der Red Eyes«, verkündet er plötzlich. »Du willst deinen Vater doch bestimmt irgendwie rausholen, oder? Vielleicht ist es noch nicht zu spät und du kannst mit Santiago verhandeln.«

Perplex blinzele ich N.C. an. Zum Glück erwartet er keine Antwort, denn er streckt sich auf der Couch aus und bettet seinen Kopf auf eines der aufgeschlitzten Kissen, sodass ich nur noch seine schwarzen wirren Haare sehe.

›Wenn sie ihn noch nicht getötet haben, dann nur weil er Informationen hat, die sie brauchen.‹

Oder einen Stick, der nicht an die Öffentlichkeit gelangen darf.

Ich richte meinen Blick wieder auf den Bildschirm vor mir. Mit einem Doppelklick öffne ich den Ordner und finde drei Textdateien und ein Video.

SECHZEHN

Als ich die Augen aufschlage, strahlt mir das blaue Licht des Bildschirms entgegen. Verdammt, bin ich etwa vor dem Computer eingeschlafen? Im Sitzen? Ich fahre mir mit der Hand übers Gesicht und stöhne leise, als ich jeden verspannten, schmerzenden Muskel in meinem Nacken spüre.

Ich stehe auf und starre auf den Bildschirm. Gott, ich muss definitiv ins Bett. Mein Gehirn funktioniert nur noch auf Sparflamme. Ich schließe die offenen Ordner und fahre den Computer herunter. Mit einem Kontrollblick auf den schlafenden N.C. ziehe ich auch den Stick aus dem Lesegerät und setze ihn wieder zu meiner Kette zusammen.

Mit ihr in der Hand schlurfe ich in mein Schlafzimmer und schaffe es irgendwie aus diesem langen, engen Kleid heraus. Nicht einmal eine Minute später liege ich in einem meiner eigenen Shirts unter meiner eigenen Bettdecke. Alles an diesem Raum ist mir so vertraut und doch fühlt es sich anders an, weil es hier immer noch aussieht, als wäre eine Bombe eingeschlagen. Weil Dad nicht hier ist. Und weil ich weiß, dass in den letzten Tagen jemand hier eingebrochen ist.

Was, wenn wieder jemand kommt?

Was, wenn die Red Eyes nur darauf warten, dass ich zurück nach Hause komme?

Ich kneife die Augen zusammen und drehe mich auf die

Seite. Mit bis zum Kinn gezogener Bettdecke versuche ich diese Gedanken zu vertreiben.

Selbst wenn jemand hier einsteigen würde, müsste er erst einmal an N.C. vorbei, der im Wohnzimmer auf der Couch liegt ...

N.C.

Ich fühle mich wie ein perverser Spanner. Seit gut einer halben Stunde sitze ich in dem dunklen Zimmer und beobachte dich beim Schlafen. Der rosafarbene Lesesessel steht neben deinem Nachttisch an der Wand. Ich weiß nicht einmal, warum ich mich reingesetzt habe. Eigentlich wollte ich nur nach dir sehen, nachdem ich gehört habe, wie du endlich ins Bett gegangen bist.

Ich habe die Dateien vom Stick mithilfe eines Ladekabels auf mein Handy ziehen können, als du vor dem Schreibtisch eingeschlafen bist. So tief und fest, dass du mich nicht einmal bemerkt hast. Erst als ich mich wieder auf die Couch gelegt habe, bist du aufgeschreckt. Zumindest habe ich dich dann kurz darauf aufstehen gehört.

Leider hatte ich nicht die Zeit, mir die Dateien genauer anzusehen, weil ich nicht das Risiko eingehen wollte, von dir erwischt zu werden. Doch das, was ich überfliegen konnte, reicht, um zu wissen, dass Cedric Santiago nun an den Eiern hat.

Keine Ahnung, wo du das alles herhast, Peach, aber für diese Dateien würden viele Männer töten.

Es sollte sich gut anfühlen, Cedric das Material aushändigen und die Sache abschließen zu können. Er braucht dich nicht mehr. Aber er will, dass ich dich ausliefere. Dass ich dich ihnen überlasse.

Ich weiß nicht, was Santiago mit dir vorhat, ob er von den Dateien auf dem Stick überhaupt weiß. Und um ehrlich zu sein, ist das auch nicht der Grund, weshalb ich hier sitze und dich anstarre. Du liegst auf der Seite, die Decke zerknüllt zwischen deinen Beinen, die Hände unter deine Wange gepresst. Vom Wohnzimmer aus dringt gedämpftes Licht bis in dein Zimmer, und spendet gerade so viel Helligkeit, dass ich deine zarten Gesichtszüge ausmachen kann.

Obwohl der heutige Abend mich ausgelaugt hat wie schon lange nichts mehr, kann ich nicht einschlafen. Dich so friedlich zu sehen, entspannt mich. Ich bin froh, dass wenigstens einer von uns Schlaf finden kann, nach allem, was heute passiert ist.

Was dir in den letzten 72 Stunden passiert ist.

Ein Teil von mir verzehrt sich danach, mich einfach zu dir zu legen. Es wäre so einfach, mich in der Dunkelheit in diesem großen Bett hinter dich zu schmiegen und ... ja, und was dann?

»Du wolltest mich in der Toilette vergewaltigen!«, dringt deine aufgebrachte Stimme durch meine Erinnerungen.

Deine Worte klatschten im Parkhaus wie ein kalter Schwall Wasser in mein Gesicht. Ich habe mich zuvor schon dafür verabscheut, dass ich die Kontrolle über mich verloren habe, doch dass du es auf diese Weise formuliert hast ... Vermutlich würdest du mir die Finger abschneiden, wenn ich es wagen würde, mich jetzt zu dir zu legen und mich an dich zu drücken.

Was machst du nur mit mir? Ich bin kein großer Kuschler, auch nicht in Beziehungen, wenn ich denn mal eine habe. Es gibt nur wenige Menschen, mit denen ich gern Haut an Haut im Bett liegen würde. Einfach nur liegen und ihre Nähe spüren.

Als ich dir heute Nacht von meiner Pflegemutter und unserem speziellen Verhältnis erzählt habe, habe ich in deinen Augen gesehen, was du dachtest. Du dachtest, ihr

253

Missbrauch an mir hat meine Sicht auf körperliche Nähe geschädigt. Doch das stimmt nicht; ich kann durchaus Sex im Zusammenspiel mit Emotionen zulassen. Sogar mehr als andere Menschen. Für mich ist Sex immer eng mit meinen Emotionen verknüpft und manchmal auch die einzige Möglichkeit, um mein Inneres nach außen zu transportieren. Ich kanalisiere meine Gefühle durch Sex, gebe ihnen Ausdruck, wenn mein Mund es nicht kann.

Vielleicht sehnt mein Körper sich deshalb so sehr nach deinem. Mein Verstand hat nicht die richtigen Worte parat, um dir zu zeigen, wie es in meinem Inneren aussieht. Ich will so tief in dir stecken, dass da kein Platz zwischen uns mehr ist für deine Wut oder für meine Gedanken an Juris Schwanz in deinem Mund.

Oder an Cedric.

Es fühlt sich an wie Verrat. Verrat an ihm und meiner Familie. An die drei Jahre, in denen er mich bei sich aufgenommen hat. An meiner Loyalität ihm gegenüber.

Verdammt, ich habe mir die letzten Abende eingeredet, dass dich ficken zu wollen, nichts mit Cedric zu tun hat, dass es einfach nur um die Befriedigung meiner Lust geht, die sich verquerer Weise ausgerechnet dich als Ziel ausgesucht hat, doch ich lüge mir selbst etwas vor. Spätestens meine Gewissensbisse nach heute Nacht zeigen mir, dass du nicht genauso bedeutungslos wie der Quickie mit der blonden Tussi bist, an dessen Gesicht ich mich nicht einmal mehr erinnere. Stattdessen erinnere ich mich noch genau an den Ausdruck in deinem Gesicht. An jeden erstarrten Muskel, an das Aufblitzen von Schmerz in deinen großen rehbraunen Augen, die vom Weinen gerötet waren.

Ich hatte nicht vorgehabt, dir damit wehzutun, Peach. Ich wollte nicht, dass du es siehst. Und doch hat die jähzornige Finsternis in mir deine Qual genossen, als du mich mit der Blondine erwischt hast. Als ich merkte, dass es dich verletzt, hat es mich mit Befriedigung erfüllt. Denn es bedeutet, dass ich dir tief im Inneren genauso unter die Haut gehe wie du mir.

Vielleicht hatte ein Teil von dir sich sogar gewünscht, dass du es wärst, die ich dort nehme. Unter anderen Umständen. In einem anderen Leben.

Ich stehe auf und trete zu dir ans Bett. Du stöhnst und wimmerst kurz, als hättest du einen Albtraum. Sanft streiche ich dir mit meiner unverletzten Hand eine Haarsträhne aus dem Gesicht. Plötzlich greifst du nach mir und kurz glaube ich, du bist wach, doch deine Lider bleiben geschlossen. »Nein. Lass mich nicht allein«, murmelst du leise.

Ich weiß, dass es nur Teil deines Traums ist, doch deine Worte berühren etwas in mir.

Schließlich werde ich genau das morgen tun: dich allein lassen.

Doch heute Nacht ... Ich beschließe, meine Vernunft zum Teufel zu jagen und auf deine Bitte zu hören, auch wenn sie nicht mir gilt. Wenn du aufwachst, wirst du mich vielleicht dafür verprügeln, doch das ist mir gleich. Ich winde meine Hand vorsichtig aus deinem Griff und streife meine Schuhe ab, danach meine Hose. Nur im T-Shirt und Boxershorts steige ich zu dir ins Bett und lege mich hinter dich. Mein linker Arm umschlingt deinen Körper und du schmiegst dich so selbstverständlich an meine Brust, dass ich kurz den Atem anhalten muss. Es fühlt sich an, als wäre dein Körper dafür erschaffen worden, um an meinem zu liegen.

Du seufzt wohlig, als würden deine Albträume vor meiner Nähe weichen, wie Schatten vom Licht. Die Metapher klingt jedoch falsch in meinen Ohren. Ich war noch nie für jemanden das Licht.

Mit diesem Gedanken sinke ich in den Schlaf. Dein Duft, der mich umhüllt, zusammen mit deiner Wärme schenken meinem Hirn endlich Frieden.

Ich wache von einem Kribbeln im Magen auf, das sich bis in meinen Schwanz zieht. Ich werde mir meiner eigenen Härte bewusst und drücke sie instinktiv nach vorne, um eine wohltuende Reibung zu erzeugen. Meine Augenlider flattern

auf und ich erkenne in den zarten Grautönen des frühen Son-
nenaufgangs rote wirre Haare direkt vor meiner Nase.

Dein Hinterkopf. Oh Peach.

Ich bin noch nicht ganz wach, im Gegensatz zu meinem
besten Stück. Ich drücke meine Nase gegen dein Haar und es
stört mich nicht, dass es nach Haarspray und Zigaretten-
qualm riecht. Auch dein eigener Duft haftet ihnen an und
fesselt mich in dem nebeligen Zustand zwischen Traum und
Wirklichkeit. Ich habe keine Ahnung, warum du so dicht vor
mir liegst, aber du fühlst dich einfach perfekt an. Dein runder
knackiger Arsch drückt sich gegen meinen Schwanz und
lässt ihn vor Verlangen zucken. Meine linke Hand gleitet wie
von selbst suchend über deinen Oberkörper, bis sie am Bauch
eine Lücke findet, um unter den Stoff deines Shirts zu
schlüpfen. Ich wandere höher über deine seidig weiche Haut,
bis ich die Wölbung deiner nackten Brust spüre und mit
meiner Hand umschließe. Sie passt perfekt hinein.

Ein Stöhnen entweicht meinen Lippen und es hört sich
so fern an, als würde ich noch träumen. Vielleicht tue ich das
auch. Ein erneutes Stöhnen liegt in der Luft. Diesmal bin ich
mir jedoch sicher, dass es nicht von mir kommt.

In meinem Unterleib zieht und kribbelt es. Beinahe
schmerzhaft drängt meine Erektion durch den Stoff meiner
Boxershorts gegen deinen Hintern. Meine Hand gleitet von
deiner Brust deinen Bauch hinab bis zum Bund deiner
kurzen Hose. Ich schiebe meine Hand weiter nach unten
und – fuck. Diesmal stöhne ich verdammt laut, weil du kei-
nerlei Slip trägst und meine Finger direkt in deine feuchte
Spalte rutschen. Oh fuck, es fühlt sich so gut an, dass sich
alles in meinem Kopf zu drehen beginnt.

Ich ermahne mich selbst, dass du noch schläfst und ich
dich verdammt noch mal nicht währenddessen betatschen
sollte. Doch gerade als ich meine Hand wieder aus deiner
Hose ziehen will, um den letzten Funken Anstand, der in
meinen Knochen steckt, zu bewahren, höre ich deinen flacher
gehenden Atem.

»Hör nicht auf«, flüsterst du. So leise, dass ich erst glaube,

mich verhört zu haben oder es mir einzubilden. Vielleicht redest du auch nur im Schlaf oder träumst noch. Doch verdammt, wie könnte ich diese Bitte hier und jetzt ausschlagen?

»Bist du wach, Peach?«, frage ich mit belegter Stimme.

Statt einer Antwort drückst du mir deinen Arsch enger in den Schritt. Dein Atem geht immer noch laut und abgehackt. Meine Hand verharrt über deiner weichen, warmen Pussy und ich kämpfe innerlich mit mir. Ich will nichts lieber, als meine Finger zwischen deine nassen Schamlippen zu schieben, aber ich weiß auch, dass du mich nach gestern Nacht verabscheust und es im wachen Zustand niemals zulassen würdest.

»Peach, du musst mir schon sagen, dass du wach bist«, knurre ich gegen deinen Hinterkopf und reibe meine Erregung an dir, die gleich gefühlt aus allen Nähten platzt.

»Ja«, hauchst du und ich zerfließe beinahe.

Scheiß auf mein Gewissen. Wenn du wach genug bist, um zu reden und auf meine Fragen zu antworten, bist du auch wach genug hierfür. Vielleicht brauchst du es genauso sehr wie ich.

Ich schiebe meine Hand wieder zwischen deine Beine und umfasse deine Scham, die sich so weich und glatt anfühlt. Am liebsten würde ich dich sehen wollen, Peach. Deine nackte Pussy betrachten und mit Küssen überdecken. Doch erst schiebe ich meinen Mittelfinger in deine Nässe und du bäumst dich mir stöhnend entgegen. Als wenn du ein Instrument wärst, auf dem ich spiele, gehorchst du nur mir und meinen Fingern. Je tiefer ich sie in dich schiebe, desto enger und fester umschließen mich deine Muskeln. Fuck, ich habe das Gefühl, gleich zum ersten Mal in meinem Leben in meiner Hose kommen zu müssen. Du fühlst dich so gut an, dass ich es kaum noch aushalte.

Ich ziehe meinen Finger aus dir und umkreise stattdessen deine Perle. Langsam und mit kreisenden Bewegungen umspiele ich deinen sensibelsten Punkt und genieße es, wie du in meinen Armen zu beben beginnst.

Dein Keuchen und Stöhnen vermischt sich mit meinem

eigenen, obwohl du mich nicht einmal berührst. Durch zwei Lagen Stoff reibe ich mich an dir, während ich immer schneller deine Klit umspiele. Ich will, dass du für mich kommst, Peach. An meiner Hand. Durch meine Hand. Ich will, dass du den letzten Rest Kontrolle aufgibst und alles loslässt, was dich noch an dem freien Fall hindert.

»Komm für mich, Peach«, keuche ich und verstärke den Druck meiner Finger. Ich würde so gern alle drei von ihnen in dich reinschieben und dich damit ficken, doch ich spüre, dass du kurz vorm Orgasmus bist und – fuck.

Du schreist meinen Namen, als du kommst. Nicht N.C., sondern Nero. Du schreist so laut, dass ich deinen Mund zu halten will, doch nichts auf der Welt bringt mich jetzt dazu, meine Hand von deiner triefenden Pussy zu nehmen, weshalb ich etwas anderes tue. Ich drehe dich auf den Rücken, beuge mich über dich und versiegele deine Lippen mit meinen.

Dein Schrei verebbt und wandelt sich in ein tiefes Stöhnen, was in meinem eigenen Mund widerhallt.

Seine Lippen drücken sich hart und unnachgiebig auf meine, während der Orgasmus noch in meinem Körper nachhallt. Seine Zunge schiebt sich in meinen Mund und ich stöhne unwillkürlich auf. Nichts an dem Kuss ist zärtlich. Dominant und schon beinahe besitzergreifend dringt er in meinen Mund vor, während seine Hand noch immer zwischen meinen Beinen ruht.

Mein Höhepunkt war so überwältigend, so intensiv, dass ich das Nachbeben noch immer in meinem gesamten Körper spüre. So etwas habe ich noch nie erlebt. Weder mit einem Mann, noch allein.

Plötzlich beendet er unseren Kuss und gibt meine Lippen frei. Sein Gesicht schwebt ein paar Zentimeter über meinem und für wenige Herzschläge starren wir uns einfach nur an.

Wie oft habe ich mir in den letzten Tagen heimlich gewünscht, dass er mich wieder küssen würde? So stürmisch wie am ersten Tag, als er mich an den Jeep gedrückt hat.

Der Blick aus seinen dunkelbraunen Augen ist getränkt von wilder, dunkler Lust. Er sieht aus, als würde er mich am liebsten unter seinem Körper begraben und seine mächtige Erektion in mir versenken, die ich die ganze Zeit über schon an meinem Hintern gespürt habe und ja, sie hatte mich verdammt erregt, obwohl ich es hätte abstoßend finden sollen.

So langsam erwacht meine Vernunft und kriecht aus der Ecke hervor, in die ich sie während der letzten Minuten verbannt habe.

»Warum liegst du in meinem Bett?«, frage ich und klinge eine Spur zu vorwurfsvoll. Nein, ich klinge nicht vorwurfsvoll genug. Scheiße, er hat sich, während ich geschlafen habe, ungefragt in mein Bett gelegt und sich an mich geschmiegt, als wenn ... als wenn alles gut zwischen uns wäre.

Doch das ist es nicht. Und wird es nie sein. Ich setze mich ruckartig auf und schiebe seine Hand weg. Sobald sie meine Scham freigibt, fühlt sich die Stelle zwischen meinen Beinen leer und kalt an, doch ich ignoriere dieses Gefühl. Genauso wie das sehnsuchtsvolle Pochen auf eine zweite Runde. Als würde ich noch nicht genug haben. Als würde mein Körper gerade erst anfangen.

Wie oft könnte seine Hand mich zum Kommen bringen?

Oder seine Zunge?

Nein, verdammt, an so etwas darf ich nicht einmal denken. Ich springe aus dem Bett und umschlinge mich schützend mit den Armen. »Raus hier«, befehle ich. Erst leise, doch als er sich nicht rührt und mich nur vom Bett aus anstarrt, erhebe ich meine Stimme. »Raus hier, habe ich gesagt!« *Und fass mich ja nie wieder an!*, will ich am liebsten hinterher brüllen, doch ich beiße mir auf die Zunge. Ich habe ihn schließlich darum gebeten, weiter zu machen. Mein Verstand war vielleicht noch benebelt vom Schlaf, meine inneren Mauern zerbröckelt von all der Scheiße, die in den letzten Tagen um mich herum passiert ist, doch ich wusste genau, was ich in dem Moment sagte und wie sehnsuchtsvoll mein Körper sich seiner Hand entgegengebäumt hat.

Seine Berührungen haben für einen Moment alles andere übertönt.

Doch jetzt bin ich wieder Herr über meinen Körper und kann nicht fassen, was ich zugelassen habe. Dass ich meine Kontrolle mit *ihm* im Bett verloren habe. Nicht viel hätte gefehlt und ich hätte mich von ihm nehmen lassen, das weiß ich.

Als N.C. ohne einen weiteren Blick mit finsterer Miene aus dem Zimmer schreitet und die Tür hinter sich zuschlägt, vergrabe ich mein heißes Gesicht in den Händen.

Wie kann es überhaupt sein, dass ein Teil von mir ihn zurückrufen und sich ihm hingeben will? Die Vorstellung, dass er nicht nur mit einem Finger, sondern mit seiner mächtigen Erektion in mich eindringt, zieht mir den Magen zusammen.

Obwohl ich soeben den besten Orgasmus meines Lebens hatte, spüre ich noch immer eine unbefriedigte Lust in meinem Inneren. Ein sehnsuchtsvolles Pochen zwischen meinen Beinen. Ich beiße mir auf die Unterlippe und überlege gerade, ob ich noch einmal selbst Hand an mich legen soll, als die Tür plötzlich krachend wieder auffliegt.

»Scheiß drauf!«, knurrt N.C., als er mit großen Schritten zu mir kommt, mein Gesicht in die Hände nimmt und seinen Mund erneut auf meinen drückt. Wild und ungestüm nehmen seine Lippen die meinen in Besitz, dann schiebt er seine Zunge in mich und ich schlinge meine Arme um seinen Nacken. Halte mich an ihm fest, weil ich drohe, den Boden unter meinen Füßen zu verlieren.

Seine Hände ziehen meinen Kopf nach oben, sodass er mich tiefer küssen kann. Mein Innerstes fängt Feuer. Ich erwidere den Kuss mit solch einer Heftigkeit, dass mir schwindelig wird. Ohne nachzudenken. Ohne es zu hinterfragen.

N.C. dirigiert mich zum Bett, bis meine Waden gegen das Holz prallen. Seine Hände lassen mein Gesicht los und greifen stattdessen nach meinem Shirt. Für den Bruchteil einer Sekunde trennen sich unsere Lippen, in der er mir das Oberteil über den Kopf zieht. Dann folgt seines. Ich weiß nicht, ob ich es ihm ausziehe oder er es sich selbst, doch schließlich landen meine Hände auf seinem nackten Oberkörper, spüren die seidige Haut über seinen festen Muskeln.

Keuchend gibt er meinen Mund frei, um sich hinunterzubeugen und meine Schlafhose auf den Boden zu zerren. Sein Gesicht verharrt auf der Höhe meines Schoßes und ich sehe flach atmend zu ihm herunter.

Ich weiß, dass ich ihn hiervon abhalten sollte. Dass ich diesen Mann für so viele Dinge verabscheue, am meisten dafür, wie sehr er mir gestern wehgetan hat, doch als er den Kopf hebt und mich mit diesem feurigen Blick ansieht, bin ich nicht in der Lage, mich dagegen zu sträuben. Ich will, dass er mich noch einmal kommen lässt. Mein Körper will unter seinem beben und in Einzelteile zerspringen. Ich will, dass er mich auseinandernimmt, nur um mich neu zusammenzusetzen.

»Du weißt gar nicht, wie lange ich dich schon schmecken will, Peach«, raunt er und allein die Vorstellung, dass er mich da unten gleich mit seiner Zunge berührt, reißt mich fast von den Füßen.

Mit einem sanften Stoß befördert er mich aufs Bett. Ich lasse mich fallen und beobachte mit angehobenem Kopf, wie er die schwarze Boxershorts seine Hüften hinunterschiebt. Fuck. Ich bin nicht mehr fähig zu denken. Mit glühenden Wangen heftet sich mein Blick auf sein steifes Glied, welches mächtig und dick in die Höhe ragt. Das alles ist zu viel für mich. Sein tätowierter freier Oberkörper reicht bereits, um den Verstand zu verlieren, aber das hier ... Ich hätte nie gedacht, dass ich N.C. jemals nackt vor mir stehen sehe.

»Ich hoffe, dir gefällt, was du siehst«, sagt er mit einem

amüsierten Funkeln in den Augen, als er zu mir aufs Bett kommt.

»Es ändert nichts daran, dass ich dich hasse«, hauche ich krächzend und robbe etwas zurück, bis ich mittig auf dem Bett liege. Ich verabscheue ihn geradezu, aber ...

»Aber du willst mich«, stellt er fest und kniet sich breitbeinig über meine Schenkel. Vielleicht hängt in seinen Worten auch eine Frage mit, als würde er sich dessen sichergehen wollen.

Ich nicke nur, weil ich nicht mehr glaube, noch weitere Silben produzieren zu können. Ganze Wörter und vollständige Sätze, wer braucht das schon in einem Moment wie diesem? Vielleicht werde ich ihn und mich in einer Stunde nur noch mehr hassen, aber verdammt, ich will jetzt nicht mehr zurück. Für die nächsten Minuten will ich ganz ihm gehören. Ich will von ihm begehrt werden. Von ihm berührt werden.

Als würde er meine Gedanken lesen können, legt er seine Hand auf meine Mitte und streicht über meine Schamlippen. Er teilt sie mit den Fingern und gleitet durch die Nässe. Ich lasse keuchend meinen Kopf nach hinten auf die Matratze fallen und schließe die Augen.

»Noch feucht? Oder schon wieder?«, fragt er, als er mit einem Finger in mich eindringt.

Ich kralle mich in das Bettlaken und genieße die Erregung, die durch mich hindurchfegt wie ein Hurrikan. Ein Sturm, der alles niederfegt und vernichtet, was sich ihm in den Weg stellt.

Ich merke, dass sich Nero diesmal mehr Zeit lassen will. Er schiebt seinen Finger tief in mich hinein und zieht ihn quälend langsam wieder heraus. Und ich genieße es. Ich genieße jede verdammte Sekunde davon. Er könnte es minutenlang machen. Oder stundenlang. Meine Pussy bekommt nicht genug von ihm. Irgendwann beginne ich mich unter seinen penetrierenden Bewegungen zu winden und mich ihm entgegen zu bäumen, damit er schneller wird. Ich will ihn spüren. Hart und wild. Ich bin bereit, noch einmal an den Klippen zu zerschellen. Und diesmal will ich ihn mit mir reißen. Er kann mir nicht vormachen, dass er nicht selbst am Rande der Beherrschung sein muss. Ich öffne die Augen und sehe zu ihm hoch, beiße mir auf die Unterlippe, als unsere Blicke sich treffen und sich ineinander verhaken.

Ein Grinsen umspielt seine Mundwinkel, kurz bevor er den zweiten Finger in mich schiebt.

Himmel Herrgott!

Ich stöhne laut auf und erzittere. Sein Blick verschlingt mich mit so einer Lust, dass sich das Brennen in meinen Wangen auf meinen gesamten Körper ausweitet. Noch nie habe ich mich so nackt und völlig entblößt vor jemandem gefühlt. Er sieht mich ungeniert an, jeden Zentimeter meines Körpers.

In diesem Moment weiß ich, dass er mich zerstören wird. Nicht nur meinen Körper oder meinen Verstand. Sondern etwas tief in mir drin.

Das hier hat keine Zukunft. Vermutlich nicht einmal ein Morgen.

Aber umso schmerzlicher genieße ich es. Umso intensiver ist jeder Vorstoß seiner Finger, mit denen er mich fickt.

Als er plötzlich einen dritten in mich schiebt, keuche ich auf. Meine Muskulatur verkrampft sich im Zuge der Enge.

»Finger Nummer drei ist schon zu viel?«, fragt er rau. »Dann werden wir gleich ein Problem haben, Peach.«

Das, was er sagt, zusammen mit den Bildern in meinem Kopf, erzeugt ein Sog in meinem Unterleib, als würde ich mich im freien Fall befinden. »Nero, bitte«, wimmere ich und weiß nicht einmal, um was ich flehe. Dass er aufhört? Weitermacht? Mich nicht länger auf die Folter spannt?

Mein Atem rasselt und ich spüre die Feuchtigkeit, die aus mir sickert und seine Finger trotz der Enge mühelos in mich hinein und herausgleiten lässt. Ich kralle mich fester in das Laken und bäume mich ihm entgegen. Dabei zuckt ein kurzer Schmerz von meiner Seite bis zu meinen Rippen, doch die flüchtige Erinnerung meiner gestrigen Folter verschwindet so schnell, wie sie gekommen ist, als Nero einen neuen Punkt in meinem Inneren berührt, der mich noch lauter aufstöhnen lässt. Fuck, das fühlt sich auf eine neue Art und Weise so gut an, dass ich den Druck auf meiner Klit plötzlich gar nicht mehr brauche.

Gott, was macht er nur mit mir? Ich spüre, wie mein zweiter Orgasmus naht, reiße den Kopf in den Nacken und meine Hände finden irgendwie ein Kissen, dass ich mir auf das Gesicht presse, um mein lautes Stöhnen zu dämpfen.

Noch ehe ich kommen kann, spüre ich, wie N.C. sich über mir bewegt. Plötzlich fühle ich neben seinen Fingern noch etwas anderes. Seinen warmen Atem, der über meine empfindlichste Stelle haucht. Ich erzittere, als ich seine Lippen an mir spüre.

Statt ins Kissen, krallen sich meine Hände unverzüglich in sein Haar. Ich halte mich daran fest, um nicht auf der Stelle in Einzelteile zu zerspringen. Ohne Umschweife drängt sich N.C.s feuchte Zunge an meinen Schamlippen vorbei und leckt über meine Klit.

Ich zucke zusammen und ehe ich mich versehe, schnellt seine Zunge in rhythmischen Bewegungen über meine Perle. Zusammen mit seinen drei Fingern, die sich noch in meinem Inneren befinden und jetzt wieder zu stoßen anfangen, gibt es mir den Rest. Meine Oberschenkel spannen sich an, ich drücke mich ihm entgegen und als seine Zunge ein weiteres intensives Mal über meine gereizte Klit fährt, komme ich ... und komme und komme und komme.

Ich weiß nicht, wie lang mein Schrei andauert, den ich unter dem Kissen ausstoße, doch plötzlich fühle ich seinen Körper über mir. Nicht mehr nur an meinem Schoß, sondern wirklich über mir. Über meiner Brust. Über meinem Kopf. Ich spüre, wie er sich auf mich herabsenkt und sein steifes Glied über meinen Bauch fährt. Seine Eichel ist etwas feucht und seidig glatt. Ich spüre, wie sie an meinem Bauch hinuntergleitet, als N.C. sich etwas nach unten bewegt und plötzlich drängt seine Schwanzspitze gegen meine Mitte.

Ich reiße das Kissen von meinem Kopf und treffe auf

seinen Blick. Er schaut mir tief in die Augen, als er sich vollständig herabsenkt. Ich bin so feucht, dass seine Erektion beinahe von selbst zwischen meine Schamlippen gleitet. Erst als seine Größe auf meine Enge stößt, muss er eine gewisse Kraft aufwenden, um in mich einzudringen.

Und das tut er.

Es geht alles so schnell, dass ich nicht nachdenken kann. Meine Vernunft hat keine Chance. Wie ein verschrecktes Reh sehe ich atemlos zu ihm herauf und als er mit einem bestimmenden Ruck seine ganze Länge in mir versenkt, schreie ich auf. Ich kann es einfach nicht zurückhalten. Fuck. Er ist so groß, dass es wehtut und doch will ich nicht, dass er sich wieder aus mir herauszieht.

»Du bist so verdammt eng, Peach«, flüstert er rau, als er sich ein Stück zurückzieht, um noch einmal vorzustoßen.

Ich kralle mich in seine Schultern und liege atemlos da, während er beginnt, sich langsam in mir zu bewegen.

Ich verliere mich in dem tiefen warmen Braun seiner Iris, dem gebrochenen Sonnenlicht darin und den dunklen Schatten.

Keine Ahnung, wie lange wir uns in die Augen sehen und er mich mit langsamen tiefen Stößen nimmt. Ich versinke und ertrinke in diesem Moment. Vielleicht ist es noch der Nachhall des zweiten Orgasmus, vielleicht ist es dieser Blickkontakt, der mich in einer anderen Welt gefangen hält oder dass ich mich zum ersten Mal so ausgefüllt von einem Mann fühle, dass es Schmerz und Befriedigung zugleich ist. Es fühlt sich nicht an wie ein schneller Fick. Es fühlt sich an wie eine Verschmelzung. Als wenn der Sex eine Bedeutung hätte. Nicht nur für mich. Sondern auch für ihn.

Meine Kehle wird eng.

Kann etwas so perfekt sein, dass es einem wehtut? Nicht seine Größe, an die gewöhnt sich mein Körper langsam, doch da ist tief in meiner Brust etwas, das zu schmerzen beginnt.

»Alles okay?«, fragt N.C.

»Mehr als okay«, flüstere ich heiser und schlinge meine

Beine um seine Hüften, um ihn noch enger zu spüren. »Es ist perfekt.«

Er senkt seine Lippen auf meine und als er meine Zunge diesmal geradezu sanft und zögerlich umspielt, spüre ich mein Herzklopfen bis zum Hals.

»Ich werde jetzt kommen, Peach«, haucht er keuchend gegen meine Lippen und unterbricht damit den Kuss. Ich bin ihm schließlich schon zwei Orgasmen voraus und mir kommt der Gedanke, dass er mich gerade nur deshalb so langsam nimmt – weil er nicht innerhalb von Sekunden in mir abspritzen wollte. Abspritzen. Oh Gott. Mir wird heiß und kalt zugleich, als ich begreife, dass er nicht einmal ein Kondom übergezogen hat. Geht er davon aus, dass ich die Pille nehme?

Als er beginnt, sich schneller in mich zu stoßen, drücke ich kurz seine Schultern. »Nero«, keuche ich atemlos.

Er sieht mich mit wildem, dunklen Blick an. »Ja, Peach?«, stöhnt er und versenkt sich so genussvoll in mir, dass ich erzittere und alle Muskeln sich in mir zusammenziehen.

»Du ... du kannst nicht in mir kommen«, lasse ich ihn wissen. »Ich nehme keine Pille.«

Statt einer Antwort drückt er mir einen festen kurzen Kuss auf den Mund. »Okay«, knurrt er und zieht mit seinen Zähnen sachte an meiner Unterlippe.

Ich stöhne in seinen Mund und schließe die Lider. Sein nächster Stoß ist härter und ich merke, wie er die Kontrolle loslässt und seine Zurückhaltung aufgibt. Meine Hände gleiten haltsuchend über seinen mit Schweiß benetzten Rücken. Er stemmt sich mit seinen Unterarmen in die Matratze und ich spüre seine angespannten Muskelstränge unter meinen Fingerkuppen, als er beginnt, sich mit schnellen, harten Bewegungen in mich zu rammen.

Er wird gröber, seine Hand legt sich um meine Kehle und umschließt sie, als müsste er sich daran festhalten, um nicht unterzugehen. Meine Nägel bohren sich in sein Fleisch. Die

Wellen meines dritten Orgasmus überraschen mich so plötzlich, dass ich sie nicht kommen sehe. Sie brechen über mir zusammen, als er sich ein letztes tiefes Mal in mich stößt und spucken mich zitternd wieder aus, als Nero sich laut fluchend und stöhnend aus mir herauszieht. In aller letzter Sekunde.

Sein raues »Fuck!« hallt mir in den Ohren wider, als ich spüre, wie er sich auf meinem Bauch ergießt.

Warm und feucht spüre ich sein Sperma auf meinem verschwitzten Oberkörper.

Meine Lider flattern auf und ich sehe in N.C.s wunderschönes, erschöpftes Gesicht. Seine warmen Augen fixieren mich, als er sich auf mich herabsenkt, halb auf meinem Körper liegend, zur Hälfte auf der Matratze, sodass nicht sein komplettes Gewicht auf mir lastet. Ihm scheint die klebrige Sauerei zwischen uns egal zu sein und in dieser Sekunde ist sie es mir auch.

Auch wenn es verdammt dumm war, mit dieser Methode zu verhüten. Eigentlich hätte ich mit einem Mann wie ihm überhaupt nicht ohne Kondom schlafen dürfen, doch für Selbstgeißelung ist es nun zu spät. Außerdem bin ich viel zu erschöpft, um darüber nachzudenken. Ich schließe die Augen und atme tief durch. »Das war ...«

»Überwältigend«, vervollständigt N.C. meinen Satz und ein warmer Schauer rieselt durch meinen Körper.

»Ich wollte eigentlich dumm sagen«, wispere ich und sehe zwischen halb gesenkten Lidern zu ihm. Er hat sich nun doch auf den Rücken gerollt und die Augen geschlossen. Er sieht aus wie ein griechischer Gott. Von der Sonne geküsst. Und vom Teufel bemalt. Mein Blick wandert von seiner tätowierten Brust seinen Bauch hinunter, den schmalen Pfad an dunklen Schamhaaren entlang bis zu seinem schlaffen, aber noch immer großen Penis.

»Ich bin noch nie drei Mal hintereinander gekommen«, murmele ich träge und bin froh, dass mein Herzschlag sich langsam wieder normalisiert. Meine Augen schließen sich wieder und da die Nacht kurz war, bin ich nicht einmal in der Lage, mich gegen die Erschöpfung zu wehren, die mich mit sich in die Tiefe zieht.

Nur noch ein paar Minuten schlafen, bis die Realität uns wieder einholt. Bis ich mich allem stellen muss, was jenseits dieses Schlafzimmers auf mich wartet.

Zumindest weiß ich jetzt, wie sich der beste Sex dieser Welt anfühlt, bevor ich Nero für immer aus meinem Leben verbannen muss. Ein Mann wie er hat dort sowieso keinen Platz ...

SIEBZEHN

Als ich Minuten später meine Augen öffne, spüre ich N.C.s warmen, schweren Arm über meiner Brust. Zumindest hoffe ich, dass nur Minuten vergangen sind. Ich drehe den Kopf und sehe zu Nero, der seelenruhig neben mir zu schlafen scheint.

Für ein paar Herzschläge bin ich von diesem Anblick wie betäubt. Dann reiße ich mich davon los, hebe seinen Arm an und rutsche darunter hindurch. Die Sauerei auf meinem Bauch ist mittlerweile angetrocknet und klebt fürchterlich. Scheiße, was haben wir nur getan? Was habe *ich* nur getan?

So leise ich kann, schleiche ich mich aus dem Zimmer und suche das Bad auf. Ich muss mir sein verdammtes Sperma abwischen und damit auch den Rest meiner Gedanken an die letzte Stunde. Es war ein Ausrutscher. Eine schnelle gute Nummer. Nicht mehr als ein Sex-Abenteuer. Mit einem Arsch, der mich wie Dreck behandelt hat. Passiert doch jedem Mal in seinem Leben, oder?

Dass man entführt, verraten und als Hure weitergereicht wird?

Ich drehe das kalte Wasser auf und halte mein Gesicht unter den Duschstrahl. Großzügig seife ich mich mit dem Mango-Duschgel ein und wasche mir anschließend noch die Haare. Immer wieder blitzen Erinnerungsbruchstücke von seinem Körper auf meinem auf, doch ich versuche meine Gedanken einzig auf das zu fokussieren, was jetzt vor mir liegt: Ich werde N.C.s Vorschlag annehmen und mich zu den Red Eyes fahren lassen, so riskant und dumm es auch sein mag. Bei der letzten Schießerei hat der eine von ihnen deutlich gesagt, dass Santiago mich lebend will, also hoffe ich, dass man mich nicht direkt erschießt, wenn ich zu ihnen gehe. Entweder wissen sie von dem Stick und den Beweisen, die mein Dad gesammelt hat, oder sie ahnen, dass er zumindest etwas gegen sie in der Hand hat.

Auch wenn mein Vater bestimmt dagegen wäre, werde ich wenn nötig, diesen Stick eintauschen, um sein Leben zu retten. *Und mein eigenes.* Ich verstehe, dass er Mom rächen wollte, doch wie kann es das wert sein, wenn er oder ich dafür unser Leben lassen?

Als ich mich nach dem Duschen im Spiegel betrachte, muss ich schlucken. An meiner rechten Seite unterhalb meiner Rippen hat sich ein blau-lila Bluterguss gebildet. Auch auf meinen Schienbeinen prangen blaue Flecken, die zum Glück aber nur bei direkter Berührung schmerzen. Schnell werfe ich mir noch eine Ibuprofen ein.

Nachdem ich mich abgetrocknet habe, wird mir bewusst, dass ich keine Kleidung mit ins Bad genommen habe. Ich verfluche mich im Stillen und schlinge mir das Handtuch um den Körper. In meinem Zimmer angekommen, stelle ich fest, dass N.C. immer noch schläft. Er muss echt erschöpft gewesen sein.

Mein Blick schweift zu seiner verletzten Hand und dem Verband, der an einigen Stellen schon etwas rot schimmert. Er würde wohl nie zugeben, wie schlimm die Schmerzen wirklich sind.

Fang bloß nicht an, Sympathie für diesen Mistkerl zu entwickeln!

Ist es dafür nicht schon zu spät?

Ich kehre ihm den Rücken zu und suche in meinem Kleiderschrank – dessen Inhalt zur Hälfte ohnehin auf dem Boden verstreut ist – nach etwas zum Anziehen. Ich beeile mich, in frische Unterwäsche zu schlüpfen und erst, als ich in eine enge verwaschene Röhrenjeans steige, höre ich, wie sich hinter mir im Bett etwas bewegt.

»Nette Aussicht«, kommentiert N.C. mit vom Schlaf belegter Stimme.

Normalerweise würde ich darüber nur die Augen verdrehen oder mich sogar geschmeichelt fühlen, doch nach allem, was in den letzten zwölf Stunden passiert ist, sollte Nero lieber den Mund halten. Statt ihn in seine Schranken zu weisen, beschließe ich allerdings, dass es schlauer ist, ihn zu ignorieren. Ich habe nicht die Kraft für einen erneuten Streit mit ihm.

Also ziehe ich mir einfach ein dunkelblaues Top mit einem V-förmigen Spitzen-Ausschnitt über und beginne, die Sachen vom Boden wieder in den Schrank einzuräumen. Die Verwüstung in diesem Zimmer ertrage ich nicht länger. Gestern war ich zu fertig, um noch aufzuräumen, aber so langsam muss ich das Chaos in der Wohnung beseitigen.

»Okay, also wollen wir uns jetzt nach dem Sex anschweigen? Willst du so tun, als wäre es nicht passiert?«, dringt seine Stimme vom Bett zu mir rüber.

Ja, genau das würde ich gerne tun.

»Ich hoffe, es lässt sich ignorieren und nicht, dass ich mir bei dir etwas eingefangen habe«, keife ich, ohne ihn anzusehen. Was ist nochmal aus meinem Plan geworden, die Klappe zu halten?

»Keine Sorge, ich lasse mich regelmäßig testen.«

Nun fahre ich doch zu ihm herum, einen Haufen T-Shirts und Pullis im Arm. »Nachdem du gestern die Blondine auf dem Klo gefickt hast, hast du dich nicht testen lassen!« Hat er da auch kein Gummi benutzt? Plötzliche brodele ich vor Wut. Die Erinnerung an seinen Toiletten-Fick gestern war echt nicht hilfreich.

Er hebt eine Augenbraue. Mit hinter dem Kopf verschränkten Armen lehnt er lässig am Kopfende meines Bettes. »Schieb das jetzt nicht alles auf mich, Peach. Du hattest vorhin genauso wenig an so etwas wie ein Kondom gedacht wie ich. Du hast mir jegliche Vernunft aus dem Kopf geblasen.«

Also *geblasen* habe ich bei ihm gewiss gar nichts, aber ich verkneife mir den Kommentar. Stattdessen schnaube ich. »Klar, weil es für dich so unvernünftig und schlimm war, mich zu vögeln. Du kannst von mir weder schwanger werden, noch dir etwas einfangen.« Ich stopfe den Stapel Kleidung mehr schlecht als recht in eines der Schrankfächer. Fürs sorgfältige Zusammenlegen habe ich keine Zeit. Und keine Muße.

Plötzlich höre ich, wie er vom Bett aufsteht. Ich kann nicht schnell genug reagieren, dann packt er mich schon am Oberarm und dreht mich zu sich herum. »Meine Vernunft hat seit vier Tagen versucht, genau das hier zu verhindern, Peach. Du weißt, dass Cedric nicht wollte, dass ich dich ficke!«

Ungläubig öffne ich den Mund. »Cedric? Das Erste, was dir dazu einfällt, ist CEDRIC?« Ich lache hart auf. »Gott, richtest du echt dein Sexleben nach deinem Boss? Brauchst du für alle Frauen, mit denen du verkehrst, vorher eine Genehmigung? Wer ist Cedric für dich? Deine eifersüchtige Freundin?«

Seine Kiefer malmen. Er lässt mich los und tritt einen Schritt von mir zurück. »Ich bin ihm etwas schuldig und ich will ihn nicht enttäuschen«, knurrt er.

Nicht enttäuschen? »Oh. Eine Art Vaterkomplex? Ganz toll.« Meine Stimme trieft vor Sarkasmus. »Tut mir leid, dass Cedric von dir und deinem Mangel an Beherrschung *enttäuscht* sein wird!« Ohne dass ich das will, gleitet mein Blick von seinem Gesicht seinen Körper hinunter – schließlich hat er sich nicht die Mühe gemacht, irgendetwas überzuziehen, als er aus dem Bett gestiegen ist. »Zieh dir gefälligst etwas an. Cedric wäre bestimmt nicht erfreut, dass du so vor mir stehst«, versuche ich es möglichst spitz klingen zu lassen, um zu verbergen, was seine Nacktheit in Wahrheit in mir auslöst.

Es ist einfach nur absurd, mich mit ihm zu streiten,

wenn er nicht einmal eine Hose trägt. Er weiß vermutlich genau, dass mich das einschüchtert. Innerlich amüsiert er sich bestimmt bereits über meine roten Wangen, dessen Hitze ich ganz deutlich spüre.

Ich wende mich von ihm ab und räume weiter den Kleiderschrank ein.

»Okay, lassen wir das Thema einfach«, höre ich ihn ein paar Augenblicke später von etwas weiter weg. Wahrscheinlich zieht er sich gerade am Bett seine Klamotten an, die wir uns dort in wilder Raserei vom Körper gerissen haben. *Themenwechsel, Rachel. Denk an etwas anderes!*

»Soll ich dich denn nachher zu den Red Eyes bringen oder nicht?«, fragt N.C. und hilft mir damit, meine Konzentration auf das Wesentliche zu richten.

Ich bin mittlerweile dazu übergegangen, meine Unterwäschen-Schublade einzuräumen und nebenbei Bilderrahmen und Deko-Kram wieder aufzustellen, den die Einbrecher von der Kommode gefegt haben. Mit skeptischer Miene drehe ich mich zu N.C. um, der vollständig bekleidet auf der Bettkante sitzt und seinen Verband abwickelt.

»Warum der Sinneswandel? Wieso willst du mich denen plötzlich ausliefern?«, frage ich. Ich habe sein Angebot gestern Nacht schon nicht verstanden. Meint er es gut oder lässt er mich in den sicheren Tod laufen?

»Ich liefere dich nicht aus. Ich würde dir nur helfen, eine Chance zu haben, deinen Vater zurückzuholen. Was genau du mit dieser Chance machst, ist dir überlassen.«

Ich verenge die Augen und beobachte ihn. Er sieht mich nicht an, sondern weiter hinunter auf seine Hand.

»Also braucht Cedric mich nicht mehr als seine Gefangene? Was hat Juri zu dir gesagt, nachdem ich weg war?«

Er hebt den Kopf. Braune dunkle Augen bohren sich in meine. »Cedric *brauchte* dich nie als Gefangene. Er hat dich lediglich bei sich behalten, um herauszufinden, warum du für die Red Eyes von Bedeutung bist, und vorrangig, um dich vor ihnen zu schützen. Aber das hast du nie begriffen und dich nicht sonderlich dankbar gezeigt.«

Ich verschlucke mich an der Luft, die ich viel zu schnell in meine Lunge sauge. »Dankbar?«, wiederhole ich. »Ich sollte dankbar sein, dass er mich an ein Bett kettet oder an einen Stuhl fesselt, während er auf mich einschlägt?« Ich hebe die Hand, damit er nicht antwortet und drehe mich wieder von ihm weg. »Ja, du hast recht, das habe ich nicht begriffen. Aber gut, wenn Cedric mich nicht mehr braucht, hat das alles ja jetzt ein Ende.« Ich knalle die Schublade mit meiner Unterwäsche etwas zu fest zu.

»Die Red Eyes sind nicht besser als wir. Im Gegenteil, Rachel. Wenn du zu ihnen gehst, um deinen Vater zu retten, wird das für dich erst der Anfang sein.«

Tief in mir weiß ich, dass er recht hat. Dass ich mich von einer Bande Krimineller der nächsten zuwende. Ich kralle mich an der oberen Kante der weißen Kommode fest und schließe für einen Moment die Augen.

Ohne ihn ansehen zu müssen, spüre ich, dass N.C. näherkommt. Seine Präsenz und Wärme strahlt in meinem Rücken. Und ich hasse ihn für die Gefühle, die er in meinem Körper auslöst.

Warum kann er nicht einfach ... der Gute sein?

»Ich will nur, dass du meine Warnung ernst nimmst.«

Selbst wenn ich ihm glauben könnte, wüsste ich nicht, was er jetzt von mir erwartet. Ich lasse den Kopf sinken. »Also würdest du an meiner Stelle nicht zu den Red Eyes gehen?«

Ich könnte es immer noch den Polizisten überlassen, andererseits weiß ich nicht einmal, ob sie die Red Eyes und meinen Vater finden, bevor seine Zeit abläuft. Ohne Hinweise, wo mein Vater sich befindet, kann es Tage dauern, ihn zu finden. Auf dem Stick befinden sich zwar einige Namen und Adressen, aber sobald die Red Eyes Wind davon bekommen, dass die Polizei eingeschaltet ist, könnten sie meinen Vater direkt töten.

»Du musst darauf gefasst sein, dass du deinen Dad nur retten kannst, wenn du Santiago etwas anderes im Austausch bietest. Etwas, was ihm mehr bringt, als deinen Vater zu foltern und zu töten.«

Das habe ich bereits bedacht, doch N.C.s Worte machen mich stutzig. Ich runzele die Stirn. »Was hat Juri gesagt, warum sie meinen Dad haben? Das ist es doch, was er dir verraten hat, oder? Dass sie ihn haben? Wie kannst du dir sicher sein, dass es mein Dad ist?«

Ich höre ein dumpfes Geräusch vor mir und öffne die Augen. N.C. hat ein Handy auf die Kommode gelegt. Ich muss das Display nicht einschalten, um zu wissen, dass es meins ist. Und um zu wissen, welches Foto mir entgegen leuchten würde.

»Juri hat den Mann auf dem Foto erkannt und somit bestätigt, was ich schon vermutet habe.«

Ich versuche mich an die Gesprächsfetzen in der VIP-Lounge zu erinnern, bevor ich auf die Knie sinken musste. Juri hat irgendetwas von dem Ausstieg eines Red Eyes erzählt, mit keiner Silbe hat er die Gefangenschaft eines früheren Staatsanwaltes erwähnt. Kam er dazu erst später, als ich verschwunden bin? Ich könnte mich erneut für meine eigene Dummheit und meinen verletzten Stolz verfluchen. Ich hätte gute Miene zum bösen Spiel machen müssen, das Sperma mit einem Lächeln schlucken und einfach neben den Männern sitzen bleiben sollen. Dann wäre ich jetzt um einiges schlauer und müsste mich nicht auf Neros Wort verlassen.

Ich nehme mein Handy in die Hand und da N.C. mich nicht aufhält, stecke ich es mir in meine eigene Hosentasche. *Er gibt es mir wirklich zurück.*

Heißt das, ich bin tatsächlich frei?

Ich drehe mich zu Nero um und räuspere mich. »Gut. Dann fahr mich dahin, wo ich diesen Santiago treffen kann.«

»Es gibt ein Lokal, von dem ich weiß, dass er und seine Männer dort regelmäßig verkehren. Ich kann nicht versprechen, dass er heute Abend da sein wird, aber du wirst dort auf jeden Fall am ehesten zu ihm und seinem inneren Kreis gelangen. Doch dann bist du auf dich allein gestellt. Ich werde dich nicht beschützen, Peach.«

»Keine Sorge, das erwarte ich auch nicht von dir.« Er hat mich auch nicht vor Juri beschützt oder vor Cedric – oder vor sich selbst. »Und jetzt lass mich bitte den Rest der Wohnung aufräumen. Wenn Dad nach Hause kommt, soll es nicht so aussehen, als wenn wir ausgeraubt worden wären. Ich nehme an, das Lokal von dem du sprichst, macht ohnehin erst abends auf?«

»Richtig. Da es nicht gerade um die Ecke liegt, brauchen wir bestimmt zwei Stunden bis dahin, aber vor 21 Uhr lohnt es sich nicht, loszufahren.«

Das ist noch eine Menge Zeit bis dahin. Genug, um darüber nachzudenken, ob ich das Richtige tue. Eigentlich hat ein Teil von mir damit gerechnet, dass N.C. mich ausfragen würde, was mein Plan ist oder was ich Santiago anbieten will, aber er hakt nicht nach. Vielleicht ist es ihm egal. Oder vielleicht weiß er schon von dem Stick?

Mein Blick schießt zu der Kette, die noch immer auf dem Nachttisch liegt, wo ich sie vor dem Schlafengehen abgelegt habe. Ich nehme sie und lege sie mir um den Hals. N.C. geht ohne ein weiteres Wort aus dem Zimmer und ich höre kurz darauf, wie er die Tür zum Bad schließt.

Vielleicht geht er auch duschen. Oder verbindet seine Hand neu. Mir ist es gleich, solange er sein Wort hält und mich nicht erneut zu Cedric bringt.

Dann bist du auf dich allein gestellt.
Ich werde dich nicht beschützen.

Ich lege meine Hand auf meinen Brustkorb, an die Stelle, unter der mein Herz schlägt. Vielleicht begehe ich gerade den größten Fehler meines Lebens und tausche meine Gefangenschaft bei den Vipers gegen die Gefangenschaft in einer anderen kriminellen Gang. Aber wenn ich nur die geringste Chance habe, meinen Dad dadurch zu befreien, wie könnte ich es dann nicht versuchen?

Mittlerweile habe ich schon vier Mal probiert, Zane zu erreichen. Mein Handy ist an ein Ladekabel angeschlossen und ich sitze auf der Couch im Wohnzimmer. Das Chaos hier habe ich in den letzten Stunden so gut es geht beseitigt. N.C. hat mir sogar geholfen, obwohl ich ihm gesagt habe, dass er es lassen soll.

Er wirkt immer noch erschöpft und irgendwie nicht wie er selbst, doch ich frage ihn nicht, was los ist. Ich habe genug eigene Sorgen. Und dass er sich um *mich* Sorgen macht, glaube ich nicht.

»Ich verstehe nicht, warum er nicht drangeht«, murmele ich und lasse frustriert das Handy sinken. Ihm muss irgendetwas zugestoßen sein. Anders kann ich mir das nicht erklären.

»Wen meinst du?«, fragt N.C.

Obwohl ich nicht mit ihm reden will, antworte ich ihm. Meine Nerven liegen blank und er ist der Einzige, mit dem ich über all das sprechen kann. »Zane. Mein Bodyguard.« Bei dem letzten Wort zeichne ich Gänsefüßchen in die Luft. »Kurz vor der Schießerei in der Mall ist er verschwunden und ich habe danach nichts mehr von ihm gehört. Auch auf meinem Handy sind keine Nachrichten oder Anrufe von ihm eingegangen, obwohl er mich doch hätte suchen müssen.«

N.C. legt seine Stirn in Falten. Er fragt nicht, warum ein Mädchen wie ich einen Bodyguard braucht, sondern hängt nur in einem der Ledersessel und sieht nicht einmal von dem Buch hoch, welches er sich aus unserem Bücherregal genommen hat. Bereits die letzte halbe Stunde ist er darin vertieft – scheinbar. Eigentlich frage ich mich, wieso er überhaupt den ganzen Tag mit mir in der Wohnung herumhängt. Er könnte wegfahren oder zumindest eine Weile spazieren gehen, mit seinem Boss telefonieren, was auch immer. Wieso bleibt er bei mir, als würde er weiterhin auf mich aufpassen? Hat er Sorge, dass ich die Red Eyes auf eigene Faust suchen gehe, wenn er mich für ein paar Stunden alleinlässt? Wieso würde ihn das stören? Schließlich hat Cedric mich frei gegeben. Er sollte einen Scheiß auf mich geben und einfach verschwinden.

»Egal.« Ich kontrolliere den Ladestand, nehme das Smartphone vom Strom und schiebe es mir in die Hosentasche. »Ich muss hier raus und ein wenig frische Luft schnappen.«

Wenn er nicht verschwindet, dann bin ich es eben, die geht.

»Soll ich mit?«, fragt er, was mein skeptisches Gefühl ihm gegenüber nur verstärkt.

»Nein. Ich brauche etwas Abstand.« Auch von ihm. Vor allem von ihm.

N.C. sieht nicht so aus, als würde es ihn kränken. »Ich warte hier. Es lohnt sich für mich nicht, jetzt noch zu mir nach Hause zu fahren und dich dann wieder abzuholen.«

Ich nicke nur und tue so, als wenn seine Erklärung mich überzeugen würde. Vielleicht hat er nur darauf gehofft, allein in der Wohnung zu bleiben, um selbst noch einmal etwas zu stöbern. Doch da kann ich ihn enttäuschen. Er wird nichts finden, was von Belang ist. Das einzig Wertvolle hier trage ich um den Hals.

Hör auf, ihn zu verdächtigen. Vielleicht meinte er seine Entschuldigung gestern Nacht ernst und jetzt versucht er mir zu helfen, um es wieder gut zu machen.

Ich schüttele meine innere Stimme ab und ziehe mir im Flur die Schuhe an. Mich dazu zu bringen, einem Fremden den Schwanz zu blasen und mich anschließend auf der Toilette vergewaltigen zu wollen ist nichts, was man einfach so wieder gut machen könnte.

Er hat mir gezeigt, wie skrupellos sein wahres Ich ist, und das werde ich nicht vergessen.

Aber ich werde auch nicht so schnell vergessen, wie sich sein Mund auf meinem angefühlt hat. Oder der Moment, in dem er in mich eingedrungen ist.

Ich renne geradezu die Treppen hinunter an die frische Luft. Nachdem ich ein paar Schritte gegangen bin und die

Mittagssonne meine nackten Arme röstet, ziehe ich das Handy aus meiner Hosentasche und beschließe, Ivy anzurufen. Ich brauche dringend ein wenig Normalität und eine bekannte Stimme, bevor ich mich heute Abend in die Höhle des Löwen begebe.

N.C.

So langsam verziehen sich die kalten Schatten um meinen Verstand. Das Tief, wenn ich am Abend zuvor ein paar Lines gezogen habe, ist mir schon mehr als vertraut. Vermutlich hätte ich heute ohnehin nicht viel getan, deshalb kommt es mir ganz recht, den Tag in deiner Nähe mit Nichtstun zu verbringen. Ich helfe dir halbherzig beim Aufräumen und stecke meine Nase in irgendeinen Thriller, damit du dich nicht fragst, warum ich so fertig bin. Du hast gestern vermutlich nicht einmal mitbekommen, dass ich high war, während du auf meinem Schoß saßt und ich meine Mauern für dich fallen ließ. Und dich anschließend so leichtfertig an Juri übergab.

Ich habe zwar noch ein Päckchen von dem Stoff in meiner Jackentasche, doch ich lasse mich davon nicht verführen. Ich halte mich von dem Zeug fern, wenn ich nicht gerade jemandem eine Kugel ins Hirn gejagt habe. Da ich nicht wöchentlich jemanden umbringe, bin ich nur noch selten high. Anders als vor ein paar Jahren. In meiner Jugend – nach dem Tod meiner Pflegemutter – bin ich so weit abgedriftet, dass ich mir das Zeug fast täglich gezogen habe. Danach habe ich damit gedealt und erst als Cedric mich aufgenommen hat, bin ich komplett davon weggekommen.

Die Ausnahmesituationen mit dem Töten mal ausgeklammert.

Ich streiche mir mit der unverletzten Hand übers Gesicht und lege meinen Kopf nach hinten in das Polster des Sessels. Hinter den Fenstern wandert die Mittagssonne immer weiter Richtung Süden. Du bist immer noch draußen, angeblich spazieren, um den Kopf freizubekommen. Ich weiß nicht, was du in Wahrheit tust, doch ich gehe davon aus, dass du zurückkommst.

Ob du es willst oder nicht, ich kann in dir lesen wie in einem offenen Buch. Und dein Blick vorhin hat ohne Zweifel Bände gesprochen. Du hast zwar Angst, doch du hast es dir auch in den Kopf gesetzt, deinen Vater zu retten. Ohne die Polizei. Ohne fremde Hilfe.

Wieso tust du das für ihn? Wieso bist du so tapfer, Peach? Oder einfach nur naiv?

Ich weiß, dass du glaubst, die Informationen auf dem Stick eintauschen zu können. Vermutlich willst du Santiago sagen, dass es keinerlei Kopie der Dateien gibt. Vermutlich weißt du nicht, dass dein Vater in den vergangenen Jahren selbst ein Red Eye war und man bei Loyalitätsbruch immer mit seinem Leben bezahlen muss. Blood in, Blood out, so heißt es bei uns.

Ich lasse dich also da reinmarschieren, obwohl ich weiß, dass dein Heldenmut zu nichts führt. Du kannst deinen Dad nicht retten. Ich sollte es dir sagen, dich davon abhalten, aber ich kann nicht. Denn dann würde ich die Loyalität zu meinem eigenen Clan brechen und das steht nicht zur Debatte. Egal wie sehr ich dich für deine Stärke und deinen Mut bewundere. Oder wie gut unser Sex war und wie perfekt sich dein Körper unter meinem angefühlt hat.

Wenn ich könnte, würde ich dich vorher noch einmal ficken, nur um ein einziges Mal noch in diesem süßen Paradies zu verweilen, bevor du durchs Höllentor gestoßen wirst. Doch wie egoistisch wäre es von mir, dich noch einmal zu nehmen, obwohl ich weiß, dass ich dich in dein eigenes Unglück treibe?

ACHTZEHN

»M öchtest du eine Waffe bei dir tragen, wenn du in Santiagos Revier bist?«, fragt N.C. mich unvermittelt, gerade als wir aus der Tür raus wollen.

Verblüfft starre ich ihn an. Da er nicht davon ausgehen kann, dass hier in der Wohnung eine Pistole versteckt ist, bietet er mir gerade wohl seine eigene an. Ich sehe an ihm herunter zu dem Holster, den er an seinem Gürtel umgeschnallt trägt. Der Griff der Waffe ist oberhalb seiner Hose zu sehen, wird aber von seinem schwarzen Shirt verdeckt, sodass es nur auffällt, wenn man genauer hinsieht.

»Glaubst du wirklich, ich würde einen der Männer dort erschießen, wenn es hart auf hart kommt?«, frage ich mit gehobener Augenbraue. Als ich die Chance hatte, aus Cedrics Villa zu fliehen und die Waffe in der Hand hatte, war ich auch zu feige gewesen, um rechtzeitig abzudrücken. Wieso sollte es heute Abend anders sein?

»Die dort wissen nicht, ob du schießen würdest oder nicht. Vielleicht verschafft es dir ein wenig Respekt. Und ich würde mich wohler fühlen, dich nicht komplett unbewaffnet dort abzuliefern.«

Er würde sich *wohler fühlen*? Versucht er mich immer noch, mit irgendwelchen Psychospielchen um den Finger zu wickeln? Nur weil wir miteinander geschlafen haben, glaube ich nicht, dass er sich plötzlich Sorgen um mich macht.

»Aber ich fühle mich mit so einem Ding nicht wohl«, stelle ich klar.

N.C. scheint alles andere als zufrieden mit meiner Antwort, doch er nickt zur Tür, um mir zu signalisieren, dass wir gehen können.

Als wir draußen vor seinem Motorrad stehen und er mir den Helm reicht, erfasst mich beinahe so etwas wie Wehmut. Das hier ist wohl die letzte Fahrt, die ich auf N.C.s Bike unternehme.

Wollen wir es hoffen, Rachel!

Ein letztes Mal klettere ich hinter ihn auf den Sitz und schlinge meine Arme um seinen Körper, der mir nun so viel vertrauter ist, als ich ertragen kann.

W ir fahren länger, als wir es bisher je getan haben, und irgendwann beginne ich unwillkürlich zu zweifeln. Was, wenn mich Nero irgendwo anders hinbringt? Ich vertraue ihm hierbei blind, aber vielleicht haben er und Cedric mit mir ja andere Pläne? Da mir jedoch beim besten Willen nicht einfällt, was er mit mir vorhaben könnte, außer mich vielleicht in irgendeiner abgelegenen Lagerhalle einzusperren oder in der Wüste zu verscharren, versuche ich, nicht weiter daran zu denken. Jetzt ist es ohnehin zu spät für irgendwelche Zweifel.

Ein letztes Mal noch musst du diesem Mann vertrauen.

Die Sonne geht langsam unter und es wird dunkler und dunkler. Die Highways werden leerer und leerer. Wir sprechen auf dem Weg kein Wort miteinander, was meinen Gedanken Raum gibt, abzuschweifen und sich in der malerischen Umgebung zu verlieren, bis der Himmel zu finster wird, um noch viel von der Landschaft oder den Städten zu erkennen, an denen wir vorbeifahren.

Schließlich fahren wir vom Highway ab und kurven durch die äußeren Randbezirke von San Diego. Es wird zunehmend kühler und ich bereue es, keine Jacke mitgenommen zu haben. Als wir schließlich auf einem Parkplatz vor einem rotleuchtenden kleinen Club halten, holt mich die geballte Ladung Nervosität wieder ein, die ich auf der Fahrt irgendwann hinter mir lassen konnte.

Wird N.C. mich einfach hier absetzen und zurück zu Cedric fahren? Mich an diesem fremden Ort mitten in der Nacht allein lassen? *Das wolltest du doch so, Rachel.*

Was, wenn ich Santiago gar nicht finde oder seine Leute mich nicht bis zu ihm kommen lassen? *Oder wenn mein Vater schon tot ist und es gar nichts mehr gibt, um was ich verhandeln könnte.*

Als ich auf wackeligen Beinen neben Neros Motorrad stehe und ihm den Helm reiche, sehe ich beinahe hoffnungsvoll zu ihm auf. Ich weiß, dass er nicht auf meiner Seite ist, doch am liebsten würde ich ihn bitten, mit mir zu kommen. Zumindest solange bei mir zu bleiben, bis ich Santiago finde. Nur kommen die Worte nicht aus meinem Mund.

N.C. sieht mich abwartend, beinahe wachsam an. Als würde er merken, dass ich ihm gern noch etwas sagen würde. Da ich es nicht tue, nickt er mir schließlich zu und hebt den Helm an, um sich ihn überzuziehen. Ich halte ihn davon ab, drücke den Helm mit der rechten Hand hinunter und greife mit der linken nach seinem Hinterkopf. Ehe ich darüber nachdenken kann, ziehe ich ihn zu mir und küsse ihn.

Verdammt.

Nicht nur die Welt steht still, sondern auch seine warmen, weichen Lippen.

Nach einer Sekunde der Regungslosigkeit erwidert er den Kuss allerdings mit einem tiefen Knurren, greift in mein Haar und zieht mich enger an sich. Besitzergreifend schiebt sich seine Zunge in meinen Mund und vertieft den Kuss mit einer Härte, die mir den Magen zusammenzieht. Schneller als mir lieb ist, zieht er sich jedoch wieder zurück.

Er lässt mich los und hebt den Kopf. »Peach«, murmelt

er und zieht verwirrt – oder gequält – die Augenbrauen zusammen. »Ich bin nicht …«

»Mein Retter, ich weiß«, unterbreche ich ihn. Er ist ein Krimineller. Ein Mörder. Ein Lügner. »Bin ich schwach, wenn ich dich frage, ob du mich trotzdem begleiten willst? Bis ich Santiago gegenüberstehe und mit ihm sprechen kann?«

Er atmet tief aus. »Du bist nicht schwach, Peach, nur weil du Angst hast.« Er sieht über meinen Kopf hinweg in die Finsternis, als würde er nach Worten suchen. Dann richtet er seinen Blick wieder auf mich und die Intensität seiner dunklen Iriden lässt mich frösteln. »Ich habe miterlebt, wie du Cedrics Schläge weggesteckt hast. Zwei Schießereien und eine Gefangennahme. Und nicht zu vergessen, wie ich dich im Sky High behandelt habe. Und noch immer stehst du hier vor mir mit erhobenem Kopf und willst weiterkämpfen. Für eine Person, die dir wichtig ist. Angst zu haben, ist nur menschlich. Aber schwach bist du nur, wenn du vor ihr davonrennst.«

Ich schlucke. »Also ist das ein Ja?«, frage ich und versuche ihm nicht zu zeigen, wie viel mir seine Worte bedeuten. Dass er mich als Kämpferin sieht und nicht als Opfer.

N.C. scheint kurz zu überlegen und nickt dann. »In Ordnung. Aber wenn dein Gespräch mit ihm schiefläuft … ich kann hier keinen Krieg anzetteln, *Princesa*. Ich kann mich nicht gegen Santiago stellen, um dir den Arsch zu retten.«

Ich nicke, während mein Herz mir bis zum Hals schlägt. »Das ist mir klar. Du kannst gehen, sobald ich Santiago gegenüberstehe. Du bist mir nichts schuldig.«

Mit einem finsteren Gesichtsausdruck, der nichts Gutes verheißen kann, steigt er von der Maschine, hängt den Helm an den Lenker und zieht mich noch einmal zu sich heran. Er küsst mich so grob und schmerzhaft, dass ich seine Wut auf meiner Zunge schmecken kann. Doch ich weiß nicht, wem seine Wut gilt. Und noch weniger weiß ich, warum ich diesen Kuss so sehr brauche.

N och während wir auf den Türsteher zugehen, habe ich die Möglichkeit, mir diesen Club genauer anzusehen, und bekomme Herzrasen, als ich die rotleuchtenden Frauensilhouetten sehe, die an den Wänden des Gebäudes erstrahlen. Ist das etwa ein Nachtclub? Oder ein Striplokal? Bevor ich N.C. danach fragen kann, stehen wir schon auf dem roten Teppich vor einer Absperrung, an der der Türsteher uns in Augenschein nimmt.

»Pro Kopf fünfzig Dollar und einmal die Ausweise bitte.« Dabei liegt sein Blick skeptisch auf mir, als würde er mich noch nicht für volljährig halten.

Natürlich habe ich meinen Ausweis nicht bei mir und sehe hilflos zu N.C.

»Ich bringe diese junge Dame zu Santiago. Ist er heute da? Ist was Geschäftliches.«

Er bringt mich zu ihm? Ich beiße die Zähne zusammen, sage aber nichts. Wenn wir so reinkommen, kann mir ja egal sein, was Nero behauptet.

»Name?«, fragt der breitgebaute Türsteher, der in einem schicken Anzug und Fliege vor uns steht, und holt ein kleines Walkie-Talkie aus seiner inneren Jackettasche.

Nero grinst. »Die Vipers haben ein Geschenk für ihn. Mehr muss er nicht wissen.«

Der Türsteher gibt die Info weiter, während ich über Neros Wortwahl grübele. Tut er das wirklich nur, um uns reinzubringen, oder steckt mehr dahinter?

»Ihr dürft rein. Es kann aber etwas dauern, bis der Chef sich euch widmet. Um 23 Uhr genießen er und seine Männer immer eine Exklusivvorstellung. Danach kommt er runter.« Er nickt uns durch und wir folgen dem roten Teppich durch eine schmale Tür, die in einen dunklen rot beleuchteten Gang führt. Rechts ist die Wand komplett verspiegelt, während links ein schmaler vertikal laufender Streifen Glas in den nebenliegenden Raum blicken lässt.

Meine Hände krallen sich fester um den Gurt meiner

kleinen Umhängetasche. Ich straffe die Schultern, um nach außen hin gefasst und selbstbewusst zu wirken.

Jetzt gibt es keinen Weg mehr zurück.

»Was unseren kleinen Kuss draußen angeht ... Hier drin solltest du lieber gesunden Abstand von mir halten. Wenn Santiago und seine Männer hier sind, ist es besser, wenn sie nichts sehen, was sie in den falschen Hals bekommen könnten. Sie würden dir nicht trauen, wenn sie denken, dass du gemeinsame Sache mit uns machst«, raunt N.C. mir zu.

Denkt er etwa, ich würde ihn hier drin noch einmal küssen oder mich ihm an den Hals werfen? Er klingt so, als würde er unseren Kuss bereuen, was mir einen kurzen Stich versetzt. Keine Ahnung, was das vorhin an seinem Motorrad war, vielleicht hat der Gedanke an einen Abschied meine Hormone durchdrehen lassen, aber er braucht nicht zu befürchten, dass ich in das zwischen uns irgendetwas hineininterpretiere. Das Einzige, was ich zu interpretieren versuche, sind seine Absichten.

»Trauen die Typen mir etwa mehr, wenn sie denken, dass du mich hier als Geschenk der Vipers ablieferst?«, frage ich daher spitz zurück.

»Irgendetwas musste ich ja sagen, um uns reinzubringen.«

Die Frage ist bloß, was er sagen wird, wenn Santiago uns gegenübertritt. Wird er dann immer noch so tun, als würde mein Auftauchen hier sein Verdienst sein? Dazu wird es nicht kommen, denn ich habe nicht vor, so lange zu warten. Santiago gegenübertreten, muss ich allein, das wird mir spätestens jetzt klar, weshalb ich auch unauffällig mein Handy aus der kleinen Tasche ziehe und einen Blick auf die Uhrzeit werfe. Noch fünfzehn Minuten bis elf.

Der schmale rotleuchtende Gang führt einmal um die Ecke und durch einen schweren Vorhang betreten wir einen Saal, dessen Herzstück eine große Bühne mit einzelnen in die Höhe ragenden Stangen bildet. An ein paar der Stangen tanzen spärlich bekleidete Frauen zu den rhythmischen Beats, die aus den Boxen wummern. Die Bühne wird mit pinken und blauen Lichtkegeln bestrahlt, am Rande erkenne ich einige Männer, die den Frauen Geld zuwerfen. Manche beugen sich auch bis zu den Tänzerinnen und schieben ihnen die Dollarscheine geradewegs in den Slip.

Ich lasse meinen Blick durch den bereits gut besuchten Raum schweifen und entdecke gegenüber von der Bühne am anderen Ende des Saals drei Käfige von der hohen Decke baumeln, in denen sich ebenfalls Frauen räkeln, die sogar noch weniger anhaben – wenn man die Fesseln und Nietenschnallen um ihre Körper nicht mitzählt. Dort erspähe ich auch eine Treppe, die von beiden Seiten zu einer höher gelegenen Empore führt.

»Am besten setzen wir uns solange an die Bar«, schlägt Nero vor.

Ich sehe von der Seite zu ihm hoch, um zu schauen, ob sein Blick an den halbnackten Tänzerinnen klebt. Nicht, dass es mich stören würde, wenn er sie betrachtet, doch es überrascht mich ein wenig, dass er es nicht tut. Stattdessen gleitet sein Blick geradezu wachsam von einer schattigen Ecke zur nächsten, als würde er in der Dunkelheit nach etwas – oder jemandem – Ausschau halten.

Kennt er vielleicht einige der Red Eyes persönlich? Darf er sich überhaupt auf ihrem Territorium aufhalten?

»Ich suche nur eben nach den Toiletten. Danach komme ich an die Bar«, lasse ich ihn wissen und hoffe, dass er anbeißt.

Nero scheint so in Gedanken, dass er nur nickt. Ohne ein weiteres Wort spaziert er in Richtung der Bar und ich sehe noch, wie er ein Handy aus seiner Hosentasche zieht.

N.C.

Ich schiele auf mein Smartphone und lese noch einmal die letzte SMS, die von Cedric vor über zwei Stunden eingegangen ist: »Sieh zu, dass sie dich sehen und dass du sie hinbringst. Es ist unser Friedensangebot an sie, damit herrscht erstmal wieder Waffenruhe.«

Cedric scheint Santiago besänftigen zu wollen, obwohl die Red Eyes es waren, die in meinem Salon mit der Schießerei begonnen haben. Nur leider habe ich an dem Tag mehrere von ihnen in die Hölle befördert, während von uns alle mehr oder weniger unbeschadet rausgekommen sind.

Dadurch, dass du ihnen rechtmäßig gehörst und wir dich die letzten Tage versteckt hielten, haben wir die zuvor hart erarbeitete Waffenruhe gefährdet. Nun will Cedric Wiedergutmachung leisten, indem er dich im Namen der Vipers zurückbringt.

Es passt mir also ganz gut, dass du mich gebeten hast, dich zu begleiten.

Deine Angst, hiermit einen großen Fehler zu begehen, ist berechtigt, doch ich versuche den Gedanken daran zu unterdrücken. Mit Hilfe eines Bourbons wird das hoffentlich besser klappen. Ich schiebe mich an der Bar an zwei schmächtigen Jungs vorbei und gebe dem Barkeeper ein Handzeichen.

Zwei Minuten später lehne ich mit dem Whiskey am Tresen und begutachte die tanzenden Frauen an der Stange, während ich auf dich warte.

Die Wahrscheinlichkeit, dass du in diesem Schuppen auf dem Weg dumm angemacht wirst, ist zwar hoch, doch ich muss darauf vertrauen, dass du dich selbst zur Wehr setzen kannst. Hätte ich dir angeboten, dich zu begleiten, hättest du vermutlich noch mehr Skepsis entwickelt. Mir ist nicht entgangen, dass dir nicht gefallen hat, was ich zum Türsteher sagte. Bevor du also ein Theater machst und meine letzte Anweisung gefährdest, die Cedric mir für dich aufgetragen hat, werde ich versuchen, mich etwas mehr zurückzuhalten. Du *sollst glauben, dass du die Zügel in der Hand hast. Ich muss lediglich sicherstellen, dass Santiago sieht, mit wem du gekommen bist. Danach kann ich verschwinden und du bist nicht länger mein Problem.*

Das sollte mich verdammt nochmal beruhigen, weil ich den Stress der letzten Tage satt habe. Stattdessen kippe ich den Whiskey in mich hinein, als könnte ich damit die Erinnerung deiner Zunge von meiner auslöschen. Ich habe mir in den letzten Jahren etwas aufgebaut, was mir eine Zukunft verspricht. An Cedrics Seite habe ich eine Position, die mir die Welt beinahe zu Füßen legt. Ich werde nie wieder auf der Straße schlafen müssen, mich mit Diebstählen über Wasser halten oder reiche Schnepfen ficken müssen, um ein warmes Bett im Winter zu haben. Das alles hatte ich mit achtzehn schon durch, während andere ihren High School Abschluss machten und aufs College gingen. Ich vertickte Drogen und hatte mit neunzehn bereits Blut an meinen Händen, das sich nie mehr abwaschen lässt.

Cedrics rechte Hand zu sein, hat mir zum ersten Mal Sicherheit gegeben. Einen Ort, an dem ich erwünscht bin. Wo die richtigen Leute mich respektieren und die anderen mich fürchten.

Du gefährdest all das, ohne dass du es überhaupt merkst. Ich habe gehofft, dass dich einmal zu ficken, Abhilfe schaffen würde. Mein Interesse an dir sättigen würde. Ich habe alles mit dir getan, was ich wollte: dich auf meiner Zunge geschmeckt, gespürt und genommen. Doch du hast meinen Kopf nicht freigegeben, Peach. Im Gegenteil. Seit heute Morgen kreisen all meine Gedanken um dich.

Wie du dich von einem unschuldigen weißen Schwan in eine Kriegerprinzessin verwandelst, gefällt mir mehr, als es sollte. Das muss aufhören, mi Bella. Und das wird hoffentlich in dem Moment aufhören, in dem ich hier raus bin.

S tatt nach den Toiletten zu fragen, habe ich mich bei einem der Kellner, der an den Tischen die Gläser abgeräumt hat, erkundigt, wo ich die Privaträume für die exklusiven Vorstellungen finde. Nachdem ich die Treppe hochgeschlichen bin, habe ich um fünf vor elf eine Tänzerin abgefangen, die zu einer der verschlossenen Türen ging. Ich versicherte mich, dass sie zu Santiago wollte, und sagte ihr dann, dass der Boss sie heute nicht sehen will und sie ausgetauscht wurde. Sie solle für heute Feierabend machen.

Nun stehe ich vor der geschlossenen Tür und werfe einen letzten Blick auf mein Handy. Eine Minute vor elf. Ich kann nicht fassen, was ich gleich tun werde, und doch sind in diesem Moment keinerlei Zweifel in mir. Keine Angst. Keine Nervosität.

Egal, was dieser Santiago für ein Mann ist, er wird mit Sicherheit wissen wollen, was ich zu sagen habe. Ich greife nach dem Anhänger, der in meinem Dekolleté ruht, und atme ein letztes Mal tief durch, bevor ich den Türknauf drehe und einen Schritt über die Schwelle setze.

NEUNZEHN

D ämmrig rotes Licht flutet den kleinen Raum. Nebelschwaden machen es kaum möglich, weiter als einen Meter zu sehen. Der Zigarrenqualm ist so dicht und penetrant, dass ich fast husten muss, doch ich unterdrücke den Reiz und schließe die Tür hinter mir.

Die Musik hier drin ist nur leise, aber die Bässe hoch genug aufgedreht, dass sie einem durch den Körper vibrieren. Ich mache ein paar zögerliche Schritte in das Zimmer und entdecke einen runden Tisch mit einer Polestange vor mir. Dahinter befindet sich eine u-förmige rot gepolsterte Lounge, in der mehrere Männer sitzen, Zigarren rauchen und sich unterhalten.

»Oh, das Mädchen ist endlich da. Seit wann tragen deine Tänzerinnen lange Hosen, Boss?«, dröhnt eine laute Stimme, zu der ich kein Gesicht zuordnen kann, weil meine Augen mit dem dämmrigen Licht und dem Qualm überfordert sind.

Ich sehe die Männer nur als dunkle Silhouetten und zähle fünf von ihnen. Der in der Mitte sitzt am lässigsten da, seine Beine gespreizt, die Arme über die hintere Lehne gelegt, scheint er direkt in meine Richtung zu starren.

»Keine Zeit gehabt, dich umzuziehen, Schätzchen?« Obwohl ich seine Lippenbewegung nicht ausmachen kann, bin ich mir sicher, dass er es ist, der mit mir spricht. Seine tiefe

Stimme geht mir unter die Haut und gräbt sich bis in mein Knochenmark. »Hoffentlich ist das, was du darunter trägst appetitlicher. Los, fang an«, befiehlt er und meine Beine gehorchen wie von selbst.

Allein der Klang seiner Stimme reicht, um zu wissen, dass man ihm lieber nicht widersprechen sollte. Also steige ich auf diesen verdammten niedrigen Tisch, obwohl ich weiß, dass ich so schnell wie möglich mit der Sprache rausrücken sollte.

»Rothaarig. Lecker«, tönt einer von den Männern rechts.

»Du bist nicht der Einzige, der auf Rothaarige steht. Das hier könnte interessant werden«, erwidert eine Stimme, die mir seltsam vertraut vorkommt, doch ich kann sie nicht zuordnen. Der Klang seiner Worte vermischt sich mit den Bässen der Musik und dem Rauschen in meinen Ohren.

»Ich bin hier, um mit Santiago zu verhandeln«, sage ich so laut und selbstbewusst ich kann. »Ich habe etwas, was ihn interessieren wird.«

Dabei liegt mein Blick auf dem Mann in der Mitte. Er beugt sich etwas vor und stützt seine Arme auf die Oberschenkel. So langsam gewöhnen sich meine Augen an den beißenden Qualm in diesem Raum und sein Gesicht nimmt leichte Konturen an. Ich sehe sein schwarzes Haar und einen dichten Bart um seine vollen Lippen herum. »Na sieh mal einer an, also bist du keine meiner Tänzerinnen«, schlussfolgert er. Seine Stimme rau und von einem deutlich hörbaren mexikanischen Akzent untermalt.

»Ich bin Rach –«

»Egal wer du bist, Princesa. Erst wollen wir dich tanzen sehen. Nackt. Danach höre ich mir vielleicht an, was du zu sagen hast.«

Hitze sammelt sich in meinen Wangen – und zwischen meinen Schenkeln. Ein Teil von mir hat das bereits befürchtet, doch ich bin dem Gedanken bisher aus dem Weg gegangen.

Der Mann, den ich für Santiago halte, lehnt sich wieder

zurück. Der Mann rechts von ihm beugt sich zu ihm und flüstert ihm etwas ins Ohr. Durch das Tosen meines Blutes höre ich ein paar seiner Freunde diskutieren oder leise lachen, doch ich achte nicht auf sie. Ich habe nur zwei Möglichkeiten: entweder ich tanze für diese Fremden und hoffe, dass Santiago mich am Ende anhört, oder ich gehe und warte draußen gemeinsam mit Nero auf ihn. Doch dann wirkt es, als wäre ich seine Gefangene und alles, was ich ihnen anbiete, wäre auf Cedrics Mist gewachsen. Da ich diesem Frauen-verprügelnden-Arschloch gewiss nicht in die Karten spielen will, werde ich es also auf meine Art lösen.

Nero wird mich unten wahrscheinlich schon überall suchen. Vielleicht glaubt er sogar, ich wäre abgehauen, aber hier drin wird er mich gewiss nicht finden. Hier drin gibt es nur mich und diese Männer. Und von gierigen Blicken begrüßt zu werden, ist mir tausendmal lieber als von Schussfeuerwaffen in Empfang genommen zu werden, also ist das hier milder als die Szenarien, die ich mir vorab im Kopf ausgemalt habe.

Ich drehe den Männern den Rücken zu, lege meine Umhängetasche ab und schließe die Augen. Zwar bin ich mir sicher, dass ich nicht einmal eine halb so gute Show abliefern kann wie die Blondine, die ursprünglich hier reinwollte, doch daran versuche ich jetzt nicht zu denken. Ich hatte als Teenager einige Tanzstunden. Als ich siebzehn war, habe ich sogar bei einem Poledance-Kurs mitgemacht, doch nach Moms Tod habe ich mit dem Tanzen aufgehört. Dass ich ausgerechnet hier, in einem Striplokal, wieder damit anfangen würde, hätte wohl niemand gedacht.

Ich lege eine Hand an die Stange und schreite um sie herum, während ich meine Hüften zum Takt der Musik bewege. Erst zögerlich, doch dann immer gewagter. Ich kenne die Männer hier drin nicht. Sie sind völlig Fremde, die nichts weiter wollen, als eine Show zu bekommen.

Hat mein Herz gerade noch bis zum Hals gehämmert, bin ich innerlich plötzlich ganz ruhig. Als würde mein Körper die Oberhand übernehmen und mich führen. Die

Musik ist alles, was ich zu spüren versuche. Ich sinke an der Stange herab und biege mich ihr entgegen, fühle mich wie eine Schlange, die sich langsam und genüsslich um ihr Opfer wickelt. Bei dem Vergleich muss ich kurz an Nero denken und was er davon halten würde, wenn er in dieser Lounge säße und mich so sähe.

Würde es so etwas wie Eifersucht in ihm wecken? Oder würde er die Show genießen und es vielleicht sogar aufregend finden, dass noch andere Männer mich betrachten; sich sogar vielleicht an mir aufgeilen?

Callum würde es mit Sicherheit gefallen. Ich kann mir beinahe vorstellen, wie er neben Santiago sitzt und mit seinem Messer spielt, während seine eisblauen Augen auf mir ruhen und keine meiner Bewegungen verpassen.

Ich greife an den Saum meines Tops und ziehe es mir über den Kopf. Die Männer sind still geworden. Sie grölen nicht wie pubertierende Jungs, doch ich spüre jeden ihrer Blicke wie Feuer an meiner Haut züngeln.

Nackt, hat Santiago gesagt. Ich weiß also, dass mein Top auszuziehen, noch lange nicht reicht und irgendwie ... beflügelt es mich. Ich muss mir keine Gedanken darum machen, was sie über mich denken, denn sie zwingen mich praktisch hierzu und doch mache ich es freiwillig. Mir gefällt, wie sie mich beobachten, als wäre ich begehrenswert. Und dass mich bisher keiner von ihnen weggeschickt hat, bedeutet, dass meine Tanzkünste nicht völlig eingerostet sind.

Ich sinke vor Santiago auf die Knie und da ich mich am Tischrand befinde, kann ich bis in seine dunklen Augen blicken, die mich unter seinen dichten schwarzen Augenbrauen mustern. Sein südländisches Gesicht wirkt finster und reif. Er ist älter als Nero und Cedric, vielleicht Ende dreißig, Anfang vierzig, aber dennoch wirkt das, was ich sehe, attraktiv.

Gefährlich, aber attraktiv.

Ich knöpfe meine Jeans auf und ziehe den Reißverschluss hinunter, während sich mein Oberkörper wellenartig zur Musik bewegt. Santiagos Blick wandert von

294

meinem Gesicht, meine Kehle entlang über meine vom BH bedeckten Brüste, meinen Bauch hinunter in meinen Schritt. Ich weiß nicht, ob die Tänzerinnen hier in diesem Club angefasst werden dürfen, normalerweise sollte das nicht der Fall sein, doch in Privatvorstellungen sieht das vielleicht anders aus. Vor allem, wenn Santiago der Chef dieses Lokals ist.

Er fasst seine Tänzerinnen bestimmt an. Vielleicht vögelt er sie auch in den Privaträumen zusammen mit seinen Freunden. Doch obwohl ich nur Zentimeter von ihm entfernt bin, streckt er seine Hand nicht nach mir aus.

Er weiß, dass ich keine seiner Tänzerinnen bin. Wahrscheinlich weiß er bereits genau, wer ich bin, schließlich hat er vor einigen Tagen nach mir suchen lassen.

Ist mir beim Tanzen zu zusehen, also wirklich alles, was er will?

Der Blick aus seinen dunklen Augen vermittelt mir eine gewisse Sicherheit, auch wenn das völlig verrückt klingt. Ich erhebe mich, gehe wieder in den Stand, drehe den Männern den Rücken zu und schäle ohne weiter darüber nachzudenken, meine Jeans von den Hüften.

Vielleicht sollte ich mir Sorgen machen, warum es mir so einen Spaß macht, mich vor ihnen auszuziehen. Ich sollte das hier nicht genießen und doch prickelt die Aufregung in meinem Körper wie eine Flasche Sekt, die ich auf leeren Magen getrunken habe.

Callum hatte recht: in mir ist etwas Finsteres, Verdorbenes, was sich nach dem Verbotenem sehnt. Vielleicht habe ich es deshalb so sehr genossen, als N.C. mich heute früh gefickt hat.

Vielleicht ist in den letzten Jahren etwas so falsch bei mir gelaufen, dass ich mich nur durch so etwas ... lebendig fühlen kann.

Oder es war schon immer in mir, doch mein perfektes Leben hat es nie erlaubt, mich so unperfekt zu verhalten.

Nur noch in Unterwäsche räkele ich mich an der Stange und führe ein paar der einfachen Figuren durch, an die ich mich noch erinnern kann. Die Männer rauchen weiter, trinken und hin und wieder höre ich Fetzen von gedämpften Unterhaltungen. Sie scheinen die Show zurückgelehnt zu genießen und sich damit abgefunden zu haben, dass ich keine echte Stripperin bin.

Santiago ist der Einzige, der sich nicht in die Gespräche um sich herum einklinkt. Er lässt mich keine Sekunde aus den Augen, was mir auf unerklärliche Weise einen besonderen Kick gibt.

Vergiss nicht, wer diese Menschen sind, Rachel. Sie haben deinen Dad. Und sie haben Mom auf dem Gewissen.

Ich beiße die Zähne zusammen und greife mit meinen Armen nach hinten an meinen Rücken. Meine Kehle wird von unsichtbaren Bändern zusammengeschnürt. Als ich den BH-Verschluss öffne und die Träger abstreifen will, verstummt plötzlich die Musik.

»Genug. Weshalb bist du hier, Rachel?« Santiagos tiefe Stimme treibt eine Gänsehaut auf meine Arme. Und die Tatsache, dass er meinen Namen kennt.

Ich schließe den BH wieder und suche durch den Qualm hindurch nach seinem Blick. Dass er zum Punkt kommt, bevor ich mich vollständig entblößen kann, irritiert mich und doch erleichtert es mich auch. So berauschend die anfängliche Aufregung auch war, die Erinnerung daran, dass einer von ihnen vielleicht Mom getötet hat, hat mir den Magen umgekrempelt.

»He Boss, warum lässt du sie aufhören, wo es gerade spannend wird?«, beschwert sich einer seiner Männer.

»Weil sie zur Familie gehört«, antwortet er, was mich trocken schlucken lässt. *Wie meint er das?* »Sie soll sich wohl bei uns fühlen, Scarface.«

»Ach, ich glaube, die kleine Princesa hat sich soeben ziemlich wohl gefühlt.«

»Also, Rachel. Du kennst mich noch nicht, aber ich sage dir jetzt schon einmal, dass ich es nicht mag, mich wiederholen zu müssen«, wendet Santiago sich wieder an mich. »Weshalb bist du hergekommen? Sicher nicht, um für mich und meine Männer zu tanzen.« Er steht auf, um dem Höhenunterschied zwischen uns entgegenzuwirken und mit mir beinahe auf Augenhöhe zu sein.

Meine Hand schließt sich automatisch um meine Kette. Instinktiv will ich mich für dieses Gespräch lieber anziehen, doch ich käme unsicher rüber, wenn ich jetzt nach meinen Klamotten fischen würde. »Ihr habt meinen Vater und ich will mit dir verhandeln, damit du ihn freilässt«, erkläre ich deshalb so selbstsicher ich kann.

»Kamst du allein auf diese glorreiche Idee oder haben dir die dreckigen Schlangen bei dieser Erkenntnis geholfen?«

Von der entspannten oder gar sinnlichen Atmosphäre ist nichts mehr übrig. Ich fühle mich wie in einem Verhör und seine Worte sind wie Peitschenhiebe auf meiner nackten Haut. »Deine Männer haben mich gejagt. Und anschließend ist mein Vater verschwunden, ich musste also nur eins und eins zusammenzählen«, erwidere ich.

»Das ist ein Märchen, nichts weiter. Ohne die Schlangen wüsste sie nicht einmal, wer wir sind und wo sie uns finden kann«, erklingt wieder diese Stimme, die mir so bekannt vorkommt. Nur rauer und kratziger.

Ich wende meinen Kopf nach rechts zu dem Mann neben Santiago. Er bläst gerade den Rauch seiner Zigarre aus, sodass ich ihn durch den neu aufsteigenden Qualm noch weniger erkennen kann. Mein Herz beginnt trotzdem zu rasen. Diese Stimme ...

Das kann nicht sein.

»Vielleicht hat ihr Daddy ja doch ein paar Infos hinterlassen. Sag uns, *mi Bella.* Wie viel weißt du über deinen Vater und über uns? Weißt du, wieso wir ihn gefesselt und geknebelt in einer Lagerhalle außerhalb der Stadt festhalten, um ihn langsam und elendig verdursten zu lassen?«

Mein Herz setzt aus. *Was sagt er da?*

»Mach ihr keine Angst, Boss. Sie hat den weiten Weg auf sich genommen, um zu verhandeln. Ich bin gespannt, was die kleine Princesa uns zu geben bereit ist. Ich habe immer gewusst, dass mehr in ihr steckt als ein verwöhntes, depressives Kind.«

Die Rauchschwaden verflüchtigen sich allmählich und sein Gesicht schält sich aus dem dämmrig roten Licht. Ich schnappe hörbar nach Luft, als seine Stimme und die schattenhaften Konturen seines Äußeren ineinanderklicken wie Puzzleteile.

»Zane«, keuche ich und trete einen Schritt zurück. Ich fühle mich, als hätte mir jemand mit der Faust in den Magen geboxt.

Was tut er hier neben Santiago?

»Hallo Prinzessin. Ist es nicht schön, ein bekanntes Gesicht zu sehen?«, fragt er und lehnt sich aus dem Schatten weiter zu mir rüber.

Am liebsten würde ich wegrennen, vor der Wahrheit fliehen, weil ich den Gedanken schier nicht ertrage, dass er seit über zwei Jahren jeden Tag bei uns war, mich überallhin begleitet hat, mich vom College abgeholt und mich zu meinen Therapiestunden chauffiert hat, zum Shoppen oder zum Treffen mit meinen Freundinnen. Er war so oft da, wenn ich abends allein zu Hause war, weil Dad sich im ersten Jahr nach dem Überfall irgendwo besinnungslos trank. Er war so oft stummer Zeuge meiner Tränen oder meines Leids. Weil sich solche Dinge auf Dauer nicht verstecken ließen vor jemandem, der einen wie ein Schatten begleitet. Wir haben nie wirklich viel miteinander geredet, weil weder er noch ich sonderliche Plaudertaschen sind, aber dennoch hatte sich irgendwann eine Art der Verbundenheit zwischen uns eingestellt. Ein Band, das jetzt mit einem Schlag durchtrennt worden ist.

Ich kann mich nicht rühren und schüttele bloß den Kopf. »Hast du ihn verraten?«, flüstere ich. Da es ansonsten still im Raum ist, ist jede einzelne meiner zerbrochenen Silben zu hören.

»Verrat ist Auslegungssache«, erwidert Santiago an Zanes Stelle. »Im Grunde hat Brick nur herausgefunden, dass dein Vater vorhatte, *uns* zu verraten. Nachdem er uns bestohlen und mir seine Treue gebrochen hat. Von meiner Seite aus betrachtet, ist also Daniel Martín der Verräter.«

Ich wende mich wieder dem Oberhaupt der Red Eyes zu und versuche mir nicht anmerken zu lassen, wie durcheinander und getroffen ich bin. »Das, was du sagst, ergibt keinen Sinn«, antworte ich offen. »Mein Dad hat nie für dich gearbeitet, er ließe sich niemals von Leuten wie dir schmieren. Und eine Verbrecherbande zu bestehlen, passt auch nicht zu ihm. Wir brauchen euer schmutziges Geld nicht. Du hast den Falschen.«

Santiago lacht so plötzlich auf, dass es mir kalt den Rücken hinunterrieselt. Er stellt sein Whiskeyglas ab und steigt auf den Tisch. In der nächsten Sekunde steht er direkt vor mir und überragt mich um anderthalb Köpfe. »Oh Schätzchen, man schmiert nur Leute, die einen Hauch Macht in der Welt haben. Polizisten, Anwälte, Politiker. Dein Vater hingegen hat schon lange keinen Einfluss mehr. Doch er war ein guter Red Eye, das will ich nicht abstreiten. Hat es fast geschafft, mich übers Ohr zu hauen. Daniel Martín. Noa García.« Er geht um mich herum und ich stehe da wie angewurzelt und traue mich kaum zu atmen. »Es hat eine Weile gedauert, bis der Groschen gefallen ist. Erst als Brick mir sagte, er plane etwas gegen uns, fanden wir die Wahrheit über den lieben Noa heraus und über seine Motive, sich uns vor zweieinhalb Jahren anzuschließen. Er hat sich so gut eingegliedert, dass ich nie misstrauisch geworden bin. Hat wirklich viel Drecksarbeit für mich erledigt, ist mir regelrecht in den Arsch gekrochen.«

Ich blinzele und atme durch die Nase ein. Meine Zunge ist am Gaumen wie festgeklebt, obwohl ich diesen Mann als Lügner beschimpfen will, ihm sagen will, dass ich ihm keines seiner Worte glaube. Dass ich meinen Vater kenne und nicht auf sein Spielchen hereinfallen werde.

Mein Vater hat die letzten Jahre nach Beweisen gesucht. Er hat mit der Polizei zusammengearbeitet und sich auf die Lauer gelegt. Er hat Dinge herausgefunden, die ... *die man nur herausfindet, wenn man selbst mitten drin ist.*

Was ist, wenn Santiago also die Wahrheit sagt?

War mein Vater einer von ihnen?

Was hat er alles für diese Bande tun müssen?

Mir wird so schlecht, dass mir schwarz vor Augen wird.

Santiago hat seine Runde um mich beendet und steht wieder vor mir. »Weißt du, was Blood in, Blood out bedeutet, kleine *Princesa*?«

Ich schüttele den Kopf. Zu mehr bin ich nicht im Stande.

»Man vergießt Blut, um in den Club reinzukommen. Und nur mit vergossenem Blut kommt man auch wieder raus. Wenn man sich für die Red Eyes entscheidet, bleibt man ein Leben lang einer. Es gibt keinen Weg hinaus, zumindest nicht lebendig.«

Und dieses Leben war in dem Moment zu Ende, als sie erfuhren, dass er vorhat, sie alle ans Messer zu liefern. Ich verstehe, was Santiago mir sagen will, doch der Funken Hoffnung in meiner Brust ist noch nicht erloschen. Alles in mir weigert sich, ohne einen Kampf aufzugeben. Selbst wenn es stimmt, was Santiago behauptet, ändert es nichts an meinem Vorhaben.

»Du hast Recht, er wollte euch alle verraten und er will, dass ich es zu Ende führe. Genau deshalb bin ich aber hier und schlage dir einen Deal vor. Du kriegst alle Beweise, die mein Vater gesammelt hat. Nichts davon dringt an die Öffentlichkeit oder an die Polizei. Dafür lässt du ihn am Leben und schenkst ihm seine Freiheit.«

»Ah ja, die Beweise. Ich habe schon davon gehört.« Er reibt sich über den Bart. »Du willst mir also alles aushändigen, was Daniel gegen uns in der Hand hat? Und willst du uns auch das gestohlene Geld wiedergeben? Das wäre das Mindeste, verstehst du?« Er legt den Kopf schief und der Blick aus seinen dunklen Augen ist so intensiv, dass ich mich darunter winden will.

»Ich weiß von keinem Geld«, erwidere ich leise, obwohl es in meinem Hinterkopf zu rattern beginnt.

Außerdem findest du genug Geld im Safe meines Bank-

schließfaches. Außer mir hast nur du die Berechtigung, es zu öffnen ...

»Wo sind die Beweise versteckt? In seiner Wohnung war nichts. Brick und Scarface haben sie gründlich durchsucht.«

Sie haben also keine Ahnung von dem Stick. Ein Teil von mir will, dass es auch so bleibt, versucht einen Weg zu finden, sie zu überlisten, doch das Risiko, was ich mit einem Täuschungsmanöver eingehe, ist zu groß. Wenn er merkt, dass ich lüge ...

»Warum habt ihr nach mir gesucht? Deine Männer wollten mich in der Mall töten. Warum?«, frage ich, statt ihm zu antworten. Ich muss das Bild in meinem Kopf vervollständigen, damit ich nicht diejenige bin, die übers Ohr gehauen wird. Sobald ich ihm von dem Stick erzähle, könnte er ihn an sich reißen und meinen Vater danach trotzdem töten lassen. Und mich vielleicht noch dazu.

Er legt den Kopf in den Nacken und leckt sich über die vollen Lippen. »Ja, die Sache in der Mall ... Das tut mir ehrlich leid, *Princesa*. Meine Männer hatten die Anweisung, Daniel mit deinem Tod zu bestrafen. Damit er für seinen Verrat büßt. Du verstehst bestimmt, dass eine gewisse Strafe sein muss. Dann habe ich es mir jedoch anders überlegt. Lebendig bist du viel wertvoller, sowohl als Druckmittel als auch ... auf andere Weise, wie man jetzt sieht. Du stellst deine Familie über alles und bist hergekommen, obwohl du wusstest, welche Gefahr es für dich bedeutet. Trotzdem würdest du alles tun, um deinen Vater zu befreien. Loyalität ist mir wichtig, Rachel. Nicht viele Menschen besitzen sie in dem Ausmaß wie du. Ich könnte gewillt sein, diese Tapferkeit zu belohnen und deinen Deal in Erwägung zu ziehen.«

Mein Magen verknotet sich vor Spannung. Seinen Worten folgt mit Sicherheit noch ein Aber.

Als hätte ich in seine Gedanken geschaut, kräuselt sich ein Lächeln um seine Lippen. Er verschränkt die Arme hinter dem Rücken und mustert mich. »Dadurch, dass dein Vater von mir aufgenommen wurde wie ein Bruder und die letzten zwei Jahre gute Dienste geleistet hat und dass Brick in dieser Zeit dein Babysitter war, bist du für mich – wie schon gesagt – fast Teil dieser Familie. Lass es uns offiziell machen. Schwör mir deine Treue, um die Fehler deines alten Herrn wieder auszugleichen. Werde ein Red Eye, mit allem, was dazu gehört, und ich verschone das Leben deines Vaters.«

N.C.

*W*o *zur Hölle steckst du, Peach? Ich habe bereits beide Toiletten durchkämmt, diesen Saal drei Mal umrundet, draußen auf dem Parkplatz nach dir gesucht und den Türsteher ausgequetscht, der dich entweder nicht gesehen hat oder verdammt gut lügt. Noch sehe ich davon ab, mich mit ihm anzulegen, aber ich denke in den letzten zwanzig Minuten nicht zum ersten Mal daran, meine Glock zu ziehen und sie jedem, der hier arbeitet, an die Schläfe zu halten. Vielleicht erinnert sich ja dann jemand daran, eine kleine Rothaarige in zerrissenen Jeans gesehen zu haben. So viele Frauen, auf die diese Beschreibung zutrifft, gibt es hier nun wirklich nicht.*

Ich lasse die Waffe stecken – noch – und sehe mich auf der Empore um. Von hier oben habe ich einen guten Ausblick und müsste deinen Rotschopf auch auf Entfernung erspähen können. Mein Blick gleitet sogar in die drei Käfige, als könnte ich auch nur eine Sekunde lang glauben, dass du da reingeklettert wärst.

Ich fühle mich, als hätte mir jemand mein Hirn durch den Fleischwolf gedreht. Ich kann keinen klaren Gedanken mehr fassen. Wo versteckst du dich, Peach? Und viel wichtiger, warum?

Oder bist du gar nicht vor mir abgehauen? Vielleicht ist dir etwas passiert. Vielleicht hat Santiago oder einer seiner Männer dich abgefangen und in einen der privaten Räume bringen lassen. Ich fahre mir mit der Hand durchs Haar und beiße mir anschließend in die Faust.

Der Security-Mann, der hier oben den Zugang zu den Privat-Shows bewacht, sieht nicht so aus, als würde er mich freiwillig vorbeilassen. Der abgesperrte Bereich ist jedoch der einzige Ort, an dem ich noch nicht gesucht habe.

Ich könnte einfach hier abhauen und hoffen, dass Santiago mitbekommen hat, wer dich abgeliefert hat. Eine seiner Kameras wird es schon aufgezeichnet haben und seine Security-Männer werden mich dank meiner Fragerei nun auch im Gedächtnis behalten. Damit hätte ich Cedrics Auftrag ausgeführt. Du bist bei Santiago und ich aus dem Schneider. Ich sollte einfach gehen.

Doch da ist dieser glimmende Funke in mir, der nur darauf wartet, zu einem Feuer entfacht zu werden. Eine Sorge, die sich tief in mir eingenistet hat.

Allein die aufkommende Vorstellung, dass du mit Santiago und seinen Männern in einem dieser Privaträume sein könntest, reicht, um dem Funken Sauerstoff zuzuführen. Ihn lebendig zu halten und auflodern zu lassen.

Sie würden dort drin mit dir tun, was immer sie wollen, und niemand hier draußen würde deine Schreie hören. Santiago würde dich nicht so einfach töten, nein, er will dich lebendig. Und selbst wenn du ihm deinen kleinen Stick mit den Beweisen überreichst, wird ihm noch so einiges einfallen, um dich und deinen Vater für seinen Verrat büßen zu lassen.

Santiago ist nicht nur für den Waffen- und Drogenhandel an der Westküste bekannt. Es kursieren auch Gerüchte darüber, dass er sich einen Frauenhändler-Ring aufbauen will. Du wärst mit deiner porzellanweißen Haut und den roten Haaren gewiss ein Mädchen, für das man viel Geld bekommen würde. Deine *unschuldigen großen Rehaugen und dein voller geschwungener Puppenmund. Hinzu kommt die Enge deiner Pussy, von der ich hoffe, dass Santiago sie nicht gerade in diesem Moment austestet.*

Zur Hölle, warum macht es mir so viel aus, darüber nachzudenken, wie er dich fickt? Oder weiterverkauft?

Ich weiß, dass ich dich ihm überlassen muss, dass Cedric es so will und sich einen Scheiß um dein Leben schert. Da deinen Vater bald das Zeitliche segnet, und du auch sonst keine Familie mehr hast, wird es kaum Leute geben, die dich vermissen werden.

Meine Hand legt sich um den Griff der Glock. Ich habe nur zwei Möglichkeiten, Peach: Entweder ich gehe und versuche, dein Gesicht aus meinem Hirn zu verbannen, oder ich knalle jeden ab, der sich mir in den Weg stellt, und zettele einen Krieg an, für den Cedric mir den Hals umdrehen wird.

ZWANZIG

Als ich aus der Tür stolpere, kann ich nicht fassen, was ich gerade eingewilligt habe. So fühlt man sich also, wenn man einen Deal mit dem Teufel abschließt.

Noch im Gehen ziehe ich mir das Top über. Mein Hals fühlt sich so leer an ohne die Kette. Nein, mein ganzer Brustkorb fühlt sich leer an. Als hätte man mein Herz in einen Tiefschlaf versetzt.

Wie auf Autopilot schlurfe ich den Gang entlang, meine und Santiagos letzte Worte hallen noch immer in meinem Kopf wider:

»*Habe ich überhaupt eine Wahl? Du lässt mich töten, wenn ich ablehne, oder?*«

»*Nein, wir sind doch keine Monster. Du hast uns das Video gegeben und wenn du die Wahrheit sagst und keine Kopie existiert, darfst du gehen und ein normales Leben führen.*«

»*Und was ist mit meinem Vater?*«

»*Er wird für seinen Fehler bezahlen. Doch wenn du eine von uns wirst, lassen wir ihn leben, solange er uns glaubhaft verspricht, uns nicht mehr ans Bein zu pinkeln.*«

»*Ich vertraue dir nicht.*«

»*Ich würde ja sagen, das ist clever, aber in Anbetracht deiner Begleitung weiß ich, dass du alles andere als clever bist.*«

»Was meinst du?«

»Mir vertraust du nicht, obwohl ich deinen Vater in meine Familie aufgenommen und zwei Jahre lang wie einen Bruder behandelt habe. Aber der Schlange dort draußen traust du? Die Vipers sind schlimmer als wir, kleine Princesa. Sie sind bekannt für falsche Spiele und ihre Lügen. Sie würden dich sofort verraten, wenn sie dadurch einen Gewinn wittern. Loyalität sucht man bei ihnen vergebens.«

Als ich den Blick hebe und den schmalen Gang mit den Privaträumen verlassen will, erstarre ich. Vor dem Wachmann ganz dicht – als würden sie eine innige Umarmung teilen – steht niemand anderes als N.C. Er hebt den Blick in eben diesem Moment und seine braunen Augen durchbohren mich auf die Entfernung. In seinem Gesicht spielt sich so viel ab, dass ich nicht fähig bin, es so schnell zu begreifen.

Was tut er hier? Wieso steht er so dicht vor dem Security-Mann?

Meine Schritte beschleunigen sich.

»Rachel«, stößt N.C. meinen Namen aus und lässt den Wachmann los. Sein wilder Blick gleitet über mich und ich zupfe schnell mein Oberteil zurecht und schließe den Knopf meiner Jeans. Meine Wangen brennen und ich will gerade etwas sagen, als mein Blick hinunterschweift und ich endlich nah genug bei den beiden angekommen bin, um zu sehen, was sich zwischen ihnen abspielt.

Ich sehe die Waffe, die Nero hält und an die Brust des Wachmanns drückt. Meine Augen weiten sich vor Schreck.

»Was ...?«, hauche ich.

»Komm, wir gehen«, sagt Nero gepresst und weicht von dem Türsteher zurück. Er nimmt meine Hand und zieht mich hinter sich her. Ich will mich gerade noch einmal zu dem Wachmann umdrehen, um zu sehen, ob er uns einfach so gehen lässt, als ein Schuss mich zusammenzucken lässt.

N.C. zerrt mich fort, doch ich habe meinen Kopf schon herumgerissen und sehe, wie der Wachmann leblos zu Boden geht. Ein dunkelroter Fleck auf seiner Brust.

N.C.

Wenn man jemandem droht, ihn zu erschießen, sollte man damit rechnen, dass er ebenfalls schießen wird, sobald er die Möglichkeit dazu bekommt.

Noch während ich dich zurückzerre, sehe ich, wie der Typ seine eigene Waffe ziehen will. Solange ich ihn an den Eiern hatte und die Mündung auf sein Herz gerichtet hielt, hat er sich nicht getraut, auch nur einen Finger zu rühren. Doch jetzt, da wir abhauen wollen, will er es mir heimzahlen. Kleiner Pisser.

Weil ich weder selbst Lust auf eine Schusswunde habe, noch dein Leben riskieren kann, bin ich der Erste, der schießt. Die Kugel bohrt sich binnen eines Wimpernschlags durch sein Herz.

Nun heißt es, schnell sein. Du schreist zwar auf, doch du bist zu perplex, um dich gegen mich zu wehren, als ich dich mit mir ziehe. Vielleicht weißt du auch, dass Flucht jetzt das Einzige ist, was noch in Frage kommt. Keine Ahnung, warum Santiago dich gehen ließ und was er in der Private-Lounge mit dir angestellt hat – vermutlich nichts, was ich wissen will, wenn es heute nicht noch mehr Tote geben soll –, aber dich lebendig hier rauszubringen, ist alles, woran ich gerade denken kann.

Wie zu erwarten, bricht nach dem Schuss die Panik aus. Die Musik ist nicht laut genug, um ihn zu übertönen, und wir verhalten uns nicht unauffällig genug, um in der Masse unsichtbar zu werden. Ich zerre dich am Arm die Treppen hinunter. Zum Glück sind nicht genügend Wachmänner oder bewaffnete Red

Eyes zur Stelle, die sich uns rechtzeitig in den Weg stellen. Die Menschen weichen vor uns zurück und geben uns den Weg frei, sodass wir es problemlos bis in den rot leuchtenden Flur zum Ausgang schaffen. Erst dort holt uns einer der Securitys ein und feuert. Ich ziehe dich fluchend vor mich, um dir den Rücken freizuhalten, und gebe einen Schuss blind nach hinten ab.

Fuck, fuck, fuck. Cedric wird mir hierfür den Arsch aufreißen!

Wir stolpern ins Freie. Der bullige Türsteher dreht sich zu uns um und erfasst die Situation in Sekundenschnelle. Hinter uns ertönen weitere Schüsse und Gebrüll. Der breitgebaute Mann stellt sich uns in den Weg und zieht seine Waffe. »Bleibt stehen!«

Tut mir leid, Mann, aber Stehenbleiben ist keine Option.

Ich ziele auf die Hand, mit der er die Knarre hält, und drücke ohne zu zögern ab. Er stößt einen lauten Fluch aus und die Waffe fällt ihm aus seiner blutigen Hand. Selbst im Laufschritt sind meine Schüsse präzise. Immer.

»Antonio!«, ruft sein Kollege und als ich über die Schulter blicke, sehe ich, wie unser Verfolger sich kurz von der Wunde seines Freundes ablenken lässt. Das gibt uns den nötigen Vorsprung, um über den gut gefüllten Parkplatz zu hechten und es bis zu meiner Maschine zu schaffen. Ich schleudere den Helm vom Lenker, weil keiner von uns die Zeit hat, ihn überzuziehen, schwinge mich auf den Sitz und starte den Motor.

»Setz dich vor mich«, befehle ich dir. »Verkehrt herum. Schling deine Beine um meine Hüfte. Los.« Ich helfe dir beim Aufsteigen und als du dich um mich klammern willst, drücke ich dir meine Waffe in die Hand.

»Wenn uns jemand hinterherfährt, schieß.« Mit diesen Worten gebe ich Gas und wir brettern vom Parkplatz.

»Einer von ihnen kommt uns nach!«, höre ich dich panisch rufen. »Nein, zwei!« Mit der linken Hand klammerst du dich um meinen Oberkörper, während du in der rechten die Waffe hältst. Ich weiß, dass du Angst hast, sie zu benut-

zen. Dass du glaubst, dazu nicht fähig zu sein. Doch für Angst haben wir keine Zeit, Peach.

Die Landstraße liegt leer und dunkel vor uns. Nur mein Scheinwerfer durchbricht die Schwärze. Im Rückspiegel sehe ich, wie sich tatsächlich zwei Motorräder nähern. Kurz darauf ertönt ein Schuss. Und noch einer.

Verdammte Scheiße!

Du schreist auf und ich bekomme Angst. Ein Gefühl, das ich nie habe, wenn ich allein unterwegs bin. Selbst mitten in einem Kugelhagel kann ich vollkommen ruhig bleiben. Doch diesmal sitzt du mit mir auf meinem Bike und wenn ich falle, fallen wir zusammen.

»Wie können sie überhaupt auf uns schießen, während sie fahren?«, fragst du kreischend über den Fahrtwind und das Knattern des Motors hinweg.

Es ist fast unmöglich, einhändig zu fahren und mit der anderen Hand noch vernünftig zu zielen, das weiß ich aus Erfahrung. Und das gibt uns einen großen Vorteil. »Rachel, du musst schießen, um sie uns vom Leib zu halten.«

»Was? Ich ... ich kann nicht.«

Ich spüre deine bebende Brust an meiner. »Du kannst!«, schreie ich zurück. Wir müssen unseren Vorteil nutzen und sie abhängen, bevor sie aus Glück doch noch einen Treffer landen. »Du musst nicht sie treffen. Ziel nach unten auf die Räder. Und selbst wenn du nichts triffst, bremsen die Schüsse sie aus!«

Ich kralle mich mit der linken Hand fester in seinen Rücken, weil ich Angst habe, den Halt zu verlieren. Als ich meinen rechten Arm ausstrecke, zittert er, doch Nero hat gesagt, es ist egal, ob ich jemanden treffe oder nicht. Ich soll einfach nur schießen. Also schließe ich die Augen und tue es.

Beim Rückstoß zieht mein ganzer Arm nach rechts und

ich verreiße den Schuss, doch ich drücke einfach nochmal ab. Und noch mal.

Keine Ahnung, wieviel Schuss so eine Waffe hat und wieviel N.C. zuvor schon abgefeuert hat. Mein Arm wird schwer und ich spüre jeden meiner angespannten Muskeln, doch da ist viel zu viel Angst und Entsetzen, um an irgendetwas zu denken. Ich konzentriere mich auf das Scheinwerferlicht des einen Motorrads, atme tief durch und schieße erneut. So langsam gewöhne ich mich an die Kraft, die von der kleinen Waffe ausgeht, und fühle mich sicherer.

Das Licht erlischt.

War ich das? Habe ich getroffen?

»Gut gemacht, Rachel. Weiter so!«, ermutigt mich N.C.

Ich ziele auf das andere Licht, was gefühlt kleiner und kleiner wird. Wir hängen sie ab! Dennoch feuere ich zwei weitere Schüsse ab. Das Licht erlischt zwar nicht, doch es schlägt aus und schwenkt hin und her, bis es plötzlich zur Seite leuchtet und stehenbleibt. Keine Ahnung, was oder wen ich getroffen habe, doch wir scheinen es geschafft zu haben!

»Da ist wohl jemand ein Naturtalent«, lacht Nero.

Ich klammere mich nun auch mit der rechten Hand an seinen Rücken und bette mein Gesicht gegen seine Brust. Meine Füße sind hinter seiner Hüfte überkreuzt, sodass ich ganz eng an ihn gepresst sitze. Erst jetzt merke ich, dass ich am ganzen Körper zittere. Wäre ich zwischen N.C.s Armen nicht eingekeilt, wäre ich mir nicht einmal sicher, ob ich mich weiter auf der Maschine halten könnte. Ich schließe die Augen und atme tief ein. Neros einzigartiger Geruch steigt mir dabei in die Nase und meine Brust wird eng.

Wie kann es sein, dass ich schon wieder mit ihm davonfahre?

Das war überhaupt nicht geplant und passt nicht zu dem, was ich Santiago vor wenigen Minuten noch versprochen habe.

Mein Versprechen hat auch bis morgen Zeit. Mitten in der Nacht kann ich ohnehin nichts mehr tun.

Hoffentlich ändert diese kleine Flucht mit N.C. nichts an Santiagos und meinen Vereinbarungen. Noch bin ich kein Red Eye. Noch bin ich diesem Mann, der meinen Vater hat, keine Loyalität schuldig. Für diese letzte Nacht gehöre ich niemandem.

Als wir schließlich halten und N.C. mir hilft, von seiner Harley zu steigen, fühle ich mich, als würde ich aus einer Trance erwachen. Die Erinnerung daran, dass N.C. vor meinen Augen jemanden erschossen hat – *schon wieder* –, überwältigt mich. Hätte er den Wachmann auf der Empore nicht mit einer Waffe bedroht, wäre die ganze Flucht hier gar nicht nötig gewesen.

Er nimmt mir die Pistole ab und ich schüttele verwirrt den Kopf. »Warum hast du das getan? Warum hast du ...«

Seine Lippen unterbrechen mich so plötzlich, dass sie den Rest meiner Anklage verschlucken. Meine Verzweiflung. Und meine Verwirrung.

Der Kuss, in den er mich zieht, ist so stürmisch, dass er einem Tornado gleichkommt, der über mich hinwegfegt. Sein Mund ist unnachgiebig und nimmt sich, wonach ihm ist, ohne Rücksicht auf Verluste. Als seine Zunge zwischen meine Lippen vordringt, entweicht mir ein Stöhnen. Er fegt meine Gedanken einfach fort.

Als er sich Sekunden – oder Minuten? – später von mir löst, zieht er mich ohne ein Wort mit sich. Ich blinzele und sehe erst jetzt das Gebäude, hinter dem wir gehalten haben. Es ist ein kleines Motel am Rande der Stadt. Wir laufen um das Gebäude herum zum Vordereingang und N.C. zieht mich in ein beleuchtetes Foyer mit rustikalem Flair.

»Was ... hast du vor?«, stammele ich. Nach diesem atemlosen Kuss und der verfluchten Motorradjagd braucht mein Gehirn etwas, um wieder hochzufahren.

Ohne mir zu antworten, bucht N.C. ein Zimmer bei dem Mann an der Rezeption. Danach schleift er mich geradewegs die Treppen hoch und ich stolpere ihm hinterher.

»Wir können nicht ... Du hast eben ... Ich habe ...« Mein Mund formt sinnloses Zeug, weil ich nicht fähig bin, auch nur einen Satz zu Ende zu denken. Ein Teil von mir ist immer noch in Santiagos Club, dort auf dem Tisch, verhandelnd mit dem Teufel persönlich. Ich habe noch nicht einmal *das* verdaut, wie soll ich dann realisieren, was hier jetzt gerade passiert?

»Du hast gesagt, du zettelst keinen Krieg an, um mich noch einmal zu retten!«, kommt es schließlich aus mir heraus. Der erste Satz, der Sinn ergibt.

Mit einer Schlüsselkarte öffnet N.C. die Tür, vor der wir stehengeblieben sind, und stößt sie auf. Dann blickt er mich mit einem mörderischen Blick an, der mein Herz stocken lässt.

»Das war, bevor ich mir vorgestellt habe, was diese Männer in dem abgesperrten Bereich mit dir machen, Peach. Bevor du mit roten Wangen, verrutschtem Top und aufgeknöpfter Hose da rausgetorkelt kamst, und all meine Horror-Szenarien wahr wurden.« Seine Stimme ist so dunkel und wütend, dass sie mir Angst macht. Er zieht mich in den Raum hinein und ich weiß immer noch nicht, was er vorhat.

Will er mich hier einsperren? Mich bestrafen? Mich *vögeln?*

»Niemand von ihnen hat mich angerührt«, hauche ich, um ihn zu besänftigen. Dabei weiß ich nicht einmal, wieso er so ist. Wieso er mich da rausgeholt hat und ihm die Vorstellung, dass Santiago mich angefasst haben könnte, so viel ausmacht. Er war doch derjenige, der vorgeschlagen hat, mich zu den Red Eyes zu bringen. Er wollte mich hinbringen und dann abhauen. Mir meine Freiheit schenken. Was hat sich geändert?

»Lüg mich nicht an«, knurrt er, tritt die Tür hinter uns zu und drängt mich so plötzlich an die Wand, dass ich aufkeuche. »Was haben sie mit dir gemacht? Wieso bist du mit ihnen mitgegangen?«

Es ist dunkel im Zimmer, sodass ich den Ausdruck in

seinem Gesicht nicht sehen kann. Ich sehe nur seinen Schatten vor mir, kann mir seinen finsteren Blick aber lebhaft vorstellen, der zu der Dunkelheit in seiner Stimme passt.

»Ich bin mit niemandem mitgegangen. Ich habe nur für sie getanzt und dann mit Santiago verhandelt. Keiner hat mich angerührt, N.C. Und selbst wenn es so wäre ... was geht dich das an?« Meine Stimme bricht am Ende. Ich keuche ihn atemlos an, während mein Hinterkopf noch immer gegen die Zimmerwand gepresst ist.

In meinem Unterleib breitet sich ein sehnsuchtsvolles Ziehen aus, weil ich seine Nähe kaum ertrage.

Dieses Knistern, welches von der Dunkelheit um uns herum verstärkt wird.

»Ich wünschte, das wüsste ich«, erwidert er und drückt unvermittelt seine Lippen wieder auf meine. Er küsst mich so hart, dass es schmerzt, doch ich bin zu berauscht von den Emotionen, die über mich hinwegströmen, um mich daran zu stören. Nein, der Schmerz unseres Kusses passt sogar perfekt zu dem, was ich auch innerlich fühle. Es ist, als würden wir uns gegenseitig an den Scherben unserer zerbrochenen Seelen schneiden. Und auch wenn wir einst auf unterschiedliche Weise zersplitterten, so hat jeder von uns scharfe Kanten, die wir den anderen in diesem Kuss fühlen lassen.

Es ist so roh und echt, dass ich mich vollkommen in diesem Moment verliere.

Ich sollte N.C. fragen, was das hier soll. Ob er wirklich bereit ist, Cedrics Regeln zu brechen oder ob das nur eine Kurzschlussreaktion ohne Bedeutung ist.

Vielleicht sollte ich ihm auch sagen, dass ich eingewilligt habe, ein Red Eye zu werden. Dass ich morgen das Geld aus Dads Bankschließfach nehme und es Santiago überreiche, um meinen Vater endlich wiederzusehen. Dass ich mich danach dieser Bande anschließe und ihnen die Treue schwöre, weil es das ist, was Santiago von mir verlangt.

Vielleicht sollte ich nicht darüber hinwegkommen, wie

leicht es N.C. fällt, Menschen zu ermorden. Den Tod zu bringen. Vielleicht sollte ich Santiagos Worte ernst nehmen, dass ich einer Schlange niemals trauen kann. Und das tue ich auch nicht.

Mein Verstand traut Nero nicht eine Sekunde lang.

Aber mein Körper ... der vertraut ihm mein Leben an. Er schmiegt sich in Neros Hände, als würde er ihm gehören. Bäumt sich ihm entgegen, als wäre jeder Millimeter zwischen uns eine Qual.

N.C. knöpft mir die Jeans auf, zieht sie über meine Hüften und schiebt seine raue große Hand in meinen Slip, als würde sie dorthin gehören. Ich hasse es, wie feucht ich bereits für ihn bin, und doch liebe ich es, als er ohne Umschweife einen Finger in mich schiebt und sein Stöhnen in meinem Mund widerhallt.

Ich muss ihm sagen, dass er aufhören soll. Dass er mich nicht haben darf und mich nicht nehmen kann, wann immer es ihm passt, doch ... *Himmel verdammt.* Er reibt meine Klit und meine Beine beginnen zu zittern. In mir wächst eine Lust heran, die mit nichts auf der Welt zu vergleichen ist.

Ich will ihn. Ich will diesen Mann so sehr, dass ich wahnsinnig werde.

Meine Hände schieben sein Shirt hoch und fahren über seine nackte seidige Haut. Sobald es auf dem Boden liegt, steige ich aus meiner Hose und widme mich seinem Gürtel. Ich schiebe ihm die Jeans von den Hüften und als meine Hand über die Erektion in seinen Boxershorts streicht, muss ich den Kuss unterbrechen, weil ich kaum noch Luft bekomme. Er ist bereits so hart und groß, dass mir schwindelig wird. Keuchend versuche ich ihm in die Augen zu sehen, doch es ist zu dunkel, um etwas zu erkennen.

»Bett?«, japse ich fragend. Zu mehr bin ich nicht fähig, weil seine Finger sich wieder in meinen Slip geschoben haben und meine Klit umkreisen. Wenn er nicht aufhört, werde ich gleich hier und jetzt im Stehen kommen und zusammenbrechen.

In der nächsten Sekunde hört er allerdings tatsächlich

auf, doch nur, um meine Unterwäsche nach unten zu ziehen und aus seiner eigenen zu steigen.

»Denkst du wirklich, ich kann noch eine Sekunde länger warten?«, fragt er mit belegter Stimme und plötzlich spüre ich seine nackte Schwanzspitze an meinem Bauch. Als er sie nach unten über meinen Venushügel zu meiner Mitte drückt, zieht sich in meinem Magen vor Erregung alles zusammen.

Ich schlinge stöhnend ein Bein um seine Hüfte. Seine rechte Hand greift meinen Hintern, hebt mich ein Stück an und schon ist er in mir. Er drückt seinen Schwanz in meine feuchte Spalte und pinnt mich damit an die Wand.

Oh Gott. Nero.

Ich weiß nicht, ob ich seinen Namen laut hinausschreie, keuche oder nur in meinem Kopf höre. Ich weiß nur, dass er mich mit seiner Härte erbarmungslos aufspießt und innerlich zerreißt – und ich jeden Zentimeter seines mächtigen Umfangs liebe.

Die Arme um seinen Nacken geschlungen, lasse ich mich von ihm gegen die Wand ficken. Mit animalischen, ruckartigen Stößen hämmert er sich in mich. Ich kralle meine Finger in sein Haar und gebe mich der Dunkelheit hin, die um uns herrscht, egal ob ich die Augen öffne oder geschlossen halte.

In meinen Ohren vermischt sich das Tosen meines Blutes mit meinen Schreien und seinem kehligen Stöhnen.

»Ja! Fick mich, Nero! Fick mich!« Die Worte verlassen meinen Mund, ohne dass ich darüber nachdenke. Ich will einfach nur, dass er mich nimmt ... und nie wieder damit aufhört.

»Oh Peach, bete lieber, dass du hiernach noch laufen kannst«, knurrt er und zieht mich plötzlich von der Wand weg. Sein Glied gleitet aus mir heraus, doch ehe ich mich beschweren kann, schubst er mich gegen etwas, dessen harte Kante sich in meine Oberschenkel bohrt.

Ich weiß nicht, ob seine Augen sich besser in der Dunkelheit zurechtfinden als meine oder ob wir diese Kommode nur durch Zufall erreichen, doch er verschwendet keine einzige Sekunde. Er hebt mich auf das Möbelstück, irgendetwas fällt klirrend zu Boden, doch das ist uns beiden egal. Seine Hand drückt meinen Oberkörper nach hinten und mein Rücken knallt auf eine harte Oberfläche. Vielleicht ist es doch ein Schreibtisch. Die Fläche, auf der ich liege, ist groß genug für mich.

Neros Hände krallen sich um meine Hüften und ziehen mich zu ihm heran. Im nächsten Moment dringt er wieder in mich und ich schreie erneut. Er beugt sich über mich, seine linke Hand stützt sich neben meinem Kopf auf die Tischplatte, während seine rechte sich um meine Kehle schließt.

Bereitwillig strecke ich meinen Kopf und gebe mich ihm hin, während er mich diesmal tiefer fickt und mir vor Schmerz die Augen zu tränen beginnen. Sein Griff um meinen Hals wird enger und fester. Er schnürt mir regelrecht die Luft und Blutzufuhr ab, ich kann kaum noch atmen oder klar denken. Und doch genieße ich den Moment, in dem meine Sinne zu schwinden drohen.

Mein verdammtes Leben liegt in diesen Minuten in seiner Hand.

Eine Hand, die töten kann.

Ich bin ihm vollkommen ausgeliefert, selbst wenn ich wollte, könnte ich nichts gegen ihn ausrichten. *Und ich liebe dieses Gefühl.*

Haltsuchend kralle ich mich an seinem Arm fest, während ich seine schneller werdenden Stöße nur noch am Rande mitbekomme. Als würde die Dunkelheit mir nicht nur die Sicht nehmen, sondern sich auch auf meine restlichen Sinne ausweiten.

Ich blinzele keuchend und röchelnd in die Schwärze und lasse mich von seinem Gewicht und seiner Kraft begraben. Lasse mich von dem Strom seiner Lust mitreißen. Bis wir in dem wilden Gewässer zu ertrinken drohen.

»Fuck! Peach!«, brüllt er und hinterlässt ein Echo in der Dunkelheit, das von allen Seiten widerhallt. Ich spüre, wie er tief in mir erbebt und pulsiert. Dann verschwindet der Druck von meiner Kehle und Sauerstoff flutet meine Lunge so plötzlich, dass sich alles in meinem Kopf zu drehen beginnt.

Ich hole tief Luft, als würde ich vom Grund eines Sees auftauchen und durch die Wasseroberfläche brechen. In diesem Augenblick spüre ich auch, wie er auf mir zusammensackt. Sein schweißnasser warmer Oberkörper ruht auf meinem. Sein Kopf ist irgendwo zwischen meine Brüste gebettet. Und ich spüre ihn – noch immer in mir.

Seine Härte schwindet langsam, doch damit fühle ich auch eine Feuchtigkeit, die aus mir sickert, und die nicht bloß von mir stammt.

Er hat in mir abgespritzt.

Scheiße. Ich schließe die Augen und versuche die Gefühle von Fassungslosigkeit und Panik in mir zu ordnen und ihnen nicht die Oberhand zu gewähren.

Du kannst doch nicht einfach in mir kommen!, will ich ihn anschreien. Vor allem, weil er weiß, dass ich keinerlei hormonelle Verhütung nehme. Doch ich bin zu erschöpft, um zu sprechen. Und meine Kehle schmerzt.

Als er sich leise stöhnend aus mir herauszieht und von mir erhebt, spüre ich auch das Brennen zwischen meinen Beinen, weil er mit seiner mächtigen Größe diesmal nicht gerade zimperlich umgegangen ist und mich länger und brutaler gefickt hat als beim letzten Mal.

Plötzlich schießen mir Tränen in die Augen und ich weiß nicht warum. Ich wollte das hier. Ich wollte von ihm genommen werden. Es hat mir sogar gefallen, wie hilf- und wehrlos ich war und wie die Wellen seiner Lust an mir zerschellt sind. Es war ... der berauschendste Höhenflug, den ich je hatte. Und doch fühle ich mich plötzlich, als hätte das tosende Meer mich benutzt und misshandelt am Strand ausgespuckt, weil es nun fertig mit mir ist.

Dieser Gedanke ist es auch, der mir fast einen Schluchzer entlockt. Nur mit Mühe kann ich ihn zurückhalten.

N.C. *ist fertig mit mir*. Er hat mich ein letztes Mal gefickt und nun ... wird er einfach gehen. Ich weiß das mit so einer Sicherheit, dass sich all meine Eingeweide verknoten.

Ich höre das dumpfe Knipsen eines Lichtschalters und eine Millisekunde später schließe ich die Augen vor der plötzlichen Helligkeit.

»Verfickte Scheiße«, flucht N.C. leise, dann höre ich, wie die Tür zum Bad zugeknallt und das Wasser angestellt wird.

Für ein paar Sekunden liege ich noch reglos auf dem Tisch und tue nichts weiter als einatmen und ausatmen, während sein Sperma aus mir heraussickert.

EINUNDZWANZIG

Trotz des Wasserrauschens höre ich seine gedämpfte Stimme aus dem Bad. Er telefoniert mit jemandem. Ausgerechnet *jetzt?*

Ich keuche ungläubig auf und wische mir die Haare aus der schweißnassen Stirn. Schwerfällig rutsche ich vom Tisch herunter und ignoriere den Schmerz zwischen meinen Beinen – und den in meiner Brust. Von Neugier und Misstrauen getrieben schleiche ich bis zur Badezimmertür und lege vorsichtig mein Ohr an das dunkle Holz.

»Alles erledigt. Die Dateien sind auf meinem Handy ... Es gab ein kleines Problem, davon erzähl ich dir nachher ... Ja ...«

Atemlos stehe ich da und versuche zu begreifen, wer ihn angerufen hat. Cedric? Und von welchen Dateien spricht N.C.? Eine dunkle Ahnung breitet sich in mir aus und schlägt ihre eisigen Klauen in meine Brust.

»Keine Ahnung verdammt! Sie ist nicht mehr unser Problem, oder? Du hast gesagt, du brauchst sie nicht mehr ... In ihrer Kette.«

Ich weiche zurück und lege die Hand auf mein nacktes Brustbein. Natürlich hängt meine Kette dort nicht mehr, weil ich sie Santiago überlassen habe. Aber woher weiß N.C. von ihr? Spricht er etwa von den Dateien, die auf dem

Stick waren? Nein, das ist unmöglich. Ich habe die Kette Santiago persönlich in die Hände gelegt.

Doch du hast keine Ahnung, wie Santiago aussieht und ob die Männer dort wirklich Red Eyes waren. Was, wenn N.C. dich ausgetrickst hat? Wenn das alles eine große inszenierte Falle für mich war?

Nein, das ergibt keinen Sinn. Wieso hat er dann einen der Männer dort erschossen und ist mit mir geflohen?

Und wieso zur Hölle hat er mich noch einmal gefickt?

Meine Beine beginnen vor unkontrollierter Wut zu zittern. Ich spüre, wie mein Herz einen tiefen Riss bekommt und drücke meine Hand fester gegen meine Rippen, als könnte ich mich dadurch zusammenhalten.

Plötzlich höre ich, wie der Schlüssel im Schloss umgedreht wird, und weiche schnell ein paar Schritte von der Tür zurück, damit N.C. nicht misstrauisch wird.

Als er aus dem Bad kommt, heftet sich sein Blick sofort auf mich. Wie ich verloren und halbnackt mitten im Zimmer stehe. Auch er ist noch nackt, doch im Gegensatz zu ihm, starre ich ihm einzig in die dunkelbraunen Augen. Versuche darin zu lesen und die Wahrheit zu erkennen.

War die Verbundenheit, die ich bei unseren Küssen gespürt habe, wirklich nichts weiter als flüchtige Lust? Oder noch schlimmer ... hat er mich manipuliert? War alles zwischen uns von ihm so geplant?

»Wieso bist du in mir gekommen?«, halte ich ihm vor, weil das die einzige Frage ist, die auch jenseits meiner verletzten Gefühle Sinn macht, und ich das Bedürfnis habe, etwas zu sagen. Statt wütend klinge ich allerdings armselig, und ich hasse das. Fast so sehr wie die undurchdringliche Mauer, die er wieder um sich aufgebaut hat, oder die Geheimnisse, die er vor mir hat. Am liebsten würde ich sie mit meinen Fäusten in Stücke schlagen, doch ich rühre mich nicht.

Er hebt eine Augenbraue und geht an mir vorbei. »Tut mir leid, Rachel. War so nicht geplant«, erwidert er trocken und sieht mich dabei nicht einmal mehr an. Stattdessen steigt er in seine Klamotten, die am Boden ausgebreitet liegen.

Es war so nicht *geplant*? Das ist alles, was er dazu sagen kann? »Was tust du da?«, frage ich gepresst und balle meine Hände zu Fäusten.

»Ich gehe.«

Obwohl ich es gewusst habe, bin ich fassungslos. »Du kannst doch jetzt nicht einfach ...« Ich lache hart auf und fahre mir durch die Haare. »Wieso hast du mich überhaupt hierhergebracht?«

»Halte mir jetzt bitte keinen Vortrag.« Er sieht mit gesenktem Kopf zu mir auf, die schwarzen Haare fallen ihm wirr in die Stirn, während er seinen Gürtel schließt. »Dass ich dich gefickt habe, ist kein Versprechen auf irgendetwas jenseits dieses Hotelzimmers gewesen.«

Natürlich nicht, ich bin ja nicht dumm und dennoch bin ich von seinem plötzlichen Aufbruch wie vor den Kopf gestoßen. Die gemeinsame Flucht. Das wilde Rumknutschen. Weshalb das alles? Wieso hat er mich nicht einfach in diesem Striplokal gelassen und ist allein abgehauen? Das hätte ich viel besser verkraftet als das hier.

N.C.

Ich habe die Kontrolle verloren. Ich habe dich so fest gewürgt, wie ich es nicht einmal bei einer billigen Hure tun würde aus Angst, dass sie so endet wie Caroline. Mein Handabdruck ist noch immer auf deiner Kehle zu sehen. Ist dir das eigentlich bewusst?

Wie von Sinnen habe ich mich in dich gerammt, bis ich

mich in dir ergossen und all meine Wut losgelassen habe. Zumindest für zwei fucking Sekunden war die Welt in Ordnung.

Ich weiß, dass ich dir dabei wehgetan habe, Peach. Dass ich keine Rücksicht auf die Zerbrechlichkeit deines Körpers genommen habe. Aber Schmerz gehört in meinem Leben dazu. Sieh es als Lektion. Oder als Ermahnung, demnächst die Finger von Männern wie mir zu lassen.

Als Abschiedsgeschenk lege ich dir einen fünfzig Dollarschein auf den schmalen Schuhschrank neben der Tür. Davon kannst du dir die Pille danach holen und aufhören, mir die Ohren über unsere nicht vorhandene Verhütung vollzuheulen. Wir wissen beide, dass das nicht unser wahres Problem ist.

Normalerweise behalte ich die Kontrolle, Peach. Immer. Seit vier Jahren ist Kontrolle alles, was mein Leben zusammenhält. Dass ich ausgerechnet bei dir die Beherrschung verliere, ist nur ein Grund mehr, die Tür zwischen uns zu schließen und nie wieder zurückzublicken.

Doch meine Schritte tragen mich nicht bis zur Tür. Ich laufe auf dich zu, nehme dein verwirrtes Gesicht ein letztes Mal zwischen die Hände und tauche in deine glänzenden Bernsteinaugen ein.

»Ich bin froh, dass Santiago dir kein Haar gekrümmt hat. Ich hoffe das bleibt so.« Am Ende des Satzes drücke ich dir einen Kuss auf den Mund. Nicht, dass ich das vorgehabt hätte, aber ich kann nicht anders.

Ein letztes Mal spüre ich deine Lippen an meinen.

»Leb wohl.«

Es kostet mich größte Überwindung, meine Hände von deinen geröteten Wangen zu nehmen, mich umzudrehen und die Tür dieses Hotelzimmers zu öffnen. Doch ich gehe, Peach. Und ein Teil von mir hofft, dich nie wiedersehen zu müssen – um deinetwillen.

W ie erstarrt stehe ich da und berühre mit den Fingerspitzen meine Lippen.

Die Tür ist hinter ihm schon längst wieder ins Schloss gefallen, doch ich blicke immer noch auf das dunkle Holz, hinter dem sein breiter Rücken verschwunden ist.

Nein. Das kann doch jetzt nicht alles gewesen sein.

Ich verstehe das nicht. Seinen Kuss. Die Art, wie er mit mir spricht, obwohl er mich gerade wie ein Arschloch gefickt und einen fünfzig Dollarschein hingeknallt hat. Wie er mich immer wieder rettet, obwohl er damit sein eigenes Leben riskiert.

Auch wenn mein Stolz es mir nicht erlaubt, will ein Teil von mir ihm hinterherlaufen und ihn davon abhalten zu gehen. Ihm unzählige Fragen stellen. Ihn bitten, mir die ganze Wahrheit zu erzählen.

Und verdammt, ich darf nicht ignorieren, was ich eben bei seinem Telefonat aufgeschnappt habe. Ich muss wissen, ob er irgendwie an die Dateien meines Dads gekommen ist und nun gegen mich und Santiago ausspielt. Damit könnte er das Leben meines Vaters gefährden! Würde er das tun?

Wenn Cedric es verlangt, mit Sicherheit.

Er tut alles für ihn und das lässt mein Blut regelrecht kochen.

Nur unser Sex war echt. Das hat Cedric nicht von ihm verlangt. Also waren das vielleicht die wenigen Momente, in denen ich den wahren Nero gesehen habe. Doch diese Version von ihm war beinahe noch dunkler ...

Ich bin viel zu hin- und hergerissen, um einen klaren Gedanken zu fassen. Das Karussell in meinem Kopf wird heute Nacht nicht mehr stehenbleiben, es sei denn ...

Nachdem ich kurz im Bad war und mich notdürftig frisch gemacht habe, laufe ich zu dem am Boden liegenden Kleiderhaufen, wo auch meine Umhängetasche liegt. Hastig ziehe ich mein Handy hervor und wähle eine Nummer, von der ich nicht dachte, dass ich sie tatsächlich einmal brauchen würde. Zum Glück habe ich sie heute Mittag dennoch eingespeichert.

»Vera? Entschuldige, dass ich so spät anrufe. Hier ist Rachel.«

»Kein Problem, ich bin noch wach«, erwidert sie, klingt aber schläfrig.

»Ich muss zu Cedric«, komme ich ohne Umschweife auf den Punkt. Es ist nicht so, dass ich einen super durchdachten Plan habe. Es ist mehr ein Drang, dem ich nicht widerstehen kann. Ich weigere mich, seinen Abschied zu akzeptieren.

»Was? Wo bist du? Was ist passiert?«

Das Handy zwischen Ohr und Schulter geklemmt, beginne ich, in meine Klamotten zu steigen. »Erzähle ich dir später. Jetzt muss ich erst einmal so schnell es geht zu Cedric. Ich habe wichtige ... Infos für ihn. Über Santiago«, lüge ich. Irgendeinen Grund muss ich Vera schließlich nennen.

»Es ist mitten in der Nacht, ich ...«

»Ich nehme mir ein Taxi. Ich brauche nur die Adresse seiner Villa.«

»Moment ... aber du hast nicht vor, dort mit 'nem Haufen Cops anzutanzen, oder? Keiner von denen wird Cedric für irgendet...«

»Vera. Vertrau mir«, unterbreche ich sie. Auch wenn wir uns nicht wirklich kennen, brauche ich ihr Vertrauen jetzt einfach. Ich werde ihrer geliebten Familie nichts tun ... noch nicht. Ich muss nur endlich Klarheit erlangen, um meine *eigene* Familie schützen zu können. »Ich will einfach nur mit ihm und N.C. reden. Also?«

»Okay, ich schicke sie dir«, willigt sie ein.

Als ich auflege, tippe ich direkt im Anschluss die Nummer eines Taxiunternehmens ein. Zehn Minuten später stehe ich komplett angezogen vor dem Motel auf dem Parkplatz und warte.

W ährend der Fahrt hat es begonnen zu regnen und ich beobachte die herabfließenden Tropfen auf der Fensterscheibe, wie sie sich ihren Weg in die Tiefe bahnen.

Die ganze Zeit über frage ich mich, warum ich einem Mann wie N.C. hinterherfahre. Wieso ich mich freiwillig an den Ort zurückbegebe, an dem ich gefoltert und gefangen gehalten wurde. Ich muss mich daran erinnern, dass ich diesmal nicht als Gefangene zurückkehre. Dass Cedric mich nicht braucht und nicht erneut anketten wird. Aber was wird ihn daran hindern, mich nicht einfach zu erschießen?

Nero.

Es ist lächerlich, dass ich das glaube, aber tief im Inneren habe ich dieses Gefühl. N.C. hat mir so oft das Leben gerettet, er würde nicht zulassen, dass Cedric es grundlos beendet.

Bevor ich morgen den Pakt mit dem Teufel besiegele, muss ich die Wahrheit herausfinden. Denn wenn Santiago erfährt, dass es doch noch eine Kopie der Dateien gibt, könnte es übel für mich und meinen Vater ausgehen.

Ich muss es also erfahren. Für Dad. Für mich. Und für mein Herz.

Ich schlucke und schließe die Augen.

Vielleicht willst du auch einfach nicht akzeptieren, dass es das letzte Mal ist, dass du N.C. gesehen hast. Vielleicht vermisst du ihn schon jetzt. So wie in dem Moment auf dem Parkplatz des Nachtclubs. Die Möglichkeit eines endgültigen Abschieds hat mich irrational werden lassen. Ich hätte ihn nie bitten dürfen, mit mir in den Club zu gehen.

Meine Hand legt sich um meine noch schmerzende Kehle. Es ist nicht das Einzige an meinem Körper, das mir wehtut, und damit meine ich nicht nur das Innere meiner wunden Pussy. Überall, wo seine Finger sich grob in mein Fleisch gebohrt haben, werden wieder blaue Flecken auftauchen und mich an ihn erinnern.

Ich sollte wütend darüber sein, ihn mehr denn je verabscheuen, doch ... Es war beinahe, als hätte er die Kontrolle genauso sehr verloren wie ich. Und das erzeugt ein Flattern in meinem Magen, gegen das ich machtlos bin. Denn in dem Moment, in dem weder er noch ich die Kontrolle hatten ... waren wir frei.

»Wir sind da, Miss.«
Ich drücke dem Fahrer ein paar Geldscheine in die Hand und steige aus. Der Regen trommelt auf das Dach des Taxis und klatscht nass und kalt auf meine nackten Schultern.

»Danke!«, rufe ich und schlage die Tür zu.

Er hat mich bis vor das Tor gefahren und erst jetzt frage ich mich, wie ich bis zu Nero oder Cedric vordringen soll. Wird mir überhaupt jemand das Tor öffnen? Ich stelle mich unter die Kamera und sehe durch den Regen und die Dunkelheit hoch zu dem rot blinkenden Licht.

Ist so spät überhaupt jemand da, der die Kameras verfolgt?

Ich will mich an der Seite der Steinmauer gerade nach einer Schelle oder dergleichen umsehen, als das eiserne doppelflügelige Tor plötzlich aufschwingt.

Okay, also hat mich doch jemand gesehen.

Hinter mir höre ich, wie das Taxi davonrauscht. Obwohl der Regen mich mittlerweile bis auf die Knochen durchnässt hat, habe ich es nicht eilig. Ich stolziere gemächlichen Schrittes über die Anlage, den Kiesweg hoch zu Cedrics Anwesen.

Wer wird die Eingangstür bewachen? Einer der Männer, die ich bereits kenne? Vielleicht sogar Callum? Wird er mich durchlassen, wenn ich plötzlich hier auftauche?

Zu meiner Verwunderung ist die Veranda unbewacht.

Ein ungutes Gefühl macht sich in mir breit. *Was ist hier los?* Es scheint beinahe, als würde mir jemand den Zugang erleichtern wollen. Oder mich erwartet haben.

Mein Puls beschleunigt sich. Kann das eine Falle von Cedric und Nero sein? Haben sie darauf spekuliert, dass ich ihm folge? Nein. Ich selbst habe nicht einmal damit gerechnet.

Ich schiebe die Eingangstür auf, die sich mühelos öffnen lässt, und trete ins Innere. Meine nassen Sneakers quietschen auf dem Marmorboden. Ansonsten ist es schon beinahe unheimlich still hier.

Wo sind denn alle?

Sei nicht so paranoid, Rachel.

Es ist mitten in der Nacht. Es schlafen alle.

Und wenn alle schlafen, wieso bist du dann hier?

Ich muss meiner inneren Stimme recht geben. Natürlich habe ich gehofft, dass N.C. noch nicht schläft. Vielleicht sogar, dass ich in etwa zeitgleich mit ihm ankomme. Dass Cedric mich mit Nero reden lässt und ich ihn auf die kopierten Dateien ansprechen kann – falls es denn wirklich welche gibt. Wenn ich ihm offenbare, was ich mit Santiago ausgehandelt habe, wird er vielleicht die Wahrheit preisgeben, um mich davon abzuhalten. Ich muss nur seine Retter- und Beschützerinstinkte triggern, die irgendwo unter seiner harten Schale versteckt sind.

Ich weiß, dass das verdammt naiv ist, dass er mich genauso gut auch ins offene Messer rennen lassen kann, aber falls Plan A nicht funktioniert, kann ich die beiden Männer auch einfach gegeneinander ausspielen und sie wütend werden lassen. Ich könnte Cedric erzählen, was N.C. heute Abend getan hat. Mit der Schießerei in dem Revier der Red Eyes hat er schließlich eine Grenze überschritten, und das nur, um mich zu retten. Das wird Cedric gewiss nicht erfreuen. Und ich hoffe, in ihrer Wut sagen die beiden etwas Unüberlegtes, was mich der Wahrheit einen Schritt näherbringt. Ist man erst einmal in Rage, fällt es einem schwerer, Geheimnisse für sich zu behalten.

Ich schleiche mich durch das Halbdunkel der Villa in die obere Etage. Nur die Nachtbeleuchtung erhellt mir den Weg. Da ich bisher nicht viel von diesem Haus gesehen habe, steuere ich vorerst den Flügel mit den Gästezimmern an, von dem ich weiß, dass auch Nero ein Zimmer dort hat.

Als ich aus eben diesem Raum Licht in den Flur sickern sehe, schlägt mein Herz schneller. *Er ist da.* Die Tür ist nicht geschlossen, sondern steht einen großen Spalt offen. *Vielleicht ist er gerade erst angekommen und macht sich bettfertig.*

Verdammt, wahrscheinlich werde ich ihm einen ziemlichen Schrecken einjagen, wenn ich gleich auf seiner Türschwelle stehe und ihn zur Rede stelle. Wahrscheinlich wird er mich mit wüsten Beschimpfungen davonjagen, doch ich bin stärker als alles, was er mir an den Kopf werfen kann.

Noch immer schmecke ich seinen letzten Kuss auf meinen Lippen und höre seine Worte an mich. Dass er hofft, dass ich am Leben bleibe. Egal wie wütend ich in dem Moment auf ihn war oder immer noch bin, ich vertraue darauf, dass ein Funken Wahrheit in seinem Abschied steckte und nähere mich dem Zimmer.

Keine Ahnung, ob meine Gedanken oder mein Herz bisher so laut waren, doch ich höre die Stimmen und Geräusche aus dem Zimmer erst, als ich fast unmittelbar davorstehe. Meine Schritte verlangsamen sich und ich halte die Luft an.

»Also hat es funktioniert, den Guten zu spielen und ihr Vertrauen zu gewinnen?«, höre ich Cedrics Stimme. Sie klingt anders als sonst. Beinahe wie das Schnurren einer Raubkatze. »Ich bin stolz auf dich, Nero. Auf dich ist einfach immer Verlass.« Seine Worte gehen in einem Stöhnen und einem ... Schmatzer über?

Mein Herz verkrampft sich und mein Blick fällt in das Zimmer. Die Tür steht weit genug offen, dass ich einen Ausschnitt von dem Raum sehen kann und auch einen Teil von Cedric, der ganz am Rand dieses Ausschnitts steht. Ich sehe seinen massiven dunklen Oberkörper, einen Teil seiner muskulösen Arme und untenrum trägt er nur noch eine weiße enge Boxershorts.

Ich blinzele verwirrt. *Das kann nicht sein.*

»Freu dich nicht zu früh. Es gibt einiges, was schief gelaufen ist«, knurrt N.C.s Stimme. »Da du es früher oder später ohnehin erfahren wirst, sollte ich es dir vielleicht lieber gleich ...«

»Psscht.« Schon wieder eine Unterbrechung, die sich nach einem keuchenden Kuss anhört. Mein Magen verkrampft sich und Galle steigt mir die Kehle hoch. »Wir reden morgen. Ich hatte dich jetzt zwei Nächte nicht hier. Wir haben genug wegen dieser Rothaarigen gestritten.«

Ich sehe, wie Cedric sich selbst die Unterwäsche vom Leib zieht. Sein muskulöser Hintern kommt zum Vorschein, während mir sein Gemächt zum Glück verborgen bleibt. Das sind Dinge, die muss ich nicht sehen, und dennoch kann ich mich keinen Zentimeter rühren. Ich kann mich weder umdrehen, noch gehen.

»Hauptsache, wir haben die Dateien, die Noa seiner Tochter überlassen hat. Damit kriegen wir Santiago dran. Wir haben den Krieg gewonnen, Nero. Das sollten wir feiern. Komm. Zieh nicht so eine Miene. Ich weiß genau, was dich wieder aufheitert.« Cedric geht in die Knie und ich schlage mir die Hand vor dem Mund, um nicht laut aufzukeuchen – oder auf den teuren Parkettboden zu kotzen.

»Du hast die Kleine ganz schön um den Finger gewickelt und eine Belohnung dafür verdient.« Sein letztes Wort geht in einem Stöhnen unter und ich schaffe es endlich, mich abzuwenden.

Meine Sicht ist verschwommen. Tränen brennen mir in den Augen, verfickte Tränen wegen eines verfickten Arschlochs, das die ganze Zeit über eine Affäre mit seinem Boss führte. Nach etwas Einmaligem sieht das hier nämlich ganz gewiss nicht aus.

Deshalb war ihm so wichtig, was Cedric über alles denkt.

Deshalb hat er immer wieder davon geredet, dass Cedric ihm verboten hat, mich anzurühren.

Kein Wunder, wenn er sich den Schwanz von ihm blasen lässt.

»Warte, ich glaub', ich habe was gehört.« N.C.s Stimme dringt ein paar Millisekunden zu spät bis in mein Bewusstsein. Ich höre das Klimpern einer Gürtelschnalle und seine dumpfen Schritte.

Ihm gegenüberzustehen, ist das Letzte, was ich im Moment ertragen kann, deshalb reiße ich mich zusammen und renne los, den Flur und die Treppen hinunter, ohne mich noch einmal umzudrehen. Ich kann ihn jetzt einfach nicht ansehen, ich kann ... Weil ich durch den Tränenschleier kaum etwas erkenne, verfehle ich eine Stufe und merke für einen Herzschlag, wie ich in die Luft trete und falle. In der nächsten Sekunde hält mich jedoch jemand am Arm fest und zieht mich in den sicheren Stand. Mit dem Rücken pralle ich gegen die Wand und starre auf eine tätowierte Kehle.

Seine Kehle.

Ich kann ihm nicht hoch in die Augen blicken.

»Was zur Hölle tust du hier?«, fragt er mit gesenkter Stimme, die jedoch einem wütenden Knurren gleicht.

Er ist wütend? Wie kann *er* wütend auf *mich* sein?

Ich stoße seine Hände von meinen Oberarmen und funkele ihn nun doch an. Auch auf die Gefahr hin, ihm ins Gesicht kotzen zu müssen. »Was war das da eben?«, bringe ich krächzend heraus.

N.C. presst die Lippen zusammen. Seine Nasenflügel blähen sich auf, so intensiv versucht er ein- und auszuatmen. »Du hättest das nicht sehen sollen. Ich wollte nicht, dass du ...«

»Dass ich erfahre, dass du schwul bist? Oder dass du mich belogen und benutzt hast, um an die Dateien meines Dad heranzukommen?«

»Offensichtlich bin ich bisexuell, Peach«, knurrt er. »Das sollte dir wohl nach den letzten zwei Nächten klar sein.«

Ein hysterisches Lachen schlüpft über meine Lippen. »Was ist das mit dir und Cedric? Hält er dich als persönliche Mätresse? Kannst du dir nur so deine Stellung als rechte Hand sichern?«

N.C. malmt mit dem Kiefer. »Nein. Cedric und ich ... wir sind seit mehreren Jahren ein Paar.«

Ein *Paar*? Das kann nicht sein Ernst sein. »Oh Gott! Ich hatte dich gefragt, ob du vergeben bist!« Direkt an unserem ersten Abend hatte ich die Möglichkeit in Erwägung gezogen, dass er in festen Händen sein könnte, und jetzt ...

»Nein, du hattest nur gefragt, ob ich eine Freundin oder Frau habe.«

»Das wäre der Moment gewesen, in dem du einwerfen konntest, dass du mit einem Mann zusammen bist. Oh Gott, du hast ihn mit mir betrogen. Den Boss einer Verbrecherorganisation.« Nun wird mir wirklich schlecht und das nicht nur vor Eifersucht. »Wie konntest du nur? Du bist so ein Widerling! Du bist ...«

Er presst mir unvermittelt eine Hand auf den Mund und sieht die Treppen nach oben. Dann wendet er sich wieder mir zu und spießt mich mit seinem Blick auf. Erinnert mich daran, wie wir vor knapp zwei Stunden noch dicht an dicht an die Hotelzimmerwand gepresst da standen.

»Beruhig dich, Peach. Cedric und ich führen so etwas wie eine offene Beziehung. Hin und wieder einen One-Night-Stand zu haben, ist für uns kein Ding. Bei dir hatte Cedric von Anfang an allerdings ein schlechtes Gefühl und es war nicht geplant, dass ich je mit dir schlafe.« Er nimmt die Hand von meinem Mund und zieht mich stattdessen die restlichen Treppenstufen hinunter. Dort bleibt er in einer Nische mit mir stehen und fährt sich mit der Hand über das Gesicht.

»Und hast du es ihm gesagt?«, frage ich spitz. »Bevor er auf die Knie gesunken und deinen dreckigen Schwanz in den Mund genommen hat? Hast du ihm gesagt, dass du vor nicht einmal zwei Stunden in mir gesteckt hast?« Am liebsten würde ich die Treppen wieder hochlaufen und Cedric diese Neuigkeit persönlich mitteilen. Alles in mir kocht und brodelt. Meine zittrigen Hände sehnen sich danach, auf Neros Brust niederzuschlagen. Immer und immer wieder.

»Ich wollte es ihm sagen. Deshalb bin ich hergefahren. Ich wollte, dass er es von mir hört, bevor er es anders erfährt und ... seine Wut an dir auslässt. Deshalb solltest du verdammt noch mal einfach wegbleiben!«

Ich balle meine Hände zu Fäusten und es fällt mir verdammt schwer, nicht auf ihn loszugehen. Stattdessen drücke ich die Schultern durch und sehe ihm geradewegs in die Augen, während meine Fingernägel sich schmerzhaft in meine Handballen graben. »Und wann hast du die Dateien von meinem Stick kopiert?«

Gut so. Zeig ihm nicht deinen Schmerz. Es wird Zeit, zum Wesentlichen zu kommen. Konzentrier dich auf das, weshalb du hier bist.

Er schließt die Lider. »Als du geschlafen hast. Bei dir zu Hause. Ich musste es tun, Peach. Meine Loyalität wird immer den Vipers gelten. Der Fick mit uns ...« Er öffnet die Augen wieder. »Hatte nichts zu bedeuten. Genauso werde ich es auch Cedric sagen. Und bis dahin bist du hoffentlich über alle Berge, sodass er dir kein Haar krümmen wird.«

Weil Cedric mir aus Wut und Eifersucht etwas antun würde? *Natürlich.* Ich trete einen Schritt von ihm zurück und schüttele den Kopf. »Wie kannst du nur mit einem Mann wie ihm zusammen sein?«

Es ist mehr eine rhetorische Frage. Es gibt keine Antwort, die mir das je begreiflich machen könnte. All unsere Küsse. All seine Berührungen. Wie konnte er die mit mir geteilt haben, wenn er in Wahrheit mit dem Boss der Vipers *zusammen* ist?

Er ist ein Mörder. Denkst du wirklich, er hat ein Problem damit, jemanden zu betrügen?

Aber es schmerzt, dass ich es nicht bemerkt habe. Dass ich es nicht gespürt habe.

»Wir haben eine Vergangenheit. Und wir respektieren unsere gegenseitige Dunkelheit, Peach. Etwas, was ein Mädchen wie du niemals verstehen wird.«

Weil er glaubt, dass ich keine Ahnung von Dunkelheit habe? Ich schlucke meine Verbitterung hinunter. Denkt er immer noch, dass mein Leben ein lichtdurchfluteter Ponyhof ist? Dann hat er in den letzten Tagen definitiv nicht begriffen, wie es in mir aussieht. Wer ich eigentlich bin.

Etwas in mir erlischt. Wird kühler und finsterer. »Du hast recht: es gibt so einiges, was ich in deiner Welt nie verstehen werde. Aber nur damit du es weißt ... ich werde die Dunkelheit deiner Welt nicht verlassen. Ab morgen werden du und ich auf unterschiedlichen Seiten in diesem Krieg stehen. Und ich werde dafür sorgen, dass meine Seite gewinnen wird.«

Dieses Versprechen fühlt sich verdammt befreiend an. Mit diesen Worten drehe ich mich um und stolziere zur Eingangstür.

Dass meine Seite gewinnen wird.

Habe ich ihm gerade ernsthaft einen Krieg erklärt? Ich trete ins Freie und sobald ich die Veranda hinter mir lasse, werde ich wieder vom Regen eingehüllt. Die kalten Tropfen klatschen auf meine erhitzten Wangen und perlen von meinen Wimpern. Wie ungeweinte Tränen.

Keine Sekunde länger halte ich es hier aus. Ich will über den feuchten Kiesweg in Richtung Tor rennen, um so schnell wie möglich von hier zu verschwinden, als ich in der Dunkelheit plötzlich einen Scheinwerfer ausmache. Wie der Lichtkegel eines Motorrads ... Es steht mir mitten im Weg und leuchtet mich an.

Ich hebe die Hand an die Augen, um sie vom Licht und dem Regen abzuschirmen.

»Steig auf!«, ruft eine bekannte Stimme über das Prasseln hinweg.

Meine Atmung beschleunigt sich und ich weiß nicht, ob ich fliehen oder dieser Stimme gehorchen soll.

Ich trete auf das Motorrad zu und kann den Mann, der darauf sitzt in seiner schwarzen engen Lederjacke und dem schwarzen Helm, so langsam erkennen. Das Visier ist hochgeklappt, sodass ich in seine hellblauen Augen blicken kann.

»Wieso sollte ich ausgerechnet mit dir kommen?«, frage ich Callum ungläubig. Wohin will er überhaupt zu dieser späten Stunde?

»Ich habe gehört, du spielst ab morgen bei uns mit. Wird auch endlich Zeit, auf der richtigen Seite zu stehen, oder?«

Ich ziehe verwirrt die Augenbrauen zusammen. Er zwinkert mir zu und nickt hinter sich. »Komm. Ich bringe dich zu deiner neuen Familie. Santiago wird nie die Hand gegen dich erheben, das schwöre ich dir. Er ist kein Frauenschlagender Mistkerl wie Cedric.«

»Warte ... du bist ...«

»Ich erzähle dir den Rest auf der Fahrt, Babygirl. Und nun steig auf.«

N.C.

Als ich zurück in mein Schlafzimmer komme, liegt Cedric nackt auf dem Doppelbett, die Arme hinter seinem Kopf verschränkt. Er muss gehört haben, dass ich dir nachgerannt bin und mit dir geredet habe. Auch wenn ich hoffe, dass er nicht gelauscht hat. Er sollte die Dinge, die ich ihm zu sagen habe, aus meinem Mund hören und nicht über den Streit mit dir aufschnappen.

Ich kann immer noch nicht fassen, dass du überhaupt hergekommen bist. Um was? Mich zur Rede zu stellen? Mich in den Wahnsinn zu treiben? Oder hattest du Todessehnsucht und wolltest, dass Cedric dir den Hals umdreht? Denn genau das wäre passiert, wenn er zu dir rausgegangen wäre anstatt ich.

»Problem geklärt?«, fragt Cedric. Seine Augen leuchten

hungrig und selbst wenn sein großer Schwanz nicht wäre, der halberigiert auf seinem Bauch liegt, würde der Blick in seine fast schwarzen Augen genügen, um zu wissen, dass er noch immer scharf auf mich ist und die kleine Pause ihm nichts ausgemacht hat. Mir hingegen schon.

Ich hatte bereits, als er sich auf den Boden gekniet hat, um mir die Hose zu öffnen, keinerlei Lust auf das hier verspürt. Nicht weil ich schon vor zwei Stunden in dir gekommen bin. Sondern weil ich ganz genau wusste, dass ich erst mit ihm reden muss. Doch Ced ist niemand, dem man etwas ausschlagen kann, wenn er es sich in den Kopf gesetzt hat. Und da wir jetzt seit zwei Nächten nicht mehr gevögelt haben, hatte er keine Lust zu reden. Vermutlich auch, weil er weiß, dass er sonst wütend wird. Ich ficke zwar gern, wenn ich vor Wut brodele, doch Ced als passiver Part im Bett sieht es anders. Er bevorzugt es, entspannt an die Sache heranzugehen, um meinen Schwanz in sich aufzunehmen.

»Ich habe unsere ehemalige Gefangene in die Schranken gewiesen«, erkläre ich und bleibe vor ihm am Bettrand stehen.

Ceds Augen verengen sich. »Wieso war sie überhaupt hier? Ich dachte, du hast sie bei Santiago gelassen.«

»Um genau zu sein, habe ich sie in einem Motel am Rande der Stadt gelassen. Ich hatte keine Ahnung, dass sie mir nachfahren würde. Ich habe ihr klar gemacht, dass sie nie wieder herzukommen braucht.«

»Und wieso war sie hier?«, fragt er und stützt sich mit den Ellenbogen in die Matratze.

»Lange Geschichte«, seufze ich und schäle mich aus meinen Klamotten. Nicht weil ich nackt neben Cedric liegen möchte, sondern weil ich einfach nur noch ins Bett will. Dass er sich hier ebenfalls breitgemacht hat, ist sein Problem und nicht meines. Ich werde ihm erzählen, was mit dir gelaufen ist, dass ich eine weitere Schießerei wegen dir angefangen und dich zwei Mal gefickt habe, doch ich warte noch damit.

Nicht, weil ich ein Feigling bin, der nicht zu der Wahrheit stehen kann, sondern, um dir einen Vorsprung zu gewähren. *Wie auch immer du vorhast, von hier zu verschwinden, ob du dir ein Taxi rufst oder dir ein Auto kurzgeschlossen hast, um herzukommen ... ich muss warten, bis du aus der Reichweite bist. Wenn man Cedrics Regeln bricht, wird irgendjemand dafür büßen. Da er mir nicht den Hals umdrehen wird, ist wohl eher deine Kehle in Gefahr, die sich vor zwei Stunden noch so zerbrechlich unter meiner Hand angefühlt hat.*

»Wie ich sehe, bist du nicht mehr in Stimmung «, *brummt Cedric und hievt sich aus dem Bett. Obwohl wir nun schon knapp zwei Jahre eine Art Paar sind, schlafen wir selten zusammen ein. Mir ist es recht. Heute sogar mehr denn je.*

Nackt wie er ist, schlendert er Richtung Tür. »Morgen früh reden wir in meinem Büro, Nero. Wenn meine Männer Fehler machen, will ich, dass sie die Eier haben, dazu zu stehen.«

Ich lasse meinen Kopf stöhnend in das Kissen fallen. Fehler gehen mir normalerweise am Arsch vorbei ... aber diesmal bist mein Fehler du.

CALLUM

W as glaubst du, wer dir das Tor geöffnet und alle Wachmänner von ihren Posten gelockt hat, als ich dich im Regen vor der Kamera stehen sah? Was glaubst du, wer gehofft hat, dass du die beiden Schlangen in flagranti erwischst, damit du endlich die Augen öffnest?

Ich wusste vom ersten Moment an, dass du irgendwann die Seiten wechseln wirst.

Schließlich haben wir deinen Vater.

Und Familie geht über alles, oder?

Als Brick mich vor einigen Stunden angerufen und über deinen Deal mit Santiago unterrichtet hat, konnte ich mir das Grinsen nicht verkneifen. Seit ich dich vor drei Nächten auf der Veranda gesehen und deinen Atem auf meinen Lippen gespürt habe, habe ich gehofft, dass du irgendwann zu uns gehörst. Doch ich habe nicht damit gerechnet, wie schnell du auf meiner Maschine sitzen und deine Hände sich um meinen Körper klammern würden.

Cedric und N.C. haben keine Ahnung, was sie gehen lassen.

Eine furchtlose Frau wie dich lohnt es sich immer zu behalten. Ich konnte Santiago überreden, dass du nicht nur als Druckmittel für Noa gut wärst und um uns das gestohlene Geld zurückzubringen, sondern dass es für Noa eine noch *viel schlimmere Strafe wäre, wenn du wahrlich eine von uns werden würdest.*

Wenn du der Dunkelheit in dir freien Lauf lässt.

Alle Gesetze brichst, an die sich dein Daddy klammert, als wären sie die Bibel.

Wenn du ein Teil von dem wirst, was dein Vater so verzweifelt stürzen will.

Cedric und N.C. haben dich behandelt, als wärst du nur eine bedeutungslose Schachfigur auf ihrem Spielfeld. Ein Mittel zum Zweck.

Doch Santiago und ich ... wir machen dich zu unserer Königin.

Ende Band 1

DANKSAGUNG

Mein größter Dank gilt dem Federherz Verlag, Jane für ihre Entscheidung, meinen Vipers eine Chance zu geben, für die ganze Unterstützung und für einfach alles, was sie mit dem Verlag auf die Beine gestellt hat. Danke an Christina für die tolle Autorenbetreuung, an meine Korrektorin Hannah, an meine Buchbetreuerin Vanessa und an alle Mädels, die immer ein offenes Ohr hatten.

Außerdem möchte ich mich herzlich bei meinen wundervollen Testleserinnen bedanken: Jacqueline, Daniela, Sandy, Nina, Kristin, Sabrina, Nadine, Jasmin und Jennifer. Ihr seid die Besten! Ich freue mich auf die zweite Runde mit euch.

Ein großes Danke auch an sämtliche Blogger, Instagrammer, Autoren und Leser in den sozialen Medien: Danke fürs Teilen, Kommentieren, Verlinken, für die tollen Buchfotos, die Rezensionen – einfach alles. Ohne eure Liebe wäre ich heute nicht dort, wo ich nun stehe.

Mit diesem Roman habe ich ein neues Genre aufgeschlagen, und ich freue mich über jeden, der mir auf die dunkle Seite gefolgt ist – oder mich hier entdeckt hat.

Ich hoffe, euch hat die Geschichte rund um Rachel und die Vipers gefallen und ihr begleitet sie in Band 2 ins Revier der Red Eyes.

Eure
Christina

Besucht mich gerne auf facebook oder instagram
(@christinarain_)

Kylie Bellerose
CRESWELL LEGACY
Verführt mich
Trilogie-Auftakt
ISBN: 978-3-98942-009-0

Eine Whisky-Dynastie in Schottland.
Drei verboten heiße, reiche Brüder.
Und ein neues Hausmädchen.

Um ihren Eltern finanziell unter die Arme zu greifen, tritt die junge Darcy McAllister eine Stelle als Hausmädchen bei der steinreichen Familie Creswell an. Die Eigentümer einer profitablen Whisky-Destillerie sind in ganz Nordschottland bekannt und mehr als verrufen, doch Darcy hat keine andere Wahl, da ihr Vater schwer erkrankt ist. Auf dem Anwesen angekommen, lernt sie die Creswell-Söhne, Cian, Acair und Alec, kennen. Bereits während ihrer ersten Tage dort wird klar, dass vor allem Alec ein Auge auf sie geworfen hat. Doch schon von vornherein wurde Darcy immer wieder gewarnt, denn die Brüder umgibt ein Geheimnis, und es wäre besser, sich von ihnen fernzuhalten. Was aber, wenn nicht nur einer der drei sie begehrt und vorhat, sie zu verführen?

Reverse Harem | Cinderella Vibes

Katy Crown
DEVILS OF JUSTICE
Wir teilen nicht
Dilogie-Auftakt
ISBN: 978-3-98595-956-3

Eine elitäre College-Verbindung,
vier brandheiße, verdorbene Studenten
und eine unschuldige Musterschülerin.

Die ehrgeizige Jurastudentin Liberty hat große Ziele und eine ge-
naue Vorstellung davon, wie sie diese erreichen wird. Ihr ist klar,
dass sie einen der begehrten Praktikumsplätze der renommierten
Kanzlei Black und Partner ergattern muss, und gibt dafür alles. Als
ihr Traum in Erfüllung geht und sie tatsächlich die Stelle antreten
darf, stößt sie dort jedoch schnell auf ein Problem. Oder eher vier.
Denn ihre Kollegen, vier heiße, schwerreiche und durchtriebene
Jungjuristen, sind alles andere als begeistert über ihre Anwesenheit.
Sie beschließen, die neue Praktikantin loszuwerden, indem sie ihr
das Leben zur Hölle machen. Aus nur einem Grund: Niemals darf
sie dahinterkommen, in welche Machenschaften die vier tatsächlich verstrickt sind. Doch zwischen ihnen und Liberty entwickelt
sich eine verlockende Mischung aus Hass und Anziehung, die sie
alle immer mehr in ihren Bann zieht …

Dark Reverse Harem | Bully Romance

Penelo Violin
SINFUL SECRETS
Trilogie-Auftakt
ISBN: 978-3-98942-055-7

Unser Vater hatte ein Geheimnis.
Du bist seine Erbin, Nikka
Und wir wurden ausgebildet, um allein dich zu beschützen.
Dabei bist du viel verführerischer, als du es für uns sein solltest.

Nikka ist bisher in ihrem Leben allein klargekommen und schlägt sich erfolgreich als Auftragsdiebin durch. Was sie nicht weiß: Sie ist das größte Geheimnis von Benjamín Felíx, dem mächtigen, mexikanischen Kartellboss. Und nichts anderes als seine einzige leibliche Tochter sowie seine Erbin. Jetzt liegt es an seinen Adoptivsöhnen, den Las Sombras, sie auf die Hazienda, ihr neues Zuhause, zu bringen. Wenn es sein muss, auch gegen ihren Willen. Dass sie allerdings gleich vier Männern, die als ihre Beschützer ausgebildet wurden, den Kopf verdreht, war dabei alles andere als einkalkuliert …

Reverse Harem | Forced Proximity

Kyra Rose
DARK DYNASTY
Vertraue niemandem
Dilogie-Auftakt
ISBN: 978-3-98942-007-6

Du bist meine Trophäe, Sienna.
Ich werde dich nie wieder gehen lassen.
Bisher ist dir nicht klar, dass es genau das ist, was du willst.
Aber ich werde es dir beweisen und dich beschützen.

Sienna ist von ihrem Studium und ihrem Leben mehr als frustriert. Trotzdem lässt sie sich überreden, mit ihrer Freundin zusammen in einer Bar zu feiern. Doch der Abend verläuft ganz anders als erwartet, denn plötzlich findet sie sich mitten in einer Schießerei der Mafia wieder. Kurzerhand wird sie dabei von Stefano Gambino als Trophäe entführt. In der Gambino-Villa in den Wäldern von Wisconsin soll sie ihm ab sofort zu Diensten sein. Sienna will sich damit aber nicht abfinden und schmiedet heimlich Fluchtpläne. Nur werden diese auf den Kopf gestellt, als der dunkle Mafiaprinz nicht daran denkt, sie zu etwas zu zwingen, sondern alles daran setzt, sie zu verführen …

Haters-to-Lovers | Forced Proximity

Carol Delight
TEMPTING DARKNESS
Rette mich
Einzelband
ISBN: 978-3-98942-052-6

Sie ist die Tochter eines Mafiabosses.
Er ihr neuer Bodyguard.
Doch kann sie ihm wirklich vertrauen?

Faviola Rodriguez fühlt sich gefangen. Sie ist die Tochter des größten Mafiabosses auf Kuba und ihr Vater lässt sie keine Sekunde aus den Augen. Trotzdem gerät sie bei einem Anschlag ins Visier seiner Widersacher. Ausgerechnet ein Unbekannter rettet ihr dabei das Leben – ein Gringo mit grimmiger Miene, grauen Strähnen in den blonden Haaren und meerblauen Augen. Ab sofort soll dieser heiße Ex-Bundeswehrsoldat namens Bold nun ihr neuer Bodyguard sein. Doch er zieht die junge Faviola mehr an, als gut für sie wäre, und geht ihr bald viel zu sehr unter die Haut. Während sie noch versucht, ihr Gefühlschaos zu ordnen, planen die Gegner ihres Vaters bereits einen weiteren Angriff. Kann sie Bold wirklich vertrauen, als er verspricht, sie immer zu beschützen?

Age Gap | Mafia Romance